03 江户川乱步推理探案集

诅咒的指纹

[日] 江户川乱步（えどがわ らんぽ）◎著
叶荣鼎◎译

時代文藝出版社

图书在版编目（CIP）数据

诅咒的指纹 /（日）江户川乱步著；叶荣鼎译．—长春：时代文艺出版社，2016.1
（江户川乱步推理探案集）

ISBN 978-7-5387-5095-9

Ⅰ.①诅… Ⅱ.①江… ②叶… Ⅲ.①推理小说－小说集－日本－现代 Ⅳ.①I313.45

中国版本图书馆CIP数据核字（2015）第294904号

出品人 陈 琛
产品总监 郭力家
责任编辑 闫松莹
插 图 张 峰
装帧设计 孙 利
排版制作 隋淑凤

诅咒的指纹

[日] 江户川乱步 著 叶荣鼎 译

出版发行 / 时代文艺出版社
地址 / 长春市泰来街1825号 时代文艺出版社 邮编 / 130011
总编办 / 0431-86012927 发行部 / 0431-86012957 北京开发部 / 010-63108163
网址 / www.shidaicn.com
印刷 / 三河市万龙印装有限公司
开本 / 710mm × 1000mm 1 / 16 字数 / 435千字 印张 / 28.75
版次 / 2016年1月第1版 印次 / 2016年1月第1次印刷 定价 / 58.00元

图书如有印装错误 请寄回印厂调换

日本侦探推理小说鼻祖
“一代奇才”——江户川乱步

江户川乱步，本名平井太郎，1894年10月21日生于日本三重县名张市，早年毕业于日本早稻田大学政治经济专业，毕业后历任大型贸易公司的职员、旧书店经理、工人俱乐部书记长、政府官员和某报社新闻记者等。

江户川乱步是“日本侦探推理小说作家俱乐部”与“日本侦探推理作家协会”的创始人兼首届理事长，系日本侦探推理文学“鼻祖”，在同时期的推理小说作家中德高望重、声名显赫，享有“日本福尔摩斯”美誉，曾荣获优秀侦探推理文学勋章，以及日本国家紫绶褒勋章（表彰在教育、艺术、运动领域中有突出贡献的人)。

江户川乱步自幼受到爱好侦探推理文学的母亲影响，对西方的侦探推理小说情有独钟，经常缠着母亲讲外国的侦探推理故事。他的记忆力和悟性非同一般，孩提时代不仅能完整复述妈妈给他讲过的每一个故事，还能自己进行简单的创作。他常在同学中讲故事，幽默诙谐的风格颇受欢迎。

在读高中和大学期间，江户川乱步醉心于英国和美国的侦探推理小说，爱不释手，如痴如醉，经常乐此不疲地阅读到深夜，潜心揣摩侦探推理小说的创作实践。

不久，江户川乱步在《新青年》杂志上发表处女作《二钱铜币》，轰动了整个日本文坛。自那以后一发而不可收拾，开始全身心投入到侦探推理小说的创作中，以实现孩提时代的理想。

第二次世界大战爆发后，日本政府当局审查出版物越来越严，江户川乱步的所有小说被禁止出版。为了生活，江户川乱步不得不借用别名为读者撰写侦探小说。后来，日本政府当局规定杂志和报纸在刊载江户川乱步的作品前，必须获得外交部、内务部、警视厅和宪兵机构一致许可，否则不得刊用。江户川乱步投笔抗议，在报上发表了《作者的话》：

> 我撰写的小说主要是把侦探、推理、探险、幻想和魔术结合在一起，让读者富有想象力和创造力。人类必须怀有伟大梦想，经过不断努力才会创造出伟大时代。没有梦想，没有幻想，就没有科学。科学历史已经证明，科学的进步多取决于天才的幻想和不懈努力。科学进步了，人民才会过上好日子。可是今天的战争，毁掉了科学，毁掉了人民的梦想，日本人民将会被一个不剩地充当炮灰，其结果还是避免不了失败的结局。

江户川乱步大义凛然，义正词严，竟然因此被政府当局勒令停止写作。由此，江户川乱步在第二次世界大战期间只发表了一部小说。

江户川乱步一生主要致力于青少年侦探推理小说的创作，为开拓和培养青少年的智力，为培养未来的侦探推理作家，他写出了一部又一部内容精彩纷呈、情节跌宕起伏的优秀侦探推理作品。在日本，江户川乱步可以说是妇孺皆知，家喻户晓的。他的作品在日本先后拥有过亿的读者。在他创作的诸多作品中，最脍炙人口的形象当数大侦探明智小五郎。大侦探明智小五郎系列作品的发行数量一度在日本的侦探推理小说界遥遥领先，长期雄居榜首。作为藏书，他的作品也遍布在日本的许多家庭和图书馆中，其影响不可不谓深远。这些作品被译成英、德、法、中、韩等多种外文版本，在全世界拥有不计其数的读者，成为“世界级的畅销书”。

他的作品取材广泛，构思独特，从作者对少年侦探小林芳雄以及大侦探明智小五郎与罪犯展开智慧较量的描写中，使我们从更广泛的角度和深刻的意义上理解他的作品。一部优秀的作品对一个国家文化发展和人材培育方面，势必会产生深远影响。但能跨越国界形成重大国际影响的优秀作品则凤毛麟角，屈指可数。

在日本侦探推理文坛众多的著名作家中，江户川乱步的一生无疑是最具传奇色彩的，而关于其笔名由来，更是众说纷纭。有人说，他年轻时也许好喝酒，一喝醉便沿着“江户川”河边东倒西歪地“乱步”，而得此“江户川乱步”笔名。也有人说，他构思作品时总是沿着“江户川”的河边散步展开想象的翅膀……不过，“江户川”到底在哪里呢？其实这条河就在早稻田大学的旁边。大学时代尽管居住在大学附近的“江户川”河边，但是当时的江户川乱步并不会喝酒，因此也不会因醉酒而乱步在河边。

其实，青少年时期的江户川乱步最爱阅读“三大作品”：一是日本著名翻译家黑岩泪香翻译的西方侦探推理作品；二是美国侦探推理小说之父爱伦·坡（日本式英语发音：爱多嘎阿兰波= edogaaranpo）的原版作品；三是谷崎润一郎的唯美主义作品。当时占据日本书刊杂志主流的侦探推理作品都是从西方国家引进，没有日本的本土作品，于是他萌生了亲手创作日本侦探推理小说的想法。他因为崇拜美国侦探推理小说之父埃德加·爱伦·坡，于是仿照他名字的日语发音，翻阅了许多相关词典，最终查到“江户川”的发音与“埃德加”相似，“乱步”的发音与“爱伦·坡”相似，从此，他便以“江户川乱步”为创作笔名，这个名字风风雨雨地陪伴他度过整个创作生涯。

江户川乱步的笔名虽另类，却反而容易被记住，以致人们忘记了他的本名，后来江户川乱步也索性放弃本名，甚至在与出版社签署合同时不仅签名用笔名，就连盖在合同上的印章刻的也是笔名。

江户川乱步的早期作品，已成为世界侦探推理文学的经典。除创作外，江户川乱步还悉心于侦探推理小说的介绍和评论，先后出版的《幻影城》《海外侦探推理小说作家和作品》和《侦探推理小说四十年》等评论集皆掷地有声，蜚声海内外。

本套由时代文艺出版社出版的《江户川乱步推理探案集》可读性强，知识性强，益智性强，还可培养广大读者学讲故事、学编故事和对复杂事物的敏锐观察力、分析力。作品开门不见山，隐藏重点，充分展现诱惑；且情节超常，奇峰突起，扑朔迷离，一波三折；尤其故事结果皆出人意料，却又在情理之中。观其作品，疏密有序，详略适当；侦破智慧等情节的设计和运用标新立异，别出心裁，常常使读者有身临其境之感，读而难忘。纵观其丰厚的创作作品，皆具新、奇、妙、趣、迷、绝，堪称世界侦探推理小说文库中的瑰宝之一。

此外，作品寓乐于教，向广大读者宣传和揭示正义终将战胜邪恶的真理，江户川乱步的大部分作品先后被拍成电影或电视剧，为广大推理爱好者带来完整的视听享受。

1965年7月28日是日本文学界值得哀悼的日子，因病卧床静养的江户川乱步不幸突发脑溢血，与世长辞，享年71岁。

许多日本人说，江户川乱步是日本侦探推理文学的代名词，是推动日本侦探推理作家新人辈出的动力，是开创日本侦探推理文学的最大功臣。江户川乱步系日本推理侦探小说创作界的创始人，为推理侦探文学在日本国内文坛和在世界国际文坛的崛起，做出了卓越的贡献。日本每年举行“江户川乱步创作奖”，该奖与江户川乱步创办的“日本推理作家协会奖”，被视为日本侦探推理文学界的两项最高荣誉奖。

为纪念伟大的日本侦探推理文学鼻祖江户川乱步，在三重县名张市的出生地竖有“江户川乱步文学纪念碑”，在东京都丰岛区的旧居建有“江户川乱步文学纪念馆”，供推理爱好者们怀念。

译者

2015年10月于上海

目录
CONTENTS

■蜘蛛男

■红色妖虫

诅咒的指纹

罕见的骷髅指纹反复出现，凶手一次次地得逞，死亡的气氛正在蔓延……

呪いの指紋

助手木岛

东京丸内一带，耸入云霄的高楼大厦不计其数，鳞次栉比。

街上有一片三层楼房的集中区域，清一色的红墙砖，古色古香的造型，仿佛古时流传至今的楼群。每幢楼房，都是出租的事务所。

其中一幢三层楼房门口的右内侧，也就是该建筑一楼三室，门上挂有亮如镜面的黄铜招牌，上面写有“宗方研究室”，据说是法医界权威宗方隆一郎租用的侦探事务所。

此时，凑巧有一位青年来到侦探事务所门口。

青年人看上去二十七八岁，外表和普通工薪族差不多，只是让人感到奇怪的是，他走起路来像地上爬的昆虫，跌跌撞撞地迈上事务所门前的台阶。其实台阶不高，按理噔噔几步就可迈上去。

只见他面如土色，从额头到鼻尖上挂满了汗珠，那情景似乎是带病拜访宗方侦探。他呼呼地喘着粗气，费了好大劲才迈上台阶，推开虚掩的事务所大门朝里走去。

接着，他又摇摇晃晃地走到左侧房门跟前。顷刻间，整个身体像不小心撞上玻璃门那样，呼地瘫软在室内地上。

这房间是会客室，是宗方博士专门用于接待访客的。会客室的三侧墙面都是顶天立地的书架，摆放着许多专业书籍，是宗方博士学识渊博的象征。

“先生，先生在吗？啊，啊，我难受极了！快……先生……”

青年躺在地上喘着粗气，声嘶力竭地喊叫。

可能是倒地声和吼叫声突然响起的缘故，隔壁实验室的房门被猛地推开，从不大的门缝探出一张男人的脸来。男子年龄有三十岁左右，一身事务员打扮。

“咦，你不是木岛君吗？怎么啦？瞧你那脸色。”

他赶紧跑到会客室门口，扶起倒在地上直喘粗气的年轻人。

“啊，啊，你是小池君吧……先，先生呢？我要立刻见他……发生大案了……今天夜里……有人要被杀……就是今天夜里，今夜又将发生凶杀案。啊，啊，可怕……我要见先……先生……”

小池的脸色也变了，目不转睛地望着木岛精神错乱的神态。

“第一个是先生的女儿……下一个就轮到我了。我们都……都将遭到杀害……先……先生呢？快……快把这交给他……上面写得很具体很详细，请把这交给先生……”

木岛的手哆哆嗦嗦地在胸前衣袋里摸来摸去，取出装有信纸的厚信封，使出全身力气将它放在桌上摊平，再从同一个衣袋里取出一个正方形小纸袋，小心翼翼地拿在手上。

“先生不在事务所！大约过三十分钟回来。瞧你脸上痛苦不堪的模样，到底出什么事啦？”

“我上那家伙的当了！把毒药吞进了肚子里！啊，我受不了啦！水，水……”

小池跑到隔壁房间，取出化学实验用的玻璃杯，盛满水后快步跑来，扶起木岛，把玻璃杯凑在嘴上让他喝：“木岛君，快打起精神！我通知医生立即过来。”

他左手抓起桌上的电话听筒，右手拨通附近一家医院的电话，请求他们马上派医生上门出诊。

“医院说医生马上就到，请你坚持一下！哎，你到底上了谁的当？谁让你服毒啦？”

木岛的眼睛瞪得像翻白眼那样，脸上布满了恐怖表情。

“是他……三个螺纹……证据在这里……这家伙是杀人魔王！啊，啊，我害怕！我害怕！”

他咬紧牙关痛苦挣扎，示意右手握着的小纸包。

“好，我明白了！这小纸包里有罪犯线索。那，那罪犯叫什么名字？”

木岛没有回答小池的提问，眼睛里已经黯然无光。

“喂，木岛君！木岛君！打起精神回答我的问题。那家伙叫什么名字？”

无论怎么摇晃木岛的肩膀，他已经没有任何反应，全身像海蜇那样软绵绵的。宗方研究室的年轻助手木岛，在侦查过程中不慎喝下罪犯投毒的饮料，死得十分悲惨。

大约五分钟后，附近医院的医生赶来了，可木岛的心脏已经停止跳动。

空白信笺

宗方博士回到研究室时，已经是木岛死后大约四十分钟。

博士的年龄有四十五六岁，乌黑光亮的头发像缨子那样卷曲着垂在耳边，鼻尖与上嘴唇之间留有经过特意修饰的小胡子，下巴部位是三角形胡子，又黑又密。

大鹫般的眼睛，似乎能看到你的心底。鼻梁上架着黑色玳瑁镜架的眼镜，反光的玻璃镜片更增添博士目光的锐利。他的身材魁伟而又结实，笔挺的黑色西装和挺胸凸肚大步行走的姿势，给人一种威严感，犹如德国古时候的名医。

从医学角度研究犯罪的学问，在学术界被称为法医学。在日本法医学界，宗方博士是数一数二榜上有名的学者。他在丸内开设宗方研究室至今已经多年，专门从事犯罪案件的侦破及其实质性研究。

他与许多私家侦探不同，决不插手警察能侦破的案件。他曾在开设研究室当年，顺利侦破两起被警方打入冷宫的疑难案件，轰动全国，一举成名。

打那以后，他又接连侦破了几起很有社会影响的案件，确立了自己在侦探界的地位。如今能在人们心里称得上大侦探的，除了明智小五郎，便是宗方隆一郎。他与明智小五郎齐名，在日本家喻户晓，人人皆知。

被称为天才侦探的明智小五郎，其生活习惯与天才两个字很不吻合，而且没个准脾气。一遇上感兴趣的大案，不管是美国委托人还是印度委托人，都毫不犹豫地接受委托，千里迢迢地赶赴国外案发现场，故而时常不在侦探事务所。

宗方博士则不同，主要受理东京及其周边地区发生的案件，不受理外地或者来自国外的案件，平日里基本上都待在侦探事务所里。因此，在东京居民心目中的可信赖程度越来越高。

最近，一发生疑难案件，就连警视厅的侦查专家也上门拜访宗方研究所，虚心听取宗方博士的高见。

再说说侦探事务所，明智小五郎把它既当工作场所又当生活住房；而宗方博士关于家和事务所的界定很清楚，家安在郊外，事务所设在市中心，每天清晨从郊外赶到在市中心丸内的研究室上班。

还有，他的夫人从不出现在研究室，而是专心于家务；在研究室工作的两个年轻助手，也从不去他家。

宗方博士今天一回到事务所，向助手小池了解到事情的大致经过后，心情很沉重，难过地看着小池脸上沮丧的表情。

“太可惜了！你通知他家人了吗？”他问小池。

“通知了，他家人很快会赶到这里的。我也给警视厅打去电话，中村警长用惊讶的语气对我说马上就到。”

“嗯，中村警长和我事先都没料到川手案件如此棘手。中村警长说可能是玩笑而已，简直乱说一气。根据木岛君被毒死案件推测，案犯绝对不是一般罪犯。”

“木岛君好像被吓得魂飞魄散，死前嘴里不停地叫嚷‘恐怖，恐怖’。”

“是啊，我的判断没错吧？案犯竟然发出犯罪预告，太疯狂了！小池君，你暂且把其他案件放一下。从今天起，全力以赴侦查木岛案件，我俩齐心协力，向凶手讨还血债，为木岛君报仇。”

正在他俩说话的时候，门外传来一阵急匆匆的脚步声。须臾，中村警长推门进来。

中村警长一看见木岛的尸体，急忙摘下大檐帽弯腰致哀，满脸惊讶的表情。他转过脸朝着宗方博士说：“真没想到这么糟糕，太麻痹大意了！让你的助手付出生命的代价，实在是对不起。”

“嗯，木岛君的死，不光你有责任，我也有责任。如果事先估计到对手是杀人不眨眼的，我也许不会让木岛君单独侦查。”

“在电话里听小池君说，木岛君带来了凶手线索。”

中村警长转过脸问小池。

“嗯，是的，他临死前说这信封里写有关于行凶的详细情况。”

小池从桌上拿起信封递给中村警长。

宗方博士抢先接过信封，边打量信封的表面和背面边嘟哝着说：“咦，这不是银座黑蔷薇花咖啡馆的专用信封吗！看来，木岛君是在黑蔷薇花咖啡馆用该店信封和信笺写的。”

信封下端，印有“黑蔷薇花咖啡馆”的名称、邮编、地址和电话。

宗方博士拿剪刀小心剪开封口，取出一叠信笺仔细阅读起来。

“喂，小池君，你肯定没弄错？你是不是误解他说的意思了？或者说，木岛君倒在地上以后是否有人来过事务所？”

宗方博士一脸奇怪的表情，问小池。

“不可能，我一步也没有离开过事务所，也没人进来过。到底发生什么啦？这信封确实是木岛君从口袋里取出放在桌上的。”

“你们看！”

他把信笺递到中村警长和助手小池面前，一张一张地翻开给他俩看。不可思议的是，只是一叠空白信纸而已，一个字也没写。

“奇怪！木岛君不可能把空白信笺装在信封里带回事务所。”

中村警长满脸狐疑。

宗方博士嘴唇紧闭沉默了好一会儿，一把将那叠空白信笺扔入废纸篓，斩钉截铁地说：“小池君，你立刻去一趟黑蔷薇花咖啡馆调查！一是木岛君借用该店信笺和信封时跟什么人说过话；二是有没有可疑人物坐在他身边。如果有可疑人物，那家伙也许是凶手，或许至少是凶手的同伙。趁木岛君不注意时，将信封里的调查报告调换成空白信笺。这与投毒的家伙，说不定是同一个人。这些情况，你尽量调查得详细一些。”

“是，我立刻就去。这里好像还有一件木岛君带回来的东西。瞧，他的右手上好像握着重要证据……好，我现在就去咖啡馆调查。”

小池快言快语，说完匆匆走了。

送走小池，宗方博士弯腰仔细观察尸体的手，尸体手中确实握有小纸包，而且握得很紧，似乎是死也不放手的架势。

宗方博士逐个掰开死者的手指，取出小纸包，发现有好几层纸，裹得整整齐齐的。瞧那形状，纸团里裹着的好像是末端系有挂绳的小木板。宗方博士从隔壁实验室拿来一块玻璃，将纸包放在上面，用钳子夹住裸露的挂绳，小心翼翼地解开纸包。

拆解纸包过程中，宗方博士一句话没说。站在一旁的中村警长只是目不转睛地看着，也没说话。只有小刀和钳子不时与玻璃板碰撞，发出叽叽嘎嘎的响声。整个事务所，宛如医院里的手术室一样安静。

“咦！这不是穿鞋用的鞋拔吗？”

中村警长发出惊叫声。这是极其平常的鞋拔，体积很小，象牙色，表层涂有赛璐珞。可是，木岛为什么用那么多纸把它裹起来呢？

当时，也许是木岛的精神极度恐惧。他像珍宝那样带回来的信封里，装的却是一叠空白信笺。他用纸包裹了好几层的，却是普通的鞋拔。鞋拔和信笺，究竟意味着什么？

宗方博士顺手拿起鞋拔，借助自然光线认真观察起来，可窗外已经暮色沉沉，模模糊糊看不清楚。于是他按动墙上的开关，借助灯光查看。

“是指纹吗？”中村警长察觉到宗方博士的用意，问道。

“是的，但是……”

宗方博士好像被鞋拔的表面深深吸引住了，背对着中村警长答道：“鞋拔表面有好些重叠的指纹，看不太清楚。但鞋拔内侧有很清晰的指纹，像大拇指的指纹，真不可思议！中村君，这指纹很特别，我还不曾见过，酷似妖怪指纹。咦，我是不是眼花了？”

“你说的妖怪指纹在哪里？”中村警长凑到跟前观察。

“瞧！就在这儿！指纹非常完整，也没有其他指纹重叠，而且竟然有三个螺纹。”

“这么说，是特殊指纹！可这样看还是模模糊糊的。”

“把它放大看！请跟我去那里看！”

宗方博士拿着鞋拔朝隔壁实验室走去，中村警长跟在他身后。

实验室窗前有一张大化学实验台，上面放有各种大小不一的玻璃器皿和显微镜等，另外几面墙边摆放着橱架，上面放有许多药物和玻璃瓶。

有一侧墙角那里放有大型照相机、紫外线、红外线和X光等仪器。仪器中间，竖着牢固的三脚架，上面架着黑色幻灯机，用于实物放大观察。

幻灯机，可以放大很细小的东西，不用说，也可放大指纹并将它清晰地映照在银幕上。

这架幻灯机用途很广，宗方博士常引以为豪，不仅可放大观察纸上和板上的指纹，也可放大观察玻璃瓶、门把手、玻璃杯和手枪等实物上的指纹。

中村警长多次来过这里，印象中一直觉得它比警视厅技术鉴定科的房间要小许多，设备也很简陋。可今天的感觉截然不同，实验室里有许多警视厅没有的奇妙仪器。听宗方博士说，是他自己发明的。

他先把鞋拔放在实验台上，随后在指纹部位撒上黑色粉末将它染黑。接着使用拉绳关上窗帘使实验室里一片漆黑，再接着插上电源，把鞋拔放到幻灯机上调整焦距。

于是，幻灯镜头对面墙的屏幕上，映照出被放大的指纹。不到六厘米的大拇指被放大到边长一米左右，被染黑的纹理一条一条地弯曲着，非常清晰。

宗方博士和中村警长坐在被黑暗笼罩的椅子上，聚精会神地观察屏幕上的指纹，惊讶得半晌没有开口。他俩并不是因为指纹而目瞪口呆，而是仿佛自己被不明真相的魔鬼紧紧盯住那样，感到莫名的恐惧。

啊，这样的指纹太罕见了！一个指纹里居然有三个螺纹。上面排列着两个一大一小的螺纹，下面横卧着一个椭圆形螺纹。看着，看着，仿佛骷髅脸出现在屏幕上。上边的两个螺纹像骷髅脸的眼窝，下边的螺纹像骷髅脸上的嘴巴。

“中村君，你见过这样的指纹吗？”

黑暗里传来宗方博士低沉的嗓音。

“没见过。应该说，我见识过的指纹不计其数，但像这样纹理的指纹还是头一回见到。像两个螺纹相互重叠的指纹，我见过好几回。但像这种由三个螺纹构成的酷似骷髅脸的指纹，在侦查史上还真是史无前例。我看，应该称它为骷髅指纹吧。”

“嗯，确实是骷髅指纹，既不需要辨别，也不需要想象，一眼看上去就像骷髅。在我们人类世界，有这样奇异指纹的人大概不会有第二个。”

“哎，会不会是伪造的？”

“不会吧。如果是伪造的，不可能这么逼真。像放成这么大的指纹，倘若伪造，一定能看出伪造的痕迹。但这指纹上，没有一点不自然的地方。”

坐在黑暗里的两个侦查专家，似乎受到有眼有嘴的骷髅指纹压迫，又沉默不语了。

片刻过后，中村警长说话了：“尽管如此，木岛君是如何把奇异指纹弄到手的？如果说鞋拔是凶手的，应该断定木岛君生前见过凶手，而且鞋拔多半是从凶手手上得到的。”

“嗯，只能这么想。”

“太遗憾了！如果木岛君还活着，也许可以擒获凶手，可他……”

“凶手害怕暴露，先下手为强，不仅对木岛君投毒，还夺走他的书面侦查汇报。可见，凶手考虑得非常周密。中村君，依我看，这可是一个高智商凶手。”

“听小池君说，木岛君平日里一直是无所畏惧的，可这天回到事务所，嘴里竟然连连说‘我怕，我怕’。”

“是的，木岛君生前是天不怕地不怕的年轻人。因此，我们今后一定要谨慎侦查……哎，你已经派人保卫川手别墅了吧？”宗方博士焦急地问道。

“没有，还没那么做。我们至今还没接到川手先生报案。如果是这么回事，我们警方不可能置之不理。”

“请立即派人保卫！木岛君遭如此毒手，说明罪犯会立即采取下一步行动，我们要与他抢时间。”

“你说得对！我马上回警视厅部署川手别墅的保卫工作，今晚就派三名警察身着便服去那里。”

“请一定要那样做。我如果能去就好了，可尸体不能扔这儿不管。明天早晨，我去拜访川手先生。”

“那好，我赶紧回警视厅，再见了。”

中村警长说完，三步并作两步匆匆地消失在暮色茫茫的路上。

不知所措

H制糖股份有限公司董事川手庄太郎，于一个月前接到一份没有署名的恐吓信。

川手庄太郎：

请别忘了，我跟你之间有着深仇大恨。为复仇，我进行了长时间的精心准备。目前万事俱备只欠东风，斩草除根的日子就在眼前。

要不了几天，你将带领你的全家离开这个充满阳光的世界。

从那以后，邮递员每天送来这样内容的恐吓信，可每封信上的笔迹不同，而且字迹潦草。根据邮戳分析，都不是从同一个邮局发出的。信封和便笺，都是最普通最便宜的。从而，使得警方难以找到邮寄人的线索。

川手先生不光天天收到恐吓信，还时常接到匿名电话："川手君，好久不见了，听出我声音了吗？嘻嘻嘻……你有两个漂亮的女儿吧？我呢，已经决定先从你的女儿着手，逐步收拾你全家。嘻嘻嘻……"

对方说话声音里带有很重的鼻音，听上去不像丧心病狂的歹徒。也许，歹徒是用手摁着鼻子两翼朝话筒说话。这家伙每说一句便嘻嘻嘻地笑。每每听到恐怖的笑声，川手先生便不寒而栗，似乎心也在颤抖。

不用说，川手先生不知道是谁打来的电话，向电话局打听，回答说对方是用公用电话打的，无法查询对方是谁。

川手先生今年四十七岁，正是年富力强的时候。他从身无分文开始，经过长期拼搏逐渐积累了今天的万贯财产。正因如此，在事业发展过程中与许多对手交过锋。要在如此众多的对手中间找到打恐吓电话的家伙，犹如大海里捞针。

“能是哪个家伙？”

被他视为可能的对手不止一两个，可他们早都不在人世间，这些人活着的时候膝下并无子女。

无论怎么回忆，他依然回忆不出恐吓自己的歹徒究竟是谁。然而，越想不出，心里越觉得害怕，仿佛幽灵死死地缠着自己，不知如何是好。

川手先生实在忍耐不住了，不得不向警视厅报案，而警视厅让他去地方警署反映情况，把他的报案当耳边风。

为此，他打算委托私家侦探，首先想到了明智小五郎，于是登门拜访了他的侦探事务所。不凑巧，明智小五郎由于受理了国际案件，早已去了美国，最近一段时间回不来。无奈之下，他只得打电话到宗方研究室，委托如今与明智小五郎名气相当的大侦探宗方博士。

宗方博士立刻派出助手木岛赶赴现场，了解川手别墅的情况，听完川手先生关于恐吓信和恐吓电话的详细介绍后返回了事务所。

从那以后，至今过去了十多天。

昨天晚上，警视厅的中村警长突然出现在川手别墅。

当听说宗方侦探事务所的侦探助手木岛遇害的消息时，川手先生瞬间脸色苍白，浑身直打哆嗦。

那天晚上，三名便衣刑事侦查警官在黑夜笼罩的别墅周围警戒和布控。然而，警视厅的这番好意却迟了一步。

川手先生的二女儿叫川手雪子，是初中二年级学生，这天傍晚放学后去了同学家。可晚上十点过后仍不见她回家，全家人着急起来。时钟相继敲响十一点、十二点，直到凌晨，还是没见她回家。

川手先生心急如焚，打电话到女儿同学家和亲戚家打听，还派用人挨家挨户去朋友家询问，当问到女儿雪子放学后去的那个同学家时，回答说雪子是八点左右离开他家的。那以后川手雪子究竟怎么了，没一个人说得上来。

焦躁不安的一夜过去了。早晨，亲戚和朋友知道这个情况后相继赶到坐落在麻布高台的川手别墅。宽敞的别墅里，挤满了人。

别墅的大客厅里，中村警长和宗方博士与主人川手庄太郎正在紧张商量对策。他们是在接到川手先生关于女儿失踪的报警后，火速赶到的。

川手庄太郎的嘴唇和鼻子之间留着小胡子，黑黑的眉毛下是一对大眼睛。腰肥体壮，大腹便便，从外表一看就是大企业的领导者，一副绅士派头。

川手夫人大约于一年前去世，川手先生便与两个女儿一起生活，见心爱的女儿越长越漂亮，从心底里感到高兴。可现在，二女儿失踪，也许是被歹徒绑架，川手庄太郎急得犹如热锅上的蚂蚁，坐立不安。这一夜，愁得他似乎老了十岁。

川手庄太郎还是第一次见到宗方博士。

“据说，罪犯的大拇指上有骷髅指纹……”川手庄太郎问道。

宗方博士用力点点头。

“是的，是骷髅指纹，两个螺纹在上面，一个螺纹在下面，像倒过来的三角形。我希望你回忆，你认识有这种指纹的朋友或熟人吗？”

川手庄太郎摇摇头说：“我根本没有那样的熟人或朋友。再说朋友之间再友好，也不可能观察别人的指纹。”

“嗯，不过，根据这种复仇形式，对方与你之间肯定有深仇大恨。就这一点来说，你应该能回忆出对方是谁。”

宗方博士的脸色略泛白，盯着川手庄太郎说。

“嗯，我不能说这世上绝对没人恨我，可他们不至于发展到向我复仇的地步。”

“川手先生，说到恨，多半是被恨的人想不起来，而恨的人却在恨的程度上非常强烈。”

“也许是你说的那样。不愧是干侦探这一行的，对罪犯心理有着如此深奥的研究。可无论怎么回忆，还是觉得我没有那样的仇人。”

显然，川手庄太郎很不满意宗方博士这番话，不客气地说。

中村警长在一旁调和道：“你如果回忆不出像那样的仇人，但目前可以称得上线索的就一条。昨晚，我让技术警官通宵达旦地查阅了警视厅的指纹档案。警视厅从事指纹鉴别十五年的主任警官跟我说，他不曾听过也不曾见过骷髅指纹。也许，指纹档案里会有那样的奇异指纹。”

“看来，多半是有特殊指纹的怪物。”

宗方博士意味深长地嘟哝着，声音很轻。

龙宫公主

川手庄太郎听宗方博士这么一说，瞪大两眼战战兢兢地打量起周围来。

“中村警长，宗方博士，请你们一定要设法找到我的女儿，不管出多少钱我都愿意，就是加悬赏金也行。另外，对于发现罪犯并且送还我女儿的人，我愿奖励他一百万日元。无论是警官还是普通市民，只要能让我女儿安全回家的，我立刻兑现承诺的奖金。我希望尽快看到女儿，越快越好！”

川手庄太郎说着说着，渐渐亢奋起来，似乎疯了。

“原来你是这么想的。嗯，虽说悬赏不能说不是个好主意，可朝坏的方面想，现在实施这办法也许迟了……从刚才进入房间时到现在，我就一直觉得窗台那里的地上好像有封信……”宗方博士话还没有说完，视线便投向窗台前的地上，自言自语地说。

刹那间，房间里好像响起让人浑身顿感紧张的响声。中村警长和川手庄太郎大吃一惊，不由得朝那里望去，果然有一封信。

川手庄太郎一眼瞥见躺在那里的信，脸色骤变，说道：“咦，奇怪呀？在你俩来访前根本就没发现信！”

他一边说一边站起来径直走到窗边，提心吊胆地弯下腰拾起信。随后，他立即按响呼唤铃叫来女用人。

“今天早晨是你打扫卫生的吧？你见过窗台前的地上有这信吗？”川手庄太

郎询问女用人。

“没有啊！我打扫得十分仔细，没见过这地上有信。”

“肯定吗？”

“是的，我说的没半句假话……”年轻的女用人斩钉截铁地答道。

“一定是什么人从窗外扔进来的！”中村警长说。

“不，不可能。窗户是关闭的，窗内侧还上了插销，压根儿就没有可以插入信封的间隙。窗外是院子，只有家人才能在那里经过。”川手庄太郎担心地说。

“至于信是怎么进入房间的，可以暂时放一下，我们还是先调查一下别墅里的情况吧！”宗方博士显得很冷静。

“请调查吧！”川手庄太郎没勇气拆开信封，将信递给宗方博士。

宗方博士接过信后小心翼翼地拆开封口取出信笺摊开。

“咦，这是什么意思？”

只见信笺上就写了三个字：菊偶人。

没想到堂堂的大侦探宗方博士，好像也理解不了这三个字的意思，歪着脑袋沉思。

“嗯，这跟平时寄来的信封是一样的，信笺也一样，肯定是那个歹徒寄来的。”川手庄太郎说话时声音颤抖。

“你是说歹徒寄来的？”中村警长嚷道。

“中村君，走吧！我们现在就去那里。”

宗方博士好像想到了什么，一把拽住中村警长的胳膊焦急地站起来。

“你说走？去哪里？”

“不是已经清楚了吗？就是去菊偶人那里。”

“哎，菊偶人？在哪里呀？”

“在浅草的M百货大楼里！Y报社正在那儿举办菊偶人展示会。”

中村警长一开始也没弄清楚到底是怎么回事，听着听着总算明白了宗方博士要去的地方。大侦探也许把川手雪子的处境想得更可怕。

想到这里，中村警长不由得发起愣来。可眼下不是磨磨蹭蹭的时候，便和宗方博士一起乘上停在门口的警车，命令司机将车开到浅草的M百货大楼。

川手庄太郎丝毫不清楚他俩去浅草是什么意思，只是茫然地送他俩到门口直到车尾消失。女儿雪子的下落不明和菊偶人之间难道有什么关系？他思来想去，还是没弄明白，焦急得坐立不安。

宗方博士和中村警长乘坐的警车，不一会儿停在浅草M百货大楼门口。中村警长找到百货大楼的接待主任，向他说明来意。果然，百货大楼的五楼和六楼在举办菊偶人展示会。在接待主任的陪同下，他俩迅速朝展示会场走去。

菊偶人是某马戏团的传统节目，每年每逢菊花盛开时演出展示。场景丰富多彩，有电影，有戏剧，有故事里的场景，装饰得多姿多彩。根据人们熟悉的演员制作偶人，用菊花给它们编织衣裳，同时设置各种机关。

由于时间还早，百货大楼没开门，展示会场里没有一个观众。暗淡的光线使得整个会场像沉浸在水底那样，静悄悄的。

宗方博士和中村警长从入口开始逐一观察菊偶人。首先进入他俩眼帘的，是牛若丸和弁庆在五条桥上打斗的场景；其次是宫本武藏和佐佐木小次郎的比赛场景；接着是海木鲁和库雷太鲁在森林点心铺迷失方向的场景；再接着是花爷爷和桃太郎那样的日本古代传说中的人物……

中村警长接连不断地观赏着一个个栩栩如生的场景，不知不觉竟忘了来这里寻找川手雪子的使命，仿佛回到了自己的孩提时代。可身旁的宗方博士没为这种眼花缭乱、鲜花朵朵的场景动心，聚精会神地仔细观察不断出现在眼前一个又一个的菊偶人。

“这个不像。”

宗方博士每看完一个菊偶人，嘴里便嘀咕一下，再把目光移向下一个菊偶人。看完五楼展示的菊偶人后，接着去六楼展示会场观看。

当看到最后几个菊偶人时，出现了浦岛太郎在海底寻找龙宫的场景。这好像是展示会上最吸引观众的场景，设有特别机关。

乘坐在乌龟背上的浦岛太郎，犹如浮现在空中表演杂技。深处是龙宫，龙宫公主带领许多宫娥迎接浦岛太郎。整个场景仿佛沐浴着海底的淡绿色光线，还挂满了一条条耀眼的玻璃纸带。

“啊，美极了！”中村警长禁不住脱口称赞。

宗方博士来到这里瞪大眼睛，紧盯着这一场景，整个身体宛如被大磁铁吸住的铁钉，一动不动的。

片刻，他像吼叫般地叹了一口气。

“中村君，瞧！这菊偶人多逼真！”

“什么？你说的是哪一个？”

“就是那个龙宫公主！瞧脸庞长得多么可爱，怎么看也不像菊偶人，而是像真人。你不这么认为吗？”

“嗯，被你这么一说，确实像你说的那样。是啊，一点都不像偶人，给人一种身体里流动着鲜血的感觉。嗨，制作技术太精湛了！制作这偶人的，一定是小有名气的工艺大师吧？”

中村警长佩服不已，突然又像明白什么似的，脸色骤变，转过脸来望着宗方博士。宗方博士不声不响地点点头。

“是的，我觉得不可思议，需要深入调查这个菊偶人！”

宗方博士翻越过隔离栏，径直朝场景中央走去，警长和接待主任也跟着朝那里走去。

宗方博士来到龙宫公主菊偶人身边，眼睛盯着她的脸庞。

“喂，你摸一下她的手。”他朝接待主任说。接待主任提心吊胆地将手伸到龙宫公主菊偶人跟前，迅速地摸了一下她的手。

“啊！”接待主任吓得大叫一声。

龙宫公主菊偶人的手软绵绵的，但却冷得像冰块。

墨镜男子

三个人半晌没有说话，呆若木鸡，一个劲地你看看我，我看看你。

中村警长和宗方博士虽不曾见过川手雪子，对她的脸没有什么印象。但龙宫公主菊偶人确信是凶手采用人的尸体制作的，而死者多半是警方正在搜寻的川手雪子。

“凶手的所作所为令人发指！我在警视厅这么多年，还是头一回碰上凶手采用如此残忍的手段，简直是丧心病狂的疯子。”

中村警长重重叹了一口气，喃喃自语道。

“我不同意你的说法。与其说凶手是疯子，倒不如说他是高智商更为确切。试想，这样离奇的复仇手法，正说明凶手不是一般的人。”

宗方博士的这番话，好像是赞扬凶手，又好像是说，只有与这样高智商凶手较量，才能显示他非凡的侦探才能。只见他精神抖擞，瞪大的双眼仿佛正盯着躲在暗中的对手，两道锐利的目光似乎在发誓，凶手啊凶手，我宗方博士一定要抓住你。

“宗方博士，这具尸体肯定是川手雪子。但为了慎重起见，最好还是请川手庄太郎辨认一下。我打电话喊他来这里。”

中村警长说完，问身边的接待主任电话在哪里。

“还有一件重要的事情，那就是要弄清楚提供龙宫公主菊偶人作品的人是谁，住在哪里，随后赶紧派人去他的住所。”

宗方博士在一旁提醒，中村警长连连点头。

“好，就这么办！我去通知部下，让他们立刻调查。”

中村警长说着打电话去了。

展示会场立刻被警方用警戒线围了起来，禁止观众进人。

不一会儿，脸色苍白的川手庄太郎坐着自备车匆匆赶到百货大楼门口，上气不接下气地来到展示会场。紧接着，警视厅侦查科和技术鉴定科的警官们相继赶来，那些嗅觉灵敏的新闻记者也蜂拥而至。

川手庄太郎看了一眼尸体，伤心地眨巴着眼睛说，龙宫公主菊偶人就是他的女儿川手雪子。

根据技术警官对尸体的检查结果，川手雪子是八九个小时前被毒死的。但除此之外，没有从尸体上找到任何新的线索。

就在警官们忙于调查的时候，宗方博士接到在门口守卫的警官送来的名片。他朝名片看了一眼，立即朝边上的中村警长耳语道：“我的助手小池君来了，是汇报关于黑蔷薇花咖啡馆的调查情况，要求马上见到我。他特地赶来这里找我，可能找到新的线索了。我去听听他的调查报告，你同我一起去好吗？”

“哦，好呀！”

“他也许已经弄清楚调包的人是谁了。”

“那太重要了！走，一起去！”

他俩赶紧走到入口，见小池铁青着脸站在那里。

“先生，又发生大案了？我打电话去川手别墅，回答说先生在这里，所以……”

“嗯，我是突然来这里的，没工夫往事务所打电话……快说情况！”

小池猛地压低嗓音：“凶手的模样弄清楚了。”

“啊，这么快就弄清楚了？那，长的什么模样？”

“昨晚去黑蔷薇花咖啡馆时，店里坐满了客人，因此没能详细了解情况。今天我又去了一次，在那里见到平日里与木岛君很要好并且也是侦探迷的服务员。

他说，那天的情况他记得非常清楚。

“他说木岛君是下午三点左右去咖啡馆的，问吧台要了信封和信笺坐在桌上不停地写着什么，写完后长长松了口气，随后问他要了一杯咖啡，又坐了二十分钟后连招呼也没跟他打就走了。”

“当时，木岛君边上有没有可疑的人？”

“有！服务员记得很清楚，描绘了那男子的模样。那男子看上去有二十五六岁，矮矮的个头，白净的脸上戴一副墨镜，没长胡子，下巴光溜溜的，身着黑色西装。在咖啡馆的那段时间里，那家伙脑袋上那顶压住眉毛的鸭舌帽不曾摘下过。这墨镜男子是在木岛君写完信后坐到他旁边座位上的，似乎与木岛君非常熟悉，主动找他聊天。看来，墨镜男子是趁木岛君不注意时在咖啡里投了毒。”

“嗯，可能性很大。可光凭服务员说，还不能完全相信……”

“不，不光服务员这么说，我还带来了物证。”

“什么？你是说物证？”

宗方博士和中村警长不约而同地朝前探出身体，眼睛看着小池的脸。

“是的，瞧！这根拐杖。”

助手小池边说边将拐杖递到他俩跟前。拐杖手握的部位，裹着厚厚一层纸。

“那上面是指纹？”

“是的。为不让指纹消失，我小心翼翼地用纸把它裹着带来了。”

取下厚纸，出现了银色的手握部位。

“就是这里，请仔细查看。”

小池一边观察手握部位内侧，一边从口袋里取出放大镜递给宗方博士。宗方博士接过放大镜仔细观察指纹，中村警长站在一旁没吱声。

“哦，哦，又是骷髅指纹！”

木岛带回来的鞋拔上的指纹，和这回小池带回来的拐杖上的指纹居然完全相同。两个螺纹在上，一个椭圆形螺纹在下，那模样犹如魔鬼的笑脸。

“这拐杖是在哪里弄到的？”

“那个墨镜男子把它忘在咖啡馆了。”

“墨镜男子常去黑蔷薇花咖啡馆吗？”

“不，店里人说墨镜男子是第一次去。木岛君一离开，墨镜男子坐了一会儿也走了。可到了第二天早晨，也不见失主墨镜男子来咖啡馆取回拐杖。看来，墨镜男子是不会去咖啡馆取拐杖了。”

“嗯，这么说，凶手是身材矮小并且戴墨镜的男子！这个丧心病狂的复仇狂，手上一定有骷髅指纹！”

“我急着赶来这里，是为了向先生汇报和请先生调查这根拐杖。既然情况已经清楚，必须想方设法调查墨镜家伙的下落，直到弄清贼窝所在地。先生，对不起，我告辞了。”

“好，去调查吧，千万别大意哟！”

宗方博士叮嘱道，小池急匆匆地离开M百货大楼。

须臾，展示会场里的搜查结束了，警官们纷纷返回警视厅。

宗方博士将拐杖带回研究室，放在幻灯机上放大后仔细观察。其实，这是极其普通并且非常便宜的拐杖，既没什么特别的地方也没从上边找到什么线索。

制作龙宫公主菊偶人的工艺师，受到中村警长的严厉盘问。偶人工艺师只说自己制作了龙宫公主菊偶人后，就将其交给了运输公司送到菊偶人展示会场，其他情况一概不知。中村警长由于没有掌握到足以证明工艺师作案的证据，不能随意视其为犯罪嫌疑人。

中村警长讯问了运送龙宫公主菊偶人到M百货大楼的运输公司，也没有找到证明运输公司作案的确凿证据。于是，调查不得不搁浅。

根据百货大楼展示会管理人员的回忆，有三个人将龙宫公主菊偶人搬入展示会场并且布置的。他们相貌差不多，身上都是脏兮兮的，其中负责人模样的男子，左眼好像患病，敷有正方形纱布。要说线索，就只有这一个而已。

无疑，歹徒们在搬运菊偶人的途中将菊偶人用川手雪子的尸体调了包。

川手妙子

失去女儿的川手庄太郎无限悲痛，决定四天后为川手雪子举行葬礼。这段时间里，川手庄太郎瘦了一圈，头发也已花白。

葬礼那天，装有川手雪子遗体的黑色殡仪车停在川手别墅门口。

玄关前面挤满了身着昼间礼服和日本式礼服以及裤裙的人，人群里夹杂着宗方博士和助手小池。

自那天匆匆离开M百货大楼后，小池对黑蔷薇花咖啡馆出现的墨镜男子进行了调查，至今还没什么进展。

宗方博士在一大群吊唁人中间没有熟人，孤零零地伫立在殡仪车尾部漫不经心地望着车门。少顷，他好像发现了什么，脸上肌肉变得僵硬起来。

他径直靠近殡仪车，脸凑到车门跟前观察车漆表层上的黑色油漆。

“小池君，这车漆表面有很清晰的指纹！瞧，就是这儿，你过来看看！”

宗方博士轻声对身旁的助手小池说。小池赶紧瞪大眼睛注视那里，顷刻间脸色变了。

“先生，这上面好像有那个骷髅指纹。”

“我也是越看越像，再进一步调查！”

宗方博士说着，从昼间礼服的内口袋里取出经常带在身上的侦探道具袋，从中取出小型放大镜，放在门上观察。

亮如镜面的黑色车漆表层上，被放大五倍左右的指纹出现在他俩眼前。

“果然不出先生所料，与小鞋拔上面的指纹完全相同！”小池不由得大声惊叫。

啊，又是骷髅指纹！复仇狂始终形影不离地跟着川手庄太郎。

“那家伙多半混在吊唁人群中间，我感觉凶手就在周围。”

小池紧张环视四周的人群，铁青着脸轻轻地说：“先生，也许像你预料的那样。可凶手即便混迹在其中，就我们的识别能力是无法辨认出他的。在这种场合，那家伙决不会戴那副醒目的墨镜吧？还有，这指纹是殡仪车来这里之前被按上的。如果这样，调查很难有进展。例如遇上红灯停车时，那些骑自行车的青年不是常用手摸身边停着的车辆吗？如果指纹是这样按在车门上的，车上的人不知道也是很自然的。”

“嗯，这倒也是。可那家伙为什么要把指纹按在车门上？难道要盗窃车上的尸体？”

“那怎么可能！我们不是在这里布控吗？其实，根本不是这么回事。凶手的目的，只是找我们挑战。凶手一定估计到我们会把注意力集中在殡仪车的车门上，为吸引我们而故意把指纹按在门上，多半是一个喜欢显示自己反侦查才能的家伙吧。”

宗方博士听后若无其事地笑了。

凶手的这一用意后来得到证实，远比他俩判断的要险恶得多，之后凶手还制造了更恶劣的事件。

最令人毛骨悚然的是，那天下午举行告别仪式时发生的事情。

告别仪式，是在筑地的大寺院里举行的。川手庄太郎是企业界的知名人士，出席的人多得不计其数。在灵前烧香的人排成长队，预定的一个小时里根本无法结束。尤其吸引烧香人注意的是与川手庄太郎并肩站着的川手妙子，她是川手庄太郎的大女儿。

川手妙子比妹妹川手雪子大两岁，正在上大学一年级，是川手庄太郎目前身边唯一的孩子，与川手雪子长得十分相似。川手妙子此刻身着黑色礼服，用手帕捂住眼睛，伤心得眼看就要昏倒在地上。

烧香终于结束，人们开始离开大寺院往家赶路，院内院外响起了一片相互打招呼的嘈杂声。这时，川手妙子也朝那里走去。

也许是过于悲痛的缘故，她步履蹒跚地走着，突然摔倒在地上。大家以为她犯了贫血症，急忙上前扶起她。川手妙子被前来吊唁的女亲戚抱起，送上轿车回到别墅。

回到川手别墅，川手妙子说她想独自一人静静地在房间里待一会儿，于是回到自己的卧室。当经过梳妆镜时，她侧过脸瞟了一眼自己在镜子里的模样，发现右脸上有黑色灰尘。

“咦，我怎么啦？难道我是用这样的脸向那么多亲戚朋友行礼的？”

她走到大梳妆镜跟前仔细端详一番，发现脸上不光是脏，好像还有人的指纹。指纹好像是用黑色油墨印在脸上的，细细的纹理非常清晰。

“啊，奇怪，指纹怎么会如此清楚。”

她细细观察起指纹来，猛然间面如土色。

“哇！”她大声惊叫，瘫软在旁边床上。

经过仔细辨别，那是上面两个螺纹下面一个椭圆形螺纹的骷髅指纹。可恶的复仇狂，居然把骷髅指纹按在川手妙子的脸上。

“怎么啦？”

“出什么事啦？出什么事啦？”

听到川手妙子在房间里的喊叫声，人们蜂拥而入，可她已经倒在床上昏厥过去。人们看到她脸上印有清晰的骷髅指纹时，个个吓得瑟瑟发抖。

可复仇狂制造的恶作剧并没就此结束。也正是在这时候，川手庄太郎与亲戚们在客厅里交谈，打算掏口袋里的进口烟招待大家，没想到手插入礼服内口袋掏出的，却是一封根本就没印象的信件。

“咦，这是怎么回事？”

他对掏出的信做了一番辨认，察觉是一封曾经见到过的廉价信封，信封表面什么也没写。

川手庄太郎只是微微朝它瞥了一眼，便面如土色，但信封里好像有信纸，事到如今也只好硬着头皮看看信上到底写的是什么内容。

他孤注一掷地拆开信封，里面果然是曾经见过的便笺，上面的铅笔字故意写得十分潦草。是那个家伙！那家伙仍在纠缠自己！

信的内容如下：

川手庄太郎先生：

怎么样？你该知道复仇者有无孔不入的本领吧？实话告诉你吧，真正的好戏还在后头呢！现在仅仅是开场的第一幕！至于第二幕，我已经准备就绪。第二幕的主角轮到你大女儿川手妙子，时间我已经确定，就是这个月的十四日夜晚。这天晚上，你的大女儿将和死去的小女儿同样下场。

为此，我布置的场景规模将更大、更壮观、更丰富多彩，你就在家里数着日子等待这一天吧！

第二幕结束后，接着便是第三幕。

第三幕的主角轮到谁？当然是你喽！

复仇者

于是，川手别墅上下议论纷纷，乱哄哄的。

川手妙子在大家的照料下没过多久恢复了知觉，由于过分紧张发了高烧，不得不打电话喊来医生诊治。

接到川手庄太郎的电话，宗方博士赶来了，警视厅的中村警长也赶来了。三个人又聚在一起商量对策。

无疑，复仇者混在告别仪式上烧香的人群里，不但在川手妙子脸上按上骷髅指纹，更有甚者还在川手庄太郎的内口袋里放入恐吓信。复仇者所为，可谓神不知鬼不觉。

能在川手妙子脸上将指纹按得如此清晰，不管怎么说，复仇者的犯罪技能非同小可。当告别仪式结束，川手妙子倒地时，复仇者就在旁边，趁混乱之际将骷髅指纹按在川手妙子脸上。可据大家回忆，当时站在川手妙子身边的都是亲朋好友。

中村警长决定对这些人进行排查，要求川手庄太郎提供这些亲朋好友的名单，随后吩咐部下按照名单上列出的人员进行讯问，并逐个让他们按上自己的指纹。

不用说，川手庄太郎和用人们也没有漏掉，就连当时在场的宗方博士和助手小池也在调查簿上按上了自己的指纹。可经过鉴别，没一个是骷髅指纹。

“这家伙不是幽灵就是烟雾，简直像变化无常的妖魔！”

宗方博士自言自语。

密室绑架

再过几天，便是复仇者预告的第二幕的日子，即十四日。

川手别墅被恐怖的气氛笼罩着。

从脸上被按上骷髅指纹那天开始，川手妙子就一直躺在床上，无论白天还是晚上都处在极度恐惧之中。川手庄太郎也不外出，守在女儿妙子身边。

十四日那天终于来临，根据川手庄太郎的要求，别墅内外处在高度戒备之中。警视厅派来六名便衣刑事侦查警官，保卫正门和后门以及在围墙外面巡逻。川手妙子卧室的外面，由宗方博士及其助手小池君通宵保卫。

川手妙子的卧室是别墅最里面的房间，除两扇窗朝着院子外，出入口只有一个，是朝着走廊的。宗方博士坐在门外走廊的椅子上，助手小池则坐在院子里监视两扇窗，以防止罪犯爬窗袭击川手妙子。

大家早早吃完晚饭，赶紧各就各位，履行保卫职责。即便安排了这样严密的守卫，川手庄太郎还是放心不下，不时地在女儿卧室里进进出出。每次经过走廊时，总是主动与宗方博士说话。

“不会出事吧？”

“你绝对不用担心！川手妙子小姐的周围有两道警戒线，可以说是固若金汤。别墅周围有六名警官，他们武艺高强，都持有武器。复仇者要想骗过他们的眼睛进入别墅，比登天还难。

“退一步说，即便复仇者越过警方防线进入别墅，还有我和小池君组成的第二道防线，一个坐在走廊上守卫门口，一个坐在院子里守卫窗口，再说窗内有插销。过一会儿，我打算把这门锁上。”

“可是，如果有暗道什么的……”川手庄太郎还是疑神疑鬼。

“那，那不可能。刚才我和小池君将妙子卧室里所有角落全都仔细查了一遍。墙面、天花板和地板上，丝毫没有可疑的迹象。这不是你自己建造的别墅吗？怎么可能有通向外面的暗道呢！”

“哦，宗方博士，你连这也调查过了？这么看来，是不会有漏洞了。是啊，听你说的，我总算镇定了许多。可今天晚上，我总觉得自己无论如何也不能离开女儿身边半步，我打算在女儿卧室的沙发上过夜。”

“那倒是一个好主意！房间外有我和小池君把守，房间里有你亲自把守。像这样的话，你女儿周围不就有三道防线了吗？尤其你在女儿妙子的卧室里，我们的信心就更足了。”

川手庄太郎走进女儿房间，躺在卧室外间的长沙发上。

他打开房门，与门外走廊上的宗方博士交谈了一会儿，渐渐地不说话了，躺在沙发上打起呼噜来。于是，宗方博士拿出事先备好的锁将门反锁。

夜越来越深，别墅也似乎进入梦乡，鸦雀无声。宗方博士嘴里抽着烟，身体靠在椅子靠背上，眼睛格外有神，高度警惕地注意着走廊的动静。

院子里，助手小池也在抽烟，时而坐在椅子上，时而从椅子上站起，走到窗前来回行走，企图赶走让眼皮拼命打架的睡意。

十二点……一点……二点……三点。

漫长的夜更深了，拂晓也随之快要降临。

清晨五点，当天空出现微微发白的晨曦时，宗方博士腾地从椅子上站起来伸了个懒腰。

终于迎来了早晨，一切平安无事，如此严密的三道防线，确实像铜墙铁壁。复仇者果然不敢轻举妄动，或许放弃实施第二幕，或许不得不延期第二幕的实施时间。

宗方博士走到门前，敲着门喊川手庄太郎：

“哎，川手先生，天已经大亮了，房间里没发现复仇者吧？”

房间里没有回音，川手庄太郎好像还在睡大觉。

宗方博士又敲了几下房门，这回力量稍稍大了一点。

“川手先生，川手先生！”

可房间里仍没有回答。

“奇怪！”宗方博士自言自语，迅速掏出钥匙打开锁推门进入房间。

“咦，这是怎么回事？”

只见庄太郎躺在沙发上，身上被绳索捆了一道又一道，并且被固定在沙发上，嘴被蒙上大毛巾，既不能动弹也出不了声。

宗方博士见状赶紧跑过去，取下蒙在他嘴上的大手巾，使劲摇晃川手庄太郎的肩膀，大声喊道：“川，川手先生，怎，怎么啦？你什么时候被弄成这样的？小姐呢？”

川手庄太郎绝望得连说话的力气也没了，只是用眼神示意女儿卧室。

宗方博士顺着他示意的眼神，只见卧室房门敞开，便急忙大步上前朝里张望。奇怪！床上是空的，川手妙子不见了。

他急忙闯进卧室大喊道：“小姐，妙子小姐！”

没有人回答，卧室里空荡荡的。宗方博士铁青着脸返回外面房间，迅速解开川手庄太郎身上的绳索，问道：“这，这到底是怎么回事？”

“我一点也不清楚。我和你交谈没多久，便昏昏沉沉地睡着了。不一会儿，突然觉得呼吸困难起来，好像是麻醉剂钻入我的体内。只觉得嘴巴和鼻子被什么软绵绵的东西蒙住了，刹那间不省人事。妙子呢？她遭绑架了吗？”

“哦，实在对不起，可走廊上没发生异常情况呀！看来，复仇者可能是翻窗进入卧室的。”

宗方博士走到窗前呼地打开窗帘，卸下插销，推开窗边打量院子边喊：

“小池君，小池君。”

“先生，早上好！”

怎么回事？小池不是在院子里守卫窗口吗？院子里，似乎也没发现什么可疑情况。瞧！宗方博士一喊他，小池立刻精神抖擞地回答。

“你没睡？”

“是的，怎么能睡呢？”

“那，你没看见什么？”

“你说看见什么？”

“你这个糊涂虫！妙子小姐被绑架了。”

其实，不应该数落小池，他并没有什么过错。能证明他没看见复仇者的，是那两扇内侧上有插销的玻璃窗。那上面，根本没有窗户被打开过的迹象。

这么看来，复仇者到底从哪里进来又从哪里出去的呢？室内究竟有没有暗道？宗方博士带着助手小池在房间里展开地毯式的搜查，根本就没有发现暗道，而且，门是外侧上的锁，窗是内侧上的插销。

倘若罪犯不是幽灵，罪犯不可能神不知鬼不觉地蹿入密室，不可能从密室逃之夭夭。

可是，幽灵真能让人嗅麻醉剂和将人五花大绑吗？即便幽灵能从一两厘米的间隙钻入房间，也不可能把川手妙子从那么狭小的间隙里带走！因为，川手妙子不是幽灵。

面对川手妙子被绑架一案，没想到大侦探宗方博士居然也茫然不知所措。但他说，无论如何要解开复仇者制造的密室绑架之谜。

他似乎急中生智想出了什么好方法，让女用人打开玄关门，发疯似的朝门外狂奔。不用说，他是想找守卫在别墅周围的六名警官打听昨晚的情况。可结果，六名刑事侦查警官回答说没见到任何人翻越门窗进入别墅。

究竟该如何解开密室之谜？

宗方博士晕头转向，像丈二和尚摸不着头脑。

秘密空间

“奇怪，实在奇怪！一定漏看了什么！”宗方博士握着拳头朝自己脑袋咚咚地敲了几下，时而走进大门沿院子转圈，时而走出大门沿围墙转圈。

天大亮时，宗方博士再次和助手小池以及六名警官分成调查小组，从天花板到廊子底下，从每个房间到院子所有角落，展开了长达两个小时的调查，仍然没有找到类似脚印和指纹的可疑线索。他立即挂电话向警视厅汇报。其实，警方已经无能为力。宗方博士快快不乐，决定返回事务所。

此刻，川手庄太郎像病人那样有气无力地躺在沙发上，也没力气指责他。宗方博士觉得眼下也不是道歉的时候，紧绷着脸，也没跟任何人打招呼，带上助手小池悄悄走出玄关。他俩来到大街上叫停出租车。宗方博士上车后垂头丧气地靠在座椅背上，闭上眼睛一句话也没说。助手小池君望着先生闷闷不乐的表情，不知所措，也只得闭上眼睛一声不吭。

当出租车行驶到距离事务所还有一半路的时候，宗方博士猛地睁开眼睛。

“噢，也许是那么回事。”

他自言自语，紧绷的脸部肌肉放松了，眼睛变得炯炯有神起来。

“喂，司机，掉头！朝来的路开回去！速度要快！”宗方博士朝司机大吼道。

“忘拿什么东西了？”小池惊讶地问道。

“嗯，是有东西忘了，有一个地方忘了搜查，我刚才想起来了。”

“那，你已知道复仇者秘密出入口在哪里了吗？”

“我有一种感觉，复仇者既没出去也没进来，他和川手妙子一起在我眼前晃动。唉，我却一直没察觉到……”

小池君直眨眼睛，丝毫不明白博士这番话究竟是什么意思。

“你是说在你眼前？”

“你马上就会明白，当然，也可能是我的误解。可思考来思考去，复仇者不可能耍别的花招。小池君，有些东西尽管出现在眼前，可我们却感觉不到。比方说，某种道具被用在毫不相关的地方，我们会像睁眼瞎那样视而不见。”

小池君对博士的这些话越听越糊涂，觉得问也是白问。

出租车飞也似的疾驶着，很快来到川手别墅门前。宗方博士推门跳下车，一阵风似的穿过院门朝玄关跑去。来到客厅，见川手庄太郎还是像刚才那样无精打采地躺在沙发上，两眼直愣愣地不知望着哪里。

“川手先生，请允许我再次调查那房间，我漏看了一个地方。”

宗方博士拽住川手庄太郎的手，着急地说。

川手庄太郎有气无力地站起身来，跟在宗方博士和小池身后。

宗方博士走到川手妙子的卧室门前，转动了一下门上的锁柄。

“啊，果然是那样！卧室门是先上的锁。”他说完神情沮丧地叹了口气。

川手妙子已经遭到绑架，眼下没有必要说什么锁不锁的。小池君越发不明白先生这番话。

走进卧室，宗方博士立即走进里间，一骨碌躺在川手妙子昨晚睡过的床上。

“川手先生，这好像是一张新床吧？你是什么时候购买的？”

对于宗方博士意外的问话内容和语气，川手庄太郎更加惊讶，博士到底怎么啦？不会是精神错乱吧？

“喂，你到底是什么时候购买的？”宗方博士重复刚才的话题。

“我是最近买的，因为原来那张床突然坏了。四天前，我让家具店按原来尺寸送货上门。”

“哦，我觉得大概是这么回事。那，你见到送床来的搬运工了吗？搬运工确实是家具店派来的吗？”

“嗯，那搬运工来的时候……凑巧有客人来，我告诉他放床的房间和位置，没有跟他们一起去妙子卧室。我记得搬运工男子左眼上蒙着纱布，嘴里好像啰啰唆唆地说了什么。不用说，是陌生的搬运工。”

啊，一个左眼蒙纱布的男子！不就是前面提到过的，那个曾经将川手雪子尸体换成菊偶人送到M百货大楼展示会场的搬运工吗！当时加他一共是三个搬运工，据说他是负责人模样。

“果然不出我所料！”

宗方博士吼叫着从床上跳到地上，爬到床底下检查是否有什么间隙。那模样像汽车修理工，脸朝上仔细观察床底的每一个部位。突然，他大声嚷起来，吓得小池君和川手庄太郎目瞪口呆。

“跟我想象的一样。瞧！瞧这里！我已经弄清复仇者的作案手法了！唉，只是到现在才明白，太迟了……”

川手庄太郎和小池急忙跑到床边。

“哪里？”

“这里，是这里。你俩把床朝外移动！这里有机关。”

按照他说的，两个人从里侧将床从墙边移开。这时，躺在床下地上调查的宗方博士直起上半身，接着站起来用手指着刚才靠墙边的床侧面。

“这里有暗盖。瞧，一打开就可看到床里有大木箱那么宽敞的空间。”

掀起床垫的上面部分，下面是宽一点三米、长不到两米的狭长空间。也就是说，整个床垫分上下两部分，上床垫是整个床垫的三分之一，非常柔软；下床垫是整个床垫的三分之二，是一块结实的木板，也就是下面狭长空间的顶部。不用说，是为了藏人的。这里面的空间，可以容纳两个人。

“这办法还真隐蔽！从外表看，跟一般床没什么两样。”

小池被复仇者的阴谋惊呆了。

仔细打量，这张床比一般床要厚许多，但粗看很难看出，设计和制作都属一流。无疑，复仇者途中拦截将床运往川手别墅的家具公司搬运车，换上“箱床”

运往川手别墅。

“这么说，这张床运来时，罪犯已经躺在床下箱子里潜入我家了？”

川手庄太郎吓得目瞪口呆。

“也许是事先潜入，或许是床运来后潜入。但昨晚，肯定是事先躺在床下箱子里的。川手妙子根本不知道这一机关，躺在与复仇者仅隔一张床垫的怪床上睡觉。半夜里，那家伙钻出来先麻醉你，再把川手妙子塞入床下箱子里，而他自己也钻进去，等待出逃时机。”

“那，是早晨以后……”

“是的，我们失败了，根本没想到川手妙子和罪犯会在床下箱子里，我们还敞开着卧室房门去院子搜查。无疑，复仇者当时见走廊和玄关上没人，便将川手妙子挟在腋下逃走了。”

“可如果说复仇者出逃，那他是朝哪里出逃的呢？别墅外面的路上有行人，他不可能挟持我女儿大摇大摆行走。再说，警官们当时不是守卫在围墙外面、正门和后门吗？”

“是的，我也那样想了许久。可复仇者也许采用了令人出乎意料的方法出逃，或许还在别墅里。如果还在别墅里，多半是想等到天黑！但是……”

宗方博士对这一可能性不是很有自信。

“妙子多半也是被蒙住嘴巴和捆住手脚，和我昨晚的狼狈模样差不多。要不，她会大声喊救命，或许……”

川手庄太郎说完，忽然像看见什么似的，胆战心惊地望着宗方博士。

“现在什么也不能说，但这里没发生过残忍的事件，因为到现在还没发现一丝血迹。可川手妙子的生命安全不能保证，我们只能祈求她平安无事。”宗方博士垂头丧气地说。

“如果还躲在别墅里，有必要再搜查一次……”

“我也这么想。为慎重起见，我想找门外警官打听一下。应该还有两名警官在那里。”

宗方博士朝门外跑去，小池和川手庄太郎紧随其后。

意想不到

一来到大门那里，见有一目光锐利的男子边抽烟边打量过路行人，男子身着西装，头戴鸭舌帽。

“喂，那后来是不是见过可疑人物进出过大门？或者是不是有什么人拿着大行李从门口出去？”

警官被宗方博士突如其来的发问搞得直眨双眼。

清晨，在对别墅进行彻底搜查后，为防止罪犯可能还藏在别墅的某个地方趁大白天逃跑，上司命令这位警官继续站岗守卫门口。如果有可疑人物进出大门，按理不可能逃过他的视线。

“不，没有人经过，除你们以外没有一个人经过。”

“不会搞错吧？真没有一个人经过门口吗？”宗方博士继续询问。

“决不会搞错。我是被特地留下来守卫大门的。”警官不高兴地答道。

“如果是送报员和邮递员那样的人呢？”

“什么？你说什么？像那样的人也要怀疑吗？送报员和邮递员进去过也出来过，可歹徒不可能模仿他们的模样出逃！他们都是从外面进入别墅的，送完报和信后就立即离开了。”

“是吗？我还是要请你仔细回忆！除他们以外还有人进去过吗？”

警官脸上的表情似乎在说，你这个侦探怎么这么啰唆？他瞪大眼睛愤愤不平地瞟了宗方博士一眼。少顷，他好像想起了什么，冷不防笑出了声说：“哈哈哈……要那么说，有，有，哈哈哈……是环卫所上门收垃圾的，那家伙拉着垃圾车进来，装完垃圾清扫垃圾箱后就走了。哈哈哈……像打扫垃圾箱的环卫工人也要对你说吗？”

“是的，很有参考价值……你站的位置能看见垃圾箱那里吗？”

“不，从我这里看不见垃圾箱。收垃圾的环卫工人经过大门是朝右拐弯进去的，垃圾箱可能是在厨房门口吧。”

“这么说，你一点也不清楚环卫工人到底干了什么？”

“是的，不清楚，也没有人命令我监视环卫工人。”

警官很不耐烦，脸上的表情似乎在说，你干吗要问这些无关紧要的事。

“那，环卫工人是从这里出去的吧？”

宗方博士仍纠缠着警官询问环卫工人的情况，就是要打破砂锅问到底。垃圾车和昨晚的绑架歹徒之间，莫非有什么关系？

“是啊！是从这里出去的。因为，把垃圾带走是环卫工人的工作呀！”

“垃圾车上有盖吗？”

“那怎么啦？我想多半有盖。”

“环卫工人就一个吗？”

“两个。”

“他俩长得什么模样？说说特征。”

一直显得不耐烦的警官，脸上突然露出不安的神色。宗方博士为什么要纠缠这一问题？渐渐地，他似乎明白了其中的用意。

警官思考片刻后似乎回忆起什么来。

“一个身材矮小，戴着墨镜。还有一个，哦，好像不是左眼就是右眼上蒙一块正方形的纱布，看上去四十岁左右。他俩身上穿的衬衫都很脏，裤子是土黄色的。”

听到警官这一描述，小池脸色骤变。宗方博士不高兴地问道：“中村警长没对你说过罪犯特征吗？”

被这么一说，警官不由得慌张起来："说，说过。曾在黑蔷薇花咖啡馆出现过的犯罪嫌疑人，戴墨镜，身材矮小。可是……"

"还有，将龙宫公主菊偶人搬入展示会场的那个凶手的特征呢？"

"哦，我现在想起来了，是左眼蒙纱布的。"

"两个环卫工人和凶手不是很像吗？"

"但是……我根本没想到环卫工人是凶手化装的……再说，他们都是从外面进来的。而我是把注意力全集中在从里面出来的人身上……这大概是巧合吧。"

"也许是巧合，也许不是巧合。我们必须立刻展开调查。歹徒将川手妙子藏在某个地方后先独自一人逃走，随后为了带走川手妙子再返回别墅。这种设想也不是不可能。因为，我们早晨在别墅里搜查的时候，完全有可能被歹徒钻了空子。"

"你说歹徒把川手妙子藏在某个地方？会不会把她藏在垃圾箱里？"

"很有可能。歹徒也许会采用反常识、反逻辑的超常手段。我们今天早晨搜查的时候，没有调查过垃圾箱。那，我们现在去核实一下。"

大家跟在宗方博士身后走进大门，朝厨房后门走去。

被视为疑点的垃圾箱，是在厨房外侧和水泥围墙的内侧之间，外表涂有黑色油漆。论垃圾箱的大小，里面完全可以藏个把人。宗方博士径直走到垃圾箱旁边，掀开箱盖。

"里面很干净，什么垃圾也没有。哎，那是什么？小池君，过来看一下！"

小池连忙走到垃圾箱跟前朝里张望。

潮湿的垃圾箱底还留有少许垃圾，夹杂着一个白色东西。

"好像是信封。"

他一边说一边拾起信封。这又是一个曾经见过的普通廉价信封，上面没有收信人和寄信人姓名，但里面有信纸。

"看一下信上写的是什么！"宗方博士说。

小池拆开信封取出信笺。

"咦，是沾油墨后按的指纹。"

信的末尾按有清晰的指纹，好像是署名。宗方博士立即取出放大镜仔细察看。

“果真这样！川手先生，这跟我的推理完全相同。川手妙子曾被歹徒藏在垃圾箱里。”

这是三个螺纹上下排列在一起的指纹，酷似骷髅黑洞洞的眼睛和嘴巴。

“小池君，念一下那封信。”宗方博士吩咐道。小池君便念了起来。

川手先生：

我编撰的字典里没有“不可能”这样的单词。虽说你布置的两道警戒线看似铜墙铁壁，可经不住我制定的妙计而全线崩溃。告诉你，这就叫“道高一尺，魔高一丈”。请代向宗方大侦探问好，并请代我捎口信给他。

他和警方展开了地毯式的大搜查，却漏掉了床和垃圾箱。

他算什么大侦探？哼！请你别忘了把我这话原原本本转达给他。

你终于到孤独一人的时候，你的女儿妙子去哪里了？请好好寻找寻找吧！也许，你会在某个充满恐怖的场所发现女儿川手妙子。请想象，你当时会是什么样的表情？

川手先生，这就是我复仇的第二幕。

宗方博士满脸羞愧，低着脑袋一直听小池念完那封信。

“川手先生，我不知道该怎么向你道歉，我承认这回被歹徒占了上风。歹徒诡计多端，手段残忍，但我一定会接受教训洗刷耻辱。妙子小姐可能已经没有生存的希望，但我一定要找到歹徒藏小姐的地方。我不会就此罢休，准备与歹徒背水一战，哪怕拼上我的生命也在所不惜，直到抓获歹徒为止。请相信，我一定兑现诺言。”

宗方博士脸涨得通红通红的，一口气说完。与其说是向川手庄太郎保证，倒不如说是为了挽回自己的名誉发誓。

幽灵集会

宗方博士识破歹徒用垃圾车带走川手妙子的诡计，是在早上八点三十分左右。大约十分钟过后，中村警长从警视厅赶来了。听完宗方博士对整个情况的介绍后，他又匆匆返回警视厅，向东京都内所有警署和派出所发出设卡盘查罪犯的紧急通知。

就这起犯罪事件来说，犯罪团伙的情况已经大致掌握，加之垃圾车上放有大货物，应该不难擒获。

可问题是，歹徒逃离川手别墅已经一个多小时。这些家伙动作神速，像幽灵那样擅长隐蔽。眼下，歹徒不可能仍然一副环卫工人的打扮，拉着垃圾车在街上慢慢行走。

他们肯定扔掉极易暴露自己的垃圾车和身上的环卫工人制服，带着川手妙子隐蔽在东京的某个地方。

如果真是这样，警视厅设在全东京大街小巷的盘查点只能说是“马后炮”。其结果，只能找到被扔弃的垃圾车和工作服。

结果，果真这样。大约三十分钟过后，警视厅给正在川手别墅的宗方博士挂来电话：“是博士吗？我是中村，歹徒用过的那辆垃圾车找到了。”

“你们是在哪里找到的？”

“就在川手别墅附近，距离门口仅一点点路。从川手别墅出来朝南走五百米左右，不是有一家神社吗？就在那边的树林里。”

“那，川手妙子呢？”

“没看见，只有一辆垃圾车。树林里我们都搜查过了，既没有找到川手妙子，也没有发现歹徒。”

“咦，川手妙子被他们带到哪里去了……好吧，我马上去你那里。”

宗方博士啪地放下电话听筒，喊上助手小池匆匆赶往现场。

他俩根据中村警长说的方向大步跑着，转过两三个弯后看到神社树林。

那一带是东京的中心地带，却给人以东京郊外的感觉，到处残留着战争时代的痕迹，现在是少年儿童玩耍的场所。

走进神社树林，那辆垃圾车已经被送到当地警署调查。垃圾车被扔弃的地方，竖有一根作为标记的木桩。木桩旁边，站有一名全副武装的警官。

宗方博士递上名片，主动与警官打招呼：“我是接到警视厅中村警长电话赶来现场的，中村警长马上就来。”

“原来是这么回事。久仰大名。听说您接受侦查这起案件的委托了。”

年轻警官怀着崇敬心情望着这位著名私家侦探，彬彬有礼地答道。

“那，除垃圾车外你还发现什么新情况了吗？”

“刚才对树林搜查过了，没找到任何线索，被害人可能被歹徒藏起来了，挖一下土应该可以找到。神社里和廊子下我们都搜查过，没发现什么。”

“就你一个人搜查的吗？”

“不，我们警署一共来了五个人，是分头搜查的。”

“哦，太感谢了！我在这一带调查一下。中村警长一到，请你通知他我在这附近。”

宗方博士朝警官行礼后，带上助手小池一起走出神社漫无目的地闲逛起来。

“咦，小池君，那儿好像有马戏团。”

“呃，好像是的。瞧，还竖有马戏团旗帜。哦，上面写的什么幽灵集会，可能就是迷宫魔术。”

“啊，既然是奇妙的草木迷宫魔术，去体验一下好吗？这种以前有过的幽灵迷宫，难道东京现在也有？”

“这种幽灵迷宫魔术，最近在东京很流行，过去称它草木迷宫什么的，现在换上了新名称，叫什么幽灵集会。场景里，别出心裁地制作了许多古怪的道具。”

他俩边说边走，不一会儿来到马戏团帐篷门口。

正面有纸制的大块岩石和大片竹林，中间是木制庙堂，装饰得非常逼真。

上面排列着用荧光颜料绘制的广告宣传海报，画有各种姿态、各种模样的幽灵和妖怪，仿佛要跃出画面似的。

帐篷前面，是黑压压的人群。

透过人群的脑袋间隙，可以隐隐约约看到门口站着年轻的检票员。由于木门位置比较高，可以看到检票员胸部以上的模样。

此刻，年轻检票员嘴对着话筒，用嘶哑的嗓音一个劲地说着招揽观众的广告语。喇叭里不停地飞出嘶哑嗓音和着叽叽喳喳的喧闹声，在人群上空回荡。

悬赏通告

他俩渐渐走到跟前，看见木门上贴有一张大纸，上面写着几行潦草且十分蹩脚的字。

游客如果从幽灵集会的迷宫入口进去并顺利到达出口，本马戏团除退还该游客入场券的票款外，还支付奖金一万日元。

“咦，这马戏团的做法真怪！入场券一千日元，加上奖金一万日元，难道经营者不知道这是赔本买卖？”

宗方博士不由得嘀咕，站在边上的老者说：

“不是你想象的那么回事，马戏团的经营者可赚钱呢！喂，你瞧！有许多游客不都相继中途返回来了吗？他们半途当逃兵，没勇气到出口。

“嗨，我从昨天观察到现在，顺利到达出口的游客一个也没有。看来，中途一定有难以逾越的‘关口’。听中途返回的游客说，那里的迷宫找不到去出口的路。

“还说途中会不时遇上幽灵般的妖怪，也不知它们从哪里蹿出来的，面目狰狞，血口獠牙。而且，妖怪有许多种类。与其说害怕，倒不如说看了那些妖怪后心情不舒畅。据说，还有根本不能目睹的东西。”

老者是地道东京人，似乎爱聊天，也不管别人是否爱听，只顾着自说自话。

“那，大叔没去过迷宫吗？”小池嘲弄般地问道。

老者的手在脸前挥了挥说：“怎么能去那里面！付了一千日元买入场券，相反落得个魂飞魄散，值得吗？你们要是觉得那里是好地方，怎么不进去试试呀！”

宗方博士这时好像想起了什么，说：“怎么样？小池君，我们进去见识见识！”

他说这话时，表情非常严肃。

“什么？先生，你想进去吗？”

小池心想，说好是来寻找歹徒的，可先生到底怎么啦？中途撂下寻找歹徒的重要工作，竟像游客那样无所事事地见识草丛迷宫……他觉得纳闷，神色木然地打量着宗方博士的脸，眼睛眨巴的频率更快了。

“我突然有了新思路……别吱声！跟着我进去。”

宗方博士说完，分开人群朝门口走去。

盘腿骸骨

被众人称为大侦探的宗方博士，居然撇下自己的工作进草木迷宫游乐，有这样的大侦探吗？

小池不由得恍惚起来，可转而一想，觉得先生此举一定有其道理，绝不会平白无故地突然想要见识迷宫。看来，先生可能是想在草木迷宫里寻找下落不明的川手妙子。想到这里，小池顿觉茅塞顿开。

从别墅里出来的垃圾车，被歹徒扔在附近神社境内，而垃圾车上却不见川手妙子。

当时还是上午时分，带着川手妙子的歹徒们不可能走远。不管朝哪条路走，都是热闹非凡的大街，难以混在人群中间溜之大吉。

宗方博士去售票处购买入场券后走到门口，年轻检票员笑着提醒道：

“迷宫里的工作人员分两次发放‘通过证’，请游客别遗失，到达出口时交给工作人员。通过证，是顺利通过迷宫的证明，但必须满两张，否则无效。”

他俩听完检票员的提醒后走进木门。

迷宫虽说在帐篷里，可帐篷顶部内侧蒙着厚厚的黑布，而且蒙得没有一丝缝隙，像真正的黑夜。眼前的草木迷宫里伸手不见五指，一直向前延伸。

朝右转，再朝左转，朝前走，再朝后退……一条只能容纳一人行走的羊肠小道，似乎有好几百米长。整个帐篷的面积并不大，可隔成弯弯曲曲的小路后，漫长得简直让人吃惊。

“哇，糟糕！累得我够呛。瞧，又是岔路！究竟该往哪里走才对？一旦走错，就得在相同路上绕圈。”

小池不耐烦地嚷道，后悔不该进来。

宗方博士显得很冷静。

“小池君，你知道草木迷宫的走法吗？如果朝右走，右手必须摸着竹篱笆一直朝前，即便走进死胡同，也不会连续犯错。比起稀里糊涂地乱走，还是这方法好，而且可以很快地走出迷宫。”

宗方博士边解释边用右手摸着竹篱笆走在头里，步子很快。

小池觉得也许是那么回事，紧随博士身后。

漫长的竹林里，有许多各种形状的妖怪。在微弱灯光的照射下，有的横卧，有的站着，有的悬挂空中，有的像装着什么机关，在空中悠悠晃动。

古池般的水塘里，有时猛地伸出细长手臂，渐渐现出女幽灵。

漆黑的通道上，游客有时突然踩上软绵绵且庞大的东西，扑通一声仰脸摔倒在地。

有的通道上方，耷拉着脑袋的女人突然从天而降，呼地骑在游客肩上，继而双手抱住游客，发出令人厌恶的尖叫声。

这些偶人的形状即便制作得再可怕，其恐怖程度也不足以让男游客拔腿逃走。仔细看，充其量只不过是滑稽幽默而已。

“先生，浏览这些偶人真无聊！到现在，我一点也没感到可怕。可是，那些游客为什么看到偶人会惊慌失措抱头鼠窜？”

“是啊，不过，现在下结论还为时太早，没看到结束还不能这么说。再说我们并非只为了玩才进迷宫的，你我身上有重要任务，那就是寻找川手妙子。因此，不管什么样的偶人，我们非但一个都不能漏看，还要仔细观察。”

他俩边走边小声说话，不时地遇上妖怪和幽灵，不得不猛地站住，随后继续行走。就这样，走走停停，停停走走，走了好长时间后才穿过草木迷宫里的竹林丛，到达黑色木板围墙边上。

“咦，又是死胡同？不，不，不是那么回事。瞧！这里有小门，门上贴有小纸，上面写着‘请推门进去’。小池君，这儿气氛有点紧张！这地方这么黑暗，推门进去可能遇上什么恐怖的怪物。”

“是呀，要是一个人，也许会感到害怕。”

宗方博士把门推开，与小池一前一后走进去。

但是，门里面并没什么令人可怕的东西，只不过感到黑压压的一片而已。可在这么漆黑的地方，即便鼻尖相互碰上也无法知道对方是谁。

房顶、墙上和地上好像都蒙上了黑布，一丝光线也没有。比起刚才与妖怪和幽灵相撞，这里显得更加恐怖。

“这里太暗，简直无法迈步。”

他俩手摸着墙，脚踩着地面小心翼翼地朝前行走。

走了十米左右，猛然间觉得右边的黑暗里有白乎乎的东西，朦朦胧胧的，好像是什么动物蜷缩在那里。

“什么，是骸骨！是一具盘着双腿坐在那里的骸骨。”

小池来到边上朝骸骨摸了一下，不是画，也不是人穿着骸骨图案的服装，而是真的骸骨标本。

黑暗里猛遇上盘腿坐地的骸骨，比起可怕，更有说不清道不明的恐惧。

就在他俩停住脚步欲观察的时候，奇怪的现象发生了。骸骨忽地直立起来，冷不防朝他俩伸出右手。原来，骸骨手上拿着一叠纸。

接下来的一瞬间，骸骨张开嘴巴，嘎叽嘎叽地传出牙齿的摩擦声，笑声嘶哑，好像身上某个部位装有喇叭，让人觉得声音来自遥远的地方。

刚才进门时，年轻检票员曾提醒说，如果顺利穿过迷宫，途中会先后得到两张通过证。看来，这就是他说的通过证。

如果是胆小的游客，不可能在这么黑暗的地方从骸骨手里取通过证，无疑转过身拔腿就逃。他俩来到这里，应该说已经顺利通过迷宫的第一关。

宗方博士和小池并不感到可怕，从骸骨手里接过通过证，继续手摸墙脚探着地朝前行走。

少顷，墙挡住了他俩的去路，左边和右边都没有路，无法继续前行。

“奇怪！大概是要我们后退吧。”

“不会。可能有门。我觉得这黑色板制围墙应该有门。”

“嗯，也许像你说的那样。”

宗方博士在正面墙上摸索了片刻，连连说：“哦，有了，有了，是门！可以推开。

说着推开门朝里走去。

就在这时，眼前出现了酷似摄影机上的闪光灯的光，频频闪亮，照得小池怎么也睁不开眼睛。顷刻间，门像装有弹簧那样腾地关上，凑巧触及他的鼻尖。

小池觉得走在前面的博士应该在门那边，赶紧推门，可不知何故，关紧的门好像被人使劲按着那样，无论怎么用力就是推不开。

“先生，门被关上了，我过不去，是不是把门朝你那里拉开。”

叫声轻轻传到门那边，可宗方博士没回答。

猛然间，博士像被从黑暗扔向强烈的阳光下那样，眼冒金星。

光线强烈而又刺眼，片刻什么也看不清楚。渐渐地，眼前就像云散雾开那样，频频闪烁的亮光消失了，取而代之的是脸上肮脏不堪的大眼睛男子，嘴张得像碗那么大。

“咦，这不是我自己吗？”

他重新观察，确实像表情一本正经的自己，鼻梁上架着眼镜，嘴上留着胡子，下巴有一撮三角胡子。

体验镜屋

宗方博士觉得仿佛被幽灵缠身，烦躁得眼看就要癫狂，说不出到底是什么心情。就在他稍定下心来再认真观察时，发现前面是一堵镜面墙。

“啊，原来是镜子！这迷宫与曾经走过的迷宫不同，变幻莫测。”

像这样的镜子不可能难住他俩。如此奇妙的小房间里，装有足以使宗方博士吃惊的机关。

朝右看，是自己；朝左看，也是自己；朝后看，门背也有镜子，镜子里的宗方博士比自己大五倍。

不仅四周墙上是镜子，就连天花板上和地上都装有镜子，并且六面镜子之间没有一丝间隙，简直不可思议。

有的是平面镜，镜子里的人物与实际人物的比例是一比一；有的是凹面镜子，镜子里的人物比实际人物大五倍；有的是波纹镜子，镜子将人物影像拉长成三米左右，或者将人物影像缩短成五十厘米左右。

镜子里出现的模样，再相互映照在六面镜子里，使得一个人变成六个人，十二个人，二十四个人，甚至变成四十八个人……

如果紧盯着镜子的深处看，遥远的地方似乎有几百个影子重叠在一起，变成几千人。并且，头顶的镜子与地面的镜子相互反射。

宗方博士身处镜屋不由得思索起来，被独自关在安装如此精细的镜屋里，有生以来还是第一回，而且自己吓得不轻。

眼下，如果笑，镜子里会出现几千张笑脸；如果举手，镜子里会出现几千只举起的手；如果迈步，镜子里会出现几千个走路的人。

抬头仰望天花板镜子，镜子里倒栽葱似的站着的宗方博士正望着自己；低头俯视地面镜子，脚朝上悬挂着的宗方博士在从下朝上看。自己仿佛上不着天下不着地地被悬挂在空中，孤独无援。

身处六面镜房间里，简直上天无路入地无门。如果是妇女或孩子站在这里，一定会吓得哭鼻子，甚至还会发疯。

宗方博士也不敢在镜屋里久留，慌乱地在六面镜子上摸来找去，寻找出口。于是，镜子里映照出几千个转圈的宗方博士，宛如大操场上几千个人正在跳集体舞。

这样的机关太残酷！入口门被关得根本推不开，再说也找不到其他出口。倘若被一直关在装有六面镜子的房间里，无论谁都会癫狂发疯。

其实，出入口门刚才自动关闭是有原因的。这样的镜屋只能容纳个把人，只要有人进去门便自动合上。在一定时间里，无论你怎么推和拉都是徒劳的。把游客关在这样的镜屋里，是马戏团在迷宫里设置的游戏项目。

“小池君，太可怕了！原来是镜屋。现在，我找不到出口究竟在哪里，你再试着推一下刚才进来的那扇门。”

宗方博士朝站在镜屋外面黑暗里的小池大声喊道。

“先生，推不开！从刚才关上的那一刻起，我就一直在用力推。”

“小池君，你别进来，我已经害怕得受不了啦！我稀里糊涂地闯进来，现在惊慌失措。这房间里到处是镜子！镜子里，有几千个跟我模样相同的人晃来晃去。”

“啊，有那么可怕！你还没找到出口吗？这门肯定是哪里失灵了，我去门口喊工作人员来开门好吗？”

“哦，开了，开了，镜墙有间隙了，让我先出来。”

这时，有一面镜墙在机械转动下出现了能容纳一个人通过的间隙，可外面仍然是一片漆黑。

宗方博士正要出来，可瞬间又愣住了。如果小池闯进来怎么办？不能让他独自留在这里，跟他一起离开这里是上策。

然而，设计迷宫的人并没有忽视这一点。

“我这里的门开了，你那里怎么啦？”

传来小池敲门的声音。

无奈，宗方博士率先离开镜屋站在外面的黑暗里，刹那间刚出现的间隙传来“啪”的响声消失了。与此同时，那边传来小池君轻微的叫喊声。

“先生，你在哪里？门开了，门开了。”

“出口在这里，你只有等门自动打开才能出来，请耐心地等吧！”

宗方博士大声喊道。

草房蚊帐

伫立在黑暗里等了好一会儿，眼前的墙终于像门那样开了，小池摇摇晃晃地逃了出来。

“啊！快把我吓坏了，憋得真难受啊，我是半睁半闭着眼的，要不然我准会发疯……”

“呃，原来如此。大家就是这原因才返回门口的吧？越朝前走越可怕。”

两个人在黑暗里交谈，用手摸着墙朝前走了起来。

忽然，黑暗里传来轻轻的嘶哑的声音。

“怎么样？有点紧张了？这还是刚开始哟！真正恐怖的阶段还在后头呢！现在想返回可不行，也许会吓死你的。”

不知哪里装有喇叭，好像有人在远处说话。黑暗里，他们发现眼前似乎龟缩着一个漆黑的家伙，两个人吓得双腿直打哆嗦。

在这里，大部分游客会觉得受不了而产生返回门口的念头，可宗方博士和助手小池没有返回。他们觉得越是可怕，越是有必要弄清楚前面究竟是怎么回事。再说身上负有寻找川手妙子的重任，必须在迷宫里彻底走一回。

他俩手摸着墙，脚探着地朝前行走，渐渐觉得周围有亮光了。

“好像又遇上竹林了。”

“先生，快穿过竹林！游客们都是到了这里后就返回的，哎呀，我怕！”

竹林迷宫的两侧，到处是惨不忍睹的东西。小池吓得脸色苍白，加快脚步。

眼前猛地出现铁路，泛白的铁轨上滚落着一只沾满鲜血的胳膊。胳膊上的手像虫在草地上爬行那样，朝小池靠近。就在小池正要经过的时候，隐隐约约觉得身后有东西在追赶自己。更可怕的是，那东西越过围栏爬到通道上。

“哇！”小池不由得大声叫起来，一把抱住宗方博士的肩膀。

其实他心里知道那是机关控制的游戏，可像手那样的东西朝自己爬来，不管谁都不会好受。这时又传来嘶哑的声音，但不知来自哪里。

“亲爱的游客，这是第二张通过证，请拿好，否则得不到一万日元奖金的哟！但要加倍小心，那只手也许会抓住你的胳膊不放。”

他们一看，原来偶人手上握有一叠通过证。

“原来如此，原来如此，想得真周到。有了这两张通过证，就等于我们完全经过惊险的迷宫了。”

宗方博士边嘟哝边弯腰抓住偶人手臂，从手上取下两张通过证。

“原来是这样，瞧，上面还盖有大印呢！”

宗方博士直起腰来佩服地望着，跟前面得到的通过证一起放入口袋。

他俩一路担惊受怕，好不容易来到这里，快要走到迷宫出口了。

“哎，先生，快要走完迷宫了，可一路上没发现川手妙子呀。”

“嗯，接下来好像还有恐怖场景。你瞧，这儿的光线很暗淡。”

宗方博士站在围栏前面，紧盯着那里。

那一带是竹林，草也很茂盛，里面是一幢房子。十平方米左右的草房，周围没有窗、没有门也没有墙，站在通道眺望房间可以看得一清二楚。那张床的周围，被褪色的旧蚊帐笼罩着。模模糊糊的光线，来自帐顶上那盏有蓝色灯罩的小灯。

“咦，蚊帐里好像有什么。”

“嗯，好像是有什么。可灯光太暗看不清楚，走过去调查一下好吗？”

“好，过去调查一下！”

宗方博士和小池互相点点头，越过围栏，脚踩草地，走到罩有蚊帐的床前。

宗方博士手抓住蚊帐下端猛地朝上掀起。

捉拿黑影

“太像了！”

“是的，这张脸与川手妙子很像。”

蚊帐里躺着一个死人，千真万确是川手妙子。

“她是昨天晚上在自己卧室里被人杀害的吧？”

“嗯，好像是这么回事。否则，不可能那么轻易地被藏在床的夹层箱子里，也不可能那么轻易地被装在垃圾箱里……凶手是趁早晨天蒙蒙亮时把尸体装上垃圾车运到神社附近树林里的。

“随后，凶手偷偷将尸体搬运到迷宫里与蚊帐里的偶人调包。无疑，凶手从一开始就打算把尸体运到这里。因为放在这种地方，不必担心被立刻察觉。

“其他游客，一般不可能像我们这样掀开蚊帐看个究竟。再说，大部分游客在来这里的中途已经魂不附体返回入口了……看来，连马戏团的工作人员也没发现这一情况。”

“凶手来这里时，天刚蒙蒙亮，这里的工作人员都还在睡觉呢。如果凶手不从入口进来，而是掀开场景背后的帐篷底端潜入这里，既不费吹灰之力，也不需花费什么时间。”

“必须尽快通知川手庄太郎先生和中村警长来这里。”

“嗯，快给他俩打电话……哎，小池君，你等一下，我一直在琢磨那两张通过证。”宗方博士从口袋里取出表示顺利通过迷宫的两张通过证，借助微弱灯光琢磨起来。

两张纸牌相同，表面写有“第一兑换券”和“第二兑换券”字样。正中央按有“丸花演出部”的红印。接着，他将通过证翻过来观察反面。

“咦，果然是这么回事。你瞧！”

只见通过证反面的正中央有清晰的指纹。他赶紧从袋里取出小型放大镜，放在指纹上观察。

“又是三个螺纹的骷髅指纹，这是复仇恶魔的标记。”

“跟前几回见过的指纹相同吗？”

“相同。这说明凶手在讽刺嘲笑我们！”

“是啊，骸骨偶人的手竟然持有这种通过证，太奇怪了。何况我们得到的通过证上，居然有三个螺纹的骷髅指纹……莫非罪犯还在马戏团帐篷里？”

“也许吧。瞧！那是什么？那片竹林里有一团黑色东西。”

宗方博士的目光被草房背后的竹林深深吸引住了。

“咦，你是说黑色东西？”

“是的，就是那里，正在朝这里蠕动。这儿是没人来的地方，按理说不太可能设置幽灵偶人。”

这么一说，似乎黑色东西就站在眼前。

宗方博士目不转睛地注视着那里，那幽灵般的怪物似乎在黑暗里朝这儿看。就这样，双方屏住呼吸对视了大约三十秒钟。

“你过来！”宗方博士轻声说完，冷不防朝草房背后的竹林里跑去。

哗啦，哗啦，传来竹子摇晃的声音。

“谁站在那里？”他大声喝道。

于是，黑暗里传来奇怪的笑声，好像是捂住嘴巴哧哧的笑声，是一种令人讨厌的笑声。紧接着，又传来哗啦哗啦的竹林晃动声，好像黑色怪物迅速朝竹林深处逃走了。

“站住！”黑暗里，出现了前面逃后面追的情景。小池紧随博士身后，朝着竹林深处声音传出的方向追赶。

推开厚厚的竹篱笆，这里是刚才通过的羊肠小道，是迷宫里弯弯曲曲两侧尽是草木的小路。

“黑影朝哪里跑的？”

“不清楚，你朝那里追上去。”

宗方博士说完沿迷宫小路朝右边追，小池则朝左边追。突然，他停下脚步，密密麻麻的竹林外面好像有人。透过重叠着的竹叶间隙打量，可光线暗淡得看不清楚，只是感觉到有黑影。

“先生，您在那里吗？”

小池君一连喊了几声，没有回答。取而代之的，是哗啦哗啦的响声和令人作呕的笑声。听到这声音，他猛地站住，双腿禁不住哆嗦起来。过了好一会儿才终于缓过神来，又一边拨开竹子一边大声喊道：

“先生，我在这里，我在这里，请快过来！”

此时此刻，小池君已经忘了脸上和手上的伤痛，在竹林里穿来穿去地寻找，却没再见到怪物踪影。黑影，仿佛在竹林迷宫里跟他“捉迷藏”。

“小池君！”沿拐角刚转过弯，他见宗方博士从对面边跑边喊。

“怎么啦？碰上那家伙了吗？”

“就听见一次声音，但没见着。那家伙肯定在迷宫里什么地方藏着。”

“我也听见声音了，还看见那家伙站在竹林那边，可能在我们从两边包抄的时候躲起来了。”

就在他俩站着说话的时候，忽然传来哗啦哗啦的声音，有三个男子朝他俩走来。他们是马戏团的工作人员，听到叫喊声赶来了解情况。

宗方博士对他们说明原委和自己的身份，要求他们配合捉拿凶手。

“小池君，你尽最大努力和他们一起寻找，我去附近打电话给中村警长，让他带警察搜查迷宫。帐篷外面是白天，还有许多游客，凶手不太可能逃到外面，应该说他已经是瓮中之鳖了。”

宗方博士急匆匆地朝迷宫外面走去，片刻消失了。

迷宫遇难

就在宗方博士走后不一会儿，迷宫里又出事了。

光线暗淡的竹林小道上，出现了一身黑衣魔术师模样的家伙，像逛街那样走着。仔细看，这家伙头和脸上蒙着黑色面套，上身穿着黑色紧身衬衫，下身穿着黑色紧身长裤，手上戴着黑色手套，脚下穿着黑色袜子和黑色鞋子。唯有黑色蒙面套上的眼睛部位留了两个小孔，两道锐利的目光正小心谨慎地朝四周扫视。

不用说，谁也不知道他是什么人。假设他是绑架川手妙子的歹徒，无疑就是左眼蒙纱布的高个男子。

黑色怪物此刻肯定知道，宗方博士去打电话求警方增援；马戏团里的十多名工作人员根据小池的吩咐守候在各出入口。可看黑衣人优哉游哉走路的模样，似乎并不把这当一回事，嘴里还不时发出哧哧的笑声。

参加搜索的工作人员，在竹林里仔细寻找，不时地用手撩开挡住视线的竹枝，弄得竹林里到处都是哗哗的响声。

眼下，应该说黑色怪物被四面八方围住了。可黑色怪物不仅哧哧地笑，还像愚弄人那样舞着双臂学鸟儿飞行。黑色怪物转过弯，脑袋上方出现了悬挂着的白色东西。那是宗方博士和小池刚才遇见过的系着脑袋的女幽灵。

黑色怪物见到这般情景又笑了。遇上这般全身黑色的海盗模样的家伙，女幽灵说不定都会胆战心惊，不敢靠近。

黑色怪物无视女幽灵偶人的存在，继续朝前行走。于是，机械控制的白幽灵嗖地降落到地面后迅速追赶上去，从后面搭住黑色怪物的肩膀。于是，竹林里仿佛出现了两个正在逛迷宫的游客。

“哧，哧，哧……”黑色怪物毫不紧张，只是一个劲地傻笑，还不停地用手拂开女幽灵的细手臂。

可不知何故，无论黑色怪物怎么拂，女幽灵的两条纤细手臂还是紧紧缠住黑色怪物的肩膀。黑色怪物用力拂，幽灵的手臂开始移向黑色怪物的颈部，苍白的手朝着黑色怪物的脖子掐去。

瘦弱的女幽灵很有力气，着实使黑色怪物吓了一跳，不得不使出全身力气拂幽灵的手。可女幽灵的双手死死地掐住，似乎要致黑色怪物于死地。

“你，你。”黑色怪物终于难受地叫嚷起来。

从背后缠住黑色怪物的白色女幽灵，原来不是偶人，而是真正的人。

于是残酷的格斗拉开序幕，白色女幽灵和黑色怪物之间展开你死我活的搏斗。交战很快结束，被掐住脖子的黑色怪物好像没什么力气，抵抗了没几下就成了白色女幽灵的俘虏。

“喂，抓住了！在这里，在这里，快过来！”这是小池的叫声。

原来，小池刚才在捉拿黑色怪物的过程中发现对手灵活得像泥鳅，便穿上白色外套化装成白色女幽灵麻痹敌人，伺机捉拿。

小池十分擅长这一套，眼下在宗方博士不在身边时敏捷地抓住了黑色怪物。他还发现对方不像刚才看到的那么有力，相反比女子的力量还要弱小。这家伙到底是什么模样?

他猛地一把拽住黑色蒙面套，由于用力过猛撕破了黑色蒙面套，刹那间，对方的下巴、嘴、鼻子和眼睛立即暴露在小池眼前。

他使劲端详那张脸。

顷刻间，小池君的嘴里发出难以言喻的惊叫声。

“哼，想看我的脸吗？”

黑色怪物吼叫着企图转过身体，可身体被小池紧紧抱住。这时，黑暗里闪出

火光，与此同时传出“砰”的一声刺耳的枪声。

鲜血立刻从小池的胸部涌出，只见他全身后仰，直挺挺地倒在地上。

黑色怪物把撕破的蒙面套重新蒙在脸上，慢吞吞地从地上爬起，右手上握着的手枪枪口还在冒着青烟。

“哧，哧，哧……”他又发出令人厌恶的笑声，眨眼工夫便消失在竹林那边。

这时从相反方向跑来两个气喘吁吁的工作人员，他们听到了小池的惊叫声和刺耳的枪声。可当他们看到倒在血泊里的是女幽灵时，不知道究竟发生了什么，站在那里愣了好一会儿后总算明白过来。

“啊，他是那个叫小池的侦探，可能是化装成女幽灵在这里伏击凶手。可是，凶手居然开枪？”

他俩浑身哆嗦，担心黑暗里飞出子弹，慌慌张张地打量枝叶茂密的竹林。

“到底发生什么啦？”

他俩抬头一看，站在身边的是大侦探宗方博士。

“你的助手被凶手用枪打死了。”

“什么？他是小池君？”宗方博士立刻弯腰查看倒在地上的小池。

“呀，真是小池君！这到底怎么啦？嗯，看情形，他一定是发现凶手并与凶手搏斗过，最后被凶手的子弹击中了。啊，子弹射入的部位是胸部，看来无法挽救了。小池君，你安息吧，我一定替你报仇！我发誓，一定向杀死你和木岛君的凶手讨还血债！”

宗方博士的眼睛里闪动着晶莹的泪水。

夹击镜屋

大约二十分钟后，接到宗方博士报告的中村警长赶到了现场。他和十二名便衣警察和身着制服的警察分乘两辆警车赶来，看架势一定要捉拿凶手归案。

为防止凶手弄破帐篷出逃，六名警官守候在帐篷周围，其余六名警官分成两组，分别从入口和出口进入帐篷搜查。

接到中村警长命令的马戏团工作人员，卸下了蒙住帐篷顶部内侧的黑布，刚才还是漆黑一片、充满阴气的帐篷里顿时亮堂起来。迷宫里的所有妖怪偶人和幽灵偶人在明亮的光线照射下，不再像黑暗里让游客魂飞魄散那样恐怖，而是神色木然、滑稽可笑。

竹林、树木、板墙、篱笆被统统推倒在地。于是，条条小路都通向出口，迷宫的神秘感瞬间消失了。由三名警官和四名马戏团工作人员组成的搜查小组，开始对竹林展开搜查。

“咦，那里面好像有什么东西。”一名警官说。

那儿是“铁路场景”，铁轨那边有黑乎乎的隧道口。

虽说帐篷里变得亮堂了，可隧道里还是漆黑、阴森，显得很神秘。

“这条隧道很浅，走一会儿就可到底。如果有罪犯，按理是逃不出去的。”一名工作人员说。

大家走到隧道口跟前，打量隧道里面的情况。隧道尽头的底墙那里，闪烁着两道细长的目光。仔细看，站着一个人形的黑影。大家猛地停住脚步。

“危险！这家伙手里有枪。”

就在大家胆怯的时候，黑色怪物伺机出来了，右手握着枪，发出哧哧的、令人厌恶的笑声。黑色怪物一走出隧道，胆大包天地跨过铁轨，朝警官这边走来。

刚走没几步，只见他猛转过身朝着没人的地方飞奔，像射出的箭一般。

“喂，站住！”

“不准跑！”

威严的喝叫声此起彼伏，七个人相继追上去。

“哧、哧、哧……”

黑色怪物尽管双腿飞也似的疾跑，可笑声不止。黑色怪物跑到镜屋跟前，一把推开被制作成黑色板墙的暗门，一溜烟钻到镜屋里。

追兵们来到距离门前十米左右的地方，纷纷停住脚步直打哆嗦。暗门与门框之间有一条缝，黑色怪物的眼睛凑在门缝上紧盯着他们，黑洞洞的枪口不偏不倚地朝着他们。

“我从出口绕到镜屋背后，与你们形成夹击态势。这主意怎么样？”一名年轻的工作人员轻声提议。

“好，你从出口绕到镜屋背后，顺便把这里的情况告诉出口那里的警官，让他们从那里绕到镜屋背后。”

无疑，黑色怪物成了瓮中之鳖。

这家伙眼下还不清楚自己已经处在腹背夹击之中，脸仍然凑在门缝上威胁警官不准他们靠近。

其实，另一队警官很快就会从出口包抄过来。即便黑色怪物从背后逃出镜屋，也不可能逾越六名警官在那里组成的阻击圈和黑压压看热闹的人群。

镜屋正面的警官们望着枪口，屏住呼吸，等待时机。

“哧、哧、哧……”

黑怪物又发出令人厌恶的笑声，五秒钟，十秒钟，十五秒钟……

镜屋里突然传出响声和咳嗽声，好像有人扑向黑色怪物的背后。然而枪口还是朝着他们，丝毫没有移动的迹象。咦，这是怎么啦？房间里不可能发生搏斗。等了许久，就在追兵们的手心都捏出汗的时候，只见镜屋门悄悄开了。大家猛吃一惊，不由得朝后退却。

渐渐的，门越开越大。莫非，黑色怪物企图硬着头皮从正面突围？

门，完全敞开了。

咦，这是怎么回事？出现在大家眼前的，不是黑色怪物，而是宗方博士。

“喂，你们都站在这里干什么？那罪犯怎么啦？”

宗方博士这么一问，警官们惊讶得目瞪口呆，急忙问道：“宗方先生，你在镜屋里看见歹徒了吗？那家伙一开始就把枪口伸出门缝朝着我们。”

“我也听说歹徒闯入镜屋，打算与你们前后夹击。可当我匆匆赶到这里进入镜屋后，连黑色怪物的影子也没见着，就这支枪悬挂在门把手上。”

宗方博士一边说一边取下用绳子系着的手枪，让大家看。

“你们一定是看见枪口朝着外面就误以为歹徒在里面，其实那家伙是把枪挂在门的把手上，将枪口固定成伸出门缝朝着你们的态势，随后乘机逃之夭夭了。”

听了这番话，警官们一个个都愣着没说话，茫然不知所措地望着宗方博士。

“哎，我也觉得这情况很奇怪。我一直埋伏在镜屋背后不远的地方，可没见过有人从背后出去，是不是镜屋里有暗道？”

可恶的、令人恐惧的黑色怪物，究竟朝哪里逃窜了？

大家又展开地毯式的大规模搜查，凡能藏人的地方都仔细调查过了。令人费解的是，黑色怪物不再出现，无疑已逃到帐篷外面。

“拆除镜屋里的所有镜子后再搜查！”

最后，宗方博士想出这么一招。

大镜子被一面一面拆除后，警方对空荡荡的房间展开了搜索。可房间里既没有暗道，也没有可以藏身的地方。

咦，这镜屋难道会有将人化为乌有的魔力？

大家想到这儿，全身不由得鼓起一层鸡皮疙瘩。

真假难辨

凶案连续发生，而凶手的真实面目丝毫没有暴露。更让人不可思议的是，就连受到报复和伤害的川手庄太郎也提供不出任何线索。

唯一的线索，便是那个震惊日本岛的三螺纹的骷髅指纹。这个倒三角形的骷髅指纹，犹如幽灵般的笑容，相继在好多地方出现。

凶手采用酷似变魔术的手法，先后残忍地杀害川手庄太郎的两个女儿。最后将遭到凶手报复的，是川手庄太郎本人。凶手之所以先杀害他的两个女儿，是为了折磨他，让他深感痛苦和绝望，实施的是一种丧心病狂的杀人手法。

川手庄太郎自失去女儿川手妙子后，变得呆头呆脑的，整天闭门不出。就在川手妙子葬礼举行的第二天清晨，宗方博士登门拜访了川手庄太郎。

这种时候，川手庄太郎是不愿意见任何人的，可宗方博士例外，他是目前唯一可以依靠的大侦探。尽管宗方博士屡次失败，但每次失败后都能说出凶手的阴谋如何如何。

瞧那模样，似乎他对凶手设置的包围圈越来越小，让警方和受害人都觉得抓获凶手的希望就在眼前。在川手庄太郎看来，除宗方博士外，已经没人能对付擅长魔法的罪犯。

宗方博士一到客厅，便就自己的惨败连连向川手庄太郎道歉：

“作为补偿，在防备罪犯第三次报复的措施方面，我决心全力以赴。造成今天这种局面，是神圣的侦探职业所不能允许的。即便没有你的委托，我也必须为自己的名誉与凶手决一雌雄。

“再说，我现在与凶手也有着不共戴天的仇恨。他为了阻止我对他的有力侦查，竟然一连杀害了我的两个助手。我要向夺走他俩生命的凶手讨还血债，将藏在暗处的凶手绳之以法。”

“谢谢，谢谢！说得太好了。我先后失去两个女儿，你先后失去两个助手，凶手是我们共同的敌人。我这次也豁出去了，无论出多少赏钱都不在乎，只要能破获这起连续凶杀案，只要能让凶手尽快归案。

“博士，请你无论如何制定出最佳并且万无一失的捉拿凶手的方案，为我的两个女儿和你的两个助手报仇。如果需要高额的费用，我就是献出全部财产也在所不惜。这一回，我把赌注全押在你身上了，希望你与中村警长联袂侦查，使出浑身解数。”

“嗯，我完全赞同你的说法。我将抽出一定时间并放下手中的其他案件，全力以赴侦破本案。为此，我有跟你商量的要事。”

宗方博士将身子稍稍前倾，嗓音低得几乎听不见。

“川手先生，眼下必须防备的是凶手的第三次报复。也就是说，当务之急的工作，是竭尽全力保护你。

“在我俩现在说话的过程中，也许擅长魔法的凶手已经把魔爪伸到我俩身边。为此，我从昨天起就一直在思考如何防止凶手的第三次报复。经过一番思索，还是觉得目前将你隐蔽起来是最安全的办法。

“因为，我们至今都没掌握凶手的真实身份和凶手的住所。要与躲在暗处的凶手较量，唯一的办法是先把你隐蔽起来。如果你能去安全场所隐蔽，我就可以避免心挂两头，才能集中精力，最大限度地施展我的侦查才能。我想出一个绝佳办法，希望你采纳。”

说到这里，宗方博士紧张地打量四周，把自己坐的椅子挪到川手庄太郎跟前，将嘴再次凑上去压低嗓门说道：“我给你找了一个替身，长相和个头都与你十分相似，还是一个赴汤蹈火也心甘情愿的人。这人武艺高强，已经获得柔道三段的资格证书。让他代替你当别墅主人，等到凶手上钩时将其抓获。”

“真有这样的高人吗？”

“是的，跟你长得一个模样，一看就明白了。”

“可问题是，你打算把我藏在什么地方？有这地方吗？”

“当然有，而且非常适合你。地方在山梨县农村，是一幢像城堡那样的别墅。窗和廊子，被铁板封得严严实实，称得上密不透风。别墅四周的围墙外面有护壕沟，进入别墅必须过桥。

“而那座桥是吊桥，平时一直是悬挂着的，就是古代富豪居住的城堡别墅。我曾经为侦查某案去过那里，也就是那家主人生前时去过，我还在那里住过。无论是场所还是住房，都非常适合你居住。

“如今，这座别墅由当地一对夫妇看守，他俩认识我。你如果决定去，今天就可以成行。是啊，要在那里住一段时间，最好带行李箱去。我提出这么好的建议，主要是我想起那幢城堡别墅和一个与你相像的替身。既可以说是巧合，也可以说是机会难得。”

“嗯，让我考虑一下！我总觉得不一定要那样做。”

就在川手庄太郎左右为难的时候，女用人端茶进来了，手上端着两个生漆茶碗。

宗方博士取下茶碗盖，朝茶碗表面的黑色生漆望了一眼：“等一下！”

说完，他把手伸到川手庄太郎的茶碗那里，取下茶碗盖子，翻来覆去地打量，再从袋里取出放大镜仔细观察这两个碗盖。

“两个盖上有什么异常情况吗？”

川手庄太郎见状脸色唰地变了，大声问道。

“嗯，上面有骷髅指纹。你瞧！”

宗方博士握着碗盖说。

川手庄太郎心里越害怕却越想看，眼睛凑在放大镜上。

啊，像骷髅在笑。果真又是那个三个螺纹的骷髅指纹。两个茶碗盖的表面，都有骷髅指纹。

“罪犯特意按在茶碗盖上的，用这样的方式嘲笑我们。”

两个人瞪大眼睛互望对方。

川手庄太郎看清楚凶手在碗盖上按的骷髅指纹，觉得其目的是第三次复仇预告，自己应该当机立断。看来，复仇狂的魔爪已经伸到自己身边。

宗方博士立刻展开调查，先询问了端茶进房间的女用人，又询问了厨房里的所有用人。结果一问三不知，不知道两个茶盖上怎么会被按上指纹。

“宗方博士，按你说的办，我还是先离开这里一段时间。一看到这骷髅指纹，我浑身不舒服。现在，我已经一分钟都不愿意在这里待了。”

川手庄太郎突然做出决定。

“你这个决心下得好！其实，为实施你转移后捉拿凶手的计划，我已经准备就绪。只要你一到达安全场所，我就与凶手之间展开智慧较量，决一雌雄。我已经让你的替身待在附近，只要挂电话过去，他马上就来这里。”

宗方博士拿起房间角落桌上的电话听筒，拨通电话对接电话的人下达命令。

大约二十分钟过后，一个穿着奇怪的人走进会客室，脑袋上的鸭舌帽檐压得很低，根本就看不清楚眉毛的模样，披着无袖外衣，竖立着的衣领掩盖了脸的下半部分。

宗方博士事先吩咐过看门的寄宿生，让他一见到这样穿着的人不要有半点怀疑，立刻带他来会客室。

担任向导的寄宿生关上会客室门离开后，宗方博士立即锁门，拉上窗帘，使会客室光线暗淡下来。随后，宗方博士打开电灯，与进来的人叽里咕噜地说了些什么。

于是，那人脱下外套摘下帽子，朝着川手庄太郎弯腰行礼，说道：

“初次拜见，请多关照。”

川手庄太郎不由得从椅子上站起来，呆若木鸡地望着他。

咦！究竟是怎么回事？来人的体形、脸型、发型、胡子长短、身上披着的外套，以及外套上的布纽扣和贴身衬衣，竟然与自己看上去完全相同，站在自己跟前一个劲地笑，就连笑也跟自己一个样。

“哈哈哈……怎么样？没必要担心了吧？现在连我也分不辨不出谁是真正的川手庄太郎先生了。川手先生，他叫近藤，是我的一个朋友。我刚才介绍过了，他是柔道三段，嗜好冒险。

“哎，近藤君，你千的万别出洋相！从今天起，你就是川手别墅的主人川手庄太郎。你必须待在最里面的房间，每天闭门不出，不要会见任何客人，也不要让用人接近你。

“我已经关照过你！无论你与川手先生多么相似，可细看还是有不同地方。不然的话，用人会发现那些破绽。当然，不可能让你一直在这里待下去。

“至于我刚才说的注意事项，届时我会跟用人们说清道理，让他们配合。你一定要记住，一切按我说的做，不能有半点闪失。”

近藤听完宗方博士的叮嘱，拍拍胸脯，表示不折不扣执行。

“放心吧，看我的。我年轻时当过演员，演戏是我的强项。”

“真不可思议！怎么连声音也那么像我。看来，连多年跟着我的女用人可能也分辨不出。”

川手庄太郎出神地望着近藤的脸，半晌没有说话。

车上化装

片刻过后，会客室的窗帘又像原来那样被拉开了。

宗方博士跟一个用鸭舌帽和竖起的衣领遮掩整个脸的怪人，走出川手别墅的玄关。那个假川手庄太郎，则取而代之待在最里边的房间里。

与替身调换的真川手庄太郎，提着放有外套的手提箱和宗方博士一同离开别墅，乘上宗方博士预订的出租车。

“去丸内的大平大厦。”宗方博士告诉司机。

于是，车驶离路边朝目的地奔驰。

“近藤君，途中可能遇上不少麻烦和各种意外情况，千万别紧张，要放宽心，一切看我的。”他把真川手庄太郎当作近藤劝说。

“一切拜托你了！哎，博士，不是说去山梨县吗？为什么去丸内？开往山梨县的列车大概是新宿发车吧。”

“所以，我不是说过一切看我的吗！从现在开始，途中有可能发生意想不到的怪事，可你千万别慌张，因为我已经想好了避开凶手视线的对策。在去目的地的这一过程中，你会渐渐明白什么叫职业侦探。”

二十分钟过后，轿车停在大平大厦门口。

宗方博士牵着用外套和鸭舌帽遮住脸的川手庄太郎的手，迅速进入大厦。他们没有乘坐电梯，而是从大厦后门溜出去的。

仔细看，后门停着一辆面包车。宗方博士拽着川手庄太郎的手大步朝那里走去，弯腰上车。

“没看见可疑人吗？”

“没看见。”司机没有转过脸。

“好，按我事先吩咐的做。”

面包车稳稳地行驶起来。宗方博士动作神速，拉上窗帘。

“近藤先生，这是甩开尾巴的最好办法。这样做，即便凶手从别墅一直跟踪我们到这里，或者说刚才那辆出租车司机是凶手一伙的，可都已经不起作用了。还有，我们的对手倘若仅仅是普通歹徒，像这样甩尾巴的手法足够了。

“可问题是凶手擅长魔法，就这点我很不放心。接下来，甩尾巴的办法是化装。司机是我的部下，你不必有丝毫担心。我们就在车里化装，做到上车和下车的模样判若两人。

“干我们侦探这一行的，必须学会化装本领，化装动作必须要快速。出于侦探这一行的需要，我们经常在车上化装。”

宗方博士在对川手庄太郎轻声解释的同时，打开事先放在车上的大箱子，取出剃须刀。

“近藤先生，现在要剃掉你嘴上的胡子，尽量做到没有川手庄太郎先生的原来模样。你不会介意吧……那好，我就失礼了！好，请把脸转过来。”

川手庄太郎佩服博士的侦查本领，任凭对方摆弄，为躲开凶手视线，剃掉胡子又算得了什么。

按宗方博士的指示，车边减速边沿着行人稀少的麦町住宅街绕圈。

窗帘完全拉上，不必担心行人窥视车里。眼下，面包车像安全的密室。

“嘿嘿嘿……剃掉了胡须，看上去像年轻人！好了，就这样吧！现在轮到剃我的胡须了。”

“什么，你也剃胡须？不可惜吗？你完全不必那样……”

“不行！一看这胡子就知道我是宗方博士。无论怎么化装，留胡子的人总会露出破绽。可我不是剃胡子，像我的胡子不剃也行，这是我特有的秘密。现在，我就只向你透露秘密。瞧，看好了哟！”

宗方博士用手指捏住鬓角，像剥皮那样胡乱地撕起来。令人吃惊的是，漂亮的三角形胡须逐渐与脸部分开。取而代之的是，一张光溜溜的脸出现在川手庄太郎的眼前。

“你大概根本就没看出我用假胡子吧？其实，我在请别人制作这副假胡子时，可以说是绞尽脑汁。一般的假胡子，绝对达不到这样逼真的效果。从某种意义上说，三角假胡须是我的伪装。

“没有胡子的侦探，在侦查时装上假胡子的情况屡见不鲜。有胡子的侦探，反过来可以通过化装使自己变得没有胡子。这大概很难想象吧？关于这一化装法，我潜心研究了很长时间。

“许多年前，我就已经把自己的胡子伪装成这般特征，让周围的人一提起宗方博士就和三角胡子的特征挂起钩来。我采用的，就是这种逆向思维法。哈哈……所谓侦探，一定要在让别人不知道自己真面目的方面下苦功。”

川手庄太郎蒙了，张着嘴不可思议地望着对方。

宗方博士这张年轻十多岁的光滑脸上，浮现出阴险的微笑。他从大皮箱取出化装用的衣服，放在膝盖上摊开。

“近藤先生，这是为你准备的衣服。请在这里换上，马上就可变成身着夹克衫的建筑工人。而我呢，化装成你的师傅。”

两个人在狭小的车上换起了衣服，虽说难受，但也无奈，换下的衣服被卷成一团塞到箱子里。

“好，就这样吧！近藤先生，我因为是你的师傅，说话的口气和用词都会变得粗暴起来，别不高兴哟！”

师傅宗方博士已经说完，徒弟川手庄太郎却还没反应过来，什么话也没说，只是不停地眨着眼睛。

“都准备好了，把车开往东京车站！”

司机加足马力，朝东京车站驶去。

辗转旅行

一到达东京车站，他俩提着各自的旅行箱朝站前走去。

宗方博士让川手庄太郎等候，自己去售票处买了两张去沼津的车票。

“哎，这不是去沼津的车票吗？不去山梨县了？”

“嘿嘿，我不是事先跟你有过约定吗？什么也别问，一切看我的。好了，列车马上要开了，快走吧！”

宗方博士走在头里，朝检票口走去。

开往大阪的普通列车就要发车。他俩跑到站台乘上最后一节三等车厢，选择最边上的座位并肩坐下。

列车到达横滨车站的时候，快要正午时分了。

“在下一个车站时，我们要做稍有点危险的表演，请注意脚下！”

宗方博士嘴凑到川手庄太郎耳边说。

不一会儿，大船车站到了，列车也已经停下，可宗方博士并没有起身。

“是这里吗？”

川手庄太郎担心地问，宗方博士只是点头没有吭声。

车站上命令发车的铃声响了。嘎噔！列车启动了。

“好，下车！”

宗方博士猛地站起身来，一把抓住川手庄太郎的手大步走到后车门那里。这时，列车已经加速。只见宗方博士先从车上扔下旅行箱，接着朝站台跳去。

川手庄太郎也被拽着跳到站台上。由于列车惯性，他和宗方博士踉踉跄跄，险些倒在地上。

“到底是怎么回事？”

“对不起，让你受惊了！这是甩开跟踪尾巴的招数！凶手他做梦也不会想到我们会中途跳车。对付狡猾的凶手，一定要出其不意。但凶手不会就此罢休，因此我们还必须多长几个心眼。

“接下来，我们是返回东京。如果凶手还在刚才那辆列车上，必须在下一站下车后返回跟踪。可到那时，凶手与我们之间已经形成一站远的距离。

“因此，凶手再怎样后悔也不可能赶上我们。瞧，凑巧去东京的湘南线列车驶进站台了，快走，到对面的站台上车！”

两个人乘上湘南线列车来到横滨后，又下车换上去大官方向的国营列车。乘了一站来到东神奈川车站后，宗方博士又拽着川手庄太郎下车，乘上横滨线去八王子方向的列车。

两人在八王子车站下车后，换乘开往松本的中央线列车。这一回总算是去目的地了。由于中途多次换车花去不少时间，当列车到达甲府的时候已是黄昏。

“好了，下一站是N车站，这一回是孤注一掷使用绝技。不过，别担心，不会有半点危险。在N车站稍前一点的地方有坡道，列车为驶上坡道不得不减速。

“我们就在那里跳车，就是跳到铁轨的边上。这是最后一次冒险！你也许会觉得没有必要那么做。其实，我们跳车不仅仅是为了摆脱跟踪尾巴。你想想，尽管我们的外表化装过了，但只是剃掉胡子而已。

“认识你的人，一看见你那副模样会感到奇怪，会上前问你从哪里来，你不得不回答，一定会说出中途在哪些站下车。这时，未必隔墙无耳呀！你的回答一旦让跟踪尾巴听见可就遭殃了。

“按理说，我们应该在N车站下车，可我担心你或者我在那儿碰上熟人，因此选择中途跳车。这是遮人耳目的最佳方法。”

宗方博士把嘴凑到川手庄太郎的耳朵旁细细解释。

此刻太阳已经下山，窗外暮色浓浓，是冒险跳车的最好时机。

“哎，现在该去车门那里了，列车马上就要爬坡了。”

两人若无其事地提着旅行箱悄悄来到后门，也真是天赐良机，既没有列车工作人员也没有乘客。

少顷，列车驶入隧道的汽笛声响了，紧接着列车时速也明显减慢下来。

咔嚓，咔嚓……传来列车引擎喘气声。车头烟囱里飞出的红色火粉，犹如婀娜多姿的焰火飞向天空。

“好了，就在这里跳！”

宗方博士的话音刚落，两只旅行箱被他扔到黑乎乎的铁轨外边。接着，宗方博士嗖地朝地面跳去，川手庄太郎也被拽着朝地面上跳去。

铁轨外面的草丛里，两只旅行箱和两个人影不停地滚动，滚到最下边旱地的时候才总算停止。

“没受伤吧？”

“没有，真没想到跳车竟这么轻松。”

“前面不远的地方有一条小路，沿那条小路走两三百米，便可来到朝右转弯的山脚下，那儿有一幢仓库式的城堡别墅。”

两个人很快从地上爬起，掸去身上沾着的泥土，提起旅行箱走了起来。片刻后，发现前面的树与树之间有灯光闪烁。

“到了，就是那里。”

“啊，原来是坐落在大山里的城堡别墅。”

不一会儿，树林里浮现出白色仓库模样的城堡建筑，孤独地矗立着。

果然是城堡别墅，有唤起人们回忆的天主阁，也有很高的围墙。

土围墙中间是庄严的大门，门前悬有吊桥。

“这里有如此城堡式的建筑，真让人不可思议。”

“怎么样？住在这里不必担惊受怕了吧？”

宗方博士说完轻声笑了，笑声里似乎充满了自信。

无名墓碑

来到仓库式城堡别墅门前，川手庄太郎被宗方博士带着见到了管理人夫妇俩。

从外表看，这对夫妻忠厚老实，亲切善良，与这样的人一起居住应该不会感到拘束。川手庄太郎觉得自己适宜这样的环境。

宗方博士在这里住了一晚上，第二天早晨叮嘱这对夫妻无论如何要照顾好川手庄太郎，随后对川手庄太郎说："川手先生，我要回东京去了。一心想复仇的凶手，现在还不清楚你已经与替身调包，无疑继续视你的别墅为目标。好了，我与他一决胜负的时刻到了。"

宗方博士说完就走了。

那以后的四五天里，一切平安无事。

就在川手庄太郎开始渐渐适应新生活时，没想到城堡别墅周围的气氛变得恐怖起来。

第五天半夜里，川手庄太郎猛地睁开眼睛。他听见有人说话，但一番辨别后还是不清楚声音来自哪里。

看守别墅的老夫妻俩的卧室，与川手庄太郎的卧室之间隔着一个房间。起初，他还以为是那对夫妻在说话。可仔细听，觉得声音好像是从远处传来。说话的人，不是两个，而是三四个，似乎聚集在一起交头接耳。

这幢城堡别墅有一楼和二楼，一共有近二十个房间。由于房间太多，夫妇俩打扫忙不过来，干脆只使用一楼五个房间，将其他房间的窗和门全部关上。难道，那些闲置的最里间一到深夜可能有山贼偷偷聚会?

这里不通电，没有灯光。

川手庄太郎点亮枕边的蜡烛去厕所。

老夫妻在打呼噜，睡得很香。川手庄太郎沿着寒冷的走廊走着，随后走进空荡荡的厕所。

刹那间，他觉得半夜的可怕和寂静萦绕着全身，而这时突然又传来人的笑声，那是女人的笑声。

川手庄太郎吓了一跳，再也鼓不起勇气调查声音来自哪里，端着蜡烛赶紧朝卧室返回。

令他感到恐惧的是，在走廊上行走的时候好像有人与自己擦肩而过。

那家伙个头虽小，但无疑是人。如果是孩童，像那样的个头顶多四五岁，走路的速度像射出的箭，在黑暗里行走竟然不发出一点响声。

那家伙从川手庄太郎的袖子下边穿过，消失在黑暗里。

这天夜里，川手庄太郎的睡意被吓跑了。第二天一早，他把这件事说给老夫妻俩听，谁知他俩听了只是放声大笑，根本没把它当一回事。

第二天中午，又发生了不可思议的事情。

川手庄太郎在老夫妻俩的房间里只交谈了一会儿便回到自己卧室，发现放在壁龛里的旅行箱被挪动了位置，放在桌上的怀表表背朝上。

打那以后，这样的情况接连发生好几次。

“这幢别墅里是不是还有其他什么人？”

川手庄太郎面如土色地问老夫妻俩。

“你既然那么肯定，那就请你将整幢房子搜查一遍吧！”

老夫妻俩打开平日里门窗紧闭的那些房间，逐个搜查，结果并没发现什么可疑的东西，也没找到有人来过的痕迹。

那天晚上，川手庄太郎又惊醒似的睁开眼睛。

咦，怎么又有人在说话？还有女人的哧哧的笑声。我今晚无论如何要弄清楚说话声和笑声是怎么回事。川手庄太郎下决心后，起床蹑手蹑脚地来到廊子跟前，轻轻打开防雨门，朝着传出声音的院子里走去。

哎，也许那家伙刚离开？怎么连影子也没见着？

就在这时，一个奇怪的东西映入川手庄太郎的眼帘。斜对面建筑物又大又白的墙上，射有一道犹如磷火的白光。

“咦，那是什么？”

他吃惊地重新看了一遍，圆圆的光束里好像有不计其数的蛇爬来爬去，朦朦胧胧的。

虽看不清楚究竟长得什么模样，但又像曾经在哪里见过。

唉，忘了这家伙吧！酷似许多蛇缠作一团爬行。等到看清楚后，才察觉它是被放大上千倍的指纹。

“是三个螺纹的指纹！是骷髅指纹！”

川手庄太郎莫名其妙地吼叫，抱头鼠窜。

老夫妻俩起床了，冲着川手庄太郎直笑，仿佛在说，你又怎么啦？

长有三个螺纹指纹的复仇狂，按理不会来到深山老林里。

“你一定是幻觉。”

“不，我确实看见了，快搜查院子！”

老人提起灯笼走到白墙跟前，那上面根本就没有骷髅指纹。

第二天，川手庄太郎独自一人来到院子，在阳光下观察白墙表面，也确实没发现奇怪痕迹。

如果那是幻灯投影，幻灯机应该设置在白墙对面的小高坡上。偌大一片光线昏暗的空地上，就竖有一座石碑。

走到跟前细看，不可思议的是，仅石碑表面左下角刻有一行小字：

昭和三十年六月十三日殁

咦，昭和三十年，不就是今年吗？六月，不就是本月吗？十三日……又是怎么回事？今天是十二日，那么明天……

这究竟意味着什么？

明天有谁死后将埋在这里，而墓地已经早早准备就绪……

川手庄太郎看着看着，突然面如土色。

这，会不会是为我建立的墓地？手上有着三个螺纹的凶手，大约已经发现我现在隐蔽的地方。凶手复仇的魔爪，也已经伸到这里。明天天亮之前，我将死于复仇狂的屠刀下？

川手庄太郎想到这里，脑瓜里顿时处在混乱之中，身体摇摇欲坠，费了好大劲才走进住宅，一见到老夫妻俩急忙说了这件事。

老夫妻俩听了以后又是相互对视了一眼，那眼神好像在说，你这家伙又怎么啦，疑神疑鬼的。不过，还是去那里看一下吧！

在那一带找了半晌，根本就没见着什么石碑。也就过去这么一点时间，那么大的石碑居然不翼而飞了。

川手庄太郎无法相信眼前的事实，开始怀疑起自己的眼睛和耳朵来……再这样下去，自己一定会发疯的。

“打加急电报，请宗方博士火速来这里。”

川手庄太郎想立刻向宗方博士汇报这里的情况，听听他的意见如何。根据目前的情况，自己也许最好是尽快改变隐蔽场所。

傍晚，东京发来宗方博士的回电，说是“明天去你那里”。

见到电报，川手庄太郎仿佛看到上百援兵浩浩荡荡朝这里开来，顿时信心倍增。

可最终，川手庄太郎没见到宗方博士。

不是宗方博士没来，而是川手庄太郎从这座城堡别墅销声匿迹了。

第二天早晨，老夫妻俩发现川手庄太郎床上是空的，找了大半天，整个别墅里就是没有川手庄太郎的影子。六月十三日凌晨，他悄悄地离开了这个世界。

往事再现

川手庄太郎到底怎么啦?

那天深夜，躺在床上的川手庄太郎又突然醒来，隐隐约约听见门外走廊上有伤心的抽泣声。

他点亮蜡烛轻轻地打开门观察，见走廊上有一个四五岁的孩童双手蒙住眼睛抽泣。那孩童长得面目英俊，很讨人喜欢。

无论从哪个角度看，都不像山里孩童。再看他身上的穿戴，不像现代人，像四五十年前的孩童。

“喂，喂，别哭！好孩子，你从哪里来？”

川手庄太郎抚摸着孩童的脑袋安慰，孩童用手指着走廊的黑暗深处说：“爸爸和妈妈……”

“什么？你爸爸和妈妈怎么啦？”

“他俩在那里！有一个凶狠的叔叔正在抽打他们。”

说完，孩童拽着川手庄太郎的手朝黑暗深处走去。

见是孩童拽自己的手，川手庄太郎一时间忘了危险，跟着朝那里走去。

“叔叔，就是这里。”

孩童停住脚步的地方是走廊尽头，边上有个井一样的深邃的窟窿，黑乎乎的，是直接通向地窖的入口。

川手庄太郎觉得自己像在梦中，摇摇晃晃地沿着楼梯朝地窖走去。

那是十五平方米左右的地下室。

他借助烛光打量，地下室里空空的，连一件家具都没有，角落有一个奇怪的木箱。

白木制作的木箱，狭长，像棺材，表面上有毛笔书写的黑字：

川手庄太郎

昭和三十年六月十三日殁

啊，这是为安放自己尸体准备的棺材！

川手庄太郎觉得自己像是在噩梦中。

突然，他发现一直跟在自己身边的孩童不见了。咦，孩童去哪里了？

就在这时，又不知从哪里传来许多人叽叽喳喳的说话声。川手庄太郎走到声音传出的墙跟前，寻找那里是否有洞口，没想到还真找到了。

板墙上，凑巧稍高于眼睛部位的地方有一个孔。川手庄太郎朝着那孔打量，觉得那孔似乎在说，请把眼睛凑过来，有你要看的精彩节目。

他的眼睛不由自主地凑在孔上，朝里窥视，顿感自己的整个身体变得僵硬了，而且怎么也动弹不了。他看到了令他无法想象的奇怪情景。

墙孔那边，是十分陈旧的日本榻榻米房间，但装饰和布置很气派。壁龛前面，跪着一对双手反绑的年轻夫妇。

年轻夫妇前面，蹲着一个黑布蒙面汉，年龄四十岁左右，右手握着寒光闪闪的匕首正在威胁他俩。

他俩身上的装束与刚才那个孩童的装束相似，穿着不像现代人。望着他俩这身打扮，让岁月回到四五十年前的那个年代。

“喂，快把保险箱钥匙交出来！再磨磨蹭蹭的，我就用匕首宰了你们。”

强盗模样的蒙面汉用匕首在那个丈夫脸上啪啪地拍打。

“对不起，保险箱里都是书。要说现金，只有我刚才给你的五十日元。”

“别蒙我！保险箱里放有大量的一万日元面额的纸币。这我调查得很清楚。”

“不，那不是我的钱，是别人存放在我这里的。”

“嘿，你这不是老老实实地坦白了吗？不管是什么原因放在你这里，都跟我无关。别磨磨蹭蹭的，快交出钥匙！怎么？想领教匕首的厉害吗？”

在蒙面强盗的威逼下，丈夫终于万念俱灰地交出钥匙。就在这时，丈夫好像认出蒙面强盗的真实面目，惊讶地喊道：“咦，你不是川手庄兵卫吗？”

一听到这叫声，蒙面强盗哆嗦了一下。

这时，眼睛凑在墙孔上窥视的川手庄太郎，心里比蒙面强盗更紧张。

说到川手庄兵卫，与川手庄太郎死去的父亲同名。四五十年前，川手庄太郎的父亲的打扮和年龄，跟眼前这个被称作川手庄兵卫的男子相似。

奇怪！川手庄太郎觉得眼前所看到的一切，像是历史逆转，光阴倒流，不仅看见比自己现在年龄还要年轻的父亲，还看见父亲当时居然是凶相毕露的蒙面强盗。

“哈哈哈……我既然被你察觉，也就不打算隐瞒了。对，我就是你说的那个川手庄兵卫，曾经在你岳父大人的商会里工作过。现在咱们话说回来，你我原先都是山本商会的一般雇员。

“可你受到山本会长先生的抬爱，娶了他女儿，不仅成为他的乘龙快婿，还摇身一变成了他的养子。我就只不过用了商会那么点钱，却被你那个岳父山本老家伙一脚扫地出门。

“我就为那点区区小事被山本吝啬鬼赶出商会，怎么也想不通，无论如何得清算这笔账。你俩听好了，我今天要杀了你们，带着你们保险柜里的万贯钱财远走高飞。”

“解聘你的工作又不是我们所为，你那样做岂不是杀害无辜吗？”

“哼！杀害无辜又怎样！我要让你们替山本还这笔欠我的债。不那样做，难解我心中的不平。”

“所有钱全部给你，你可以不杀我们吗？希望你刀下留命，拜托了！”

“不行，必须杀了你们，否则，我一离开这里，你们肯定会立即报警，我转眼就会变成警方的通缉犯。要不了一会儿，我手里好不容易得到的钱不就成为废纸了吗？”

“不，请行行好，我们绝不说出你的名字。”

“我会相信你们的保证吗？好了，快祈祷吧！别抱有幻想了！”

“那，你一定要……”

“别啰唆！”

蒙面强盗突然将匕首刺入男子的胸口。

看到这里，川手庄太郎再也看不下去了。这对乖顺的夫妻先后遭到蒙面强盗的杀害，传来痛苦的惨叫声。一想到父亲曾经如此惨无人道，川手庄太郎再也忍耐不住了。

他发疯似的敲打起眼前的板墙来，还歇斯底里地大声吼叫。

仇人相见

大约过了十五分钟。

川手庄太郎不再叫喊，又把眼睛凑到墙孔上窥视。

墙孔对面已经不再有人说话，只有趴在地上不再动弹的夫妻俩。

片刻，一个二十五六岁模样的女用人，一手抱着婴儿，一手牵着一个四五岁的男孩的手，上气不接下气地跑来。女用人像奶妈，那男孩就是刚才引诱川手庄太郎来这里的孩童，这令他感到不可思议。

“先生，夫人，快起来！先生、夫人！”

女用人摇晃那个男子的臂膀，他似乎还没断气，慢慢抬起头来：“哦，哦，奶，奶妈……”

“嗯，是我。”

“让，让，让孩子来我这里……”

奶妈拉着男孩的手来到男子面前坐下。

“是，是我的孩子吗？你，你，你一定要为爸爸妈妈报仇，向，向杀死我们的凶手讨还血债……杀你爸爸妈妈的……是那个叫川手庄兵卫的坏家伙……

“你千万要记住，长大一定要为我们报仇……把他们一家斩尽杀绝，斩草除根。明，明白了吗……奶妈，这孩子就拜托你了。”

说完，男子终于咽气了。

奶妈失声痛哭，接着，怀抱的婴儿也哭喊起来，就像发生火灾似的。男孩在一旁吓得直打哆嗦，最后也终于忍不住失声痛哭。

川手庄太郎再也忍不住了，一串串热泪夺眶而出。当他再次把眼睛凑上墙孔时，那边榻榻米房间的灯已经熄灭了，漆黑一片，既没有说话声也没有其他声音。他隐隐约约感到，黑暗中好像有什么圆滚滚的东西在朝上面飘浮，白乎乎，朦朦胧胧。看着看着，那圆滚滚的白色东西慢慢开始清晰，并且闪烁起来。

咦，那儿有许多蛇纠缠在一起。不，不是蛇，而是被放大了的三个螺纹的指纹。

“喂，川手庄太郎，你明白你父亲的所作所为了吗？我为什么要请你到这里来，为什么要复仇的原因，你明白了吧？”

不知从哪里传来恶狠狠的说话声，但声音很轻。

“我叫山本始，外祖父是山本商会的会长。你父亲川手庄兵卫因盗用公款被外祖父解聘后怀恨在心，不仅抢夺我父亲的钱财，还刺死了我的父母。

“今天，我要替他们报仇。让我父亲的仇人，也就是让你全家人从这个世界完全消失，这是我一生中唯一并且必须完成的任务。

“你的父亲川手庄兵卫杀害我父母后，不久就被警方逮捕，被检察院送上法庭，被法院判处死刑。遗憾的是，还没等到被送上绞刑架，你父亲却已经在狱中病死。

“你父亲死了，并不意味我的复仇结束。他欠下的两条人命血债，应该由你这个儿子偿还。为实现这一目标，我整整浪费了长达四十年时间，一直等到你在企业里登上董事的宝座。

“现在，我报仇的时候到了。你的两个女儿已经被我送上天国，接下来就轮到你了。”

川手庄太郎孩提时代只知道父亲不在人世，而母亲也没把这一秘密说给他听。对于父亲惨无人道以及被判死刑的污点，川手庄太郎一点也不清楚。

“川手先生，你呆若木鸡地在想什么？”

“我全然不知道父亲欠你们家这笔血债，今天是第一次这么听说。刚才，你是用话剧告诉我当时的情况吗？”

“是的。为了让你详细了解，我通过话剧原原本本地还原了当时的情况。我这样做，是为了让你明白我心头的恨。靠我的嘴解释，难以说清楚当时难忘的一幕。怎么样？明白我的良苦用心了吧？如果明白了，就请转过脸去！”

川手庄太郎猛地朝后转脸，只见两个彪形大汉不知什么时候已经叉开双腿站在背后。

啊，又是那两个家伙……一个是左眼蒙纱布的男子，一个是鼻梁上架墨镜的瘦小个。他俩手里都握着小型手枪，枪口瞄准川手庄太郎。

“你们想干什么？”

一男子指着地下室角落。那里放着一口阴气沉沉的棺材。

“请你到那里面去，那上面不是写有你的大名吗？川手先生，你大概没想过你将被活埋吧？好了，现在就请你尝尝那样的滋味。你躺到棺材里，可以活着去深邃无底、暗无天日的地狱。”

川手庄太郎被这番充满恐怖的话吓得魂不附体，连站着的力气也消失殆尽了，全身像打摆子那样颤抖。

“救，救命！”他有气无力地叫喊起来。

“哈哈哈……再喊也是白搭。无论你怎么大喊大叫都不会有人来，因为空旷的大山里就这么一幢房子。你既然来了，就别指望活着出去。

“实话告诉你，看守这幢房子的那个老太太，不是别人，正是话剧里的那个奶妈，是她把我一手拉扯大的。那个老爷爷，也不可能与我对立。

“哈哈哈……你脸上的五官怎么走样了？如果说老夫妇是我的同伙，你一定会问宗方大侦探为什么送你到这里，哈哈哈……其实，宗方大侦探是为了满足我的复仇愿望引你上圈套的！

“我设陷阱，川手先生自动钻入。告诉你吧，三角胡子先生，也就是宗方博士，他并不是什么大侦探，是徒有虚名的。而你的不幸，就是什么都听大侦探的。”

左眼蒙纱布的山本始，得意扬扬地解开领带，幸灾乐祸地笑着说。

川手庄太郎此刻已明白，自己再怎么喊也不会有人前来救助，由于恐惧，本能地大声叫喊，可自己也弄不清到底在喊叫什么。

“喂，你这叫声太难听了！快停止叫喊！我让你别出声……好，你不听，我有办法让你不叫唤。”

左眼蒙纱布的山本始来到川手庄太郎背后，左手掐住他的喉咙，右手捂住他的嘴巴。于是，川手庄太郎像偶人那样不再吱声。

小个男子拿来一根长长的细绳，将川手庄太郎的手脚和身体捆起来。

“好，你抓住他的脚把他放入棺材！”

两个人硬是把川手庄太郎装进棺材里。

“嗯，盖棺材盖！等一等，哎，在这之前，我有一件事说给川手庄太郎听……喂，你可能知道也可能不知道，跟川手庄兵卫有血缘关系的还有一个人。但你可能不曾见过，那是你的妹妹，她将紧跟着你去天国。

“还有一件事要告诉你，这个小个男子不是男的，而是女的，就是你刚才看见的那个被奶妈抱在怀里的女婴。她现在长大成人了，帮哥哥报仇。”

女扮男装的小个子，把脸凑到川手庄太郎跟前，取下墨镜：“呵呵呵……你明白了吗？哎，哥哥，我终于解恨了，心里舒服多了。快动手吧，把盖子盖上，钉上铁钉！”

兄妹俩都是复仇狂，用铁锤敲打一颗颗铁钉，把盖子钉死。

结束了，兄妹俩抬着棺材朝地下室外面走去。那里是一片空地，周围是茂密的树林。记得川手庄太郎昨天曾经来过那里，并发现竖有一座新的墓碑。

可后来再上这里的时候，墓碑又不见了。现在，这里有一个像墓穴的大坑，不知是谁挖的，张着通往地狱的黑乎乎的大嘴。

他俩借助微弱的蜡烛光，将棺材滚落到墓穴底，接着手握扔在那里的锄头和铁锹，将挖出的土还原到墓穴里，等到完全填满后，用脚将松软的泥土踩结实。

从天而降

川手庄太郎被活埋的第二天下午，东京多摩川里有两个年轻人正在划船。沐浴着秋天阳光的水面上，泛着耀眼的银光。

这两个年轻人，一个叫林良夫，是银座黑蔷薇花咖啡馆里爱好侦探推理的服务生；另一个叫冈野大助，是林良夫的好朋友，是丸内某大厦的电梯服务生。

今天他俩都休息，已经长时间没在一起了。

木岛凶杀案发生的当时，宗方博士的助手小池曾去黑蔷薇花咖啡馆了解情况，该店服务生林良夫非常热心，提供了可疑墨镜男子的详细情况。他不仅工作认真，还是超级侦探迷。

冈野大助慢慢划着桨，正要让船从大桥下通过的时候，忽然从上面掉下一样东西，朝着正聊得起劲的他俩飞来，碰上林良夫挨着船舷的右腿膝盖，随后滚落到船中间。

“咦？一定是谁扔的！”

林良夫不由得大声喊道，并抬头扫视桥上。按理说，东西不会从天而降。

他们发现，有一辆轿车正飞似的朝着涩谷方向奔驰，扬起漫天的灰尘。从大桥上经过的，除这辆轿车外没有其他车辆和行人。

“是那辆轿车！东西是从那里面扔出的，不知道是什么……”

林良夫瞟着那辆急驶而去的轿车，一边揉着膝盖一边说。

“很疼吧？伤着骨头了吗？”好友冈野大助关切地问。

“嗯，没什么。这辆轿车一定没想到这时大桥下居然有船！应该说，从那辆车上是看不到我们的。”

“那倒也是。这家伙冒冒失失！瞧这东西，看上去好像有一定重量，还用细绳捆扎得整整齐齐的。”

冈野大助停下手中的桨，拾起滚落在船上的东西。那东西像肥皂盒那么大小，裹着好几层纸，细绳呈十字形。

“解开看看！”

林良夫作为侦探迷的好奇心似乎受到了强刺激，一把夺过冈野大助手里的小包。

“别动，别动，还是扔掉吧！看外表不是什么重要东西。”冈野大助说。

“嗯，如果这里面有什么重要东西，扔掉它那就太可惜了。这东西包扎得这么仔细，还有一定重量，也许是什么宝石吧？可能是小偷盗走宝石后害怕带在身上被人发现，干脆把它扔到河里。像这样的情况，我时常听人说起。”

“别太贪，这种事情怎么可能？”

“嗯，你想，如果一文不值，为什么要包扎得这么严实？还是打开看一下吧！不会是什么小型炸弹吧？”

林良夫把纸包放在船板上，弯下腰解开绳结，拆除报纸。

“瞧！果然不是什么废物！是纯锡的首饰盒，沉甸甸的。哦，我明白了，这盒子像铁锚那样起沉底作用，不让盒里的东西浮出以及被水冲走。看来，盒里有重要东西。说不定还是什么秘密！如果推理是对的，那我就有事做了。”

“别动它，也许是让人恶心的东西！”

“不，像这样扔东西，无疑是害怕暴露。”

林良夫谨慎地打开盒盖。

“好像是一块手绢。”

林良夫用大拇指和食指抓住手绢一端，拉到盒子外面。

“喂，别动它，或者扔掉或者把它交给警方。”

冈野大助的极力劝阻和建议，林良夫并没采纳，而是将手绢全部摊开。手绢上的鲜血已经变黑，弯曲着一个瘦长的东西。

“手指！”两个人异口同声地叫了起来。

“这是女人手指！被切断的部位，凑巧是手指与手掌连接的地方。”林良夫压低嗓音嘟哝。

“为什么要把割下的手指扔到河里呢？这里肯定有什么原因吧？嗯，这是犯罪……这分明是一起凶杀案！”

“赶快报警吧！”

“不，等一等！交给警方倒不如交给其他人。”

“谁？谁？”

“小林芳雄和明智小五郎。”

“噢，那倒是一个好办法。”

“我们现在就去那里。”

林良夫的脑海里，浮现出大侦探明智小五郎和助手小林芳雄来。他俩将船靠岸后，三步并作两步地朝麻布的明智侦探事务所走去。

梦想成真

见到小林芳雄，林良夫赶紧向他说起今天遇到的情况。

“上面确实有血腥味，可以肯定地说是一起大案。我真想介入此案，可事不凑巧先生去了美国，我现在的任务是留守事务所，没有先生的许可我不能接受任何案件的委托。”小林芳雄不无遗憾地说。

“唉！明智先生不在日本，真伤脑筋！怎么办呢？”林良夫失望地问道。

“是啊，那，你看这主意好吗？既然先生不在家，你们不妨去宗方博士那里，他是博士，应该没有解不开的谜。”

小林芳雄说，他俩点头表示同意，立即去坐落在丸内的宗方研究室。

宗方博士非常高兴地接待了这两个年轻人。

林良夫端详着宗方博士，觉得三角胡是侦查智慧的象征，崇敬的心情油然而生。他把事情经过详细说了一遍，递上那只用报纸包裹的小锡盒。

宗方博士彬彬有礼地接过小锡盒，从里面取出用手绢裹着的那节惨不忍睹的手指，仔细打量起来。刹那间，他的眼睛里闪射出兴奋的目光。

“哦，哦，你俩可立大功了！这是一起大案！”

“什么？你说什么？”

“嗯，这将成为我正在全力以赴侦查的那起大案的重要证据！谢谢你俩送到我这里来，我要发奖金给你俩。”

“是吗？它能成为重要证据吗？”

“我立即与警视厅联络。好，有了这重要证据，那起棘手大案就有新的转机了。”

林良夫无法理解宗方博士这些话的意思，可从心底里为自己的重大发现感到自豪。他曾经想过许多，决定趁此机会向宗方博士叙述自己的想法。

“其实，我有事拜托先生。”

“什么事？”

“先生，你能不能接纳我成为你的助手？我非常喜欢侦探这一行，可以说是我梦寐以求的职业。”

宗方博士紧盯着林良夫的脸，思考了片刻。

“好吧，我这里也正需要一个助手，原先有过两名年轻助手，结果都遭到了不幸，先后被残忍的凶徒杀害。侦探这行业时刻面临着生命危险，你不觉得怕吗？”

“我不在乎那样的危险，可以说不管什么危险我都不怕。”

“啊，你还真有勇气，可光靠勇气是当不了侦探的。一见到你这张脸，就觉得充满了聪明和机智。这样吧，我先考你一下，这是一个简单测试。”

宗方博士摊开一张大纸，把它放在林良夫的面前，只见纸上画有各种动物和鸟。可细看，则是收音机、电视机和洗衣机等家用电器，还有帽子、手表和女式袜子等各种用品，排列得乱七八糟的。

“请你一直看着那里！”

林良夫瞪大两眼目不斜视地看着那张奇怪的纸。

“好，三十秒钟过去了。”

宗方博士一直看着手表上的时间，敏捷地将纸折叠起来。

“你凭记忆说说纸上有哪些东西！”

“哦，哦……狮子、猩猩、锦蛇、羚羊……”

林良夫顺口溜似的说到第三十个的时候，接着说不清楚了，结结巴巴起来。

“还有……戒指、烟盒、烟斗……”

他边拼命地回忆边不停地说着，终于说不上来。

“就这些，其他记不住了。”

“啊，佩服、佩服，你一共说出五十八个。那张纸上总共画有一百多个东西，但三十秒钟时间里记不住七十个以上，就当不了侦探。不过，那需要经过一定时间的训练。通常，一般人三十个都记不住，能记住五十八个，说明你还是具备了当侦探的准确观察事物的能力。也就是说，你具有侦探素质。”

“原来有这种说法，那，你同意我当助手了？”

“是的，恭喜你合格了。可你不是还在黑蔷薇花咖啡馆工作吗？”

“没关系，我立刻辞职。”

“你决定了？那好，我付助手工资给你。从明天起，早晨九点上班。”

就这样，年轻的林良夫想当侦探的夙愿终于实现了，对他来说完全出乎意料。宗方博士在东京一带是赫赫有名的大侦探，林良夫为自己成为大侦探助手而感到无比自豪和欣喜若狂。

发现线索

第二天早晨，警视厅中村警长突然决定拜访宗方博士，于是坐车来到坐落在丸内的宗方研究室。

宗方博士一看见中村警长就说："哦，你来的正是时候，其实，我正准备去你那里呢！"

"哦，真的吗？那，发现什么重要线索了……"

"是的。你先请坐下，有许多重大情况要向你报告。不用说，是关于那个三个螺纹的骷髅指纹。"

"到底发现了什么新情况？"

"唉，从哪里说好呢？我报告的重大情况里有两件事重叠在一块，为此我大吃一惊。还是按顺序说吧……有一个情况是川手庄太郎下落不明……"

"什么，下落不明？"

"是的。这事我有责任，实在对不起。前些天我曾对你说过，要把川手庄太郎送到甲府附近山里的一户人家隐蔽起来。护送他的一路上，我是慎之又慎把他送到那里，没想到会出现这样的结果，这让我怎么也想不通。

"三天前，我接到川手庄太郎打来的加急电报，可那天我由于另一起案件怎么也脱不开身，不得不推迟了一天。也就是前天下午，我好不容易抽出时间去了那里。

“在那儿我没见到川手庄太郎，那对居住在别墅里的留守夫妻也急得不知如何是好。听他们说，从早晨起就一直没见到川手庄太郎。

“我仔细调查了现场，发现川手庄太郎的衣服都在，唯独少了睡衣。也就是说，他失踪时身上穿着睡衣。无疑是被什么人绑架了。我猜想，绑架他的家伙没准就是那个手指上有骷髅指纹的罪犯。

“我立即借助当地警署和青年们的力量，像上山打猎那样联合搜索了那一带。前天夜里，也就是我回来之前，仍没发现任何线索。接着又在附近车站一带进行排查，还是没发现可疑人物。

“假若有这样的人物，车站上的工作人员不一定能发现。于是，我昨天早晨先回到东京。下午一到事务所，没想到东京也发生了一起令人发指的大案。”

“什么，什么案件？”中村警长向前探出上身问道。

宗方博士按了一下呼唤铃。

门开了，只见年轻的侦探助手林良夫走进来。

“这是我新招聘的助手，叫林良夫。请先认识一下，这位警官是警视厅的中村警长。”

宗方博士把林良夫介绍给中村警长，林良夫向中村警长鞠躬行礼。

宗方博士报告了林良夫昨天在多摩川河拾到小锡盒的事情经过。

“哦，照这么说，一定是有人把这个盒子扔进了多摩川里。哎，盒子表面很整洁，里面到底有什么东西呀？”

“放有令人毛骨悚然的东西，你如果不信还是打开看一下吧！”

宗方博士把小盒子递到中村警长跟前。

中村警长打开盒子小心翼翼地取出里面的东西。这位刑事警察出身的警官尽管没有惊慌失措，可脸上表情很紧张。

“好像是女性手指。”

“我也这么认为，但也不能说一定就是女性手指，也有可能是男性手指。不知为什么，这手指给我一种感觉，川手庄太郎已经不在这个世上。”

“为什么这样说？你可能觉得手指是川手庄太郎的吧？”

“不是那么回事。这里有放大镜，请你仔细观察手指。”

中村警长把放大镜放在手指上，认真观察起来。

“咦，这指纹？”

“是三个螺纹的骷髅指纹吧？这跟以前看到的完全一样。”

“照这么说……”

“这是凶手的手指，很有可能是凶手割下自己手指让它沉入多摩川河底的。凶手之所以这样做，显然是为了销毁证据。凶手深信，只要没有三个螺纹骷髅指纹的手指存在就可逍遥法外。

“在这起案件中，就我们掌握的凶手情况来看，仅限于三个螺纹的骷髅指纹。一旦找不到这样指纹的手指，那我们抓凶手的线索就永远消失了。

“凶手恐吓和折磨川手庄太郎，曾巧妙利用这只骷髅指纹的手指。现在凶手把这手指扔了，显然已不再需要。不用说，其目的主要是毁灭犯罪证据。

“也可这么说，凶手达到他想复仇的目的。我之所以推测川手庄太郎已经被害，就是依据这只被扔弃的手指。”

“哦，原来你是如此分析思考的。凶手达到目的后，觉得这只手指已经没有必要继续留下，相反还是累赘……嗯，有道理，有道理，我赞同。”

“另外，我们必须研究这些偶然得到的物证，细绳、旧报纸和手绢等。这些证据，具有非常重要的价值。”

“还有什么新线索？像这样的盒子不是什么高档材质，一般商店里都能买到。”

“根据这些物证，我们可以顺藤摸瓜找到凶手的贼窝。”

“什么？凶手的贼窝？”

“是的。首先是这块手绢，布满了血迹，难以引人注意，但请你仔细看这角落，有用红色丝线缝制的罗马字母，像是单词的首字母。如果不在有亮光的地方看，很难看清楚。”

中村警长把手绢拿在手里，借助窗户射入房间的光线仔细察看。

“还真有这么回事，好像是RK。”

“是的。凶手就是那个叫RK的人物！也许是冒名顶替，但它曾经是凶手用过的手绢。这点绝对不会错！”

“可在偌大的东京都内，叫RK的人有成千上万。要想找到叫RK的手绢主人，等于大海里捞针，太困难了。”

“你说的没错。不过，我已经准备好了可以从这无数叫RK的人中间找到凶手。就是这里！请看这张报纸，一共有五张，整整齐齐的。其中四张是《朝日新闻报》，另一张是《音乐新闻报》。

“五张报纸中间仅一张不同，这究竟意味着什么呢？我们都知道《音乐新闻报》的发行量不大，虽说在车站和街头的报摊都能买到，但由于它主要面向那些与音乐有关的读者。因此，通常是由报社直接送到订户家中。

“为此，我用放大镜仔细观察这张《音乐新闻报》上是否有邮局的送报标记邮戳。你瞧，这上面有清楚的邮局标记邮戳，虽说很小，但上面有撕下外包装纸的痕迹。

“由此可见，凶手是在自己家里割断手指的，而这些报纸正是他家的。我这推测不会有错吧？就说《朝日新闻报》吧，都是昨天和前天的日报，而《音乐新闻报》却是本周星期日发行的报纸，是距今天最近的报纸。

“怎么样？这张《音乐新闻报》给我们留下一条非常重要的线索。由于凶手打算把手指永远沉在河底，因而根本没注意手绢上有用丝线缝制的RK的罗马字母，也压根儿没想到报纸会留下线索。”

“哦，你原来是这样推理的。我明白了，只要查阅《音乐新闻报》的订户名单，就能找到那个叫RK的家伙。”

“是的。像这一类报纸的订户中间，叫RK的人不会很多，可以从中找到这样的人。请由你们警方去该报社调查，用不了几个小时就能找到RK这个人的居住地。”

“这主意太好了！我似乎感觉眼前亮了起来。我现在就安排人去报社调查，结果出来后立刻告诉你。哎！我得赶紧回警视厅布置，对不起，告辞了！”

中村警长说完，匆匆离开事务所。

北园龙子

那天下午三点左右，宗方博士接到中村警长打来的电话。

“那家伙的住所查清楚了，住青山高树町十七号，叫北园龙子。我现在就去那里，你可以和我一起去吗？”

“北园龙子？哦，果然是女的，名字的罗马字首字母是RK吗？”

“是的，不过，遗憾的是那人昨天搬家了，房子里空空的，详细情况等跟你见面时再谈。”

宗方博士挂断电话后立刻坐车去了青山高树町。

那是一幢空着的楼房，面积不大，被两边的大型住宅和普通住宅夹在中间。

“哎，我在这里等你呢，请进来！我找到那个昨天被解雇的老用人，打算问她一些问题。”

中村警长从空楼房里出来，走在前头为宗方博士带路。

房间里坐着一位六十岁左右的小个老妇人。

老妇人叫阿里，询问后的结果大致如下：

女主人叫北园龙子，年龄大约三十七岁。其实，从外表只能看出三十岁左右。几年前，她与丈夫离婚，没有孩子，也没有亲戚，独自一人住在这里。她在这里居住期间，教附近孩子弹钢琴。

前些天，她说要回老家静冈县居住，先是变卖钢琴和家具，后是辞退在她家当了一年保姆的阿里。

北园龙子究竟去哪里，老用人阿里说不上来。

“嗯，这个叫北园龙子的，难道连一个朋友和亲人也没有吗？”

中村警长问阿里，老妇人想了半天说：“有一个，常来这里。那人到底住哪里，叫什么名字，我不清楚。这人看上去四十五六岁光景，高个头，大腹便便，有绅士气派。”

“哦，老人家，您如果现在见到这男子能认出来吗？”

“我能认出来。”

“女主人经常出门吗？”

“是的，经常出门去居住在很远的朋友家，住在那里晚上也不回来。”

听到这一情况，中村警长和宗方博士不由得对视一眼。如果北园龙子的外出日子与几起凶杀案发生的日期一致，就可以把她视作犯罪嫌疑人。

为此，中村警长又向老妇人进一步提问，老妇人极力回忆北园龙子不在家的那些日子。结果，几起案件的案发日和被视为行凶前的准备日，北园龙子确实外出不在家。

接着，警视厅派技术鉴定科的警官在住宅所有地方提取指纹。如窗玻璃和门把手等，以及洗漱室白色瓷器表面，技术警官们取到好几个指纹，其中有一个是三个螺纹的骷髅指纹，非常清晰。

终于，恶性案件的调查有了进展，凶手也开始浮出水面。用人阿里说的那个四十五六岁的绅士，也许就是主犯北园龙子的同伙。

片刻过后，根据中村警长的命令，几个去附近商店调查的刑事侦查警官回来了。在他们的汇报当中，发现有一个很特别的现象。这是食品店推销员提供的情况。

“前天傍晚，我上门问女主人订购什么食品，女主人亲自到厨房门口接待我，要我连夜为她送食品，数量和名称也很奇怪。”

“哦，订货内容奇怪吗？”

“是的，确实让我感到惊诧。她要我送五个牛肉罐头和五个福神牌腌制罐头，而且都是要大号罐头，还要我去面包房为她购买十斤面包。她要求我备齐这些货物后送到她家。

“我问她订那么多干什么。女主人朝我狠狠瞪了一眼，关照我别多问，还给我许多小费，再三叮嘱我不要告诉别人她订了这么多货。”

“那，你把她需要的那么多货送来了吗？”

“送来了，我是深夜悄悄给她送的。因为女主人一再关照不要让别人看到。送到她家的时候，没有见到那老用人，是女主人亲自验收的。”

这到底意味着什么？

第二天搬家，第一天晚上却买十斤面包和十个大罐装食品。也许是把罐头和面包带回家送亲朋好友？或许是去远离城市的山里隐居一段时间？

凶手，面包，罐头，这是奇怪而又特别的组合。

那天的调查和讯问，食品推销员提供的情况最有价值。

少顷，中村警长和宗方博士乘坐同一辆轿车离开北园龙子的住宅。

“我总觉得这起案件不同寻常，尤其嫌疑人购面包和罐头的动机还没弄清楚。另外，真相不明的凶手似乎还有别的什么不可告人的阴谋。”

中村警长说到这里叹了一口气，继续说：“凶手还有别的什么阴谋？是啊，我一直有这样的预感。有三个螺纹骷髅指纹的人居然是女的，实在是出乎我的意料。对此，你是怎么想的？”

“这一系列连续凶杀案，可能都是女人干的，而且是同一个女人！可我们只知道嫌犯是左眼蒙纱布的高个男子和戴墨镜的小个男子。我现在是这么设想的，戴墨镜小个男子可能就是北园龙子。你说呢？”

中村警长听宗方博士这么一说，猛地抬起头来两眼紧盯着他。

夜幕行动

那以后两天过去了。

北园龙子的行踪丝毫没有线索。宗方博士经常接到来自中村警长的电话，向他了解侦查工作进展情况。由于没有进展，宗方博士一直是愁眉苦脸，一筹莫展。

下午五点，如果在平时应该是事务所下班的时间。可这天已经晚上八点了，宗方博士还是没有回家，独自一人在实验室里苦苦思索。

“林君，你过来一下！”

宗方博士突然呼叫新助手林良夫。林良夫自担任博士的侦探助手以来，对这起案件的情况已经大致清楚，早就希望自己能做点什么，为博士分担忧愁。此刻，一听到喊声立刻应答，随即推门走进实验室。

“你跟我一起出门，就是现在，是一次夜幕下的冒险行动。如果顺利，我们可以立大功。”

“什么？夜幕下的冒险行动？那，我们现在去哪里？”

“去北园龙子的家。我俩悄悄潜入住宅，一直埋伏到天亮。”

“你是说那间空房子里有可疑情况？不会出现幽灵吧？”

“嗯，也许有幽灵出来。我就是等它出来。”

助手林良夫听着这番似乎是玩笑的话，却觉得宗方博士的侦查智慧实在高超，对于自己被命令与他同行更是喜不自禁。

他俩提着装有葡萄酒和三明治的小包，坐上轿车出发了。晚上九点半左右，他们到达北园龙子住宅稍前面一点的地方，在那里下车。接着，他俩又悄悄潜入厨房门口。宗方博士从袋里取出钥匙打开门锁，推门走进漆黑的房子里。那模样，犹如两个盗贼。

“林君，就在这里脱鞋子吧！在我没说‘可以’之前千万别出声！听明白了吗？不要发出任何响声。”

宗方博士把嘴凑到林良夫耳边，轻声叮嘱。

林良夫跟着宗方博士走进榻榻米房间，宗方博士把手搭在他肩膀上示意坐下。林良夫点点头后坐在他旁边，屏住呼吸环视漆黑的四周。须臾，随着眼睛慢慢习惯黑暗，周围情况开始比刚才清晰，但还是模模糊糊的。

就这样大约过了二十分钟，林良夫尽管一再被关照不准说话，可嘴还是不停蠕动着想说话。他实在忍耐不住了。

他把嘴凑到宗方博士耳边，像蚊子似的轻轻说道：“先生，我们在这里到底等什么？像这样的空房子里不会有情况。”

“我们是在等幽灵出来，千万别说话！如果发出响声就会打草惊蛇，等待我们的只能是前功尽弃。”

宗方博士也把嘴凑到林良夫耳边，轻声回答他。

忽然，林良夫觉得背部凉飕飕的。

也许幽灵真的出来了？先生说的幽灵到底是指什么？咦，手臂上好像被什么东西触摸了一下。他惊讶地转过脸朝旁边看，原来是宗方博士朝他递来三明治的手。不知什么时候，宗方博士已经在狼吞虎咽地吃起三明治。

林良夫虽接过三明治，可心里一直担心幽灵出来，没心思吃三明治。就这样，又等了一个多小时。这一个多小时，他觉得比十个小时还要漫长。

猛然觉得脑袋上方有人走路的声音，好像有人在黑暗的二楼里走动。他满腹狐疑。紧接着，楼梯那里传来响声。

好像是什么人踮起脚尖在朝楼下走。

少顷，眼前浮现出人的黑影，他连忙屏住呼吸观察。黑影似乎并不知道他俩坐在黑暗里，飞也似的在他俩面前经过，转眼消失在前面榻榻米房间外面的廊子那里。

吱！传来门被推开的声音，那是廊子角落洗手间的门。

“先生，那是什么人？”

林良夫把嘴凑在宗方博士耳朵上问。

“不知道，但模样已经大致看清楚了。哎，刚才那家伙好像是身着黑色西装，一身男人装束。不用说，这个女的经常是女扮男装。”

“把她抓起来好吗？”

“不，观察一下再说，反正已经是囊中之物了。”

吱！又传来门被推开的声音，黑影回来了。黑影一走进榻榻米房间，好像猛然察觉到什么，即刻停住脚步。那眼睛，好像透过黑暗紧盯着他俩。

“啊！”

黑影轻声喊道，像一阵风似的朝楼上奔跑，响起咚咚咚的脚步声。

“她察觉自己被发现了！没关系，她已经跑不了啦！走，上楼去！”

宗方博士从包里取出两支手电，其中一支递给林良夫，按亮开关后走在头里。

紧追不舍

走上楼梯后，才知道二楼就两个房间，里面什么家具也没有，一眼就可以把整个房间看得清清楚楚。

“咦！奇怪！房间里怎么没人？那家伙去哪里了？这二楼又没其他可以藏人的地方，大概像幽灵那样消失了？”林良夫暗自嘀咕。

就在他感到困惑不解时，又猛然觉得背部凉飕飕的。莫非，真遇上幽灵了？

“嘘！安静！那家伙在靠耳朵分辨动静。”

宗方博士轻轻的说话声，着实让林良夫吓了一跳。

“那家伙藏在哪里？”

林良夫着急地问，于是宗方博士用手电灯光照亮天花板。

“什么？藏在上面？”

“是的！她已经无路可逃。”

宗方博士用手电灯光检查了壁橱里的天花板，他抓住林良夫的胳膊，嘴凑在他的耳朵上说：“嫌犯就在上面！瞧，这上面的天花板有被移动过的迹象。林君，你有勇气抓她吗？”

林良夫觉得说没有勇气是一种耻辱。

“先生，我上去核实情况，你就在这里等我！如果对手难以对付，我一喊，你可得上来帮我一把哟！”

“行！你用不着抓对手，只要弄清楚那人否在上面就可以了。剩下嫌犯的事情，就拜托警方吧。”

林良夫脱去上装，尽量不弄出响声，轻轻将天花板移到旁边，而后朝满是灰尘的天花板夹层里爬去。以前，他爬过自己家的天花板夹层，对夹层里的结构情况比较清楚。

他故意关闭手电灯光，在沾满灰尘和布满蜘蛛网的夹层里不停地朝里爬着。他想让宗方博士知道自己并不是胆小鬼，可当他一想到黑暗深处藏着幽灵般身份不明的嫌犯时，不由得战战兢兢起来。

林良夫侧耳倾听，尽管听见呼呼的喘气声，却不知道声音是从哪里传出来的。他打开手电灯光，朝着可能是声音传出的方向照射。只见手电光束里，有一个奇怪装束的人蜷缩在那里。

身着陈旧的黑色西服，竖起的衣领遮着脸的两侧，头戴压住眉毛的黑色鸭舌帽，帽檐下边是反光的眼镜。

看上去，这家伙身材瘦小，没多大力气。林良夫确认对方明显弱于自己后，顿时勇气倍增。而对方在耀眼的手电灯光照射下，犹如受惊的小兔子，浑身直打哆嗦。

“这嫌犯怎么如此弱小？好，抓住他，我就可立功了？”

林良夫浑身是胆，迅速地朝那里爬去。

距离越来越近……当两张脸间隔只剩一米左右的时候，对方还是没有动弹，眼睛里似乎流露出乞求林良夫高抬贵手的目光。

眼下可不是发善心的时候，也不是犹豫不决的时候。林良夫猛地伸长手臂，使劲抓住对方手腕。

没想到对方瞪大眼睛，凶相毕露。这个看似身体纤弱的对手，居然使出出人意料的力气，而且动作十分迅速，挣脱林良夫的手后夺路就逃。

“浑蛋，我怎么能让你逃走呢！”

林良夫不顾一切地扑上去。

天花板不时传出嘎嘎啦啦眼看就要断裂的响声。突然，对手不见了。再仔细看，发现脑袋上方的屋顶那里悬挂着两条腿。林良夫赶紧朝两条腿靠近。

这时，两条腿嗖地朝屋顶上升的同时，还狠狠朝林良夫脸部踢来。

林良夫啊地惨叫一声，倒在天花板夹层的地上。

原来，屋顶上有方孔。黑影是从方孔逃到了屋顶外侧。林良夫顺着方孔朝上仰望，是满天闪烁的星星。

嘎嗒、嘎嗒……传来脚踩瓦的响声。

“先生，快到外面去！他逃到屋顶上去了。”

听到林良夫的叫喊声，宗方博士赶紧下楼，从后门朝黑夜笼罩的路上跑去。为尽量不让黑影察觉自己，隐蔽在屏障背后观察屋顶上的情况。黑影沿着下水管从二楼屋顶下到一楼屋顶，探出脸来观察下边和周围的情况。

已经夜里十一点了，鸦雀无声的住宅街上没有行人。这时，二楼屋顶上又出现人影，可那不是别人，是从方孔爬到屋顶上的林良夫。

黑影听到上边屋顶有踩瓦声，猛然抬起脸仰望，随后奋不顾身地朝地面跳去。这一跳，黑影仿佛大块煤炭朝下滚落，凑巧摔倒在宗方博士眼前的路上。黑影没有停顿，而是一骨碌爬起来朝前面狂奔。

宗方博士立即追了上去。此时此刻，他如果追上去抓住黑影，完全没问题，可不知何故没那样做，而是不紧不慢地始终与黑影保持一定距离，似乎想弄清楚黑影逃往何处。

黑影奔跑了大约一公里，好像体力不支，速度逐渐减慢。这时，前面出现了神社周围的树林。只见黑影钻进树林后闯入神社内，一骨碌躲到神社殿堂高高的地板下边。

宗方博士蹑手蹑脚地靠近那里，尽量不让对方察觉自己。猛然间，他亮起手电将灯光对准蜷缩在地板下边的黑影。

“哈哈哈……你终于被我逼到地板下边了！北园龙子，你是北园龙子吧？”

出人意料的是，黑影是女扮男装的。

宗方博士紧盯着对方的表情。

心照不宣

“是谁？你是谁？”

女人哭丧着脸。这个草菅人命的杀人女魔，表情居然如此胆战心惊，实在是不可思议。

“你问我是谁吗？我就是大侦探宗方博士，为了抓获手上有骷髅指纹的杀人凶手，长时间在外奔波。不用说，你也应该清楚我是什么人。”

女人浑身哆嗦，没有回答。

“嗯，说心里话，我确实佩服你的周旋手腕。这么多年，我与各种对手打过交道，可还是头一回与你这种擅长魔术的凶手打交道。”

“不对，我不是凶手！你肯定什么地方弄错了。我什么都不知道，这背后有阴谋，肯定是真正的凶手在耍弄阴谋嫁祸于人。”

女扮男装的北园龙子气急败坏地大声嚷嚷。

“哈哈哈……别装疯卖傻了！我什么都知道。如果你没犯罪，为什么要东躲西藏？你把住宅伪造成搬家后人去楼空的假象，其实是藏在天花板夹层里。

“如果你不是凶手，为什么要这样做。仅凭这一点，足可证明你就是连续凶杀案的凶手。你大概不知道我已经识破你躲在天花板夹层的诡计吧，我不是歪打正着，而是因为你购买了那么多食品。

“你让食品推销员购买十斤面包和十个大罐头，这你不会忘吧？如果真是搬家，有必要购买那么多食品吗？其实，你是想在天花板夹层隐居一段时间，制造你已经远走高飞的假象。

“我的推理没错吧？我是对你的突然搬迁仔细分析后找到这疑点的。你故意把家弄成人去楼空的模样，但第六感觉告诉我这是你故意设置的圈套。今天晚上的伏击，证实我的推理是正确的。”

“大侦探，我这样做是出于无奈。虽说看上去是制造假象，可我与犯罪绝对无关。”

北园龙子后悔莫及，眼泪扑簌扑簌地朝地面掉落。

“哈哈哈……你这种驴唇不对马嘴的解释，休想在我这里蒙混过关。你说你这样做是出于无奈，那我问你，到底是什么无奈？”

“唉，说了也没用。我即便有充分理由，你们警方也不会相信。我所说的无奈，是我受到了无端的怀疑。我的最大不幸，就是因为我手上有让警方怀疑的三螺指纹。”

“你是说，你尽管长着骷髅指纹，但并没有杀过人犯过罪。你是说凶手不是你，是其他什么人？”

“是的，我没有杀人，只因为食指上长有三个螺。瞧！就是长在这上面的。”

她猛地伸出左手，由于缠着纱布看不见伤口，但食指部位那里的凹陷十分明显。

“我是后来听说的，凶手在现场留下三螺指纹。这消息，我还是十天前才知道的。过去，我一直不知道自己的食指上也有三个螺纹。真是做梦也没想到，这样的指纹竟然被怀疑与罪犯有关。

“我前些天看到报上刊登的凶手指纹照片。那照片，我也是不经意间看到的。唉，太可怕了！没想到凶手指纹与我的一模一样。

“大侦探，请想象一下我当时的糟糕心情！可以这么说，我就像被冷不防推入万丈深渊那样。我也清楚，大千世界有几十亿人口，而指纹长得相同的几乎没有。”

“于是，你为了逃避怀疑而狠心砍掉了自己的食指，还把它扔到多摩川河里。你这样做，更让人感到可疑。你如果真想不起来自己犯过罪，也不必砍掉食指呀！你只要能说清楚案发时间不在现场，能说出证明你不在现场的证人，不就能在警方面前过关吗？”

女人听宗方博士这么一说，眼泪又哗哗流淌起来。

“是啊，如果能像那样说清楚，我就可以不受怀疑了。所谓不在案发现场这种专业用语，我曾经在侦探小说里读到过，知道它意味着什么。

“我特地找来案发时的旧报纸，翻阅这些连续凶杀案件的具体时间。从第一起凶杀案到最近发生的凶杀案，查阅结果让我惊讶得险些窒息，案发日与我外出日完全一致。再说，我也根本无法找到证明案发日我不在现场的证人。

“这一连串凶杀案发生的时候，我都不在家，都是外出，而且每次外出不是一两个小时，至少半天，有时甚至是整整一个晚上不在家。说是外出，也不是拜访朋友家，而是与朋友在外面散步。”

“那，你请这位朋友证明不就行了吗？”

“这朋友突然下落不明，也不知去哪里了？”

“你这么说，即便被认定撒谎也无可非议，你就是有嘴也难以辩解。这起连续凶杀案里，经常出现一个与你同样女扮男装的犯罪嫌疑人。据说她身边有左眼蒙纱布的高个男子。你刚才说的那个朋友，是那模样吧？”

“啊，那我更是跳到大海里也说不清楚了……我遭人陷害了……”

“我虽然也同情你，但编造是无济于事的！好吧，你现在跟我走一趟！”

宗方博士说完，改变手电光的照射方向。

说时迟那时快！刚才还在抽泣的女人突然抬起头来，两眼直瞪瞪地盯着宗方博士，表情十分惊讶。

“喂，你是谁？”

宗方博士被女人这么一问，脸上掠过一丝紧张的神色，随即很快镇定下来，镇定地回答说：“你说什么？我是宗方，是私家侦探宗方博士。”

“你这是真话？我怎么觉得你好像是……先生，对不起，是否用手电光照一下你的脸让我看一下？”

“哈哈哈……真是莫名其妙！好，你最好仔细看一下，记住抓获你的男子脸长得什么模样。”

宗方博士将圆圆的光束对准自己的脸，还发出爽朗的笑声。女人紧盯着他的脸，仔细琢磨着这个大侦探的长相……

两个人都没有动弹，面对面地站着僵持了好一会儿。如果当时旁边有人，这一幕无疑让人感到不可思议。

紧急电话

当宗方博士和北园龙子在神社里面面相觑的时候，麻布的明智侦探事务所里出现了警视厅中村警长的身影。他是来这里拜访明智小五郎的。

作为私家侦探，明智小五郎的资历远远超过宗方博士。就侦探本领来说，他也在宗方博士之上。

川手庄太郎一开始是想委托明智小五郎侦破凶杀案的，可不凑巧，大侦探不在日本，去美国参与一起大案的侦查，也不知什么时候能回来，不得已才委托了宗方博士。

白天里，明智小五郎乘坐的飞机在成田机场降落。中村警长接到明智小五郎亲口告诉他回到日本的消息后，觉得应该拜访他，同时有必要征求大侦探对这起连续凶杀案的看法和想法。

他同明智小五郎交往时间很长，十分投缘，交谈起来无拘无束，远远超出他与宗方博士的友谊。

“哎呀，恭喜你平安归来……”

“谢谢你的美言，看到你精神越来越好，真是太高兴了！”

他俩已经很久没见面了，握手时首先关注对方的健康。

一阵寒暄后，明智小五郎话锋一转，立即问起三螺指纹案件的侦查情况。

“怎么？你也在关心这起案件？”

“当然了！夏威夷的日报上简要地刊登了这起案件，所以我知道了。这么说吧，我对这起案件很感兴趣，刚才在你没来之前，我已经阅读了东京所有媒体关于该案件的报道。是啊，我还真得感谢小林君呢，他把该案的所有报道全剪贴下来装订在一起。我只要看一下报贴集，案件情况也就全清楚了。”

“哈哈，你还是这么风趣啊，回来得还真是时候！其实，我这么晚登门拜访，就是想听听你对这起连续凶杀案的见解。说实话，这起没完没了的凶杀案快要使我的神经步入崩溃的边缘。今天，我必须来你这里请教。新闻媒体竞相炒作，闹得满城风雨。作为警方主要承办这起案件的警官，我现在如同热锅上焦头烂额的蚂蚁。”

“我想先听听你关于案情的详细介绍。”

“情况我当然要说，可我有比说更好的东西。瞧，这是我写的关于本案的侦查日记。为了请你过目，我特地把它带来了。你只要看了它，整个案情就全都清楚了。”中村警长从口袋里取出大笔记本，翻开后递到明智小五郎的手上。

明智小五郎立刻聚精会神地看了起来。他在看日记的过程中，不时地抬起头来询问中村警长。半个小时后，他似乎已经清楚案情的发展过程。

“别客气，快说说你的想法吧！我被这起案件搅得无法思考，头脑一片空白，想听听你对这起案件的高见。”

中村警长说完，明智小五郎没有立即回答，而是靠在沙发上闭上眼睛沉思了半晌，接着用十分平静的语气说道：

“我与宗方博士曾经见过两三次面，对他的侦查才能深表敬意。他给我的印象是办起案来雷厉风行，案件一接手便迅速侦破。可他在这起连续凶杀案件中，似乎显得特别被动，经常被凶手抢先下手。

“凶手是预告犯罪，可他都没有成功地制止，导致凶手连连得手。这情况发生在宗方博士身上实在是太罕见了，简直可以说是一败涂地。

“凶手每一次杀人，手法似乎总是比宗方博士棋高一招！报纸上大肆渲染凶手擅长魔法，依我看，凶手是丧心病狂的疯子。

“当然，宗方君也有几招干得很漂亮，尤其是根据被扔入多摩川里的小锡盒，顺藤摸瓜地找到嫌疑人住所。”

“但是，那也迟了一步。”

“嫌疑人是女的，叫北园龙子，手法也很奇特。搬家前的晚上，订购了许多罐头和面包。光这一点，就可推断出嫌疑人北园龙子隐藏的地方。”

“什么？隐藏的地方？在哪里？你快告诉我呀！”

“如果你想看看她隐藏的地方，我可以带你去。但那地方，宗方君应该已经察觉到。如果我的推断没错，宗方君今晚也许会前往那里捉拿嫌疑人。”

“嫌疑人隐藏的地方很近吗？”

“是的，北园龙子这女人头脑聪明，搬家前把房子伪装成人去楼空的假象，其目的是想转移我们的侦查视线。从那天开始，她一定觉得那里是最安全的隐藏场所。”

“什么？你是说北园龙子把空房子当作隐藏场所？你是说她其实没走……哦，原来是这么回事。好，我尽快去现场核实！明智君，我告辞了！”

“喂，你等一下，我可以一起去吗……哎，有电话铃声，请等我一下。”

明智小五郎拿起电话机刚说了一句，遂将电话听筒递给中村警长。

“是你的电话！从警视厅打来的。听声音很急，好像有什么重大情况。”

中村警长立即把电话听筒凑到耳边。

“什么？是宗方博士报告的情况？他发现什么了……嗯，在青山的……八幡宫神社内……噢，是在神社殿堂的地板下边……嗯，我知道了，知道了。好，我马上就去，你们赶紧备车火速赶到那里。”

咔嗒！中村警长挂断电话，脸色通红。他兴奋地对明智小五郎说：“果然不出你所料！据说女嫌疑人是藏在天花板夹层里。后来，她从那里捣破屋顶逃到外面。当逃到附近神社境内的时候，被追赶上来的宗方博士一举擒获。宗方博士打电话到警视厅报告了这一情况，让我马上赶到那里。你去吗？”

“我当然陪你一起去喽！很想见见北园龙子这女人长得什么模样，同时也想会一会好久没见面的宗方君。”

明智小五郎说到这里按响呼唤铃，喊来小林芳雄迅速做出门准备。

自杀他杀

那以后过了大约十五分钟。

中村警长和明智小五郎在青山神社的牌坊跟前停车，步行穿过漆黑的树林。

走近神社殿堂背后，发现有三个黑影打着手电站在那里，是宗方博士和两名警官。警官是附近派出所的，接到宗方博士的报警后赶到现场。

“是宗方博士吗？我是中村。正巧拜访明智君时接到厅里打来的电话，于是和明智君一起赶来了。”

中村警长上前主动打招呼。宗方博士一听说明智小五郎也来了，连忙上前打招呼：“哦，明智先生，我是刚得知你回来的消息。你不在国内这段时间，我不得不接手这起找不到头绪的疑难案件，现在好不容易抓住凶手，原以为可以轻松轻松了。可你瞧！竟成了这样的结果！”

宗方博士将灯光对准神社殿堂的地板下边。

“什么？到底怎么了？”中村警长大吃一惊，不由得嚷道。

只见北园龙子倒在地上已经死了，右手握着匕首，胸口还流着血。

“是自杀吗？怎么会这样结果……”

中村警长抬起头望着宗方博士。

“唉，都怪我粗心。我一路紧追不舍，终于在这里抓住了她。可我当时就一个人，不可能拽着她去喊出租车，打电话请你们警方来是最佳办法。于是，我把她绑在地板下夹层的柱子上，跑到附近商店打电话，再请商店的人去附近派出所报警。

“前后算起来，我离开这里充其量也只不过五分钟，可回来一看，竟变成这样。不知道她究竟是怎么解开身上绳索的，还不偏不倚地刺中心脏自杀。真是万万没想到，这女人身上居然藏有匕首。”

宗方博士由于凶手死了，解释起来语无伦次，支支吾吾的。

北园龙子的身体上缠有绳索，绳索两端是系在柱子上的。

明智小五郎蹲在柱子边上察看绳索，猛地好像发现了什么重大疑点。

“宗方君，这女人不是自杀。”

“什么？她不是自杀？”

“嗯，我觉得是他杀。有人用匕首刺入她的心脏部位，再让死者的手握住匕首。为伪造自杀现场，还特地解开死者身上的绳索。”

“可杀害北园龙子的凶手又是谁呢？究竟出于什么目的？你认为凶手是北园龙子的敌人，杀害北园龙子后逃走了？”

宗方博士用嘲弄的口气指责明智小五郎的观点。

“不，未必是凶手的敌人。这起连续凶杀案件里，除女扮男装的小个凶手外，不是还有左眼蒙纱布的高个凶手吗？凶手为自身安全杀害同伙的情况时有发生。我总觉得高个凶手就在这一带听我们说话呢！”

“为什么？纵然是北园龙子的同伙来这里，也根本没必要杀害这个女人呀！解开绳索带着她离开这里不就行了吗？”

“但是，这背后也许有我们难以想象的原因！那个左眼蒙纱布的高个男子为什么不救出同伙，相反还杀了她？不正说明本案背后隐藏着不可告人的目的吗？我是这样推测的。”

“这只不过是你的推测而已。”宗方博士说话的语气里充满了讽刺的口吻。

“是的，眼下还不能明确断言。不过，只要弄清这一不可告人的目的，这起连续凶杀案就可真相大白，我是这么认为的。”

明智小五郎说这番话时显得很平静，仿佛已经识破凶手杀害北园龙子的真正目的。

“你好像已经肯定是同伙杀了这个女人，可我说什么也不能赞同你的观点。这情况可以暂时放一下，我们眼下必须抓获左眼蒙纱布的高个罪犯。明智君，我一定要亲手抓住高个罪犯给你看看，让整个案件真相大白，让那个擅长魔法的凶手的真实面目彻底暴露在光天化日之下。”

对于明智小五郎刚才说的一番话，宗方博士似乎有些不满和激动，像立军令状那样斩钉截铁地说道。

“哦，你是说要亲手抓住左眼蒙纱布的高个凶手？嘿嘿，他在哪里？”

明智小五郎提出这个问题，当然并不相信宗方博士所谓的雄心壮志，似乎说那怎么可能。他不赞成宗方博士的看法，跟明智小五郎平时的说话态度判若两人。这令宗方博士大为惊讶，紧盯着明智小五郎的脸说：“哈哈哈……那你就等着瞧吧！”

明智小五郎也毫不客气地瞪大眼睛望着宗方博士的脸，相互怒目圆睁地望着对方，四道目光交织在一起仿佛迸出了火花。

跳楼自杀

这时候，警视厅派出的大批警官乘坐警车赶来了，搜查了整个现场。

明智小五郎把中村警长喊到一个背静的地方。

“中村君，这起案件太吸引我了，真可谓欲罢不能。我打算亲自展开调查，但不妨碍宗方博士的侦查行动。”

“你说调查？主要案犯不是已经死了吗？剩下的只需抓住那个左眼蒙纱布的高个男子就行了。哎，你是不是已经发现高个嫌犯的行动规律了？”

“不，寻找这个同案犯还是委托宗方君吧。我看，他对如何抓获左眼蒙纱布的高个嫌犯很感兴趣。”

明智小五郎话里有话地说。

“那，剩下的还有什么可调查的？凶手对川手庄太郎一家实施的复仇目的已经达到，也不可能再发生凶杀案。死去的主要嫌犯究竟是自杀还是他杀，我们暂且不说，总之已经死了，剩下的那个同案犯，即那个左眼蒙纱布的高个男子，你又不打算去寻找，到底想调查什么呢？”

“你难道已经忘了吗！据说，川手庄太郎及其两个女儿都被凶手杀了。可川手庄太郎不是在东京被害，而是在山梨县深山老林的别墅里突然失踪，至今连尸体也没发现。”

“嗯，那倒是。但就至今仍不知道川手庄太郎的下落来看，无疑凶多吉少，肯定遇难。否则，主要嫌犯不可能砍断自己有着犯罪特征的手指，还将它扔入多摩川。因此，我们只能认为主要嫌犯那样做，是意味着其复仇目的已经达到。难道不是这样吗？”

“嗯，可以这么认为。问题是，凶手为什么不公开川手庄太郎的尸体？像川手庄太郎的两个女儿被害后，凶手为了让全社会知道，故意暴露她俩的尸体。按我的判断，其背后肯定藏有不可告人的目的。我决定把该疑点和川手庄太郎至今下落不明联系起来展开调查，一定要弄个水落石出。我明天去山梨县调查那幢别墅，搞清楚川手庄太郎到底是怎么死的。”

“中村君，请你保密我接下来进行的调查行动，千万别对宗方君和警视厅你的同事们说。关于调查结果，我只向你一个人报告。”

明智小五郎说完离开现场走了。

那以后过去的好几天里，东京十分平静。

可几天后的傍晚，这天也正是北园龙子死后的第七天傍晚，日本桥T百货大楼发生一起跳楼自杀事件。

百货大楼当时正准备关门打烊，突然发现一名男子从楼顶坠落在人行道上，当场死亡。死者外表像工人。

当地派出所警官闻讯立即赶到现场调查，从死者胸前的衣袋里找到一张事先写好的便条，是一封遗书。不用说，这是自杀。

警官不经意地看着，脸色渐渐地变了。原来，跳楼自杀者就是那个杀害川手庄太郎全家的同伙，即左眼蒙纱布的高个嫌犯。

为完成父亲交给我的报仇任务，我竭尽了全力，现在终于圆满完成了。我选择自尽，是为了去地下向长眠在那里的父亲汇报。

一开始，我并不打算自杀，无奈被私家侦探宗方博士盯上了，深知已经无法逃离。与其让他立大功，还不如自己了结自己的生命，因而下了这样的决心。

川手庄太郎家族是我父母亲的仇人，川手庄太郎的父亲残忍地杀害了我的父母。我杀了他全家，是执行父亲临终交给我的任务。现在，我可以告慰九泉下的父母了。

北园龙子的真实姓名叫山本京子，是我的嫡亲妹妹，食指上有着与众不同的三螺指纹。我巧妙地利用了她的指纹，作为威胁手段多次恫吓川手庄太郎及其家人。

我的妹妹山本京子也因宗方博士的跟踪而被捕，但她最后伺机自杀了。

现在，我已经没有任何遗憾留在这世上了，只希望尽快地去另一个世界与我的父母亲和妹妹早日团圆。

山本始

唉！明智小五郎断定北园龙子的死是他杀。他这个结论与山本始的这封遗书显然对不上号。真没想到赫赫有名的大侦探明智小五郎，在这起案件里居然如此判断失误。这一来，反而抬高了宗方博士在侦探界和市民心目中的地位。

与明智小五郎相比，宗方博士兑现了自己的诺言。虽说左眼蒙纱布的高个嫌犯山本始被迫跳楼自杀，没让警方逮着有点美中不足。但不管怎么说，他是被宗方博士逼得走投无路才选择跳楼的。关于这一点，遗书上写得很清楚。

就这样，一起惊动整个日本列岛的连续凶杀案件终于以兄妹凶手自杀而终结。

川手庄太郎一家被斩尽杀绝，两个凶手也都自杀了。复仇者也好，被害人也好，都从这个世界上永远地销声匿迹了。不用说，社会各界和警视厅都觉得该案结束了。

可偏有这么一个人，执着地说该案并没有了结。他不是别人，正是大侦探明智小五郎。

真正凶手

凶手山本始跳楼自杀后又过去了几天。

一天夜晚，参与侦查这起连续凶杀案的全体警官聚集在东京都京桥一家大饭店里，以庆贺该案圆满侦破。

出席人员中间，有来自警视厅负责该案的领导：刑事侦查部长，刑事侦查科长，刑事侦查警长；还有来自侦探界赫赫有名的大侦探：本案中荣获头功的宗方博士，在本案没有建功的明智小五郎。

明智小五郎赴宴，是中村警长以朋友名义邀请他的。

同一张餐桌上，坐着三名警官和两名大侦探。

这五个人频频举杯痛饮，相互间愉快地交谈着。

“宗方先生，你为侦破该案还搭上了两名助手的生命，可以说是真豁出去了。还有，这对兄妹凶手迫于你的威慑，不得不选择了自杀。本案能顺利侦破，关键在于你。”

对于宗方博士的英雄之举，刑事侦查部长表示深深的敬意。宗方博士则用手扶了扶眼镜说：“唉，可接受该案后的前阶段，屡遭失败和挫折，给各位添了不少麻烦，实在是羞愧之极。搭上两个助手的生命，我就不提了。想想川手庄太郎一家对我们那么信任，而我最终却没能保住他们的生命。尽管案件侦破了，可它是我心中永远的缺憾哪。”

“明智先生，听中村君说，你对这起案件很感兴趣，是不是可以谈谈你的感想……听说你还抱有疑义，坚持认为北园龙子不是自杀。是有这么回事吧？”

刑事侦查部长问。对于这样的提问，明智小五郎似乎已经等候多时了。

“是的，我是那样认为的。”明智小五郎回答的语气铿锵有力。

“什么？你现在还认为那是他杀？”坐在一旁的刑事侦查科长，惊愕地插嘴问。

“是的，除了他杀还是他杀，没有其他可能。”

明智小五郎似乎已经洞察一切，态度更加坚定。

宗方博士不由得瞪大双眼，情绪激动起来。他不能容忍明智小五郎否定北园龙子自杀的论点，必须站起来反驳。

“哈哈哈……明智君，你不是在耍孩子脾气吧！我承认你是日本赫赫有名的大侦探。但你再怎样伟大也毕竟是人，有时难免会神经敏感和判断失误，难免把话说过头。我觉得这没什么关系，闻者没有必要多计较。

“可你一旦明白了，不应该那么较劲，不应该继续钻死胡同。否则，难免让周围的人感到无聊。那个跳楼自杀的山本始，就是北园龙子的胞兄！当然喽，按照常理思考，为保住自己而杀害胞妹似乎不符合逻辑。

“但山本始在他留下的那封遗书里，有关妹妹自杀的来龙去脉不是交代得很清楚吗！怎么？你不认可那封遗书？”

“是的，不认可！遗书怎么会是那样？那完全是捏造的遗书！”

“明智君，你是没有经过思考才如此信口开河的吧？堂堂的大侦探，说话可要负责任哟！你是不是醉了？大家都知道，即便凶手再怎么作恶多端，临死前的书面表白肯定是真言真语，不可能胡编乱诌。我认为胡说八道的不是别人，而是你。好吧，我问你，为什么不认可那封遗书？能否说出让大家心服口服的理由？快说呀！”

大家听完宗方博士的观点，觉得很有说服力，相反认为，明智小五郎今天不知怎么了，也许是喝多酒而导致思维不正常。大家还一致认为，明智小五郎应该向宗方博士道歉。

“各位，我当然有不认可那封遗书的充分理由。因为，我对那个跳楼自杀的男子是否是凶手同伙表示怀疑。”

“什么？什么？难道留下遗书跳楼自杀的男子不是凶手？”

“那个左眼蒙纱布的高个男子到底长得什么模样，没一个人亲眼见过。难道不是吗？因此，仅凭遗书不能证明跳楼自杀男子就是凶手同伙。像那样的遗书，谁都能伪造。”

宗方博士听罢脸涨成了猪肝色，怒气冲冲地说道：“哼，照你的意思，那个跳楼自杀的男子是假冒的？你这观点太愚蠢了！假如他不是凶手，用得着特地写那份遗书自杀吗？你是不是思维不正常？”

“哈哈哈……也许是像你说的那样。可我还是坚持这么认为，别说跳楼自杀男子不是凶手，就连北园龙子究竟是不是凶手也是谜。”

在座的人，听到这里全都忍耐不住了。明智小五郎说跳楼的自杀男子和在神社自杀的北园龙子都不是凶手。倘若真像他说的这样，这起案件的案犯岂不是一个都没抓住吗！说白了，该案件根本就没侦破，现在也根本不是庆贺结案的时候。

宗方博士激动地晃着下巴上的三角胡子，猛地从椅子上站起来，直立腰背，在明智小五郎面前挥舞着拳头，嘴里大声吼道：“明智君，住嘴！你到底对我有什么成见？为什么要对我侦破的案件百般挑剔？哼，你说北园龙子不是凶手？我真不明白你到底是怎么想的？你难道忘了三个螺纹的骷髅指纹了吗？如果说北园龙子不是凶手，那她为什么要故意砍断自己的食指？为什么将砍断的手指扔入多摩川？为什么偷偷躲藏在天花板上的夹层里？为什么？快说！”

“我是这么想的，正因为北园龙子的食指指纹有三个螺纹，我才断定她不是凶手。喂，宗方君，我想你应该明白我说这话的真正意思。”

“不明白！各位警官，我不想继续与这样的疯子同桌，我先告辞了。”

宗方博士离开椅子。

“哎，宗方博士，请别走啊！今天你是我们邀请的贵客……明智先生，你今晚到底怎么啦？请你在这种时候做到自重，别像孩子那样耍嘴皮子。”

刑事侦查科长见状，连忙在两个人中间打圆场。

“是啊，眼下我还没有把要说的话说完。因此，各位认为我是信口开河也不无道理。可我必须告诉大家，我不会意气用事，也不会鸡蛋里挑骨头。现在，我说说我断定那一男一女不是凶手的理由。希望宗方君不要暴跳如雷，听完我说的话你再发脾气也不迟。”

瞧明智小五郎说这番话的模样，既不像喝醉也不像神经不正常。

大家琢磨了一下他说的话，觉得有必要听他把话说完，倘若确实对宗方博士有个人成见，再批评他也不迟。于是，大家都表示赞同明智小五郎发表他的见解。宗方博士无可奈何，只得重新坐到椅子上。

明智翻案

明智小五郎打开话闸说了起来："案犯为什么始终不公开川手庄太郎的尸体？对于这一问题，我的分析视角与宗方博士截然不同，而且我是从这里发现重大疑点的。在北园龙子所谓自杀的第二天，我去了一趟川手庄太郎下落不明的地方。那是一幢城堡式别墅，坐落在山梨县N车站附近的深山老林里。目前，那幢别墅人去楼空，连人影也没见着。我花费整整一天时间调查了别墅的里里外外，结果找到了川手庄太郎。"

刑事侦查部长感到百般惊讶，连忙问道："明智君，川手庄太郎的尸体到底被藏匿在什么地方？我们警方当时在那一带搜查过，不是报告说什么也没发现吗？"

"不，不是尸体！川手庄太郎没死！只是我发现他的时候，他已经奄奄一息。"

"什么？他还活着？是真的？这么说，凶手连最重要的对象都没有杀死，那不是没有达到复仇目的吗？"

"不，凶手其实使用了极其惨无人道的手段复仇。我如果晚一天去那里，川手庄太郎无疑就会告别这个世界。"

"凶手到底使用了什么手段？"

刑事侦查科长激动得按捺不住自己了。

“是活埋。凶手把川手庄太郎塞入棺材那样的木箱里，把它埋在院子的树林里。”

“这么说，是你把他救出来的？那……他到底是怎么活到今天的？”

“不，不是今天，我是十天前发现的，当时正值川手庄太郎下落不明的第五天。也就是说，被塞入棺材的他在土坑里整整待了五天，只是靠呼吸活着。由于饥饿和恐怖，头发全白了。太可怜了！我救出他后，赶紧把他抱到我的车上送到甲府市内的某医院，让他住进那家医院治疗。数天后，他开始渐渐恢复。我悄悄地带他返回东京，让他住在我家。从他那里，我了解到本案背后隐藏的秘密。现在，我得等到死里逃生的川手庄太郎完全恢复记忆。”

“那，川手庄太郎完全恢复了吗？”宗方博士听到这里第一次开口说话。

“不，他还没有完全恢复到健康状态。他住在我专门为他腾出的房间里，每天不是下床活动就是上床睡觉。”

“原来是这样，你可立大功了！听你说完这些，我心里感到轻松多了。”

宗方博士赞扬明智小五郎后，好像突然想起什么似的，对大家说：“哦，只顾听你说话，险些忘了一个重要约会。各位，对不起，我去打电话，马上就返回。明智君，等我回来请再继续说！”

宗方博士说完，慌张地朝公共电话跑去。

于是，明智小五郎不说了，而是等着宗方博士回来。不一会儿，宗方博士回来了。

“电话打完了？”明智小五郎笑嘻嘻地主动询问。

“对不起，让你们久等了，请明智君继续说！”

宗方博士好像有什么高兴事，脸上笑呵呵的。

刑事侦查部长问道：“哎，明智君，你从川手庄太郎那里听到了什么？是否有北园龙子不是凶手那样的话？”

“不，川手庄太郎并不都清楚，只是叙述自己父亲曾经杀害了凶手的父亲，并叙述凶手为报上代之仇加害于他全家。那个左眼蒙纱布的高个男子叫山本始，那个女扮男装的矮个是山本始的妹妹。他还说，这对兄妹都是化了装的，不知道他俩的真正模样。”

“这么说，跳楼自杀男子留下的遗书内容，岂不是与川手庄太郎说的完全一致吗？明智君，你说北园龙子和跳楼自杀男子不是真正的凶手。请说说具体理由。”

“可以这么说，本案从一开始到结束根本连不起来，对此我反复思考过。由于连不起来，于是凶手硬是伪造了从开始到结束连起来的假象。可见，其背后藏有常人难以察觉的秘密。但只要解开这秘密，所有伪造的假象也就不攻自破了。”

“听你的意思，你已经解开这一秘密了？”宗方博士似乎忍不住，在一旁插话问道。

“是的，解开了。”

明智小五郎调整脸的朝向，正面望着宗方博士扑哧笑出了声。宗方博士也跟着笑了笑，满脸是讽刺表情。与此同时，他俩的眼睛里互射出鄙视对方的目光。

“明智君，我还想请你说说，如果北园龙子不是真正的凶手，这起案件是否一定要翻过来重新侦查？”

刑事侦查科长脸上的表情变得认真起来，等待明智小五郎的下文。

明智演说

明智小五郎显得十分镇静，接着往下说：

“本案与其他案件相比，最关键也最奇怪的一点，不用说，是那个三螺指纹。像那样纹理的指纹也确实罕见，可指纹本身并没有不可思议的地方，只不过是一种巧合而已。

“北园龙子从娘胎出来时，就是带着那样的指纹来到这世界的，仅此而已。不可思议的是，凶手炮制的三螺指纹的出现形式。例如为川手雪子举行葬礼时，川手妙子的脸上不知何故，被按上了那样的指纹。

“还有在马戏团幽灵集会的迷宫里，骸骨和偶人手上持有的通过证上都被按上了那样的指纹。根据川手庄太郎提供的情况，他被宗方君带着离开别墅之前，就连女用人端来的茶杯盖上也被按上了那样的指纹。

“按理说，这都是不可能发生的怪事。另外，那封凶手杀害川手雪子的预告信，也不知怎么回事，竟出现在川手庄太郎的会客室里。举行川手雪子葬礼时，凶手居然能把恐吓信神不知鬼不觉地放入川手庄太郎身上的昼间礼服口袋。

“像这样相继出现的怪现象，要一一列举的话，一时还真说不完。这些不可思议的怪现象，为什么能变成现实？答案只有一个。那么，我又是怎样得来这答案的呢？

“由于列举推理过程要占用大家很长的时间，我把本案发生得最多的怪现象归纳成三种类型向大家解释。首先，说说那个戴黑色蒙面套的嫌疑人是怎样从迷宫帐篷逃之夭夭的。

“帐篷外面聚集着许多从帐篷里出来的观众，而帐篷里边的警官和马戏团的工作人员前后夹击包围了迷宫中央部位的镜屋。按理说，镜屋里握着手枪的罪犯应该插翅难飞。可当时，那罪犯却不翼而飞了。

“像这样不可思议的魔法该怎样解开呢？如果镜屋里根本就没有任何暗道机关，如果前后夹击的十多个追兵根本就没有酒醉眼花，那么，嫌疑人是绝对不可能在镜屋里溜之大吉的。

“我想，大家应该赞同我这一观点的，是吧？嫌疑人的这一魔法，也就是嫌疑人的不翼而飞之谜，我是这样解开的。其实，嫌疑人并没有逃走，而是扮作追兵贼喊捉贼。由于他头顶桂冠，追兵们谁都不会怀疑他是真正嫌疑人。

“也就是说，嫌疑人当时一直在镜屋里。其次，说说嫌疑人为什么轻而易举地发现了川手庄太郎在山梨县的隐蔽地点。听川手庄太郎说，宗方君为防止嫌疑人的跟踪，途中绞尽脑汁多次换乘电车和列车，不停地改变乘车方向。

“可这样精心设计的隐蔽场所，却在如此短的时间里被嫌疑人发现。这，究竟是什么原因呢？很显然，我不说大家也清楚，嫌疑人就在川手庄太郎的隐蔽场所。

“这家伙采取了绝对不会引起川手庄太郎注意的手法，一直跟踪着来到山梨县的隐蔽场所。说到这里，我想你们心里该明白那个人是谁了吧！”

明智小五郎说到这里顿住了，朝大家扫视一眼，可谁都没有开口。

“最后，说说北园龙子，也就是她为什么要自杀。其实，她根本没有自杀的理由。即便她用匕首自杀，必须先割断绑住自己双手的绳索。倘若真割断了绳索，她就更没有必要自杀。

“她完全可以趁着夜幕逃之夭夭，而且在时间上相当充足。因为，宗方君当时离开现场打电话去了。北园龙子曾经隐藏在屋顶夹层里，是为了躲开危险。

“一旦割断了捆绑手脚的绳索，北园龙子应该获得了自由，完全可以避开危险。可当时的实际情况却发生了急转直下的变化，北园龙子反而产生了自杀的念头，并且真的死了。这种变化，根本不合乎逻辑。

“如果说她不是自杀，而是被隐蔽在神社树林里的同伙杀害，根据这种观点推理，结果就更不可思议。试想，如果同伙为了自身安全杀害北园龙子，就根本没必要解开她身上的绳索。

“再说，要杀的对象是手脚被绑失去自由的人，这对于杀手来说，那不是更容易吗？再加上黑夜笼罩，杀手可以神不知鬼不觉地杀了北园龙子。如果事实真是那样，该怎样解释呢？

“无疑，北园龙子的死是他杀，凶手行凶后伪造了第二现场，也就是北园龙子的自杀现场。当然，这不是北园龙子的同伙所作所为；也不是北园龙子因为过去杀人犯了死罪，而同伙杀了她帮助她伪造自杀现场。

“倘若嫌疑人这样做，岂不等于画蛇添足多此一举吗？我就是从这伪造的自杀现场猛然察觉到，本案背后藏有很深并且不可告人的阴谋。我为什么这么说？因为，第一类型的情况和第二类型的情况相同。

“至于第三类型的情况，我一开始觉得，可采用与第一类型和第二类型同样的答案解答，可仔细一分析，又多少感到有牵强附会不合逻辑的地方。后来听了川手庄太郎叙述的情况后，这才找到解答第三类型情况的正确答案。

“罪犯在活埋川手庄太郎前，对他说还有一个复仇目标。还对他说，这人是否存在，就连川手庄太郎本人也不清楚。这人是谁？就是川手庄太郎的胞妹。她就是北园龙子。

“北园龙子不是凶手，也不是本案主犯，而是川手庄太郎的嫡亲妹妹，是无辜的被害人，是复仇狂要杀害的最后目标。”

宗方博士从一开始就不停地挪动着身体，好像椅子上有什么铁钉似的。听到这里，他似乎再也忍耐不住了，冷不防大声笑了起：“哈哈哈……明智君，希望你放正经点，别在警官面前说这种梦幻般的玩笑故事。你的推理酷似幻想，根本就不着边际。说心里话，我是越听越糊涂。你难道不觉得你的解说自相矛盾吗？你说说看，北园龙子如果不是凶手，那她为什么化装隐藏在屋顶夹层里？当被发现后，又为什么夺路而逃。还有最重要的一点你没有解释，那就是她手上的三螺指纹。这，你难道忘得一干二净了？”

“不，我绝对不会忘记。正因为北园龙子食指上有三个螺纹，我才认定她不是真正的凶手。从本案一开始到结束，凶手就忙着在许多地方让大家看有三个螺纹的指纹。这里也出现，那里也出现，可谓凶手的良苦用心。

“其目的显然是制造舆论，误导人们食指上有三螺纹的人是凶手。然而，作为我们侦探，看问题必须采用正反两面的分析和思维方法。于是，我断定，三螺指纹绝对不是出自凶手的食指；相反，三螺指纹是出自被害人的食指。

“各位，凶手采用偷梁换柱的恶劣手法陷害无辜，简直卑鄙到了极点。凶手不仅巧妙地利用三螺指纹转移警方视线，还将杀人嫌疑转嫁到被害人身上。说到三螺指纹，其实是凶手在一个偶然机会发现的。

“凶手知道川手庄太郎妹妹食指上有奇特指纹后，突发奇想，借题发挥，精心炮制了骇人听闻的报仇阴谋。凶手取到川手庄太郎妹妹手上的指纹后，采用照相技术刻制了三螺指纹的印章，还一直将它携带在身边。

“各位，那些曾经在许多地方出现过的三螺指纹，都不是手按的真正指纹，而是凶手用那枚橡胶印章按的指纹。这就是凶手的所谓魔法。像这种轻便的橡胶印章，无论什么场合都可神不知鬼不觉地按上，既不会引起任何人注意，也不会引起任何人怀疑。

“可有着这种三螺指纹的川手庄太郎妹妹，面对社会上的谣传惶惶不可终日，整天如坐针毡。当她得知报上刊登的凶手指纹与自己相同时，深信自己不可能摆脱警方的怀疑，不得不割断食指并将它扔入多摩川。

“为避开警方视线，她又制造搬家远走高飞的假象，藏在屋顶夹层里。其实，她的这一举动正中凶手下怀，陷入凶手设下的圈套。凶手采用三螺指纹从精神上折磨她、追赶她，逼得她走投无路，最终用匕首杀害了她，还伪造自杀现场，装作若无其事的模样，妄图逃脱法律的制裁。”

这时，传出餐桌咯吱咯吱的响声。于是，大家的视线一起射向那里。只见脸色煞白的宗方博士站在那里，仿佛要跟谁格斗。

“明智君，在我看来，你的长篇演说只不过是大谈你自己的幻想而已。既然你说得那么肯定，请问，你有不可推翻的确凿证据吗？像你那样空口说白话，就是三岁孩童也会。

“说一千道一万，你还得拿出证据。你觉得本案最重要的关键人物北园龙子死了，便在这里信口雌黄。我问你，你接下来还打算捏造什么？就凭你提供不出证据，我可以断定，你说的北园龙子不是凶手的观点只是空想而已。

“好，这就不说了。我再问你，另一名凶手，也就是左眼蒙纱布的高个男子究竟是谁？难道他也不是凶手？按你的推理，难道他也是被害人？”

此时此刻，明智小五郎显得出奇的冷静：“是的，他也是被害人，但这并不意味着他与川手庄太郎是一家人。其实，他与本案背后不可告人的秘密完全无关，仅仅是流浪者而已。凶手物色到长得酷似左眼蒙纱布的高个男子的流浪汉后，连哄带骗收买了他。用金钱诱骗他穿上与左眼蒙纱布高个男子相同的服装，在百货大楼关门打烊前把他带到空无一人的楼顶上，将事先写好的所谓遗书揣在他的袋里，趁他不注意时将他从楼顶朝下猛推，伪造高个凶手的自杀假象。”

“哈哈哈……明智君，你又在胡编乱诌吧？你的想象力也太丰富了！我还是希望你一边举证一边演说。”宗方博士又装模作样地笑了。

真正凶手

“举证很简单！我已经清楚左眼蒙纱布的高个凶手还活着，还很神气活现的。”

“什么？凶手还活着？这么说，你知道凶手在哪里！”

“当然知道！”

“那，你为什么不去抓他？既然知道凶手的贼窝在哪里，干吗在这里耍嘴皮子浪费时间？”

“你是问我为什么不去抓凶手？”

“是的呀！”

“那是因为凶手已经被我抓住了。”

由于明智小五郎的惊人之语，三位警官不约而同地兴奋起来。

宗方博士布满血丝的眼睛，不停地眨巴起来。

“明智君，你说你抓住凶手了？喂，喂，请别开玩笑！你到底是什么时候在什么地方抓住他的？”

“到处都有凶手的足迹！在马戏团帐篷的迷宫里，在川手庄太郎隐蔽的山梨县别墅里，在北园龙子被害的神社里，凶手都在现场。眼下，凶手就在这包房餐厅里。”

刑事侦查部长的脸上表情猛然变得难看起来，觉得不能再让明智小五郎胡说八道了，赶紧打断道："明智君，你在说什么呀？这里不就是我们五个人吗？难道还有第六个人不成？还是说，凶手就在我们五个人中间？"

"是的，凶手就在我们中间。"

"什么？那他是谁？"

"本案有过许多不可思议的现象，可现场除了被害人川手庄太郎外，还有一个他……他是谁？他就是标榜自己是大侦探的宗方隆一郎！"

明智小五郎不紧不慢地说着，伸出食指慢慢指向宗方博士。

"哈哈……这简直是笑话！明智君，你无中生有的捏造，真是太精彩了！哈哈……杰作，杰作。我为你发表精彩的演讲感到愉快！哈哈哈……"

宗方博士的嘴里发出一阵狂笑，包房里响起了爆炸般的响声。他持续不断地笑着，笑着……当笑声终于停止的时候，转眼间似乎变成了哭声。

刑事侦查部长的视线猛地射向宗方博士，语气严厉地说道："宗方君，明智君好像不是开玩笑吧！听完他的推理，使我们不得不认定你就是那个草菅人命的凶手。你别一个劲地笑，请为自己辩解一下。"

"哈哈哈……你要我为自己辩解？对于这种凭空想象的推理，我觉得根本没必要辩解……好，我唯一要说的，就是请他出示证据。明智君，希望你拿出确凿的证据。喂，快出示证据呀！"

"你要看证据吗？那好，我现在就让你看。"

明智小五郎看了一眼手表上的时间，说道："刚才只顾着说话，不知不觉地已经过了一个半小时。宗方君，你刚才为了打电话离开过这里。从那时算起，到现在已经过去一个半小时了！哈哈哈……这一个半小时里，也许发生了翻天覆地的变化吧。哦，哦，服务生来了，手上还拿着纸条，好像是证据吧。"

明智小五郎从服务生手里接过纸条，看了看上面写的内容："啊，果然不出我所料。好，让他们立即进来！"

服务生刚走一会儿，明智小五郎的助手小林芳雄走进房间。他身穿金色纽扣的青年人的服装，充满朝气的脸上长着一双机灵的大眼睛，朝大家鞠躬行礼后，径直走到明智小五郎边上耳语了几句。

明智小五郎点点头，于是，小林芳雄朝门口喊道："请进！"

话音刚落，传来了咯噔咯噔的脚步声，只见两个身强力壮的年轻人押着一个身材不高的家伙走进房间。这家伙双手被反绑，身着黑色服装，耷拉着脑袋，走路跌跌撞撞的。

一看这情况，宗方博士不由自主地"腾"地站了起来，两只贼溜溜的眼睛朝四处张望，猛然间似乎想起什么，冷不防向面朝大街的窗户跑去。

"宗方君，你干脆打开玻璃窗看一看道路情况吧！中村君手下的十个刑事侦查警官正在下面等候，看看你是怎样跳楼自杀的。"

刑事侦查部长和刑事侦查科长不清楚中村警长的这一安排，其实这是中村警长根据明智小五郎的要求，让部下把这家饭店前前后后地围了起来。

宗方博士迅速地望了一眼窗下的道路，证实明智小五郎没有撒谎，只好垂头丧气地返回原来的座位。

恶魔终日

明智小五郎看了一眼大家说道:

“我向大家介绍一下，这个戴黑色蒙面套的人物，对外自称是宗方君的妻子，而事实上是宗方君的亲妹妹。宗方君的真实姓名，我不说大家也清楚，叫山本始。

“他的妹妹，就是这个蒙面人，她的真实姓名叫山本京子。假山本始和假山本京子遭到了杀害，真山本始和真山本京子就在这房间里还无耻地活着。

“我为了证实自己刚才说的情况，趁宗方君外出时调查了他的住宅。据调查，宗方君的妻子迄今为止没跟任何人见过面，就连事务所里的人也不知道她的真实模样。

“这些情况，越发使我感到怀疑。还有，宗方君还走马灯似的调换看门人。宗方君刚才听我说川手庄太郎住在我的家里，便忍不住离开房间外出打电话了。其实，他是给这个蒙面人打电话。

“也就是命令他的妹妹山本京子，趁我不在事务所时，潜入我家杀害死里逃生的川手庄太郎。事实上，我早就在等这个女人上钩，希望她潜入我的事务所。

“刚才，我故意说川手庄太郎住在我的房间里。宗方君听我这么一说脸色变了，赶紧找借口出门打电话。而这时的我，内心在热烈欢迎他妹妹山本京子光临呢！现在，请大家看看山本京子的真实面目。”

明智小五郎径直走到矮个女人面前，猛地拽下她脸上的蒙面套。于是，出现在大家面前的是一张很瘦的女人脸，眼睛细长，眼角上翘。

“好，小林君，你简要地向大家讲述一下，这女人潜入我家干了什么。”

于是，小林芳雄朝前跨了一步，开始说了起来：

“根据先生的命令，我们三个人埋伏在川手先生睡觉的卧室里。当时，川手先生什么也不知道，只是在床上静卧。我们各自隐蔽在家具背后，耐心地等待凶手自投罗网。

“大约半小时前，突然听到朝着院子的玻璃窗发出“吱”的响声，窗户被轻轻地推开了。紧接着，跳进来一个头戴黑色蒙面套的人。我们屏住呼吸注视着，只见蒙面人走到床边观察川手先生的脸。

“当核实清楚是川手先生本人时，便从身上掏出匕首刺向他的胸部。我们三人看到这一情况，顿时像枪膛里射出的子弹从三个方向扑向蒙面人，将其擒获。川手先生听到响声吃了一惊，睁开眼睛，不过他没有受伤，连轻伤也没有。”

小林芳雄讲述经过后，明智小五郎紧接着补充说：“宗方君，现在你该明白了吧，我手中握着的是什么样的证据。实话对你说，我手中掌握的证据还不止这个。你为了制造北园龙子有时间作案的假象，在每一次案发当日便引诱她外出，是这样吧！你也许没有注意到，可受雇于北园龙子的保姆清楚记得你的真实长相。小林君，那老妇人请来了吗？”

“请来了，正在走廊里等着呢！”

“那，快请她进来！”

不一会儿，在小林芳雄的引导下，用人阿里战战兢兢地走进来。

“老人家，你认识这个人吗？”

阿里仔细地端详宗方博士的脸，末了摇摇头说：“不，我根本不认识他……”

“哦，是的，是的，你认识的那个人，长的不是这张脸吧？宗方君，为了让老人家好好地看看你那张真实的脸，请暂时摘下眼镜和下巴那里的三角胡子。怎么？不乐意？

“现在这时候，装疯卖傻是行不通的！告诉你吧，你的情况我全摸清楚了。你和川手庄太郎一起去山梨县大山里的途中，为化装曾取下三角胡子给他看。这，我没说错吧？

“当时你肯定是这样想的，反正川手庄太郎迟早会死在你的手里，让他知道也无所谓，因而暴露了你的真面目。不料，川手庄太郎居然死里逃生，你也由此成了惨遭失败的丧家犬。

“因为，知道你装有假胡子这一秘密的，除川手庄太郎外没有第二个人。哈哈哈……宗方君，还磨蹭什么呀！你别怪我不客气哟！好吧，还是由我来帮你摘吧！”

明智小五郎说完，敏捷地走到宗方博士跟前，冷不防打掉他鼻梁上的玳瑁眼镜，迅速拽下那撮假胡子。于是，出现在大家面前的脸，与平时那张假装一本正经的脸完全不同。宗方博士呆若木鸡，毫无表情。

“噢，这张脸，我记得。女主人没搬家前，这位先生常来，是女主人很熟悉的朋友，他还常和女主人一起外出。”阿里一口气说完。

“宗方君，你现在还想为自己辩解吗？如果觉得这两个证人不够，那我还可以请出证人！例如在山梨县大山里看守别墅的老夫妻俩……那老妇人是你们兄妹俩小时候的奶妈！我的手下正在寻找他俩呢！要不了多久，就能找到他们行踪的。

“还有，你在地下室让川手庄太郎观看的那出戏的演员们，其实也都是你的帮凶。要不了几天，他们都将陆续归案。好在川手庄太郎死里逃生了，这些证人也就陆陆续续地出现了。

“宗方君，你现在就是有什么绝招，也已经无路可逃。希望你别浪费时间，别上演多余的闹剧。因为，你的真实面目已经暴露，你是一个罪恶滔天的恶魔。

“为达到复仇目的，你处心积虑，蓄谋已久，先化装成私家侦探，假惺惺地破几个案，骗取社会信任。随后，开始实施你罪恶的复仇计划。对于你的作案才能，我还真是佩服。

“利用三螺指纹嫁祸于被害人，让她做你的替罪羊。不仅如此，你还把凶手的恐吓信，不，应该说是你把你自己写的恐吓信，放入被害人的信箱，让被害人整天担惊受怕。

“你不择手段，将自制的那枚三螺指纹橡胶印章到处按，制造凶手来过的假象，让人们深信不疑有这三螺指纹的人就是凶手。你自编自演的这出害人杀人的戏剧，还真演得天衣无缝。

“还有，你为了防止自己的真相被人识破，居然杀害了两个年轻无辜的助手，转移警方的搜查视线，简直丧心病狂！五个被害人中间，你在杀害川手妙子的手法上绞尽脑汁，没留下蛛丝马迹。

“你在床垫下制作暗箱，将这种床用调包手法搬入川手妙子的卧室。其实，那只是转移人的视线，凶手和被害人根本就没在床下的木箱里待过。那天夜里，你在走廊里值班，以侦探身份在房门口担当保镖。

“由于你披着侦探外衣，不可能受到怀疑，从而轻而易举地潜入川手妙子的卧室，先将川手庄太郎麻醉，再用绳索把他捆起来，随后杀害了川手妙子，再把尸体搬到院子的垃圾箱里。

“从那时到拂晓，别墅里展开了大搜索。你表面上装作一起搜查，事实上你悄悄溜出别墅，化装成左眼蒙纱布的高个男子和你妹妹一起扮作环卫工人，拉着垃圾车混入院子把垃圾箱里的尸体运出别墅。

“在迷宫帐篷里，你事先把黑衣裳和蒙面套藏在某个地方，一人扮演了侦探与凶手两个角色。你的助手不知道这一情况，机智地抓获了黑衣凶手。但由于看见了你的真面目，而惨死在你的子弹下。

“在镜屋，你从门缝伸出枪口对准追赶你的警官和马戏团工作人员，趁他们不敢贸然上前时，你抓住这一机会迅速脱去黑衣裳，摇身一变，又成了原来的宗方博士，煞有介事地出现在他们面前。

“谁都没想到，你这个大侦探居然就是遭到追捕的那个杀人不眨眼的复仇狂。由于你披着受人尊敬的侦探外衣，因而能在大家面前堂而皇之地蒙混过去。”

明智小五郎说到这里没再往下说，怒目圆睁地望着宗方博士。

没了眼镜的宗方博士，仿佛变成了发疯的猛兽。他站在包房角落，从口袋里掏出手枪，不偏不倚地瞄准明智小五郎的胸膛。

“明智君，我认输，但我不可能就这样轻易地成为阶下囚。实话告诉你，我要让你死在我的前头，带着你去阎王那里。听好了！我要将这发子弹送进你的胸膛，请放明白点。”

说完，复仇狂山本始用手指使劲扣动扳机。

顿时，大家屏住了呼吸。

奇怪的是，明智小五郎还站在原来的地方，不但没倒下，还满脸笑容。

“哈哈哈……你的枪出什么问题了？请再扣动扳机试试看！”

山本始焦急地又举枪瞄准，扣动扳机后还是咔嗒嗒直响。

“哈哈哈……别再浪费力气了！刚才，你枪膛里的子弹都被我取走了。瞧，都在这里。”

明智小五郎说着从口袋里取出几颗子弹放在手上，故意滚动子弹。

“哥哥，最后时刻到了！快，快那个，那个……”

房间里突然响起刺耳的尖叫声，只见被反绑的山本京子挣脱了两个便衣警官的手，朝哥哥山本始那里跑去。

“什么？最后时刻？京子！”

也不知大家是否明白什么意思，随着一声“呜”的女人呻吟声，只见山本京子摇摇晃晃地瘫软在地上。

哥哥山本始连呻吟的声也没从喉咙里传出，就见他那高大的身躯扑向妹妹倒下了。兄妹俩一上一下地重叠在一起，再也没有动弹。

大家一时没有弄清到底是怎么回事，神色愕然地望着倒地的兄妹俩。

不一会儿，明智小五郎好像察觉到了什么，走到他俩身边蹲下，用手掰开他俩的嘴巴查看嘴里的情况，接着一边摇头一边站起来喃喃自语道：“哦，这对杀人恶魔连如何逃避法律制裁的办法也事先设计好了。他俩事先都在嘴里安装了金牙齿，在假牙里放上剧烈毒药，做好了随时自杀的准备。即便手脚被绑，只要用牙齿咬破假牙上的机关，吞人药粉就可结束生命。”

平时一直笑容可掬的大侦探，此刻脸上却浮现出未曾有过的怜悯表情。

蜘蛛男

他像一只编织丝网捕捉猎物的蜘蛛，一个又一个妙龄少女香消玉殒……

招 聘

在靠近东京中心的Y町上有一幢关东大厦，主要出租给个人经营的事务所。由于地段位置好，加之房租便宜，非常受人欢迎。

一天早晨，关东大厦里来了一个气度非凡的绅士。

绅士出示的名片上，印有“美术商人稻垣平造”的字样。

“有空房间吗？我想租用……”

稻垣平造拄着粗粗的拐杖，语气里充满了傲慢。

当时，关东大厦里除有一个空房间外，其他都已经出租。唯一的空房间是十三室，也不知何故，就这房间至今还没有个人经营的事务所租用。

只要有人来租房，必须设法把这房间租出去。

“十三”也许是一个不吉利的数字，看来还是改一下吧！

大厦经营者由于这一缘故，也有过更改室号的考虑。

十三室，是关东大厦唯一的空房间。

“行，就一个空房间……是十三室……”

“是十三室吗？”

稻垣平造嘴里慢吞吞地嘟哝了好几遍，扑哧一声奇怪地笑了。

“……十三室，我要了，我今天就把行李搬入房间。”

说完，他打开胖鼓鼓的皮夹子，从中取出一个月的租金和押金。接着，他走出大厦物业管理事务所，快步走进某街角的一家公用电话亭。

“喂，喂，是K家具店吗？我叫稻垣平造，是稻垣平造美术店的经营者，事务所地址是东京Y町关东大厦十三室。现急需事务用的办公桌、旋转大班椅、一只普通的三脚椅和一只大型玻璃陈列橱，请立即送来，价格由你们决定。当然，有现成的家具就可以了，家具一到，我就付钱。”

紧接着，他又急急忙忙地给G美术店、S镜框店以及其他两三家商店挂了电话，订购的货物，都是用于他自己刚租借的事务所。

就这样，当天下午两点左右，关东大厦的十三室摇身一变，成了稻垣平造美术店的事务所。

房间大约十七平方米，周围墙上挂有大小各种规格的油画和版画，一侧角落伫立着大型玻璃陈列橱，里面陈列着半身石膏像、石膏手臂、石膏腿，还有壶、碟、瓶等，琳琅满目。

地面上重叠堆放着白色的油画布和油画镜框，显得十分拥挤。房间中央放有大办公桌，里侧的大旋转椅上坐着这家事务所的经营者稻垣平造。

他瘦高个，穿一套合身的黑色服装，威严和气质颇像外国贵族。

稻垣平造脸瘦削，肤色白，鼻子和上嘴唇之间是三角形胡子，下巴上是一撮山羊胡子。乌黑的头发梳理得非常整齐，也许是视力欠佳的缘故，鼻梁上架着一副大框架眼镜。

面朝大办公桌坐的稻垣平造，时而翘起二郎腿，时而伏案疾书。

瞧他熟练和老成的模样，似乎在这里已经开业有一年多了。

这时，传来咚咚的敲门声。

“请进！”稻垣平造的声音很低但很清楚。

于是，门轻轻开了，从门与门框的间隙露出一张十七八岁女子的脸。

稻垣平造又喊了一遍“请进”，催促女子进来。

女子战战兢兢地走进房间，当她走到房门与大办公桌之间时猛地停住脚步，显得踌躇起来。这是一个长得并不怎么漂亮的女子。她上身穿着浅色的毛线衣，下面是黑色的裙子。

稻垣平造极不耐烦地又邀请了一遍。

女子终于朝办公桌前又跨了两三步，从拎包里取出一张不大的纸条，小心翼翼地放在桌上。

“今……今天早晨是在报上看见的，所以……”

这是从报上剪下的，有三行字，那上面是这么写的：

招 聘

兹招聘女性事务员一名，年龄十七八岁，长相可爱，擅长公关和接待客人，工资从优。

应聘时间：下午三时到五时。

Y町关东大厦稻垣平造美术店

看到这从报纸上剪下的招聘广告，可见稻垣平造在租借十三室房间前，就已经去报社办理了刊登招聘广告的手续。

关东大厦十三室是间空房，也许他早就知道这消息了。

从稻垣平造的举止来看，给人高深莫测的神秘感觉。

这时，他镇定自若，认真地打量了一番前来应聘的女子，用非常生硬的语气说：“你太值得同情了！这广告上要招聘的女事务员，刚才已经录用了。”

空 宅

从这应聘女子走后到下午五点钟的两个小时里，稻垣美术店迎来了热闹的景象。

上门的都是十七八岁的姑娘，她们是看了招聘广告后来这里的。

稻垣平造愉快地接待了这些姑娘，并逐一进行了面试，简直到了应接不暇的程度。然而，姑娘们得到的都是相同的回答：“你太值得同情了！这广告上招聘的女事务员，刚才已经录用了……”

就在时间接近五点钟的时候，又有一个姑娘走进事务所应聘。

稻垣平造一见到这姑娘，玻璃镜片后面的那对细长眼睛猛地闪动起亮光来，瞪得溜圆。

姑娘身材瘦小，看外表，年龄约十七八岁，与广告上要求的条件十分相符。

时髦的连衣裙紧贴身体，勾勒出女性美丽的曲线；头上那顶可爱的贝雷帽，由于稍有点歪斜，更显得活泼可爱；脸色近似于小麦色，显示出健康；眼睛水汪汪的，大而明亮的眼眸滴溜溜地直转；向上翘起的嘴唇像两片花瓣，似乎很自信；小而挺拔的鼻子，展示出女性的魅力。

稻垣平造朝姑娘打量了好一阵子，开口问道：“你叫什么名字？”

“我叫里见芳枝。”

姑娘毫不胆怯，微微蠕动嘴唇嬉笑着答道。

稻垣平造那双细长的眼睛眯得更细了，简直像一条线。他接着说道："来我这家商店的顾客不太多，因此，除了接待数量不多的顾客外，还要请你兼做其他事情，你能做到吗？比如，整理商品，登记账簿，还有秘书工作等。工资是周薪，每星期支付五万日元。这些条件你能接受吗？"

"行，我能接受。你只要认为我行，就请尽管吩咐。"

"那，你父母同意你来这里应聘吗？今天跟他们说过来这里吗？"

"没有，我还没有对父母说呢！只是说去同学家就出门来这里应聘了。如果知道我已经被贵店录用，他们一定会非常乐意的。平时，他们一直劝我快些外出找到工作……"

听姑娘这么一说，稻垣平造用他那猫眼般的眼睛望着对方的表情琢磨了许久。也不知何故，他慎之又慎地重复了刚才的提问。

"也就是说，你来这里应聘的事谁都不知道？除你父母外，你对同学说了吗？"

"没有，我对谁都没有说。还没被录用就说出去，万一落空会让人笑话的……"

"好，我决定录用你，就从今天开始。可是……"

稻垣平造说着朝手表看了一下时间。

"啊呀，已经五点了。平时，我这家店一直是五点关门的。现有些工作以外的事情，既要让你知道我家住哪里，又要请你看一下仓库里的商品情况。如果没有其他什么事，就请你现在跟我一起去好吗？"

"什么？一起去？现在？"

"是的。距离这里不是很远，我们坐车去一会儿就到了，吃晚饭前你可以回到家。"

"嗯……"

里见芳枝犹豫起来，可再仔细看一眼稻垣平造的外表，给人感觉似乎是一个讲信用的人，于是就答应了。

"行，跟你一起去。"

“那好，你先去大厦外面，嗯，就是对面路口，你就在那地方等候。我把事务所稍微整理一下就来。”

其实，房间里并不需要整理什么。稻垣平造故意这么说，是要让里见芳枝先离开事务所。

里见芳枝为自己找到一份比较称心的工作而兴奋不已，显得十分得意。她彬彬有礼地说了几句客套话，快步离开关东大厦。

里见芳枝按照稻垣平造的吩咐，来到对面路口等候。过了一会儿，只见一辆轿车在她面前的车道上停住了。

“里见小姐，让你久等了，快上车吧！”

轿车里坐着稻垣平造。

里见芳枝在稻垣平造旁边刚坐稳，轿车就飞也似的离开Y町，朝东面驶去。开到两国桥附近S町处时，稻垣平造忽然示意停车：“凑巧有一笔生意要去附近的客户那里，你也顺便跟我去一下。”

稻垣平造吩咐司机把车开回去，带着里见芳枝朝附近一条狭小的巷子里走去。

转过弯刚走了四五米，稻垣平造不知想起了什么，突然停住脚步。

“哎呀，我怎么把这事忘得一干二净了！是呀，这位客户外出旅行还没有回家呢！瞧我今天是怎么啦？”

稻垣平造满脸懊恼的表情，转过脸抱歉地对里见芳枝说。随后，沿着这条弯弯曲曲的小巷转了好几个弯，来到对面大路上喊了一辆出租车。这一回是朝着相反方向，出租车风驰电掣般地朝西面奔驶。

当里见芳枝察觉到比来时朝西面多行驶了两倍路程的时候，出租车已经驶入千代田区的R町。由于绕来绕去花费了许多时间，也不知什么时候，周围已经亮起路灯，可一路上还是昏昏暗暗的。

“对不起，太晚了！瞧，就在那里，很近。”

稻垣平造说完，示意司机停车。下车后，他带上里见芳枝朝R町一条偏僻的小巷里走去。

这条住宅街，两侧都是一长溜望不到头的围墙，围墙里是清一色鸦雀无声的住宅，没有行人，路灯稀少，宛如走进又大又暗的洞窟里。

“对不起，家里人在为我担心，我就不去了……”

里见芳枝不知为什么，忽然间感到害怕起来，情不自禁地停下脚步打起了退堂鼓。

“什么？就剩不到十米左右的路了！现在，从这里回去和继续朝前走是一回事。好不容易来到这里，就请顺便去一下吧！”

稻垣平造没把里见芳枝打退堂鼓的话当一回事，在头里径直朝前走。

其实，里见芳枝也是一个喜好冒险和刺激的姑娘，尽管心里害怕，可强烈的好奇心还是占了上风，驱使着她甩开脚步紧随在这个刚认识的陌生人身后。

果然只走了十米不到的路，眼前便出现一幢大型住宅。小而整洁的院子大门，被两侧砖结构围墙夹在中间。

没有门灯，光线暗得连门牌上的姓名也难以辨认。可稻垣平造似乎很熟悉这里，只见他熟练地打开院门，笔直朝昏暗的院子里走去。

“我妻子大概外出了，真是太马虎了！居然连院子大门都没有锁上就出门了。”

他一边嘟哝着，一边发出噔噔噔的脚步声朝里走去。就在这时，玄关那里的照明灯啪地亮了。

距离院子大门两米左右的地方，是住宅玄关的玻璃格子拉门。

玄关的右侧，是五平方米左右的小房间。稻垣平造继续朝纵深处走去，不时地向里见芳枝招手。

里见芳枝见稻垣平造住宅里很冷清，不由得大吃一惊，顿生疑窦：他的妻子到底是不是有不锁门外出的习惯？总之给她的感觉，这幢住宅里除他们俩没有其他人。

里见芳枝思考着，仿佛自己被灌了迷魂汤似的，直愣愣地站着不走了，两腿紧张地微微颤抖。

既然已经来到这里，不可能也不好意思提出马上离开。想到这里，里见芳枝只好横下心来硬着头皮继续朝里走。

稻垣平造走在头里做向导，把她带到一个十三平方米左右的榻榻米房间里。说是他自己的住宅，却给人说不清道不明的奇怪感觉，似乎根本就是没人居住的空房屋。

环视整个住宅的所有房间，既没有大橱，也没有桌子。玄关那里的鞋柜，连一双鞋都没有见着。壁龛里空空荡荡，既没有装饰挂件，也没有装饰摆件。凡视线触及的地方，不是墙壁就是地面，什么摆设也没有。

嗜好冒险的里见芳枝，此刻不单单是心里不安，更是因为这难以言喻的恐惧而开始哆嗦。

住宅里竟是这般寒酸模样，还称妻子外出。这个稻垣平造，肯定在撒谎！

她暗自思索起来。

"吃惊了吧，"稻垣平造见她忐忑不安，便以非常得意的语调解释说，"说老实话，这里根本就不是我的住宅，仅仅是一幢空房子而已。我事先打开院子大门上的锁，电灯也是我开的。这种电灯，只要遇上我，不管什么时候都会亮。怎么样？吃惊了吧？

"可让我感到惊奇的是，即便这种时候，你也不害怕、不大哭、不逃跑，毫无那种胆小如鼠人的举止。不过你可能也清楚，到了这种周围全是大别墅的住宅里，就是号啕大哭也无济于事，因为没有人会听见。

"像这种地方的别墅，与坐落在空旷郊外的别墅没什么两样。倘若你现在想从这里逃走那太晚了，因为，所有的门窗都被我锁上了。就凭你那样手无缚鸡之力的纤弱身体，不可能从这里溜走。

"说到这里，你该明白我说的意思了吧！你这人看上去机灵聪明，说心里话，我很喜欢你这样的天资，所以带你来这儿。打开天窗说亮话吧！我想请你告诉我，像这种时候你该怎么做？怎么做对你来说才是最安全的？我想，你应该清楚你现在面临的选择。我是一个坏男人，是一个十足的大坏蛋。因此，你如果想在这里耍小聪明反抗我，等待你的是什么，我想我就是不说你也明白。

"所以，我们还是恢复刚才的身份，我是稻垣平造美术店的经营者，而你是美术店的事务员。这里是经营者的住宅，自己的家，你别跟我有什么口角和争执，以极其愉快的心情与我说话不好吗？喂，你听明白了吗？”

里见芳枝听完这番话顿时大惊失色，但她毕竟性格刚强，极力控制住恐慌的情绪，脸上装出满不在乎的表情，平静地问稻垣平造：“我不明白，你为什么要带我到这奇怪的空住宅里？”

“是啊，你果然机灵聪明！听你这么说，我也就放心了……其实，这里面并没有什么特别理由。至于我为什么选择这么冷清的住宅……其缘由你马上会明白的！”

稻垣平造始终保持着绅士风度，语气平稳。可这样的语气和态度对里见芳枝来说，反让她感到更加恐惧和不安，禁不住浑身哆嗦起来。

蜘 蛛

“是啊是啊，我前面说过让你看仓库的吧！可遗憾的是，这幢空房子里没有仓库。好吧，我就让你看一下奇妙的浴室。像这么破旧简陋的住宅里，居然有毫不相配的豪华浴室！”

稻垣平造一边说着令人不可思议的话，一边沿着榻榻米房间外面的廊子朝昏暗的背后走去。片刻，那里的灯啪地亮了，好像是他按亮了电灯。

里见芳枝彻底觉悟了，在这种情况下就是想挣扎或者叫喊也是白搭。她暗自思忖，这所谓的美术商人表面上伪装成普通人模样，事实上比鬼还要可怕。但像这样的妖宅里，肯定有可以逃走的暗道。想到这里，刚才紧张的心情渐渐轻松起来。

“瞧，多么豪华的浴室……”

稻垣平造喊她过去。她走过去站在那里若无其事地称赞了一番，还滔滔不绝地说了许多优点。

“是像你说的这样！昨天，我把这里彻彻底底地打扫了一番，可不能烧水。虽说我这人胆大妄为，可我没有胆量让空房子的烟囱冒烟。”

稻垣平造发现里见芳枝的表情格外平静，非常兴奋地说。

浴室面积大约只有三个多平方米，四分之一左右的空间是浴池，天花板是白色的，墙和地面贴的都是白色瓷砖，浴池内侧贴的也都是白色瓷砖。整个浴室全是白色，沐浴着灯光反射出的光泽。

里见芳枝的脑海里，一刻不停地寻思如何找到逃走的暗道。她表面上装出愉快的模样，附和着稻垣平造说话。突然，她发现了一个奇怪的现象。

雪白的浴室架上，放有一只旅行箱。

咦，奇怪！这幢空房子的浴室里怎么会放有旅行箱？

她的眼睛里微微闪射出不可思议的目光，盯着小型旅行箱琢磨。

“啊，是这个吗？”

稻垣平造立即察觉到里见芳枝在注意旅行箱，便从架上取下，满不在乎地打开后递到她跟前。

一看到手提箱里的东西，她的心即刻咚咚地跳个不停，里面满满地堆放着形状各异的可怕刀具。

“哈哈哈……好像是著名的英雄七道具吧！”

里见芳枝由于极度紧张，脸色一下变了。

“你觉得奇怪吧？”

稻垣平造看着箱子里的刀具，神采飞扬地紧盯着里见芳枝：

“其实，这也没什么奇怪。你瞧！浴池里的水不是放好了吗？到底是谁放的水？当然是我啦！所有一切，都是我事先准备好的。就说我这只手提旅行箱吧，那是我昨天拿到这里的。

“你想想看，我为什么要打扫浴室？为什么要在浴池里放水？为什么要准备英雄七道具？究竟是为谁准备的？其实这都是为了你。不瞒你说，直到决定录用你之前，我还不知道今天到底应该为谁提供服务。就连姓什么叫什么长得怎么样，也是在你出现后才清楚的。

“说白了，这一切的一切都是为你准备的。说得更确切一点，我希望我刊登的应聘广告的读者中间有你这样的人。尽管无法猜测，可我还是估计到一定会有你这样的人光临我的事务所，于是事先做了这样的准备。

“今天来我商店应聘的十八个姑娘中间，符合我要求的人只有你。你的五官、身材、声音和给我的第一印象，是我盼望已久的。

“如果你今天没来，那我就太失望太扫兴了，不得不继续待在事务所里等待明天、后天、大后天……得不厌其烦地接待应聘的姑娘，而且不得不推迟来这里的时间。”

稻垣平造滔滔不绝，显得兴高采烈。

“请你回忆一下！我们为什么要绕道去S町？我说过有一笔生意什么的，实际上那是撒谎。原因很简单，不能让司机知道我们从关东大厦出来到底去哪里。

“其实我们应该朝西走，可我故意让司机朝东面开。下车后，又到另一条路上乘坐另一辆出租车朝西面开。采用像这样声东击西的战术，可以使稻垣美术店与这幢空住宅变得毫无牵连。

“你可以再回忆一下另一件事。我在关东大厦的事务所里曾问过你多次，即你今天来我这里应聘，有没有事先跟父母包括对亲朋好友说起过。你回答我说没有对任何人提起过。

“于是我完全放心了，里见芳枝即便失踪也跟稻垣美术店没任何关系。也就是说，我的稻垣美术店不仅跟这幢空住宅没有任何关系，还跟你芳枝小姐也没任何关联。由此可见，我不管做什么都是百分之百的安全。

“我制定的这些策略，可谓慎而再慎。就说用于事务所的那房间，其实也是今天早晨刚租借的。往后就是不再去那里，也跟我毫无关系。至于放在事务所里的家具、摆件、镜框和油画布之类的东西，就让它们躺在那里吧！我根本不在乎！像我这样下落不明，是最佳的消失方法。

“为做到我的去向无人知晓，房间里所有的摆件和用具，我都是让陌生商店送货上门的，也是采用公用电话成交的。因此，那些东西放在房间里不会成为警方线索。

“怎么样？稻垣美术店刚开张，转眼就停业了。哎，你明白我说的意思吗？我是说，那家美术店从一开始就是不存在的。

“接下来说说我吧！我到底来自何处？我究竟住在哪里？还有名字叫什么？实话对你说，这天下没一个人知道。是啊，是啊，我姓稻垣吗？哈哈哈……我既不是稻垣美术店的经营者，也不姓稻垣，根本就不叫稻垣平造。哈哈哈……”

他油嘴滑舌地说到这里大笑起来。

里见芳枝没吭声。稻垣平造啰啰唆唆地说了那么一大堆，她还是没有吱声，仿佛浑身麻木得根本没有感觉那样，两眼直愣愣地盯着天花板仰视。

沉默仅持续了一会儿，里见芳枝猛然啊地大声惊叫，两腿直往后挪动。她看见从铺有白色瓷砖的浴池里爬出一只大蜘蛛。

"啊，是这只蜘蛛吗？怎么，你比我更害怕这样的小虫？"

稻垣平造猛地伸长手臂抓住蜘蛛，随即将它扔在浴池的水里。

蜘蛛像豉甲虫那样，展开所有长腿浮在水上游了好一会儿。可当它好不容易快要爬上浴池边的时候，稻垣平造立即把它推向水里。于是，这只落水的蜘蛛终于筋疲力尽，痛苦地挣扎起来。

"哇，它在跳舞，它在跳舞！它在跳着临终舞！"

稻垣平造一边叫嚷，一边看着蜘蛛垂死挣扎。片刻，他伸手从水里抓起蜘蛛，也不知为什么，猛地扔到里见芳枝的脚边。

啪的一声，蜘蛛掉在里见芳枝身后的地面上。

"哇！"

里见芳枝见稻垣平造把她平素最讨厌的蜘蛛朝自己扔来，不由得大声惊叫，忙向旁边躲开。而稻垣平造似乎就在等她接近自己，顺势一把抓住里见芳枝的手腕。

推　销

自称稻垣平造的怪男子，究竟为什么要把里见芳枝带到没有热水的浴室里呢？他事先放在浴室衣架上的手提旅行箱里，放有令人害怕的刀具。看来，他是经过深思熟虑决定杀害这漂亮姑娘的。

那以后的第三天，报上的广告栏里又出现了稻垣平造署名的奇怪招聘广告：

招　聘

兹招聘青年推销员。不需要特别才能和学历，但必须是单身，为人正直、温和。月薪二十万日元，交通费另外支付。

欢迎应聘者前来面谈。

Y町关东大厦稻垣美术店

乍一看，与普通广告没什么不同，可仔细一想，又十分奇怪。说到推销员，主要工作是上门推销商品，单凭老实温和能胜任吗？作为推销员应具备的条件，恰恰与广告上的要求完全相反。更令人感到奇怪的，还必须是独身青年。

通常，雇主招聘推销员时希望是已婚有家庭的。因为，有家庭的人沉稳、镇定自若，往往给对方可以信任的感觉。仅就这一点分析，这条招聘广告里所有用人要求都是反常的。

还有一个疑点，除月薪二十万日元之外还支付交通费。作为毫无经验的推销员新人，这样的待遇似乎有点过高。

广告上说，不需要特别才能和学历。这对于不喜欢被人使唤的低学历和没有才能的年轻人来说，算是一份美差。

招聘广告刊登在报上的当天，一百多名年轻人蜂拥来到关东大厦应聘。

稻垣平造从租借十三室房间的那天开始，即把里见芳枝带到那幢空房子的那一天以后，再没有在这房间里出现过。可今天为了面试应聘者，他一大清早就来到这里，煞有介事地坐在大旋转椅上。

房间角落伫立的陈列橱里，除上次购买的石膏像外又新添了好几座石膏模型，它们是稻垣平造今天用车装来的。此刻的他，仍旧像上回那样满面春风，一个一个地吆喝应聘者进来面试。

半天过去了，共录用了其中的六名应聘者。不知他葫芦里卖的是什么药，被他录用的六个年轻人都是奇奇怪怪的。一些优秀的应聘者，全被他一一打发走了。令人不解的是，这六个人似乎都是智力低下者，不管被问到什么，回答时都是在喉咙里嘀嘀咕咕，含含糊糊，没一个看上去精神饱满的。

在决定正式录用六个人后，稻垣平造让他们聚集在桌子周围下达命令：

“大家也知道，稻垣美术商店是出售油画、镜框、油画布和石膏像的专门商店。我这里主要的销售任务，是把石膏人体模型作为素描学习用的道具出售给学校。

“排列在这玻璃陈列橱里的，就是我刚才说的模型……怎么样？制作得非常逼真吧？你们上门推销的商品就是这些石膏像，把它们一一出售给东京市内的各个中学。

“说是出售，其实，只要把这些商品当作样品陈列在学校里就行。那以后，才是真正进入石膏像商品的出售阶段，你们的推销工作也就逐渐开始。这就是我摸索出来的销售方法。

“因此，只要让对方乐意接受陈列我们的免费样品就行。这样吧，你们先从东京市内的学校开始。”

接着，稻垣平造就应该先去的那些学校名称、地址和样品应该着重宣传哪些方面，向他们作了详细介绍。随后，他把六个石膏像样品放在木箱里打包后，又把当天的工资、车费和盒饭钱等一起支付给六个青年。

青年推销员接过形状各异的木箱和钱，高高兴兴地出发去稻垣平造为他们指定的学校。他们为自己找到一份好工作而喜形于色，个个心里美滋滋的。

为了不折不扣地出色完成任务，他们全都小心翼翼地双手捧着体积不小的木箱，在关东大厦门口分手后朝着各自的目的地出发了。

这六人中间，唯有一名青年，乍一看与其他人完全不同。他叫平田东一，是没有固定住所的不良青年。

他今年十九岁，酗酒，常常盗窃他人钱财，可以说是一肚子坏水。他看到招聘广告后，觉得这推销工作很有趣。看清楚了雇主在广告上提出的推销员条件后，装着老实温和的模样应聘，果然成功，被顺利录取了。

平田东一离开关东大厦后，朝着与指定学校相反的方向大踏步行走。

片刻，他手持木箱出现在神田那里的商业街上，找到唯一的一家门面陈旧专门出售镜框的商店后，朝店堂里走去。

不一会儿，从那家商店出来的平田东一，手上已经空空如也。原来他把石膏像连同木箱卖给这家商店，得到了一万日元的酬金。他把钱跟稻垣平造给他的工资以及车旅费一万多日元加在一起，口袋里现在有两万多日元了。

怎么，不知道明天应该做什么吗？若无其事地去那家稻垣美术商店，问雇主领工资不就得了！顺利的话，也许又可以得到跟今天相同的石膏像。

平田东一心里这么想着，脸上忍不住露出喜滋滋的表情。

他卖给镜框专卖店的石膏模型，是一条从肩膀关节开始连接着手的手臂。

镜框店店主从平田东一手上买下石膏模型后，马上陈列在面朝大街的沿街玻璃橱窗里。

这简直像出土文物！绘制和做工都非常到位，无论从哪个角度看，都可以卖出高于进价三倍的好价钱。

镜框店店主在心里这么盘算着，脸上笑嘻嘻的。

沿街玻璃橱窗里还陈列着其他石膏模型，唯有刚买下的石膏模型鹤立鸡群，非常醒目。

正方形状的石膏架上，着手捏棍棒的手臂石膏模型。它与实际手臂的比例相同，栩栩如生。

那天晚上，平田东一又喝得酩酊大醉，一直睡到第二天上午十点左右才睁开惺忪的眼睛，这才想起赶快去关东大厦上班。

咦，怎么回事？关东大厦十三室的稻垣美术店，房门关得紧紧的。房门两侧，那五个比他早来的年轻推销员正围成一团，面面相觑，个个脸上都是目瞪口呆的表情。

“怎么回事？”

“我八点就来了，一直等到现在，可就是不见老板从店里出来。昨天，他确实说过要我们今天早晨八点来这里上班，可是……真可恶！”

几个青年并没怎么大发雷霆，只是嘟哝着发牢骚。

无奈之下，他们向关东大厦的清洁女工打听。不料，她满脸惊讶地说：

“稻垣平造自从租借了这个房间后，加上昨天只来过两天。第一天来了许多年轻姑娘，好像是为了招聘女事务员进行面试。打那以后，那个被录用的女事务员和稻垣平造就没来过，似乎失踪了。

“昨天，是他第二次来这里。这回是好多男青年赶来应聘，他好像是招聘男事务员进行面试。今天，没想到又是房门紧闭，真让人觉得不可思议！十三室房间里一般没人进出，就这门口也变得阴气沉沉的。”

好啊好啊，看来这家伙没准儿比我还要坏？一向自以为诡计多端比别人聪明得多的平田东一，在听了女清洁工的一番介绍后，禁不住转动起自以为充满智慧的大脑来。

是啊，这家店主确实怪兮兮的！比起招聘广告，这店主昨天布置的任务就更奇怪。虽说出售石膏模型是赚钱的买卖，可雇用六个推销员把石膏模型送给学校陈列，而且分文不取，这种销售方法太离谱了，奇怪！

满肚子坏水的他，立即决定把稻垣美术店的秘密弄个水落石出，以此为契机发一笔横财。

他向关东大厦物业管理事务所打听到稻垣平造的住所后，甩开其余五个年轻推销员，独自一人朝那里赶去。

找到路名和地址后，这一带却根本没有稻垣别墅的影子。可疑！这家伙可疑！他肯定偷偷地躲在十三室房间里！如果一切顺利，也许还能从他手上敲诈到一点零用钱?

倘若他不露面或不在事务所房间里，那也没关系。反正我已经是那家商店的雇员，借口店主拖欠自己工资闯入房间，把那里面陈列的商品和家具全部卖掉不就能发一笔横财嘛。太有趣了！

平田东一这样想着，又返回到关东大厦。

黑　柳

且说稻垣平造从关东大厦消失一个星期后的某天，在千代田区C町的法医学博士黑柳友助住宅最里面的书房里，有两个人正在谈论稻垣美术店的事情。

一个是这家主人黑柳友助博士，一个是他的年轻助手野崎三郎。黑柳友助博士被誉为日本的福尔摩斯，他既是研究犯罪心理学的学者，又是精通侦探这一行的行家。

可黑柳友助博士从不接受办案委托，不属于职业侦探。凡警方遇到疑难案件需要咨询时，他便积极提供智慧、建议和方法，还会经常出现在自己觉得感兴趣的案发现场。除此之外，几乎见不到他的人影。

可凡是他参与过的案件，破案率达到百分之百。

黑柳友助博士还是一个罕见的怪人，尽管是学术界的知名学者，可整天闭门不出与书为伴，尤其不愿意见人。自从他失去一条腿后，更是不愿意见任何人。

几年前，他在外国因为铁路事故而失去一条腿的大腿以下部分。从那以后，他只得装上假腿拄拐杖走路，腿瘸得很厉害。

对黑柳友助博士来说，这是最令他感到自卑的。在别人面前绝不卸下假肢，洗澡时绝不去公共浴池或温泉。即便在家里的浴室洗澡，也是房门紧闭。

黑柳友助博士今年三十六岁，高个，头发长而蓬乱，瘦长脸显得比较苍老，眉头整天紧锁，大眼睛炯炯有神，加之挺拔的鼻梁和呈一字形状的薄嘴唇，给人聪颖过人思路敏捷的感觉。

坐在黑柳友助博士对面的，是面貌英俊的助手野崎三郎，今年二十四岁，热衷于外国侦探小说，曾立志当一名大侦探。

两个月前，他慕名而来，被黑柳友助博士收为弟子。从那以后，他既是博士喜欢的交谈对象，又常常给博士提供金点子，深得博士的赏识。

黑柳友助博士的书房天花板很高，西洋风格，显得阴沉沉的。紧靠着四周墙壁的书架上，排列着许多烫金书名的精装本书籍。

房间中央，工艺雕刻的生漆桌面，在灯光下光泽四溢。黑柳友助的双肘支撑在桌面上，眼睛看着摊在桌上的剪报簿，嘴里越说越来劲：

“我想你也清楚，新闻报道大多失实，不可过于相信。可你知道吗？我为什么如此重视报纸剪贴并且装订成册？对于报纸上的报道，只要阅读方法得当，就可得到意想不到的收获。

“尤其在报道犯罪的时候，所有秘密不会在新闻报道的表面上出现，大多隐藏在字里行间。所以说，我的读报方法稍有点与众不同，是从中掌握各报记者的报道嗜好。根据他们的报道特征，无论什么报纸，无论什么记者提供的案情报道，都可大致分析出案件背后的案犯意图。

“例如，这记者是这样报道的，犯罪事实就变成了这般模样。像这样的推理，就连没有出现在印刷字体里的情况也能浮出水面。例如，发生了一起犯罪案件，各新闻媒体撰写各自不同的报道。有的新闻媒体这样报道，而有的新闻媒体报道的情况则与其相反。像这样截然相反的报道内容，是我最感兴趣的。

“如果清楚某记者最近的执笔着重点，你就可以正确推断出该记者的报道角度和思维方法，可以分析出该记者是如何错写这篇报道的，再将该记者的错误报道与其他报社记者的报道相比较。

“像这样逐一分析所有报道，事件真相也就自然而然地水落石出。光新闻报道的比较研究，已经使我多次准确地抓住了大案线索。

“我要求你剪贴有关报纸，目的就在这里，并不是兴趣所致。在我的侦探事务所里，这是一项最不可忽视的重要工作。”

黑柳友助博士耐心地教诲弟子野崎。

“不仅报道，报纸上的广告也非常精彩。

“尤其招聘招租栏的广告里，隐藏着许多意想不到的犯罪动机。每天刊登的五六个招聘招租广告里，必然有像我推断的那种犯罪广告。

“从这些仅三行字的招聘招租广告里，推测复杂的社会问题和即将发生的犯罪案件，归纳罪犯大致的作案手法，这是非常有趣的工作。

“我举一个例子。瞧，这是我从报纸上剪下的三行字招租广告剪报簿，也收集了这几天刊登的招租广告，从表面看十分有趣，你不妨读一下！”

野崎开口念了起来，这篇招租广告内容如下：

招　租

办公用房，一楼，面积约二十平方米，月租两万日元。

千代田区Y町关东大厦

在招租广告文旁边，黑柳友助博士写有“《朝日新闻》，六月十五日”。

“乍一看，你会觉得这是一则枯燥无味的办公房出租广告。”

黑柳友助博士说到这里，看了一眼野崎的脸。

“但是，这是前则广告的延续。这幢关东大厦，只要一有空出的办公室，就会立即在广告栏里刊登招租广告。与其说让房间空着，倒不如支付广告费招揽租客尽快把它租出去。

“可奇怪的是，这则招租广告天天刊登，唯有六月十五日没有刊登！也就是说，六月十五日似乎有租主了？你说是吗？接下来，你再念一下这则广告。”

黑柳友助博士说完指着左边，这是招聘广告，刊登在同样的《朝日新闻》的日报上，日期是六月十六日。内容如下：

招　聘

兹招聘女性事务员一名。年龄十七八岁，长相可爱，擅长公关和接待客人，工资从优。

应聘时间：下午三时到五时。

Y町关东大厦稻垣平造美术店

这则招聘广告，就是稻垣平造诱骗里见芳枝而刊登的。看来，黑柳友助博士已经注意到那起案件了。

“我查阅了本月初关东大厦里所有公司联合刊登的广告，下面的署名栏里都没有美术店或者稻垣美术店。因此，稻垣美术店肯定是从六月十六日开始租借这空房间的。于是，我结合这一情况阅读了下面这则招聘广告。”

黑柳友助博士手指着第三条广告，日期是六月十九日。内容如下：

招　聘

兹招聘青年推销员。不需要特别才能和学历，但必须是单身，为人正直、温和。月薪二十万日元，交通费另外支付。

欢迎应聘者前来面谈。

Y町关东大厦稻垣美术店

这则稻垣美术店署名刊登的招聘广告，使平田东一等六名青年上了当。

不愧是黑柳友助博士，仅靠广告就识破了值得怀疑的稻垣平造。

接着，他把第四个招租广告递到野崎三郎的手上。

招　租

办公用房，一楼，面积约二十平方米，月租两万日元。

千代田区Y町关东大厦

刊登在《朝日新闻》上的日期，是六月二十二日。

“六月十六日，稻垣美术店租借了关东大厦里的办公用房；六月二十一日，稻垣美术店退掉了那间办公用房。可见，稻垣美术店的租房时间不到一个星期。对此，我总觉得不可思议。在这么短的时间里，稻垣美术店居然连续刊登发出两则不同的招聘广告。其中一个广告里的招聘条件，居然与普通的招聘条件完全相反。无疑，关东大厦的那间办公房被人利用了。”

黑柳友助博士看了一眼野崎脸上的表情，嘿嘿笑出了声。

“我阅读广告的方法，就是这样回味这样分析的。假若按我这样的读报法坚持下去，每天可以发现三四起犯罪案件。你说过好多回，希望接触案件。好呀!你去侦查一下稻垣美术店的真相……也许是一起很枯燥的案件，可也难说，弄不好还能钓一条大鱼！”

于是，野崎依照黑柳友助博士的吩咐，立即给关东大厦挂了电话，了解到了这样的情况：

一个叫稻垣平造的人租用十三室空房间，提前支付一个月的房租后，购买了许多摆件和挂件，开业前的准备非常充分。可是，这家店仅营业了两天。

为此，关东大厦物业管理公司的负责人给稻垣家寄去一封信，可几天后信被退了回来，上面附有“收信人不详”的纸条。

还有，六个根据招聘广告被录用的青年推销员，常去关东大厦大吵大闹，使得物业管理公司的负责人不得不出来了解情况，取出备用钥匙打开房门清点了物品，决定以后稻垣平造回来时归还给他。

“瞧，稻垣平造是可疑人物。”穿着拖鞋的假腿，不时地发出嘎嗒嘎嗒的响声。

“我也一起去现场侦查，你去备车！”

“是。”野崎三郎站起来准备出门。

就在这时候，门开了，寄宿生走了进来。

“先生，一个叫里见绢枝的姑娘来访，这是介绍信。”

黑柳友助博士接过介绍信，看了一眼吩咐道：“我们马上要出门，只有十分钟和她见面的时间。如果行的话就请她进来，你去通知一声！”

蚂　蚁

片刻，一个美丽的女子走进黑柳友助博士的书房，年龄大约十七八岁，跟数天前遭稻垣诱拐的里见芳枝是一对孪生姐妹，长得非常相似。

“我们有急事外出，只能给你十分钟时间，真是对不起。请你简单扼要地说一下来访的原因。”黑柳友助博士直截了当地对姑娘说。

“嗯，事情是这样的，我来拜访先生的目的，是想请先生你无论如何帮我一把。本月十六日，我的妹妹里见芳枝中午出门后再也没回来，至今没有找到她的下落。我们向警方报了案，警方也展开了搜索，可没有明确答复。”

像这样的来访者，迄今已有多人。可黑柳友助博士有接待原则，凡属于枯燥无味的案件绝不接受。

姑娘啊姑娘，你的希望可能要落空！像这样的案件，先生是不会接受的。

野崎三郎在一旁听了他俩的对话后，心里在暗自为姑娘担忧。

可意外的是，黑柳友助博士听了姑娘这番叙述后提了一些问题，语气十分热情：“是本月十六日中午吗？她什么都没说就离开贵府的吗？”

“是的，听妈妈说好像是去朋友家了。我给她的朋友和熟人都挂了电话，都说没见过我妹妹。我实在是已经没有可以打听的地方了，对先生说这一情况可能晚了，但无论如何请你帮忙。先生，我妹妹叫里见芳枝，今年刚刚高中毕业。”

“哦，对不起，你妹妹是否说过想找工作什么的？”

黑柳友助博士紧盯着里见绢枝脸上的表情问道。

原来如此，可能是这情况？太奇怪了！十六日那天，就是稻垣美术店招聘女事务员广告刊登的那天。难怪先生会这么热心。

野崎三郎终于察觉到了，不由得连连点头。

“哎，哎，她常那样说，可我妈妈不同意她这样做，要我们姐妹俩别东想西想。由于父亲死得早，家里就我们姐妹俩和妈妈三个人一起生活。平时妈妈对我们管教也不怎么严厉，使妹妹的性格变得很任性。”

“看来，你妹妹是偷偷外出找工作的？去哪里应聘也对你们保密了？”

“哎，哎，那……”

“哦，本来，还想再详细问一下你妹妹的情况……可现在不凑巧，我们正要出门，实在对不起。如果不嫌麻烦，能否请你再次光临寒舍？其实，我们现在外出打算调查的情况，和你妹妹的下落不明似乎有关。不过，这只能说我有那么点直觉而已。如果调查结果真跟你妹妹的失踪案有关，那真是无巧不成书。希望你今晚光临，也许，我还能告诉你一些情况。”

黑柳友助博士送走里见绢枝，立即催促助手野崎三郎出发去关东大厦。

黑柳友助博士的大名如雷贯耳，关东大厦的物业管理事务所的员工们早就听说了。一听他说明来意后，事务员非常爽快地答应了，脸上的表情似乎在询问：怎么，难道十三室跟某犯罪案有关？

“十六日那天，据说稻垣美术店招聘了一名女事务员。能否告诉我这位女事务员的长相和姓名？”

黑柳友助博士用拐杖咚咚地敲打着假腿，慢吞吞地说出该案的要点。

“这……我们根本不清楚那房间里的情况。不过，请你等一下！也许那天的清洁工知道一些什么，这样吧，我去把她喊来！”

不一会儿，一个四十岁左右的女人走进房间，还不停地用围裙擦着手。

当事务员说明请她来的目的后，清洁工快言快语地说起那天的情况。

“你们想了解那家稻垣美术店的情况吧？十六日那天，稻垣美术店录用了一名女事务员。姑娘大约十七八岁，长得水灵灵的，要说当事务员还真有点可惜。至于她叫什么名字……嗯，我还真不知道。不过模样我还记得，圆圆的脸，那种脸形十分讨人喜欢。说实在的，长得太漂亮了！”

“双眼皮，大眼睛，鼻子不是很高，鼻子和嘴唇之间的距离标准，嘴唇的两侧有点翘翘的……是不是我说的这般模样？”黑柳博士笑嘻嘻地问道。

显然，这是刚才他在书房里接见里见绢枝时记住的长相。如果被录用的女事务员真是里见芳枝，同胞姐妹的长相无疑是相似的。

“哦，就像你说的那样，非常相似。”

黑柳博士听到清洁工如此肯定的回答，急忙转过脸与身后的野崎三郎对望了一眼。

“那么，漂亮姑娘被录用后的情况，你知不知道呀？”

“说到这里就更奇怪了！那天傍晚，我想可能是五点左右的时候，被录用的女事务员离开房间去大门口。眨眼间，十三室美术店的店主也匆匆出门紧随她的身后。

“我觉得奇怪，便来到窗前往楼下看，发现女事务员笔直地站在对面路口那里，并没有四下张望，好像在等谁。

“十三室美术店的店主脚步很快，朝附近一家弥生出租车公司跑去，喊了一辆出租车驶到女事务员跟前停下。美术店的店主就坐在出租车的后排座位上。

“嘿，那姑娘也坐到出租车后排座位上。紧接着，出租车朝京桥方向飞快驶去。打那以后，那女事务员就没有在我们大厦里出现过。”

“谢谢！听你这么说，那接下来我们只需问一下弥生出租车公司，十三室店主去的目的地就清楚了。是吧？”

“是的，我认识当时驾驶那辆出租车的司机。如果要问后来的情况，我去帮你们打听一下好吗？”清洁工的态度非常热情，说完走了。

根据她打听来的情况，稻垣店主和姑娘是在两国桥附近的S町下的车。

黑柳博士接着沿楼梯来到关东大厦的地下室，这里保管着稻垣商店的家具和商品。然而，他并没有从这些保管的物品中间找到任何线索。当他从地下室返回事务所后，见门口站着一个青年，身着半新半旧的西装，脸上无精打采的。

“怎么，你又来了？”物业管理员一见到他，稍稍皱了一下眉头说道。

“嗯。哎，那个叫稻垣的还没有来吗？不发工资，真伤脑筋。”青年这番话引起了黑柳博士的注意。

“对不起，你是被稻垣商店录用的吧？”

“嗯，是的。”

“是推销员吗？”

“是的。”

青年似乎觉得回答他的提问纯属浪费时间，一边打量黑柳博士一边不耐烦地答道。

“真是无巧不成书！我来问一下他吧！”

黑柳博士征求事务员的意见后，转过脸重新望着青年。

“你如果能抽出空来，我想向你打听稻垣商店的情况，能不能跟我去附近的咖啡馆坐坐？”

青年就是平田东一。他又打量了一下黑柳博士，觉得眼前这男子不像是给自己带来麻烦的人，便接受了邀请。

在咖啡馆里，平田东一就稻垣美术店的疑点向黑柳博士作了详细介绍。不过，他没说出自己违抗稻垣店主命令，将石膏像卖给神田一家镜框店的事情。由于黑柳博士把剩下的许多零钱送给平田东一，这使得他感动得忍不住了，终于把这一情况一五一十地说了。

听完平田东一的叙述，黑柳博士好像忽然想起了什么，猛地直起腰说：

“这样吧，我们去一下神田那家镜框店！平田君，你带路！”

黑柳博士催促他快走，自己走在头里来到咖啡店外，带上平田东一和助手乘上出租车朝神田急驶。

还是跟数日前一样，镜框店的沿街橱窗积满了灰尘，没有丝毫变化。面积两平方米左右的玻璃橱窗里，镜框和仿制的字画零乱地陈列着，而且颜色重叠。

平田东一出售的手臂石膏模型，在这些陈列物品里格外引人注目。不用说，平田东一刚才在咖啡馆里的坦白，使得黑柳博士立刻注意到了这具模型。

他腿一瘸一拐地走到沿街橱窗跟前，额头几乎碰到玻璃，两眼目不转睛地打量着手臂石膏模型。

“嘿，非常逼真！我还不曾见过做工如此精湛的手臂石膏模型……简直像活人的手臂。瞧！构图也很大胆。”

“嗯，我也有同感，像这样形状的手臂石膏模型还真少见，肉鼓鼓的，完全可以以假乱真！多半是模仿女性手臂制成的吧？”野崎助手在一旁认真观察，附和着说。

“当然是女性喽！并且是年轻女子。有这样手臂的女人，一定长得如花似玉。”

黑柳博士一边说，一边再次全神贯注地琢磨起手臂石膏模型来。突然，他嘴里嘀咕起来，声音十分奇怪：“喂，你瞧！这到底怎么啦？奇怪！”

黑柳博士的声音虽很轻但充满了恐惧，野崎助手顺着他说的方向朝手臂石膏模型那里望去。那里蠕动着一群小而黑的生物，野崎顿时惊呆了。

那是蚂蚁，从陈列架到手臂石膏模型有一长溜。

那里可能放有砂糖类的甜食？

野崎三郎歪了一下嘴唇。当蚂蚁爬到手臂石膏模型上的时候，队形完全变了，变成两支队伍。前面的队伍，爬到手臂石膏模型那里不再前进，于是整个队伍也不再前进，开始原路返回。

“明白了！石膏模型上有许多小洞。你瞧！蚂蚁从洞里钻进去了。”

“原来是这么回事，居然有肉眼看不见的小洞。也许正因为石膏模型上有洞，蚂蚁才排成那样的队列。”

三个人的眼睛紧盯着那里，一时间谁也没吭声。

片刻，黑柳博士不知想起了什么，径直走到店堂里。

“我想购买沿街橱窗里陈列的手臂石膏模型，请立即打包，我带回去。”

店主趁机开高价，黑柳博士没怎么讨价还价就买下了。打包完毕，他把包裹小心翼翼地夹在腋下，催着他俩乘上出租车回去了。

在车里，黑柳博士什么也没说，把石膏模型包裹紧紧地按在膝盖上，铁青着脸，视线笔直地望着前方。

望着博士脸上的表情，野崎和平田渐渐觉得不安和恐惧像电流那样席卷着全身，两个人也一声没吭。

出租车停在黑柳别墅的时候，快要傍晚了。

“平田君，我还想向你打听情况。如你觉得可以，请光临寒舍。”

黑柳博士朝着平田东一说完，转过身走在头里，迈着大步朝玄关走去。

伤 疤

黑柳博士书房里的水晶吊灯，照得房间里犹如白昼。

写字台上放着手臂石膏模型，外面包装已经拆除。

“平田君，你刚才说除你以外，还有五个推销员被录用了吧！他们送给学校的石膏模型，都和这具模型相同吗？”

“不，不是一样的。有的是脑袋，有的是身体，有的是脚等等。”

“果然不出我所料！”

黑柳博士不知为什么连连点头。

“如果我的想象没有错，这实际上是一起罕见的恶性犯罪！根据你提供的情况，我不得不这样推断。好，现在检验一下我的推断是否正确。

“野崎君，对不起，你去给我找一把榔头来。”

“什么，你要榔头？”

助手野崎吃惊地反问。

“是的，要一把榔头。”

野崎离开书房去取榔头的时候，凑巧寄宿生进书房报告说，里见绢枝来访。她是按照黑柳博士的吩咐，再次前来拜访。

少顷，她和手持榔头的助手野崎一起走进书房。由于她美丽身影的出现，书房里仿佛又亮了许多。

黑柳博士见她来也顾不上说客套话，直截了当地向她提问："你妹妹和你长得很像吗？"

"什么，你说什么？"里见绢枝有点不解地问道。

"我说是脸！脸……脸……"

"嗯，非常像。是的，我没想到我俩会长得那么相似。凡见过我们姐妹俩的人都说，分不出我和她来。"

"是吗，我想提一个奇怪的问题，你妹妹右手臂上有什么明显特征吗？也就是说，一看见那手臂或者手掌就知道是你妹妹……"

里见绢枝着实被黑柳博士的这一提问弄蒙了，没有立即回答。

"哎，哎，是右臂！比如黑痣啦，伤痕啦等等，你能想起来吗？"

"啊，有，有。妹妹小时候由于调皮，右手掌上有一条较长的刀割印痕，就是现在也很清晰。先生，你怎么会想起问我这个，难道妹妹她……"

里见绢枝似乎察觉到了什么，突然闭上嘴，脸涨得通红，漂亮的嘴唇上堆起了许多皱纹。

"别，你别这样担心，可能是我多虑了。按理说，不会发生那种根本不可能出现的事情。"黑柳博士一边安慰里见小姐，一边坦言道。

猛然间，他察觉平田不在书房里，好像是悄悄溜走的。莫非，他见到里见绢枝后故意离开现场的？不，也许发现黑柳别墅豪华，突起歹念，想过偷盗的瘾？

这情况后来才清楚，平田东一当时的"失踪"，与本案有重大关系，可对他的突然消失，那时谁也没有去想那么远想那么深。

"里见小姐，请你暂时离开书房好吗？万一你的心情突然发生变化，可就难为我了！"

"不难为你，"里见绢枝大声说，"真的不难为你！我性格刚强，不管发生什么也决不给你添麻烦。"

"是吗？我的错觉也许是多余的……"

黑柳博士话音刚落，手持的榔头已经从空中劈下，猛击桌上的手臂石膏模型。

顿时，白色石膏碎片和粉末四处飞溅，就连台座上手指部位的石膏也变成了粉末。

果然，被他言中了！石膏模型里，藏有骇人听闻的东西。

石膏模型的精美，绝对不是雕塑师的手艺精湛所致。眼前的手臂石膏模型，只是在美玉般的人手臂表面抹上薄薄一层石膏皮而已。骨、皮和肉匀称的美丽，透过薄薄的石膏皮出现在大家的眼前。

"啊！"

黑柳博士和野崎三郎都不约而同地喊叫起来，紧接着瞠目结舌没声音了。但最紧张的，莫过于里见绢枝。

从一开始，她就好一阵子没弄清那是怎么回事，目瞪口呆地望着破裂的手臂石膏模型。等到明白怎么回事后，猛地屏住呼吸，不由自主地连连后退。

黑柳博士赶紧从台座上拽出人的手臂，确认手掌上是否有伤疤。

果然，那上面有一条很清晰的大伤疤。

这是里见芳枝的右手臂，已经不容置疑。

"哦！里见小姐！"

这当口，野崎三郎大声嚷道。只见里见绢枝突然扑通倒在地上休克了。

消　失

片刻，里见绢枝终于苏醒过来。当她察觉到刚才发生的事情既不是梦也不是幻觉时，禁不住哇地哭倒在地。亲爱的妹妹被害，不用说，这噩耗对她来说是最伤心的。

“太可怜了！凶手的手段太残忍了。我长期与罪犯打交道，如此残酷的恶性犯罪还是头一回遇上。从各个方面来看，这手多半是你妹妹的，但目前还不能最后断定，有必要请法医鉴定。希望你打起精神来！现在这时候，你怎么能哭呢！”

黑柳博士轻轻地拍打着哭得死去活来的里见绢枝的肩膀，安慰说。

“咦，平田君怎么啦！大概回去了吧？”

“啊！刚才还在呢……刚才，我们全神贯注的时候……”

“这家伙真怪！”

黑柳博士一察觉到平田不在旁边，急忙转过脸问野崎助手。

就在这时候，别墅里不知什么地方传来奇怪的喊声。

“啊！”好像是男人惊恐万分的悲鸣声。

“是谁？”

野崎三郎抬起铁青的脸来，侧耳倾听。

黑柳博士刹那间一动不动，冷不防又想起什么，猛地伸长手臂按桌上的呼唤铃。

“刚才是你在叫吗？”

寄宿生一进门便受到黑柳博士劈头盖脑的责问。

“没有！我一直在玄关内侧边上的房间里看书。”寄宿生踌躇再三，答道。

“那，果然……”

黑柳博士冷不防朝门那边大步跑去，转过脸喊野崎三郎。

“我去看一下就来，你给我看好里见绢枝小姐。”

黑柳博士离开房间后片刻，隔壁房间传来尖叫声，好像是在喊野崎三郎。

“野崎君，野崎君！”

野崎三郎赶紧跑过去，见黑柳博士还处在极度兴奋的状态里，正在房间里踱着方步。

“平田君不在，刚才声音确实是这房间传出的。我找了许多房间，就是没见到他。鞋子，鞋子，你去玄关查看一下有没有他的鞋子。”

野崎急急忙忙跑向玄关，看见玄关那里确实有平田的鞋子。不用说，他也没穿其他人的鞋子。

接到报告，博士立刻命令：“你也帮我找一下！既然鞋在，平田君肯定在我们家。”

博士带上野崎和寄宿生挨个房间搜查，可仍没找到平田君的人影。

太奇怪了！听到喊声也只不过两三分钟，一个活人却在瞬间消失了。

“大概赤着脚回去的吧！可是，他为什么要光着脚丫回去呢？”

黑柳博士找了一圈后停住脚又嘟嘟哝哝起来，接着不知又想起什么，急匆匆地沿着走廊朝对面走去。

少顷，又传来怒吼声。这回是黑柳博士的声音。

“野崎君，野崎君，这窗是你开的吗？”

野崎三郎连忙跑过去，见平日里一直关闭的来客用房，有一扇窗是敞开的。

窗外铺有碎石的小路，对面是大门。

“不，不是我，奇怪！”

“是吗？那好，去问一下寄宿生和女用人！”

就在黑柳博士瘸着腿正要起身的时候，野崎三郎慌慌张张地制止他，面朝走廊大声叫他俩过来。

不一会儿，寄宿生和司机以及三个女用人一起聚集在客厅里。里见绢枝也不知这里发生了什么情况，提心吊胆地从他们身后探出脸观察。

经过调查核实，谁都没有开过窗。一名女用人说她傍晚打扫的时候，确实看见窗户是锁上的。

看来，平田像盗贼那样从这里溜走了。

窗外的小路由于铺的是碎石，没有留下脚印。但是，平田为什么要采取那么不自然的方法逃走呢？莫非，盗走别墅钱财后逃之夭夭了？

刹那间，黑柳博士又提心吊胆起来。刚才挨个搜查房间的时候认真核实过，别墅里什么也没缺少。最让人觉得奇怪的，是那奇妙的叫嚷声。平田是按自己的意愿回去的，为什么还偏偏发出那样的叫嚷声呢？

“你说你一直在玄关旁边的房间里，却丝毫没察觉有人潜入房间？”

黑柳博士转过脸问寄宿生。

“没有，一点也没察觉到。我离开书房就一直在看书……”

寄宿生回答说，脸上充满歉意。

询问结果，没一个人注意正门那里的情况。令人不可思议的是，平田东一就是那时候像烟雾那样从别墅里消失的。

“假设有其他男子出现，情况又会怎样呢？”

野崎三郎注视着黑柳博士脸上的神情说。

“太好了！看来只有这样假设了，你估计他可能是谁？”

“可能是稻垣平造？虽说听上去有点像小说里的夸张情节……也许，那家伙从一开始就在我们背后跟踪。这令人恐怖的歹徒，竟然出售被他杀死的人的尸体，简直丧心病狂！”

“照你这么分析，那家伙杀害了平田东一？”

“没有证据，现在还说不上来。可是，平田君如果什么都没说，该案按理就不会这么快水落石出。

“那家伙一看见平田君在这里……干脆一不做二不休，把他杀了。我想，多半是这样的。刚才的悲鸣声，好像是平田君被人掐住了脖子。”

“你是说，嫌疑人稻垣平造把他掐死后夹在腋下逃向窗外的？哈哈哈……你真像一个作家！照这么分析，明天拂晓后，这一带肯定能发现平田君的尸体！”黑柳博士像开玩笑那样说道，可脸上布满了似乎很难否定助手如此分析的表情。

少顷，黑柳博士返回原来的书房，立即打电话给警视厅喊来刑事侦查科的中村警长。

中村警长是警视厅的头号神探，他以前曾去征求过黑柳博士的意见，两个人私下里也交往得不错，见面时无话不谈。

中村警长接到黑柳博士的电话时好像大吃一惊，这个长期与罪犯打交道的神探，迄今为止还未曾听说过罪犯把人的手臂制成石膏模型的。

黑柳博士挂断电话后，脸重新转向里见绢枝。

“里见小姐，一会儿警察就来这里，他们打算再搜查一遍。由于还不能明确你妹妹的最终情况，希望你不要过分悲伤。瞧你的脸色苍白得可怕，请你立刻回家吧！”

博士说完，脸转向野崎三郎说：“野崎君，你送里见绢枝小姐回家！”

里见绢枝被相继发生的怪事吓得魂不附体，尤其听说叫稻垣平造的恶魔还在别墅里，吓得根本不敢一个人回家。这时，听黑柳博士吩咐野崎助手送自己回家，再说野崎助手也一口答应了，赶紧直起腰。

里见绢枝家住巢鸭。两个人坐上车靠在后排座位上，里见小姐茫然不知所措地仰望着天空。野崎三郎一路上不停地安慰她，总算使她放下心来。少顷，她转动眼眸怀着感激的心情感谢黑崎君。

“如果妹妹不在了，家里就剩你和你妈妈吗？”

“是的，这样的生活非常寂寞。回家后，我还不知道该怎么对妈妈说……想到这里，我就……”

“不，在事实还没弄清楚之前，最好别对妈妈说。请问，你有可以说说话的亲戚吗？”

“没有。我们长期住在农村，没那样的亲朋好友，不然的话，我可以不必去先生那里。更何况，我还是从未出过远门的女性。”

野崎三郎非常同情里见绢枝，暗自下定决心，一定要早日为这对可怜的母女抓获凶手。

“你还不打算把这情况告诉你母亲吧？那好，我就不送到你家了，请一路小心。有什么情况，请别客气，尽管来电话。无论什么时候，我都想尽力为你做点什么。”

野崎三郎把车停在里见住宅附近，又安慰了一阵子，就与里见绢枝告别了。

写　生

黑柳博士识破手臂石膏模型秘密的第二天，各大新闻媒体都用特大篇幅做了报道，并都在报纸社会版面的最上端印刷了醒目的大标题。

女事务员被杀案

这是一条女性的手臂！凶手究竟是人是鬼？无疑，这是杀人魔王的罪恶伎俩。

新闻媒体报道的关东大厦女事务员被杀案，根据黑柳博士的超常推理，前几天在神田一家镜框店找到了被害女性的手臂；今天又在D中学发现了里见芳枝的尸体一部分。

凶手肢解里见芳枝的尸体，用石膏浆抹在其表面，冒充写生用的人体石膏模型，其目的是实施四处抛尸的阴谋。为此，警视厅全力以赴寻找心理变态的凶手。

因初中学生的过失

从石膏模型的裂缝

发现了变色的人腿

昨天上午十一点左右，D中学二年级A组正在十六教室里上美术课。写生对象，是女人的腿部石膏模型。

这时，E学生上讲台向老师提问，不慎碰撞了放在桌上的石膏模型，致使它从讲台上掉到地面。随着啪的一声，石膏片和碎末朝四处飞溅。E学生赶紧弯下腰欲拾起它，不料，他竟突然大叫起来。

怎么啦？大家听到喊声纷纷上前了解情况，只见石膏裂缝裸露出已经变色的人腿。

美术C老师慌忙把它拿到医务室，请保健医生鉴定。鉴定结果，这具腿部石膏模型是人的一条腿，是从活人大腿根部关节砍下的。

这条腿的表面，是薄薄的石膏外壳。

学校立即向警视厅报案，中村警长很快赶到现场。他把这可疑的腿部石膏模型送到东京大学医学部鉴定。该大学F博士的鉴定结果虽还不清楚，但警视厅已经推断，它极有可能是被害女事务员的一条腿。

于是，警视厅开始排查稻垣平造和接受其命令送腿部石膏模型到该校的推销员。

由于发现已经变色的人腿，D中学不得不暂时停课，并在学校进行了严格的消毒。人腿的出现，在学校里掀起了轩然大波。

E学生浑身哆嗦着对记者说：我一开始误以为石膏模型里有脏布。

“当时，我是为了提问题去讲台的。当从石膏模型旁边通过时，可能是衣服刮着石膏模型而把它拽倒在地。

“我心想闯祸了，连忙弯腰欲拾起它，可忽然发现腿部石膏模型的膝盖部位露出灰色，我开始以为石膏模型里面塞有脏布。可看着看着，又觉得不是那回事。

“当然，我不可能想到那是人的腿，只是害怕而躲在一边。现在想来，遇上这么可怕的一幕还是头一回。今天晚饭，我胃里难受得要吐，肯定吃不下了。

唉，太可怕了！”

黑柳博士接受记者采访时说：这是史无前例的怪案！

记者带着这一消息，拜访了最先断定里见芳枝被杀案的黑柳博士。博士迈着假腿发出咚咚的脚步声，对记者作了如下详尽的分析：

“接下来，我估计死者尸体的其他部位还将陆续出现。如果参考外国相同案例，罪犯把尸体大致切割成六块，脑袋，身体，手臂两条，腿两条。

“这次发生的肢体分解抛尸案，大致也是六块。因此，剩下的四块可能还在其他几所学校。像这类骇人听闻的凶杀案，应该说是史无前例。

“凶手分尸后，在肢解的尸体表面抹上石膏浆，等它干后分别送到各学校。石膏外壳较薄，一旦破裂就能看见里面的真实情况。不用说，凶手肯定是故意这样做的。

“那么，罪犯为什么要这样做？我认为，凶手从一开始就没有隐匿尸体的打算，其真正意图是用抛尸的残忍手法嘲笑整个社会。具有这种犯罪心理的凶手，在国外也不是没有，但把肢解的尸体制成石膏模型送到各学校，其手法在犯罪史上尚无前例。

“故意暴露犯罪残忍性的真正意图，是让世人不得安宁。无疑，正像警方说的那样，凶手心理变态，但他与一般心理变态者有所不同。从他精心策划的凶案来看，似乎具有超乎常人的智慧。

“还有，平田君的失踪与凶手有关基本也已经确定。由此看来，不光里见芳枝被害，可能还会有其他许多女子被害。

“眼下，我们只有等警方尽快找到凶手。我尽管没多大的侦查本领，但我想用独特方法抓获凶手。”

黑柳博士有一个怪习惯，每天进一次浴室，浸泡在浴池里看书、思索。因此，他入浴时间有时竟长达两三个小时。还有，一旦进入浴室，门内侧必须上锁，不准任何人进去。如果需要什么，就用浴室里的电话吩咐外面的用人和寄宿生。

据说，圣德太子在位时时常像陷入梦境那样思考和执掌国政。而今的黑柳博士也像当年的圣德太子那样，独自一人待在浴室里盘弄侦查的学问和研究侦查技术，捕捉刹那间出现的灵感。

不用说，门内侧被上锁后任何人是进不去的。其实，黑柳博士有心病，不希望他那条被截断的腿被人看见。他这样做，据说是想把热气腾腾的洗澡水当作治腿伤的汤药。

眼下，黑柳博士的脑袋浮出水面苦思冥想。

十分钟，二十分钟，时间悄悄消逝……黑柳博士仿佛睡着了。

忽然传来一阵电话铃声，是寄宿生打来的。他赶紧从水里探出上半身，手抓住电话听筒。

“什么事？”

“中村警长来了，说有急事要见你。”

寄宿生着急地说。平日里，黑柳博士在浴室里接电话常常是怒气冲冲。

“请中村警长去客厅！”

黑柳博士搁下电话听筒，继续把整个身体浸泡在浴池里。

照　片

须臾，身着睡衣的黑柳博士来到客厅，与中村警长面对面地坐在桌子两侧。中村警长这次来访，已经是本案发生后的第二次。

“今天，某日报刊登了记者采访你的那篇报道。于是，各中学立刻对用于写生的石膏模型展开了调查。不过，他们都说石膏模型里不可能隐匿尸体。可结果正像你推断的那样，被肢解的脑袋、身体、左手和腿，分别在麻布S中学、神田T中学、O绘画私立中学和青山B中学里找到了。

“今天，这些被肢解的部位被先后送到警视厅，又被立刻转送到东京大学医学部，鉴定这些部位究竟是否属于同一尸体。不用说，就是外行也能一眼断定。”

“将这些部位连接后，确实是同一具尸体……嗯，由此可见，凶手不仅手段残忍胆大妄为，肯定是心理变态。对了，你们警方的侦查情况如何？有进展吗？”

“根据关东大厦物业管理公司提供的稻垣平造的特征，已经印了通缉令发送到各警署各派出所了。

“同时，通缉令还发送到东京都内的所有出租车公司，请他们帮助寻找那天在两国桥附近载过稻垣平造和里见芳枝两位乘客的出租车司机。

“我认为，凶手在两国桥下车是防止暴露行踪。为此，我们在两国桥附近的

S町进行了挨家挨户的排查，并对整个S町展开了地毯式搜查，结果没找到任何线索。”

“你们在那里排查和搜查是对的。怎么样，在关东大厦十三室搜查的结果呢？”

“还不是很清楚。稻垣平造租借关东大厦十三室房间的当天，购置了家具和商品。我们对此进行了调查，那家伙根本就没留下任何线索。他是用电话订购的，随后去银行汇款，也就是说他与商家没见过面。不用说，这些商店与稻垣平造之间是第一笔生意，对他的情况丝毫不清楚。稻垣平造留给关东大厦物业管理公司的住址，不用说，经过核实也是假造的。”

“还有吗？”

“就这些，没有得到有价值的线索。另外，我们在两国桥那里找到了载送他俩的出租车，司机也没有提供什么新的情况。不过，这样的结果也是我们警方事先估计到的。

“可这毕竟是桩大案，新闻媒体竞相炒作，警视厅里也议论纷纷，简直满城风雨。可以说，一种无形的压力已经波及负责本案的我，真伤透了脑筋！今天，我是无事不登三宝殿，请你点拨点拨。”

“我也没有得到任何线索哟！也只是在等。”

“在等？等谁？”

“等凶手靠近我。”

“你是说等凶手靠近你？”

“是的，凶手知道我是他的劲敌，无疑已经把我放在眼里，而且百倍仇视我，不用说，他也许怕我。因此，他不可能把我扔在一边置之不理，你说是吧？你瞧！那家伙已经把视线集中到我的身上，在跟踪我。其跟踪目的是摸清我的下一步侦查打算，企图先发制人。像这样的强劲对手，绝不会示弱而销声匿迹，相反会大胆并且主动靠近我。因为，像这样做，通常被认为是最安全的。”

“大概是那样吧。”

被称为名侦探的中村警长，觉得博士的这番话有点离谱。

“我这样的估计不会有错。我从接受本案第一天开始，那家伙就已经在接近我，从那天开始就一直在跟踪我。要不然，从我家里带走平田君的那出戏是不可能成功的。你等着瞧吧，再过两三天，那家伙一定会出现在我的身边。届时，我将正式拉开与他智慧交锋的序幕。不用说，必须求助于你们警方的力量。”

黑柳博士的语气里充满了自信。

中村警长想，博士既然这样说，肯定有什么特别的理由。

“要侦查这起案件，首先要找到那辆出租车，根据通缉令上的照片请司机辨认协查凶手下落。你把重点放在这里，也许是正确的，可我不会那样做。与其兴师动众，不如消极等待。能加快发现凶手行踪的速度。”

黑柳博士这么说完嘻嘻笑了，忽然他像想起什么似的：“哎……我前几天拜托你的东西，大概带来了吧？”

“哦，我忘得一干二净，是离家出走的姑娘的照片吧？”

“是的。已经一两个月下落不明，家里人已经申请警方寻找的那些姑娘的照片。我正等着这些照片……”

“我尽最大努力帮助你收集了，照片不多，可我还是给你弄来了五十张左右，而且也带来了。”

“谢谢，有那些照片足够了。”

黑柳博士打开照片袋，一张一张认真查看起来，从近五十张照片里找出了三张。

“怎么样！你不觉得这三个人好像什么部位相似吗？”

“嗯，被你这么一提醒，还真有点像呢！”中村警长不可思议地答道。

“最近，你见过跟这三张照片里的姑娘相似的人吗？”

中村警长脸上现出奇妙的表情，稍稍思考后猛地抬起头来，恍然大悟似的：“是里见绢枝吗？”

“是的，是的，很像吧？即便不是姐妹也很像吧？确实算得上大美人。鼻子不太高，鼻子和嘴唇之间距离短等等，都非常相似。里见绢枝和里见芳枝是一对亲姐妹，难以分辨谁是姐姐谁是妹妹。死去的里见芳枝跟这三张照片上的人，脸上具有同样特征。”

“我还是理解不了你说的意思……”

中村警长不清楚黑柳博士葫芦里到底卖什么药，急得不知所措。

“这是我的想象！但我也不是毫无根据乱说一气。我分析过，凶手大概是那类在国外被称为‘蓝胡子’的心理变态病人。

“所谓‘蓝胡子’，就是指靠接连杀害美女度日的罪犯。本案凶手不是第一次杀人，而是迄今已杀了多人，只是没被警方抓住而已。”

“为什么？那可能吗？”

“完全可能。他老是在报上刊登招聘广告，杀害那些与他既无仇又无利害关系的美丽的应聘女子，随后将尸体肢解得面目皆非，再借他人之手到处抛尸。确实，像这样的凶手很难抓住。

“分析本案案情，可见凶手比第一次杀人更大胆。刚开始，他只是把杀人作为消遣而已。渐渐的，他觉得仅靠杀人不过瘾，不够刺激，发展到以残酷肢解尸体为乐，再借他人手分送到东京各地陈列展出。你觉得我这样的分析如何？从里见芳枝的死分析，凶手已经不是第一次杀人了。”

“原来如此，可以那么想象。”

“我的推断不会是幻想，请你相信。凶手通过报纸招聘广告引诱杀害对象，然后杀害她们。对此，我也进行了详尽的分析。凶手为什么要通过报纸招聘广告寻找对象？理由大致如下：

“第一，绝对不留下任何线索。因为，杀害与凶手没有任何关系的人是最安全的；

“第二，可以选择到自己满意的对象。其结果，里见芳枝被遇上了。也就是说，里见芳枝的脸形多半是凶手喜欢的那一种。她的脸形，尤其眼睛有醒目的特征，加之鼻梁不高和鼻子与嘴唇之间距离短。

“于是，我想到要查阅那些行踪不明的少女们的照片。怎么样？你该明白我说的话了吧！这些女子的长相不都相像吗？如果再详细调查其他三个姑娘的情况，也许可以从意想不到的结果里发现凶手杀人的真相！

“也许有人把我这想法说成空想，可也没有其他更好的办法呀。更主要的是，迄今没有找到新线索。因此，与其说寻找罪犯乘过的出租车，倒不如把那份努力用在这方面，也许能收到出乎意料的好效果。”

“嗯，明白了。现在，我不管什么方法都想尝试。即便幻想，也就花那么点时间。好吧，按你说的做！看来，我今天的登门拜访很有收获，不虚此行。尽管你没怎么分析，可你的推理符合逻辑，不是吗？哈哈哈……”

中村警长爽快地笑了，可内心似乎并不相信博士的这番推理。

水　槽

第二天，野崎三郎利用黑柳博士入浴时间出门拜访了里见绢枝的家。

他在前些天送里见绢枝回家时，了解到姑娘许多伤心的家事，产生了怜悯之心，决定尽自己的能力帮助她。

这几天，她们母女俩不知过得如何？失去唯一妹妹的里见绢枝，太值得同情了。她母亲失去了自己最爱的孩子，也一定伤心不已。

在如此悲伤的气氛里生活，该不会发生什么悲剧吧？眼下，这对母女生活一定很俭朴……等一会儿见到她们时，自己一定要好好地安慰安慰她们才是。

野崎三郎这么想着，也不跟博士打招呼就悄悄离开了住宅。

当他到达里见绢枝家的时候，已经是下午四点多了。整洁的格子玻璃窗，沐浴着西斜的阳光。

听到敲门声，走出一位富有气质的女人，看上去有些年纪了。

“我是黑柳博士的助手，请问里见绢枝在家吗？”

“欢迎您光临！前些天，里见绢枝上门打搅，衷心谢谢你们的帮助和指点。那个……您是来邀请绢枝的吧？”这位妇人是里见绢枝的母亲，由于里见芳枝下落不明正沉浸在悲伤之中，但从脸上的表情里却看不出半点忧伤。

“不，没什么……”野崎三郎慌张起来。

绢枝母亲满脸惊讶，说出一番奇怪的话来：“咦，那么，你是直接从博士家来我家的吧？其实，刚才有人手持黑柳先生的亲笔信带上绢枝走了。我家绢枝坐上他开来的车去先生家了。”

“你是说她去黑柳博士家了？”

“是的，是去那里了。”

“奇怪！什么时候？”

“好像快一个小时了。”

如果是一小时前，凑巧是黑柳博士刚入浴而野崎三郎离开住宅的时候。

奇怪……野崎三郎的脸色变得青一块紫一块的。

“请问，那封黑柳先生亲笔写的信还在吧？请让我看看！我觉得可疑。”

“在，在，你稍等一下。”不一会儿，绢枝母亲把信拿来了。野崎三郎颤抖着手接过信，摊开仔细阅读起来：

绢枝小姐：有急事，请坐上接你的那辆车速光临寒舍！

“糟啦！这是一封假冒的信，根本不是黑柳先生的笔迹。”

“什么，是假冒的信？这么说，我家绢枝被坏人绑架了？”

“也许是吧。我现在立刻回去核实，具体情况待了解后马上跟你联系。你一定很伤心，请最好能坚持一下。”

野崎三郎说完慰藉的话后，匆匆忙忙返回博士别墅。

这时，黑柳博士仍然在浴室里。野崎三郎心想，这节骨眼上可不是耐心等待的时候，赶紧跑到电话室里抓起电话听筒说：“先生，我是野崎。你是否派人去接里见绢枝小姐来家里？”

“没有，没有那回事！”

“噢，是这样的，有人盗用你的名字写了一封信，说你有急事邀请绢枝小姐随接她的轿车一起来。我刚去过她家，从她母亲那里得知这一情况的。”

听完野崎助手的报告，博士猛地大声叫嚷：“啊，啊，我简直愚蠢到了极点！怎么会没注意到那里呢！”

绢枝小姐："有急事
车速光临寒舍

他大发雷霆的叫嚷声里充满了懊恼，可很快又恢复了平静。

“无可奈何！现在这时候慌张又有什么用！野崎君，你立即打电话通知中村警长，再去一次里见绢枝的家。她母亲独自一人在家，肯定会担惊受怕。你顺便在那附近一带打听一下，是否有人发现那辆搭载里见绢枝的车。我穿上衣服马上去那里。”

黑柳博士迅速下达命令。

那天晚上，黑柳博士、中村警长和野崎三郎都在里见绢枝的家，那里是东京都内的巢鸭。他们分头在附近打听，可什么线索也没有得到。

第二天，水族馆发生一起大案。

从湘南到江岛海岸有一座桥。经过这座桥进入江岛，那里有一家水族馆。距离避暑季节还有一段时间，岸边和水族馆非常冷清。

水族馆里好长时间没来过一个客人，这天早晨，一直到十点左右，才终于看见一名男子朝售票窗口走去。看模样好像是来写生的学生，买了入场券径直朝鸦雀无声的水族馆里走去。光线暗淡的水族馆室内，过道两侧是高两米左右的玻璃水槽，排列得整整齐齐的。

玻璃水槽里黑乎乎的水仿佛在隆隆作响，像雷声那样透过厚玻璃传到过道上。

青年一边观察每个玻璃水槽，一边朝前走着。

忽然，青年的腿像遭到电击那样站在玻璃水槽前走不动了，脸色苍白。

“人鱼！人鱼！”

他上气不接下气地大嚷，使出全身的力气跌跌撞撞地朝着大门口跑去。

门口，水族馆的值班老人嘴里抽着烟，正在打发漫长而又寂寞的时光。

“那里！就是那里！”值班老人跟着小伙子来到刚才的玻璃水槽前，只见青年用颤抖的手指着那里。值班老人见状，直愣愣地站在那里半晌没说话，像青年人那样目光紧盯着玻璃水槽，突然间哇地惊叫着，险些跳起来。

玻璃水槽里的水面上浮着一具漂亮姑娘的尸体，胸部朝下，背部朝上，黑色长发宛如海藻在水里飘浮……

约 定

玻璃水槽里的漂亮女子已经死了。经过调查，她是里见绢枝。

这起凶杀案和之前那起凶杀案一样，凶手同样没有留下任何线索。接到报案后，中村警长驱车赶到现场，发现死者是前不久被害的里见芳枝的姐姐。她是生前因接到“黑柳博士的邀请信”而出门的，被害时间是前天深夜十二点左右。致死原因是匕首刺入心脏。除此之外，什么线索也没有得到。

这时，来了一个渔民，说了一个重要情况：“昨晚，我在朋友家一直玩到凌晨两点，在回家路上看见可疑现象。我经过片濑连接江岛的桥下时，发觉桥上有人影朝江岛方向急匆匆赶路。由于天色漆黑，看上去像剪影画。是的，好像是两个身着西装的男子。一个在前面走，一个在后面走，扛着一个很大的袋子。”

中村警长闻讯立即在那一带展开搜索和排查。结果，附近居民中间，根本就没人于深夜扛着大袋子过桥去江岛。

不用说，这两个一前一后扛袋子的男子是罪犯，但不是当地人。凶手多半是把里见绢枝诱骗到空住宅里，将她杀害后装入大袋子运到片濑，随后与同伙卸车后扛着大袋子过桥。这是不容置疑的事实。

黑柳博士是与中村警长一起赶到现场的。没想到，他也被不留任何线索的狡猾犯罪惊呆了，只能空手而归。

那天出版的各家晚报，几乎都刊登了水族馆发生的女尸案。

东京都市民们对于这起残忍的凶杀案感到十分震惊，特别是有年轻女孩的家庭更是惶惶不可终日，担心下一回灾难轮到自己头上。迄今发生的情况，已经家喻户晓：

第一被害人里见芳枝，是凶手从众多女性中间挑选出来的；

第二被害人里见绢枝是第一被害人的孪生姐姐，俩人长相基本相似；

目前，警方正在从迄今下落不明的女子中间，挑选与这对姐妹模样相似的姑娘进行调查。

这些情况能说明什么？回答是很清楚的。

凶手的杀人动机，就是逐一杀害与里见姐妹长相相似的漂亮姑娘。

简直荒唐透顶，丧心病狂！

令人毛骨悚然的凶手及其行踪，警方丝毫没有掌握。市民们心急如焚，整天处在焦虑和恐惧之中，担心凶手就住在自己的周围。

女孩们每次聚会，都会自然而然地谈论起这一话题。

“喂，你长得与里见姐妹相似哟！”

被说的女孩，脸色会骤然发白。

所有家庭都不允许女儿单独出门。

渐渐的，大家开始抱怨警视厅。

“警视厅到底在干什么？”

每天，多的像小山包那样的责难信件飞向警视厅。

在警视厅里，干警们天天开碰头会商讨对策，如何尽快将凶手绳之以法。尤其担任专案组组长的中村警长，更是众矢之的，苦不堪言。

处境越来越艰难的中村警长，忍受着市民们的抱怨和指责，再次登门拜访黑柳博士。

“博士，我这几天可谓焦头烂额。按照你说的，我们调查了长相与里见姐妹相似的失踪姑娘们的家庭，还是没有找到新线索。”

“你们对她们离家出走时的情况也调查过了吗？”

“嗯，调查过了，也没发现什么特别情况。只有三个人是去各自朋友家而出门的，可一去再也没有返回。这三个家庭的经济情况都相当不错，三个女孩出门时都习惯在附近大街上坐出租车。”

“又是出租车？本案从一开始就跟出租车有关。第一被害人里见芳枝与凶手就是在两国桥那里转乘出租车后不见的；第二被害人里见绢枝乘坐的也是一辆出租车。现在根据你的调查情况，失踪姑娘们都有出门坐出租车的习惯。”

“原来是这么回事，不可思议的是，她们的失踪都与车有关。”

“看来，凶手可能有自己的车？通常，罪犯中间的大部分都是很贫困的。唯独这凶手从美术店的开张来看，好像经济宽绰得很。

“只要有自备车，可以化装成私家车或出租车，而且凶手本人也可扮作司机。具备这两项条件，完全可以引诱与里见姑娘相似的姑娘上车。还有，经常改变车牌号也可迷惑警方。”

“假设凶手有自备车，我们可以制定几套相应的搜查方案。”

“不，不行。如果里见芳枝与凶手在两国桥附近换乘的车是凶手的自备车，那无论怎么搜索都是无济于事的。本案在社会上已经满城风雨，可根据迄今为止尚无司机前来报案的情况分析，我的关于凶手有自备车的设想看来是正确的。”

中村警长双臂交叉着抱在胸前，陷入深深的沉思。

“尽管这样，我还是有许多地方弄不明白。凶手到底为什么要把尸体运到江岛呢？为什么要选择容易引起人们注意的水族馆暴尸？可见，凶手心理变态是肯定的。看来，只能这么分析。”

“从这起史无前例的凶杀案来看，其实，凶手是在向社会炫耀自己的杀人本领。一开始炫耀自己是能将尸体肢解后制成石膏模型的艺术家；这一回，他别出心裁地把女尸打扮成美人鱼展出。在他看来，能帮助他展出美人鱼作品的地方唯有江岛水族馆。虽说其他水族馆也有水槽，可能因为水槽过窄或者水族馆过于热闹而没有选择。”

从黑柳博士说话的语气和表情来看，他似乎非常佩服凶手的作案手法。对此，中村警长很不高兴地反驳说：“我不明白，你怎么能称凶手为艺术家？怎么能赞赏他的杀人艺术高明？我可忍受不了！”

“对不起，我分析案情的方法你可能不适应。再说凶手没在犯罪现场留下任何痕迹，使得我不得不佩服起来。尽管凶手作案前考虑得很周到，可我不会泄气，而是会全力以赴，战斗到抓获凶手为止。”

“你说战斗到抓获凶手为止，可现在没有任何线索……你说过你在等凶手靠近，可究竟要等到什么时候？”

中村警长由于焦躁不安，忍不住用嘲笑的语调讽刺道。

“哦，你是说那个吗？他就在我附近！瞧……”

黑柳博士说完，从口袋里取出一封信递给中村警长。

“这是什么？不就是电影招待券吗？”

“请仔细看一下！你知道电影第一领衔主演是谁吗？”

“是常常见报的富士洋子！那又怎么啦？”

“说到富士洋子，她在大宝电影明星中间人气最旺！电影时代杂志社最近举办的人气演员投票活动，她获了第一。”

中村警长目瞪口呆，眼睛直盯着黑柳博士不停蠕动的嘴唇。

“哈哈……你吃惊了吧！其实，这是我刚从野崎君那里得到的新情报。”

“你说的我一点也不明白。”

“啊，你好像真不知道著名女演员的长相。野崎君，把那本杂志拿来！”

野崎立即从书房里取来装帧漂亮的大本杂志，走进房间。

“瞧，这就是富士洋子。”

野崎手上拿着一张彩色照片，照片上的当红影星笑容可掬，漂亮得像从天上下凡的仙女。

“明白了吧？瞧富士洋子的模样，完全可以替代里见姐妹。怎么样，长得相似吧？其实，我刚才看到时也大吃一惊。”

“看来，你是说凶手把目光紧盯着这个女明星了？”

“只能这样考虑。根据我的预感，她将是凶手的第三个目标。”

“可是，尽管像……”

“你瞧这个！”

黑柳博士又从袋里取出一封信，与电影招待券并排放在一起。

“这是同一个人写的信。怎么样？我分析得没错吧？这封信是前些天诱骗里见绢枝时的假冒信。也就是说，这张请帖是写那封假冒信的男子，即凶手送来的。”

“真的吗？接着说！”

“迄今为止，我一次也没收到过这一类电影试映招待券。来了这么一张招待券，我感到奇怪，顺便调查了一下。结果呢，发现是凶手向我发出的挑战书。怎么，我这么认为没错吧？这一次，我看很有可能轮到富士洋子被害。他送来挑战书，其目的很明确，就是要我们注意防范，是吧？这是凶手习惯的犯罪预告。这份电影招待券，是在我们吃早餐前送到的。”

“原来如此，看来，只有你这样分析才是对的。”

“凶手的这种自信，简直令人难以置信。他肯定觉得，像他这样的预告杀人都不大可能被警方捕获。或许他恐吓我，要我袖手旁观，以保证他的独角戏顺利上演。不管他怎么威胁，我不会逃跑也不会躲避，豁出命来接受他的挑战。”

“是明天晚上吧？那好，我一定去。”

中村警长也豁出去了，与黑柳博士约定后站起身来走了。

第二天，黑柳博士比平时待在浴室的时间还要长。这期间有过两三个客人来访，都被博士用电话拒绝了：“我正在思考问题，别打搅我！”

清一色这样的回答，冷冰冰的，不见任何客人。

虚惊

晚上六点，K大剧场开始上演试映影片。这天晚上的试映影片，是富士洋子主演的特别大片。因此，为加大宣传力度，广泛邀请电影界知名人士、评论家和作家等各界名人，规模宏大。

黑柳博士与野崎助手一起就座的时候，电影放映前的新闻纪录片已经开始。新闻纪录片放映一结束，紧接着受警方关注的电影开始放映。这前后之间有短时间的休息，他俩趁休息寻找中村警长，瞪大双眼不停地左右张望。

剧场的座位上，坐着许多该片的演员。定睛仔细看，这些人都把视线投在一个地方，有的踮起脚尖朝那里看，有的窃窃私语议论。

黑柳博士与野崎助手朝那里走去，发现右侧座位坐着好多人，十分引人注目。坐在那堆人中间的，正是当今红得发紫的电影明星富士洋子。

“瞧那里！”

黑柳博士与野崎助手的脸相互凑在一起耳语，野崎助手用手指着坐在富士洋子前后左右座位的男女，向黑柳博士一一介绍。

这位先生是N导演，那位叫Y先生，他后面的那位是导演助手K先生。电影院后边角落里站着五六个荷枪实弹的警官，可就是没有中村警长的影子。

“中村警长可能不来了？”

黑柳博士嘀咕着继续打量周围。突然，他发现客席外边的走廊上，站着中村警长和一个身材魁梧的绅士，他俩好像在等谁。

由于是放映中的休息时间，客座与走廊之间的门都呈敞开状态。富士洋子的座位后边，凑巧是这两个人站的地方。中村警长见有空座位，便和绅士一屁股坐下，目不转睛地望着前排。那里有富士洋子的背影。

黑柳博士不由得转过脸，微笑着望了一眼野崎三郎。

中村警长算是找着了，但那个可疑人物此刻到底坐在哪里呢？

“那家伙大概在我们附近吧！”野崎三郎把脸凑近黑柳博士，小声说道。

“对，肯定挨得我们很近。”

“你认识那家伙吗？”

黑柳博士满脸好奇地望着助手，眨着眼睛问道。

“不，不认识，可眼镜、胡子和眼角……”

“哈哈哈……光靠那些特征是估计不出的。眼镜和胡子等，都是化装道具和手段而已。无论凶手平日里如何大胆妄为，可像今天这种场合，绝不会穿平时的服装。”

就在他们相互议论的时候，铃声响了，场内灯光瞬间熄灭了。与此同时，正面屏幕上影映出电影名称。

美丽的色彩和大型宽银幕，将气势庞大的电影展现在大家眼前。晃动着舞姿展现着歌喉的富士洋子，在屏幕上显得光彩夺目，更加妩媚动人。大家都像喝醉了酒似的，被银幕上的镜头深深吸引住了。

接着出现的，是富士洋子在后台的情景。她身着金光四射的舞台装，被追星族们簇拥着。

富士洋子脖颈上挂着一串镶有水晶的项链，坐在宽敞的椅子上。

她两旁的座位上，有的弹吉他，有的举着盛有威士忌的酒杯，有的谈笑风生，有的拉开嗓子唱歌，热闹极了。

后台，洋溢着雷鸣般的笑声。

富士洋子美丽的笑脸，占据了整个银幕。

富士洋子脖子上悠悠晃动的项链，闪出五彩缤纷的光晕令人眼花缭乱。

说时迟那时快，不可思议的情况发生了。

银幕上一直是笑容可掬的富士洋子，右眼下的脸颊出现了红色斑点。

红色斑点像水那样，慢慢朝四处蔓延。斑点下端像雨点那样，顺着脸颊朝下滑落。

是血！是涌出的鲜血！

观众席上鸦雀无声，人们都被突如其来的镜头惊呆了，像僵硬的雕塑那样一动不动。恐怖的预感席卷着观众们的全身，大家都情不自禁地咽了口唾沫。

银幕上的富士洋子没有停止笑……刹那间，又有红色斑点出现了。这一回，是在珍珠般洁白的牙齿之间渗出红色液体。渐渐的，红色液体流遍整个嘴唇，紧接着沿着下巴滴答滴答地掉到地上。

放映师见状大吃一惊，赶紧停止放映机的旋转。

富士洋子沾满了红色液体的脸，像被固定在银幕上那样，那镜头深深映入观众们的眼帘。

猛然间，照射在银幕上的灯光消失了，整个剧院变得漆黑一片，观众们纷纷站起。与此同时，响起女人们的尖叫声，场内的紧张气氛开始涌动。

“快，快开灯！”不知从哪里传出叫喊声。啪！照明灯亮了。

大声喧闹的人群对面，只见N导演抱起倒地的富士洋子，脸上挂满了不知所措的表情。

刹那间，黑压压的人群朝那里涌去，警察赶来维持秩序。在N导演和中村警长的搀扶下，富士洋子被送到剧场办公室。

人群里，黑柳博士和野崎三郎又是挤又是钻，紧跟在警官身后来到办公室。

黑柳博士喊住中村警长问道：“怎么啦？出什么事啦？”

“被你猜中了！果然像你推测的那样，凶手确实是在打富士洋子的主意。不过，她没什么，只是看了银幕上的奇怪镜头而晕倒在地，现在已经苏醒了。”

中村警长快言快语地答道。

不一会儿，影片的N导演喊来K剧场的经理询问情况。经理回答说，昨天在制片厂放映时并没出现异常情况，拷贝是昨天晚上送到这里的。

虽说放映室的门是通宵锁着的，但这种锁只要用一根钢丝插入转动就可开启。很显然，电影拷贝昨晚放在放映室里的时候，歹徒肯定蹿入室内做了手脚，才得以上演了今天这出闹剧。

查看了电影拷贝，那上面有点点滴滴的红色染料。

但光凭这现象，无法推断凶手的模样。不用说，能成为线索的脚印和指纹之类的东西，根本就找不到。从清洁工到夜间值班人员，警方进行了详细询问，都说没见到可疑人物。

三十分钟过后，试演重新开始。中村警长和黑柳博士他们并没有留在剧场里，而是来到外面。

“我已经布置刑事警察去制片厂保护富士洋子，现在已经送她回家了。护送车上也有警察，都是我特意安排的。”中村警长边走边对黑柳博士说。

“你好像终于明白了凶手的怪脾气！凶手的举止像淘气的孩童，简直无法无天，可目的非常明确。以前，他是以抛尸炫耀自己的卑劣手法；这回换了手法，不是一下子致被害人于死地，而是先出示犯罪预告。

“不光对被害人发出犯罪预告，还书面向我挑战。那意思是说，怎么样？我的下一步计划是要富士洋子的命，而你们是奈何不了我的，只能袖手旁观或者瞎忙一场。这家伙，简直目中无人！”

“明白了他的第三目标，我就能针锋相对地制定对策。富士洋子的周围，是我用警察制作的‘人墙’，绝对不会有漏洞，凶手不可能碰她一根毫毛。”

“你还真行！”

听中村警长这么一说，黑柳博士不知何故眉飞色舞。

“哎，我想起一件事来。你说说看，那家伙会不会在K电影院里？”

中村警长像察觉到什么似的，猛地停住脚步。

“嗯，我想他肯定在电影院里。凶手有这么一种特性，很想目睹自导自演的恶作剧在观众中的反响。”黑柳博士似乎深信不疑，说得十分肯定。

迎　战

凶手在电影院里制造的闹剧，就这样过去了。

富士洋子非常要强，第二天只休息一天，第三天便出现在摄影棚里，站在摄影机前。

为保障大明星富士洋子的人身安全，摄制组从跑龙套的演员中间，挑选了好几个大力士男子安置在摄影棚内外。富士洋子进出摄影棚时，他们几乎是寸步不离。

警方也派出多名便衣刑事侦查警察严密监视富士洋子周围的动静。像这么戒备森严的防线，按理说，凶手即便有三头六臂也不会伤着富士洋子。

疯狂的凶手对此不屑一顾，继续把第二封挑战信送到黑柳博士手上。

一天早晨，黑柳博士走进书房发现桌上有一封信。由于助手野崎还没有来，便喊来寄宿生问道："这信是不是你拿来的？"

"不是的。"

"今天早晨有没有人来过这房间？"

"没有，从打开玄关门开始，就没人进来过。"

"那，这信是从哪里进来的呢？窗是关着的，院子门也是我刚开的。"

黑柳博士心烦意乱，拿起那封信。

信纸上写有这样的内容，字写得很流畅：

黑柳博士：

接下来，请你于七月五日欣赏第三件艺术作品“富士洋子”。谨此提前禀报，届时敬请出席。

蓝胡子　敬上

“要说七月五日，那就是明天喽！”

黑柳博士自言自语，说完在房间里踱起了方步。

片刻，野崎三郎来了。

“野崎君，K制片厂里有没有熟人？”

“如果是N导演，我见过他两三次……”

“那太好了！能否挂电话把我介绍给他？我想拜访他一下……”

“用不着我介绍，先生只要说出自己的名字就行了。他们制片厂的人都知道先生大名，不过，我还是先挂电话去吧！”

一听说N导演接电话了，黑柳博士赶紧从野崎手里取过听筒：“七月五日，也就是明天，也许富士洋子的拍摄计划已经决定了吧？”

“是的，和四五个男演员一起出门去O町附近的森林拍摄外景。本来是去还要远的地方拍摄外景，可考虑到现在是非常时期，不得不选择附近的O町了。不用说，我也去。此外，保安人员和警察也跟着一起去。”

O町，距离K制片厂不很远。

“时间呢？是几点？”

“说是趁天不大热的时候拍摄，因此预定上午八点离开制片厂。”

只听了这些，黑柳博士便立刻挂断电话。至于凶手送来的那封信，一字也没有提及，立刻开始做出门准备。

“备车！我去一下K制片厂。”

野崎三郎慌忙备车。接着，博士急忙坐上车走了。

三个小时过后博士回家了，他命令野崎助手给警视厅中村警长挂电话。

“给你添麻烦了，请马上过来。”

中村警长赶到黑柳博士别墅的时候，已是下午两点。

“证实我推断的时候来到了。你瞧！”

黑柳博士把那封信递给中村警长看，可脸上的表情显得很高兴。

中村警长看完信，脸涨得通红，禁不住大声嚷道：“从现状看，这根本不可能！”

“哈，那家伙已经来到我身边，给了我绝好的机会。”

“什么绝好的机会？”

“我可以与那家伙面对面地较量。说到七月五日，就是明天，凶手既然许诺，无疑会在行动上兑现。根据刚才核实的情况来看，富士洋子明天肯定去O町拍摄外景。不用说，我跟着去，一定能将凶手绳之以法。”

“制片厂和警方都派人前往拍摄现场保护！无论凶手有多大能耐，我觉得他很难下手。因为，杀人并不是他唯一的目的。”

“对，但是凶手还是魔术师。所谓魔术师的作用，就是把不可能变成可能。”

“看来，明天的外景拍摄十分危险！应该把这情况告诉制片厂，最好中止他们明天的拍摄安排。”

“请相信我，这回我豁出去了，准备跟凶手决一雌雄，决不让他逃之夭夭。虽说这过程多少有危险，但如果害怕不敢去，那就等于放纵凶手。”

“黑柳君，这是重大行动，别意气用事而伤及别人的生命。”

“请相信我！我向来把别人的生命看得比自己的重要。”

“那好，就拜托你了！我明天也去O町，带上比平时多一倍数量的刑事警察去现场保卫，以防万一。”

“中村君，有件事我得拜托你。在我没发出信号之前，你千万别采取行动。无论富士洋子多么危险，即便凶手逃跑，你都别上前保护和追赶。”

“你的意思是说，明天你指挥我们警方行动？”

“是的，我是化装去现场，也许连你也不清楚我的具体位置在哪里。因此，在我明天没出现在你面前的时候，或者没明确让你采取什么行动的时候，你绝对不可先出手，否则会打乱我的计划。”

“嗬，你这要求真怪！好吧，就按你说的，根据你的指令行事。可在K制片厂里，你必须先把这封信的内容告诉大家！”

“这个嘛，我刚才已经去制片厂了，对K制片厂的人说了这一情况。其他人，包括富士洋子本人，我都没有说。这样做，有利于我实施明天的抓捕凶手的计划。”

黑柳博士的这一要求，被中村警长接受了。两个人商定，警方与黑柳博士分别去拍摄现场，另一方面，黑柳博士对野崎三郎说了这番话：

“野崎君，你认识N导演，明天一到拍摄外景现场，就紧跟在富士洋子的身边，但你的任务不是以保护富士洋子为目的。我刚才已经说了，在我没发出信号之前，你一定要密切注视那周围的动静，别让警方和现场保安人员盲目行动。

“他们万一想采取行动或有其他什么举止，你得竭尽全力说服他们。明白了吗？我明天将趁天没有亮之前出门。而你呢，是直接去K制片厂，再从那里去O町。”

就这样，迎战凶手的准备工作一切就绪。

迷　惑

第二天上午九点左右，O町森林里聚集了许多来自K制片厂拍摄外景的人，热闹非凡，人声鼎沸。

人群中，有N导演、S摄影师、领衔主演富士洋子、五名男演员、五名女演员、六名刑事侦查警官、中村警长、助手野崎，此外还有副导演、副摄影师和司机等，一共二十多人。

这些人中间，一半是乘坐电车来这里的。现场共有三辆车，一辆是警方的，两辆是制片厂的。

沿着O町稍往里走一点儿，便是黑压压的森林。森林里有小山、小河和松树，风景十分优美。

宽阔的旱地里，竖立着一座又一座画中常见的农舍草房。经过摄影师的一番技术处理，画面充分显示了深山密林和农村的感觉。对于外景拍摄来说，这地方最理想。

中村警长和N导演坐在树荫下，不时地交谈着。

“昨天接到黑柳博士电话，说你们来现场暗中保护。我想问一下，是不是有什么情况？”N导演说话的语气十分不安。

“也不是那么回事，在这种场合拍摄，需要更严密的措施保护富士洋子。”

中村警长为遵守与博士之间的约定，没有说出具体原因。

“要是可以，我们尽量避开外景拍摄。可这部影片里汽车奔驰的场面，无论如何精简不了……但它也只有三十秒钟的实质内容就可以。剩下的，用布景代替就行。”

“那辆车上乘坐着富士洋子吗？”

中村警长的脸上，现出感到有点棘手的表情。

“嗯，只需驶五十米左右就行了！车上还坐有我们制片厂的保安人员，用不着担心。”

“我看这样吧，把刑事侦查警官配备在汽车奔驰的路上，还是多留点神为好。”

“行，就按你说的办。只是警官们别进入拍摄镜头，最好请他们埋伏在树荫里。还有，我得事先告诉你别发生误会，那是因为这部电影里有表现歹徒绑架姑娘的情节。

“一开始，富士洋子扮演的姑娘与某绅士在大松树下一起散步。本来富士洋子是去某温泉的，因为轻信了绅士的花言巧语，她与绅士交上朋友后，被带到附近的山里。

“绅士其实是歹徒头目，在茂密的树丛里停着一辆汽车。车里走出一个头上戴着面罩的爪牙，走到他俩附近寻找机会。绅士伺机离开，故意在现场只留下富士洋子一人。

“这时，蒙面男子蹿上前将富士洋子按倒在地，用布条类的东西塞在她的嘴里，抱起她上车溜之大吉了。摄影机是架在不很陡的悬崖上……拍摄贼车转弯到悬崖后的镜头。

“那后来，汽车被拼命追赶。由于是从远处拍摄，让其他女演员作为大明星富士洋子的替身坐在车里，扮演成遭绑架的模样。”

“原来是这么回事，情节倒是有点刺激。好吧，我在那座悬崖前面配备部下保护。还有，为慎重起见，请事先把富士洋子的搭档，也就是扮演绅士和爪牙的男演员介绍给我们好吗？”

“好的。”

N导演立刻喊来男演员，把他们介绍给中村警长。

一个富有气质，扮作中年绅士；一个身着西服，扮作爪牙。

他俩都是制片厂的长期演员，完全可以信赖。

片刻，影片开始拍摄了。

中村警长布置的警戒线在外景周围，严阵以待。

在稍稍远一点的树丛里，停着一辆K制片厂的汽车，里面坐着那个爪牙，等待导演让他出场的命令。

“黑柳博士的具体位置大概在哪里？”中村警长朝着野崎三郎耳语道。

“这里好像没有他。可他考虑得肯定很周到，也许埋伏在出乎我们意料的地方，再说凶手蓝胡子也躲在暗处。可没什么大不了的，我们这么多警察已经把这一带围得水泄不通。”

拍摄进展很快，转眼间轮到拍摄汽车里爪牙下车时的场面了。

爪牙拄着拐杖从警官们之间经过，朝着富士洋子背后的树荫靠近，鬼鬼祟祟的模样。

这时的镜头，是中年绅士留下富士洋子离开那里。

按照N导演的信号，爪牙蹿出树荫朝富士洋子猛扑，出现了搏斗场面。

富士洋子的特写镜头，蒙面汉的特写镜头。

“太成功了！那气势。”N导演称心如意地称赞说。

搏斗瞬间结束，传来男演员和女演员的喘息声，非常逼真，尤其是富士洋子的演技十分到位。

富士洋子当时是晕倒在地，嘴上被布蒙住，两只手和两条腿显得有气无力，装作完全失去意识的模样。

爪牙走到跟前，神气活现地俯视富士洋子，片刻用双手抱起富士洋子朝汽车那里走去。

镜头紧跟着爪牙移动。

随着镜头不停地朝那里推进，警戒线也跟着朝那里延伸。

富士洋子被扔入轿车后排座位，啪地关上车门。

爪牙跳上驾驶席，随即沿着规定的路线向前行驶，摄影机紧随其后。渐渐的，轿车变得越来越小。

路上到处埋伏着刑事侦查警官，贼车从他们中间的路上穿过，刹那间消失在悬崖前面。那里，埋伏着两个刑事侦查警官。

“好！拍摄到此结束。”N导演朝着埋伏在那里的两个警官问道。

顿时，大家脸上的表情变得轻松了，紧张的情绪也随之消失了。

但是，就在这时，忽见悬崖那里跑来两名警官，嘴里哇哇地叫嚷。

“什么事？发生什么情况？”中村警长慌慌张张地朝他俩喊道。

“那辆车没有停下。”

“是的，加大马力朝前行驶。”

“那，刚才的……”N导演不相信有这回事，大声嚷道。

“那家伙肯定不是我们制片厂的男演员！”有人大声说。

“那不可能！他肯定是B君。”N导演斩钉截铁地说。

野崎三郎的脑海里猛地浮现一个念头，慌慌张张地朝刚才停车的地方跑去，用手拨开密密麻麻的树枝四处打量。

果然，那里躺着一个身着衬衫的男子，已处于休克状态。

他才是男演员B君。

真歹徒趁大家把注意力全集中在富士洋子身上的时候，伺机打倒扮演歹徒的男演员B君，穿上他的外套偷梁换柱地参加了拍摄。

听到野崎三郎的叫嚷声，大家都围了过来。

中村警长和N导演以及警官们飞身跳上警车，准备追赶贼车。

野崎三郎见状立刻慌忙上前阻拦。

“还没见到先生的影子。他说过，在他没出现之前不能莽撞行动。”

满肚子不高兴的警官们，不约而同地吼叫着回敬野崎三郎：“浑蛋！这种十万火急的时刻居然说出这种话来！司机，快，以最快速度追赶那辆车！”

警车像箭一般飞驰起来。沿着悬崖转弯后，驶上一条笔直的山路，可定睛眺望，前面根本没有车的踪影。

警车稍稍往前行驶了一会儿，便出现了一条三岔路口。

中村警长喊住正在稻田里干农活的农民问道："喂，请问，刚才有车从这里经过吗？是朝哪条路走的？"

"有，是有一辆车过去了，是朝右边那条路走的。"

于是，警车赶紧朝右转弯。

"右边！右边！"警车上的人齐声嚷道。

"看见了，看见了，在前面！加油！司机，不能再快一点吗？"

笔直向前延伸的路前方，有一辆正在行驶的轿车。

"咦，那车车速不快呀？怎么像东倒西歪走路的醉汉？"一名警官望着前面那辆轿车自言自语地嘀咕。

看着看着，警车赶上了那辆贼车。

"糟糕！凶手逃走了！瞧，这车上没有司机。"

果然，驾驶席上没有人影，后排座位上躺着不省人事的富士洋子。一名警官纵身跳上驾驶席，踩住刹车踏板将车停住。

大家从各自乘坐的车上下来，把贼车包围起来。

富士洋子被救下车后耷拉着脑袋，处在休克状态。

中村警长深深地叹了一口气，似乎总算放下心来。

"好在我们追了上来。虽说凶手溜之大吉，但富士洋子被救出来了。"

"哎，奇怪！座位靠垫处好像有动静。"一名警官突然嚷道。

"靠垫下面可能藏有什么东西！"

一听这话，大家即刻摆开架势。

这时，只见靠垫摇晃着直立起来，从里面爬出一个人来，外表很奇怪。原来，靠垫下面有夹层可以藏人。

见状，立即有两名警官冲上前一把将这人抓住，并将他的脸扳起一看，竟然是个工人打扮的男子，浑身脏兮兮的。

"喂，你是什么人？快说！"

在一旁的中村警长抓住这家伙的衣领，在他身上指指戳戳的。

“浑蛋！”

忽然，工人打扮的男子扯着嗓门大声叫嚷。由于声音特别大，中村警官不由得吃了一惊，险些松开拽着对方衣领的手。

“中村君，你太莽撞了！瞧，放跑了凶手！”

“你到底是什么人？”

“你究竟有没有长眼睛？是我！”

“啊，是你，黑柳博士。”

“是我。昨天，我从制片导演那里听说了今天要拍摄的故事情节，于是把目标瞄准这辆车。因为，凶手肯定要利用它。为此，我还特地和厂长商量在这车上制作这样的机关。我呢，埋伏在座垫下面夹层里。你要知道，我是残疾人，待在里面难受得像断了骨头似的。”黑柳博士抚摸着假肢。

“我埋伏在车里坐垫下面的夹层，不管凶手逃到哪里，我都可不费吹灰之力地跟踪。可你不按照咱俩事先商定的去做，导致我前功尽弃，白白辛苦了一场。不过，这家伙应该没跑远。请问，一路上见到凶手了吗？”

“没有。”

“奇怪！轿车摇晃的时候，就在距离这里二三十米的地方。在车摇晃前，驾车的理应是那个凶手。”

“我们向农民打听路了。”

“农民？在哪里？”

“就在转弯那里。”

“就是那家伙！那家伙肯定是凶手！”

“什么？凶手！”

大家急忙转过脸寻找刚才在农田里的农民，可已经不见踪影了。

大家小心翼翼地照顾着富士洋子，打算驾车返回。

不料，回去路上野崎三郎的影子又不见了。

难道他先回去了？还是不声不响地留下来搜查？没有一个人说得上来。可大家没怎么担心，只把看护富士洋子，当作头等大事，分别乘坐三辆轿车出发了。

野崎三郎到底怎么啦?

他因连续发生的怪事，大脑思维变得奇怪起来，打算独自一人沿着静悄悄的农村田埂路回家。也许这样，可以使自己乱七八糟的脑袋清静下来。

想到这里，他头顶着快到中午的烈日，慢悠悠地走着。

夏日炎炎，稻田里的水被太阳晒得快要烧开了。夹在稻田中间弯弯曲曲向前延伸的田埂路上没有行人，宛如一条干涸了的小河。

野崎三郎来到十分简陋的农家跟前，那低矮的围墙里有间库房。突然，他发现库房里有男子蜷缩着身体，猛地停住脚步。咦！这家伙不就是刚才在农田里给警官们指路的农民吗!

野崎三郎目不转睛地紧盯着他，男子的眼眸也像闪光的玻璃球那样直勾勾地看着野崎君。

两个人谁都没有吭声，相互注视着对方。野崎三郎忽然间觉得眼前恍惚，一股说不出的恐惧传遍全身，冷汗顺着背脊一个劲地流淌。就在这时候，农民打扮的男子脸上浮现出阴险的笑容。

前面十米左右的地方，有一家粗点心铺。野崎三郎猛地拔腿朝那里跑去，一到门口赶紧闯入店内。

“对不起，我想打听一下，就是前面那幢有围墙的库房，那个站在库房前面的男子，你知道他叫什么吗？”

“啊，啊，是那个男子，我知道，他姓作。”

一个营业员装束的老妇人打量着野崎君答道。

“他一直住在库房里吗？”

“当然住在那里了。他们家在那库房里住过三代了，作君的脑子好像有点迟钝。”

老妇人出乎意料的回答，使得野崎三郎恍然大悟。那男子确实是刚才指路的农民。无疑，这家伙如果不是指路男子，肯定就是“蓝胡子”……不管怎么说，非常可疑。

野崎三郎又详细地向老太太打听了作君的情况，得知作君在这一个月时间里根本就没离开过村庄一步。

但他刚才那异样的眼神里，肯定隐藏着什么秘密！

老妇人大声叫着向作君打手势。

作君迟疑了好一会儿，走到库房里去了。少顷，抱着一个黑乎乎的东西慢吞吞地走来。

“对不起，这不知道是谁扔在地上的，我觉得把它捡回家没关系，就……”

作君冷不防深深弯下腰低下脑袋，把抱在手上的东西递给野崎三郎。那是件沾满泥土满是褶皱的西服，是拍摄时穿在爪牙身上的服装，还有陈旧的东京地图和黑色蒙面套。

“是你拾起它藏起来的吧？”

“是的，我是不会做坏事的人。刚才有三四个人在这一带寻找，于是我哆哆嗦嗦地把它藏到了家里。”

“原来是这么回事。这衣服什么的，你不能交出来就完事！你得老老实实回答我的提问，必须仔细回忆后回答我。刚才，你在稻田里的时候有一辆先经过那里的车，那辆车的驾驶席上肯定坐着司机吧？快说！”

“当然坐着司机！没有司机，车怎么动呢？”

“驾驶席上坐着司机，你亲眼看见的吧？”

“当然看见了，当然看见了。那辆车经过我这里又朝前驶出四五米的时候，突然从车窗往外扔出这么个东西来。”

“是扔出来的？”

“是呀！我觉得这么好的西服被扔掉太可惜了，就把它捡回了家。”

“你一直看着那辆车的吗？”

“是的，一直看到它消失为止。”

“你看的过程中，是否有人从那辆车上跳到地面？”

“没有，没有人跳车。”

野崎三郎问了这些后，把西服还给作君，把那张用旧的东京地图放入口袋里走了。

西服上没有找到什么疑点，显然，凶手是从扮作爪牙的男演员身上剥下西服，再扮作男演员绑架富士洋子的模样驾车逃走的。可在途中，他又脱下西服扔到路边水田里。

无疑，凶手是害怕被人从西服上找到线索。

但让他不明白的是，作君并没看到凶手跳车逃走。那条路的前面有一座小山，这使得作君所站位置无法看见凶手后来的情况。但从小山到轿车停下的地方就一丁点儿路程，如果凶手跳车，野崎和其他坐在后面车上的警官们不可能没看见。

这一时间段里，凶手是无法跳车逃走的。如果认为凶手就是作君，虽说有可能，但作君他们家已经三代人住在这里，再说他本人至少一个月没离开过这里一步啊。根据老太太提供的证词，作君不可能是凶手或凶手的同伙。

“奇怪！这到底是怎么回事？”

野崎三郎边走边自言自语，越发感到恐怖，一种说不清道不明的恐怖。

纸 条

第二天，黑柳别墅会客室里坐着中村警长和黑柳博士，正在轻声交谈。

“根据助手野崎昨天的报告，只能说凶手像一团烟雾消失了。这份挑战书，也不知凶手是什么时候潜入我那门窗紧闭的书房放在那里的。在野外，凶手又在众目睽睽之下不翼而飞，太不可思议了！”黑柳博士低声说道。

“这凶手还真是神出鬼没！我干了这么多年警察，还是头一回遇上。”

中村警长附和着说。

“如果说是幽灵，那也有可能。打那以后，野崎君一直处在极度恐惧之中。昨天晚上，他汇报完毕后，还要求解除在我事务所的工作合同，一个劲地说害怕害怕的。今天，他也一直没来事务所上班。”

“唉！他那种心理状态也不无道理，说实话，就连我也被凶手吓得不轻呢！有种毛骨悚然的感觉。”

“哈哈……你这么说可就伤透我脑筋了哟！其实，我们和罪犯之间的真正较量，是从现在才开始。据说这张地图是作君拿来的，你看一下。”

黑柳博士把那张地图放在桌上摊开。地图上有许多用红墨水笔书写的“X”记号。记号下面，写有从一号到四十九号的数字。也就是说，在地图上东京都内的许多街道那里，共写有四十九个“X”标记。

“刚才我用电话询问过，这不是扮作爪牙的男演员携带的东西。看来，这张地图是凶手不小心留在现场的。”

“嗯……照这么说……”

“是的，这张地图具有非常重大的意义。”

“原来是这么回事……但是，这上面四十九个‘X’标记，到底意味着什么？”

“这我还不清楚，但可以想象。”

“……”

“你瞧！这些标记不是一次书写的，好像是按照顺序，并且隔有一定天数记载的。墨水颜色也不同，还有用手擦掉的编号痕迹。无疑，那家伙花费了很长时间，而且是每次发现什么时记载的。

“那么，这个凶手到底发现什么了？按我的推理，是那家伙所瞄准的目标，也就是记载姑娘们各自居住的地点。这些记载，可能是凶手继关东大厦稻垣美术店招聘女事务员之后标出的。

“因为，地图上没有记载里见姐妹的居住地点，也没有记载富士洋子居住的地点。这大概也是例外吧？”

“原来如此。你这番推理也许是正确的。”

“凶手如此丧心病狂，草菅人命，不难想象他会这么做。看来，那家伙接下来打算继续杀害四十九个姑娘呢。”

“哈哈……不管多少都不可能……”

“不，不可轻视。仔细分析一下，凶手迄今为止的作案手法，一开始都被我们视作绝不可能，可最终却被他一一实施了。”

一听这话，中村警长猛地闭住嘴不说话了。

沉默了好一会儿，黑柳博士好像想起什么，不经意地拿起中村警长的大檐帽摆弄。这是一顶镶有金边的警官帽。他摆弄着帽子，将它翻转过来翻开内侧。突然，从内侧掉落出一张折叠得很小的纸条。

“哦，失礼了，我不知不觉地陷入了沉思……”黑柳博士慌慌张张地捡起小纸条，打算把它塞回原来的地方。

“请让我看一下！这，我不记得我在帽子里藏过这样的纸条。”中村警长把它拿在手里摊开一看，猛地站起身。

“放肆！凶手竟然把挑战书放在我的帽子里。你瞧！”

纸条上写有这样的内容：

黑柳博士：

你高超而又精彩的推理使我折服，可我并没有因昨天的失败而一蹶不振，相反促使我精神抖擞，去履行第二阶段的计划实施，早日落实到行动上。接下来的行动计划，我肯定会获得成功。不管遇上什么困难，我都不会放弃或改变。好了，再见！

黑柳博士，时间就是明天，也就是本月七日，地点是富士洋子的住宅。明天，是你我一决胜负的时刻！

蓝胡子

“岂有此理，岂有此理！”中村警长脸色骤变，怒火中烧。

“这家伙到底是什么时候、在哪里把这玩意塞入我的警官帽里的？”

中村警长努力回忆从早晨到现在的过程，就是想不起来有这么回事。

“那家伙简直像魔术师。”黑柳博士不知为什么笑了笑，压低着嗓门说。

喝 酒

“洋子小姐，好了吗？你脸上的表情如果还是这样，我可就难办了。你要是觉得还没有恢复，那就改日拍摄吧！”N导演担心拍摄效果。

要强的富士洋子，昨天仅休息一天，今天又坚强地站在摄影机前面继续拍摄。制片人和摄制组的同事们都曾劝说富士洋子再休息一天，可她就是不听劝说。

“没关系，我已经做好准备了。凶手要杀我，那就随他的便吧！我还想跟他慢慢说说话呢！”

富士洋子根本不当一回事，还开起了玩笑，转过脸朝布景望了一眼。

布景那里，大约三十个人走来走去的。有陌生男演员，有技师，还有一些布置道具时手脚不太灵活的杂务工。

不用说，他们都是化了装的刑事侦查警官。其中一个布置道具的胖杂务工，是中村警长化装的。他大步走到某大道具背后，和副导演模样的男子悄声说起话来。

“我还以为你已经辞去黑柳博士事务所工作了呢！”

“没有，可是，我每天都处在极度的恐惧里。”野崎三郎回答说。

“黑柳先生在哪里？我是和他一起来这里的呀……”

野崎三郎朝四处打量，寻找黑柳博士。

“刚才还一直在大门口呢！多半又是在周围转来转去地侦查吧？”

摄影棚里，拍摄已经开始。

这是大宴会场景。

有许多桌子，每张桌子周围有许多椅子；铺有洁白桌布的桌子中央，放有插着美丽插花的花瓶；天花板上，悬挂着耀眼的大型水晶灯；身着礼服的绅士和淑女们举起酒杯，有说有笑的。

摄影机镜头在移动，明亮的灯光照耀着全场，拍摄在快速进行。

现在是拍摄富士洋子的特写镜头。

扮作服务生的男演员从富士洋子身后递上葡萄酒瓶，朝她的酒杯里斟入紫色的液体，眼看溢出酒杯。身着白色晚礼服的富士洋子，一边和身旁的绅士笑吟吟地说话，一边把酒杯移到嘴边。

中村警长和野崎三郎以及其他两名警官站在摄影机边上看着，当富士洋子把酒杯移向嘴边的时候，中村警长慌忙轻轻地对N导演说：“真要喝下那杯里的酒吗？”

“是的，镜头里要出现酒喝剩一半的场面。别担心，那不是酒，是染成这种颜色的饮料。”

“但是，那……”

中村警长想提醒N导演注意，可这时的富士洋子已经在咕咚咕咚地喝起了杯子里的液体。

镜头在移动，移向另一餐桌上的男女。现场，只有摄影机移动的声音。

“不行，停！停！”突然，中村警长大声喊道。

大家脸色骤变，视线一齐投向中村警长。

在场的人群中，似乎只有富士洋子把中村警长的警告当耳边风，也没把周围的紧张气氛当一回事。

她把两肘撑在桌上，目光呆呆地凝视着一个方向，渐渐的，脸色变成土色，眼神也跟平时不一样了。

突然，不知是谁哇地大喊一声，只见富士洋子闭上眼睛滑倒在桌子底下不再动弹。

大家纷纷叫嚷，围着富士洋子，与她搭档的I号男演员，使劲摇晃富士洋子的肩膀。

“洋子小姐，洋子小姐！”

可富士洋子全身软绵绵的，没任何反应。

中村警长敏捷地跑到布景那里，一把抓住刚才扮演服务生给富士洋子斟酒的男演员。

“喂，你那瓶酒是从什么地方拿来的？”

中村警长又找到那个把酒瓶递给服务生的道具杂务工，随后急急忙忙把他俩带到制作液体的厨房里。

不用说，有人在液体里下了毒。

N导演把倒地的富士洋子交给I号男演员看护，自己则迅速跑到厂长办公室。

“是毒药！”

听到导演这一报告的制片厂厂长，顿时紧张得面如土色。

“快给H医院挂电话！紧张什么？肯定有救！”

厂长大声吼道。N导演赶紧抓起桌上的电话朝话务总机小姐吩咐道：“快拨通H医院！就说有人中毒，让医院快派救护车来。”

须臾，制片厂大门口来了一辆救护车，下来一位白发银须的医生。正在等候的人们一看见医生来了，赶快让路。

从开拍到现在只过了五分钟，富士洋子还在布景那里的地上躺着。

老医生没有吭声，从袋里取出各种器具给富士洋子仔细检查。

“嗯，好像是喝了麻醉剂，多半没有生命危险。”

他晃动着银须，抬起头来，视线穿过老花镜片望着厂长和N导演。

“应急治疗在这里难以进行，最好送到医院比较妥当。”

“那就按您说的办，拜托了。”厂长答道。

“那好，大门口停有医院救护车，请帮忙把病人抬到车上。”

“喂，来人哪，把富士洋子抬到救护车上，快！”

厂长急忙大声嚷道。有三个青年立即赶到躺在地上的富士洋子身边，有的抬肩膀，有的抬身体，有的抬腿，小心翼翼地将她从地上抬起。

这时，又发生了怪事。

曾片刻不见人影的野崎三郎，突然出现在N导演身边打起了耳语。

“哎，你说什么？”

N导演的脸上出现了恐怖的表情，差点跳起来。

野崎三郎和N导演的窃窃私语，究竟是些什么内容？

他在富士洋子昏迷倒地的瞬间，顿生疑窦。按理说，蓝胡子杀人狂在目的没达到之前，是不可能杀害富士洋子的。

无疑，蓝胡子只是暂时让富士洋子休克，趁混乱之际带走富士洋子。那么，蓝胡子会采取何种手段带走富士洋子呢？

他想到这里，便聚精会神监视富士洋子周围的动静。

这时，正是老医生跟着救护车到达制片厂的时刻。

白发银须，戴着大眼镜。野崎三郎看到老医生这模样，忽然想起什么，百倍警惕起来，赶紧找到一个男演员向他打听：“哎，他确实是H医院的医生吗？”

“我想应该是吧。不过，这医生从没见过。”

“你最近确实住过医院吗？”

“是的，可在那家医院里，我没见过这样的医生。”

听到这里，野崎三郎赶紧闯入办公室，请事务员帮忙打电话问H医院。

“什么？我们医院没派人去你们制片厂呀！”

医院办公室的事务员感到莫名其妙，在电话里答道。

“刚才，我们医院确实是接到急救电话的，还配备了医务人员和救护车。可没过两分钟，你们又打来电话说不需要了。不是吗？”

野崎三郎一听这回答赶紧飞也似的朝布景那里跑去，气喘吁吁地说了这一情况，接着他要求老医生等一会儿送病人去医院，自己又急忙离开现场寻找黑柳博士和中村警长。

N导演冒冒失失地走到老医生跟前。

“医生，我想问你一下……”

“问什么？”

走在头里正在为三个抬着富士洋子的青年带路的老医生，猛地转过脸反问道。N导演顿时语塞了，稍稍迟疑了一会儿。老医生的目光，在N导演的脸上停留了好一会儿。他俩互瞪着眼睛，半晌没有说话。老医生观察着导演脸上的表情，刹那间似乎也明白了一切。

这时，老医生弓着的腰猛地伸直，从老态龙钟的模样瞬间变成了体格健壮的壮年男子，像箭一般朝前狂跑。两条腿十分灵活，蹬得地上的尘土朝上飞扬。转眼间，老医生蹿入第一制片室与大门之间耸立着的大楼第三制片室里，躲了起来。

终于明白老医生是歹徒的警官们，吼叫着追了上去。

第三制片室里，即便白天也是光线昏暗，到处堆放着大大小小的道具，使本来宽敞的房间变得拥挤狭小。弯弯曲曲的狭窄通道纵横交错，军舰模型的船舱里盛满了漆黑的水。

在这样的环境里寻找逃跑的歹徒，简直比在田野里找虫还要困难。

警官们在门口停住脚步，难以判断出歹徒究竟隐藏在哪里。像夜色一般漆黑难以分辨方向的大楼，给人难以言喻的恐怖感。

就在大家踌躇不前的时候，中村警长和野崎三郎跑来了。

人多势众，一起涌入大楼，四五个人分成一组，朝漆黑的深处前进。根据警长命令，所有出入口都配备了站岗的警官。

“罪犯已经是瓮中之鳖，这一回一定要抓住他。”

中村警长走到大楼最前面的出口，望着大楼自言自语。

解　围

但是，歹徒并不是警长说的那么容易抓住的家伙。

越朝纵深处走，左右两侧碍手碍脚的大小道具就越多，尤其布景和大道具遮挡着光线，使搜索变得更加困难。

走在头里最勇敢的警官开始犹豫起来，仿佛觉得大小道具之间的黑暗缝隙里射出歹徒的两道目光，正紧盯着自己，不由得两条腿哆嗦起来。

这时，刺眼的灯光猛的在人们眼前掠过，大家赶紧转过脸朝灯光射出的方向望去。

“是我，是我！”

那是声音熟悉的副摄影师。

他想起房间里有聚光灯，急忙拧开开关，于是四周亮起淡蓝色的灯光，犹如无数微型的探照灯光。突然，不知从哪里传来尖叫声。

“啊！在那里，在那里……”

天花板上装有轨道，是用于悬挂摄影机的，可以从上朝下移动拍摄。轨道上，出现了刚才那个白发老医生。

一名警官跑到支撑轨道的铁柱边上，猴子似的朝上攀登。胆大妄为的歹徒并没有逃跑的迹象，反而摆开架势打算与爬上来的警官搏斗。

沿铁柱爬上轨道的警官，见歹徒负隅顽抗的架势稍稍迟疑了一会儿，冷不防大喝一声“浑蛋”，沿轨道朝歹徒发起冲锋。

歹徒不停地后退，警官不停地朝前紧逼。其他人抬起头望着箭在弦上的紧张场面，不由得屏住呼吸。

这时，轨道上的惊险搏斗开始了，双方都极力保持着身体重心的平衡，尽量避免用力过猛。擅长体操运动的警官，敏捷地转动身体企图将歹徒拽到地上。可歹徒的动作，似乎比他更灵活。

狡猾的歹徒装出就要坠落的假象，两条腿挂住轨道，身体悬挂在空中。警官误以为歹徒朝下掉落，高兴得松开自己的手和脚，没想到随着扑通一声沉闷声响，整个身体坠入军舰模型的船舱里。

等到落汤鸡似的警官从道具船舱里爬出来时，歹徒早已从轨道上转移到天花板的梁上。

中村警长和野崎三郎望着天花板，与大家一起在地面上快速移动脚步，追赶天花板上的歹徒。大家觉得与其在地上追赶天花板梁上的歹徒，倒不如干脆耐心地等歹徒自动从梁上下来受降。

十分钟，二十分钟……筋疲力尽的歹徒，终于松开抓住房梁的手，猛然间落向地面，嗵的一声摔在地上不再动弹，似乎昏死过去。

“用绳索把他绑起来！”

中村警长命令。一名警官跑到歹徒面前骑在他身上，使出力气打算用绳索绑住歹徒。说时迟那时快，砰！传出震耳欲聋的响声。

警官仰面倒地，白色的烟在空中弥漫，到处是硝的气味。只见歹徒晃动着银须和白头发，透过白色烟雾朝着众人发出哈哈大笑声，手上握着乌黑铮亮的手枪。

大家吃惊地直往后退。

歹徒把枪口朝着大家，朝着对面角落缓缓退去。

“现在是特别场合，不举手的可别怪我不客气。”

他郑重其事地发出警告，接着又扑哧笑出声。大家无可奈何，只得乖乖举起双手。

趁这当口，歹徒一溜烟跑到排列着的大道具中间，但枪口始终从间隙瞄准大家。

“只要有人稍稍晃动身体，枪口就会冒烟。”

从大道具的间隙里，传出歹徒的警告声。

警官们想不出摆脱枪口的办法，只得举起双手。

歹徒的枪口还是朝着大家，没有改变位置。

这时，从人们身后走出大家盼望已久的黑柳博士。站在大家身后的中村警长见状终于缓过神来，双手还是高高举着，脸却凑到黑柳博士耳边低声说道：

“好不容易把歹徒追到这里，眼看胜利在握的时候，没想到歹徒的枪先瞄准了我们，就是你现在看到的这般情景，使得我们无法先发制人制服歹徒。现在是一触即发的时候，稍有闪失，歹徒就有可能开枪。太危险了！”

“明白了！”

黑柳博士没有晃动身体，只是轻声答道。

“我原打算抓住歹徒贼车的司机把他带来，没想到司机比泥鳅还滑，早就溜了。”

中村警长佩服起黑柳博士来，自己竟然忘了抓司机。真不愧是黑柳博士，考虑问题太周到了。

“我来得这么迟，是上那家伙的当了，被关在那边的空房间里。房门结实得像铁板那样坚固，我费了好大的劲才把它弄坏。”

黑柳博士不顾歹徒就在前面那堆大道具的间隙里，继续说道。

“那情况等一下再说吧！眼下怎样把这个持枪歹徒抓住？你有好主意吗？”

“什么？歹徒那样持枪能射中我们吗？是我们站得太密了，相互之间简直没有间隙。喂，大家听我的口令，朝后退！”

黑柳博士从容不迫地说着，分开人群朝歹徒黑洞洞的枪口走去。望着他视死如归的毅然行动，大家不由得目瞪口呆，都忘了劝说黑柳博士，视线嗖地射向大道具那里，观察着枪口和博士脸上的表情。

压抑而沉闷的气氛，持续了好一会儿。

大道具背后的持枪歹徒，面对着根本不把他放在眼里的黑柳博士，会采取什么行动呢？可歹徒没有吱声，继续保持着可怕的沉默。

黑柳博士快速朝歹徒逼近，猛然间加快脚步，奋不顾身朝歹徒隐蔽的大道具那里猛扑。

哗啦啦！传来一阵剧烈响声，那堆大道具倒塌了。不幸中的大幸！好在没传出子弹飞出枪膛的尖叫声。

忽然，黑柳博士大声嚷了起来："糟啦！快搜查！大概还没有逃到室外吧？"

大道具背后有个直径一米左右的洞，歹徒完全可以通过洞口逃走。刚才，大家还以为歹徒站在道具背后，其实那是圈套。

黑柳博士用手指拨弄着那支手枪。原来，枪上拴有绳索，绳索另一头系在大道具的一端。

歹徒只是从道具之间露出枪口部分，趁大家惊慌失措之际穿过洞口逃之夭夭了。

但出入口有站岗的警官，无疑歹徒还藏在制片厂里的某个角落。于是，大家分头展开搜索。黑柳博士和中村警长则留在原地，搜索歹徒刚才隐蔽的地方及其周围。

"啊，这家伙是卸下化装道具逃走的！"

黑柳博士从角落里使劲地拽着什么。原来，那是一件肥大的西装，接着还拽出化装成老人用的白发套、白眉毛、白胡子和大眼镜。

黑柳博士与中村警长面面相觑，相互间半晌没有说话。

"也许已经逃走了？但我们必须再搜索一下，说不定还没有逃走。"

第一出入口有站岗警官，第二出入口也有站岗警官。他俩向警官打听，回答说根本就没人出去过。他俩又朝第三出入口跑去，那里距离大门最近。

"没见过有人出去吗？"

"是的，可疑的人一个也没出去过。不过，有一个道具杂务工出去了。"

"记得那道具工的模样吗？"

“这，我没怎么介意，再说他奔跑速度很快……手臂上搭着一件像西装那样的上衣。”

“为什么不抓住他？”

“他是道具工，所以……”

“浑蛋！你难道不知道歹徒擅长化装吗？”

挨骂的警官目瞪口呆地望着中村警长。

就在警长和部下一问一答的时候，黑柳博士瘸着腿朝大门口跑去。

从第三制片室到大门之间的距离，大约五十米左右。因此，门卫压根儿不清楚第三制片室内刚才的喧哗。

面对黑柳博士的质问，门卫眨巴着眼睛答道：“刚才有两三个人出去过，可都是来制片厂参观的……”

“两三个人中间有没有道具工？”

“没有，衣着打扮全是绅士风度……啊，啊，你这么一说倒提醒我了。最后出去的那个人，模样好像很奇怪，说什么要我把这封信交给黑柳博士，说完就走了。请问，你知道黑柳博士在哪里吗？”

“什么？信？我就是黑柳，快把信给我看。”

那是一张从笔记本撕下的纸，被叠成三折。摊开后，那上面的字是用铅笔写的，字迹潦草，内容如下：

黑柳博士：

诺言就是诺言，肯定要兑现的！七月七日那天的每一秒钟，希望你别大意。

蓝胡子

歹徒是化装成道具工逃出第三制片室的。在去大门的途中，他换下道具工衣服，大摇大摆地从门卫眼皮底下溜走了。

追上来的中村警长愤怒地挥起拳头嚷道：

“畜生！那家伙还真是化装逃走的！喂！那家伙是什么时候逃出去的？”

“大约十分钟前。他脚步很快，现在就是追也……”

可中村警长还是不甘心，召集部下布置抓捕歹徒的任务，命令部下仔细搜索从制片厂去车站的各个路口，但结果是竹篮子打水一场空。

“黑柳君，这歹徒太狂妄了！根据纸条，他今天来好像是打算绑架富士洋子的？”

“嗯，不用说，肯定是这意思。这家伙言必信，行必果，说来肯定来。”

“黑柳君，你这不是在夸奖歹徒吧？”中村警长不高兴地说。

“哈哈……那怎么可能。”

“嗨，不说啦，总之，保护措施不能松劲！那后来，富士洋子的情况怎么样啦？”

“不必担心！已经护送到房间里了，厂长、导演和女演员们在精心看护。现在，也许已经醒了。看来，主要是我们的保护措施不当而导致被歹徒钻空子，还有，我们的人太多。”

“原来如此，确实有这些因素。摄影棚里人又多又杂，乱哄哄的，反而妨碍了我们自己的手脚。”

“那好，接下来改变一下保卫方法怎么样？担任保卫富士洋子工作的，就你和我两个人。目的很明确，是保证她的安全，也就是说，只要保住她就不会出问题。再说歹徒就一个，不可能敌过我们两个。只要由我俩亲自守护，绝不会出任何问题。在我俩面前，歹徒是很难蒙混过关的。”

“这倒也是。我学过剑术，满脑子装的是克敌制胜。”中村警长摩拳擦掌，笑着说。

兑 现

富士洋子的神志清醒后，从医院病房被转移到K厂长的别墅。那幢别墅，就在制片厂旁边。

K厂长的别墅是最近刚建造的，西欧风格，非常大气。K町一带的最大型建筑是H医院，其次就是K厂长的别墅。

楼上用于来客的卧室，现在成了富士洋子的病房。

H医院院长亲自上门诊断，是由K厂长派专车从医院接来的。H医院院长跟K厂长以及N导演都很熟悉，而且医术高明。随他一起来的护士，是院长最信赖的，担任富士洋子的特别护理。除K厂长及其夫人、N导演、S女演员、黑柳博士、中村警长和护士外，其他人被禁止进入病房。

住宅周围有很高的水泥围墙，围墙顶端插满了玻璃碴。中村警长与黑柳博士商量后，派出三个最信赖的部下，让他们和野崎三郎分别在大门和后门站岗，这样大门和后门各有两个人把守。

富士洋子躺在床上睡得很熟，床边柜上排列着医院送来的药。房间里面临宽敞后院的两扇玻璃窗也都关闭着，窗外是一大片绿色树木。

富士洋子的病情趋于好转，已经用不着担心。得知这一情况后，K厂长与N导演返回了制片厂。

休息片刻，中村警长问黑柳博士："你刚才说，你中了那家伙的圈套，被关在空房间里了？”

“是的，那是不值得一提的圈套。当时，我满脑子想的都是制片厂里是否有歹徒设的圈套。于是，一边调查一边转悠，突然发现技术部外侧走廊的板上有用白粉笔画的箭头标记。

“我感到纳闷，便对那里展开了搜索。果然，歹徒在厕所外墙、电线柱和一些显眼的地方画了相同的箭头标记，在标记下面分别标上1到13的阿拉伯数字。

“我按照顺序进行寻根追源的搜索，发现所有箭头都朝着一个方向，它不像恶作剧什么的。在最后一个地方，书写的不是箭头标记，而是数字0。也就是说，那里是歹徒的目标。”

黑柳博士说到这里稍稍顿了一下：“我后来向N导演打听，才知道那是出了名的幽灵房间。据说曾经有男演员在那里自杀，后来就出现了幽灵。大家都害怕那里而绕道走，很长一段时间里，那房间没有开过门。”

“嗯，是说那房间吗？”S女演员胆怯地耸了耸肩。

“我一开始没把它当一回事，不经意地打开有数字0标记的房门，走到房间里。没想到背后的门咣的一声关上了，奇怪！我刚这么一想，就察觉门外传来上锁的金属声。

“糟糕！我企图从窗上逃走，可窗前有大型机器，我一个人怎么也搬不动。无可奈何，我找了一根棍棒把门砸坏后才逃了出来，费了好大的劲哟。”

“除化装成白发老头的歹徒外，还有其他歹徒吗？”

“毫无疑问，肯定还有其他歹徒。否则，麻醉药不可能自己进入酒瓶。”

“说到麻醉药，我已经详细调查过了，可就是查不出究竟是谁放的。”

中村警长说这话时，表情猛地变得严肃起来。

就在他俩交谈的时候，夜越来越深，座钟的时针已经指向十一点。

富士洋子脸朝着墙熟睡，坐在床边椅子上的护士在打瞌睡。

“喂，你到隔壁房间休息去吧！有事我会喊你的。”

黑柳博士觉得护士太疲劳，让她去隔壁房间休息。此刻，房间里就剩下博士和警长了，看护富士洋子的任务，自然而然地落到他俩的肩膀上了。

“就算蓝胡子长有三头六臂，也兑现不了他那天方夜谭的诺言。”中村警长嘟哝着说，惺忪着眼睛站起来伸了个懒腰，走到窗前探出脸眺望宽敞的院子。

“蓝胡子不可能从院子爬到窗上，这上面也没什么可以用手抓住的地方，再说窗户这里不会出什么问题……要说蓝胡子兑现诺言，只能从门这里潜入，但房间里有我俩持枪把守。黑柳君，面对这种根本不可能兑现承诺的情况，蓝胡子难道会硬着头皮闯入房间？”中村警长拍打着放有手枪的枪套，问黑柳博士。

“现在，距离蓝胡子兑现诺言的最后时间还有一小时。”

黑柳博士没有正面回答，回答的语气很冷淡。

正如中村警长断定的那样，蓝胡子绝对进不了房间。他俩小心翼翼，哪怕一分钟，也不让富士洋子独自一人在房间里。即便上厕所，两个人中必须有一人留在房间里，自始至终保持着高度警惕。

少顷，中村警长笑着站起身来说：“对不起，我去一趟厕所，顺便去大门和后门检查一下那里的站岗情况。”

厕所在楼下相反方向的走廊尽头，沿着走廊要走相当一段时间。

中村警长走出厕所，打开玄关拉门，朝大门那里走去。

警官们埋伏在大门外的树丛里，瞪大眼睛注视着大门周围的动静。

“野崎君呢？”

“他说去一下后门就来，刚走的。”

警长沿着围墙转弯角转了一圈来到后门，那里站着两个警官，正忠实地执行着警长交给他们的守卫任务。

对于部下们忠于职守的表现，中村警长十分满意。返回病房后，他跟黑柳博士顺便说起了刚才检查岗哨的情况。

台钟的时针，逐渐朝着深夜十二点方向移动，眼下，已经是十一点五十分了。

“再过十分钟就是十二点了。这短短的十分钟里，富士洋子怎么可能遭到绑架呢！”中村警长打着哈欠说。

“中村君，你不能小看对手。要知道那蓝胡子迄今为止的诺言都是兑现了的。千万别轻视他，否则……”

“迄今为止发生过的那些事情，确实是我们警方麻痹大意所致。但唯独今晚，这蓝胡子的目的是不可能得逞的。就说我俩所站的位置吧，距离富士洋子睡觉的床仅两米左右，你我现在又都是精神十足，密切注视着房间里的动静。像这样的高度戒备，蓝胡子能钻什么空子呢？”

“这很难说，蓝胡子接连几次把挑战书送到我那门窗紧闭的书房里，这说明蓝胡子是擅长魔术的高手。蓝胡子今晚究竟要什么魔法，我们也不可能事先知道！”

黑柳博士的语气里，含有责备中村警长过低估计蓝胡子的意思，目光投向中村警长的脸上。

“看上去你相信蓝胡子能兑现诺言？”

“不能不相信。”

“不就只剩下五分钟时间了吗！马上就可见分晓了！”

“在钟声敲响十二点最后一声之前，我俩都不可粗心大意！”

中村警长听黑柳博士说完，不由得打量起躺在床上的富士洋子来。她仍然躺在铺有洁白床单的床上，身上盖着洁白棉被，脸依然朝着墙，睡得很香。

一分钟过去了。

中村警长不知何故显得焦急起来，似乎再也忍受不住剩下的四分钟的煎熬了，心急如焚地先后走到两扇窗前，检查窗户，确认锁上插销，接着来到门口转动插入门锁的钥匙，从内侧将门锁上。

黑柳博士没有吭声，默默地望着犹如热锅上蚂蚁的中村警长。

还有三分钟……

还有两分钟……

黑柳博士和中村警长的鼻尖上，渗出了紧张的汗珠，目光盯着床上富士洋子的后脑勺。

十二点到了，一切平安无事！

“我终于可以放下心了。”

中村警长放心地舒了一口气，轻松地站起来。

“蓝胡子的手表时间也许慢了吧？”他说着转过脸把目光投向黑柳博士。

奇怪的是，黑柳博士的紧张表情丝毫没有松弛，脸上的肌肉依然紧绷。

“你真以为那家伙没有兑现诺言？”

此刻，时间已过了十二点，病床上仍然躺着富士洋子。蓝胡子并没出现，显然没有履行约定。可黑柳博士问中村警长这番话，使得中村警长突然有一种难以言喻的预感传遍全身。他提心吊胆地打量起病床来。

“床上躺着的，该不是富子洋子的尸体吧？”

“蓝胡子在没达到目的前，是不可能杀害富士洋子的，但是……”

黑柳博士这么说着，仔细观察躺在对面床上的富士洋子。

刹那间，黑柳博士大声嚷道：“畜生！”然后一把抓住富士洋子的肩膀，拽出被窝，随后重重地扔在床上。

中村警长脸色通红。怎么？黑柳博士难道神经不正常了？

他从身后猛地抱住黑柳博士，不知所措地大声问道：

“发生什么情况啦？”

“瞧，富士洋子遭绑架了！”黑柳博士甩开中村警长的手，气得浑身发抖。

中村警长走到看似无精打采躺在床上的姑娘跟前，认真打量那张脸。

“咦，这不是偶人吗？”

那确实是偶人脑袋，脖子下面缠着白布。

“我们长时间在这里保护的对象，居然是偶人。”

黑柳博士失望地瘫软在椅子上，浑身骨头像散了架那样。

中村警长猛地推开门来到走廊上。

回 家

在门外站岗的野崎三郎，随着深夜的来临，心里越发不安起来，总觉得自己不能老待在这里。

博士和警长尽管在房间里小心翼翼地守着，可蓝胡子毕竟擅长魔术。无疑，蓝胡子肯定会绞尽脑汁使用一切手段绑架富士洋子。

野崎三郎的脑瓜子里，一刻不停地这样思索着。

蓝胡子肯定从这门口经过！切记，蓝胡子是擅长化装的高手。无论他如何装模作样，只要跨入大门一步，就可以认定他是蓝胡子。

他不断地这样叮嘱自己，还把这一想法告诉了其他三名警官。

K厂长的别墅里，昼间有过两三个客人从大门进入，可由于K厂长不在家，都很快从玄关那里返回大门，还有医院送药的护士也是从玄关返回大门的。邮递员把邮件塞入大门信箱里，一步也没跨过大门门槛。野崎三郎的视线一直紧跟着这些先后来过的人，观察他们的举止和表情。

女用人两次从大门外出，其中一名警官立即尾随跟踪。那女用人只去冰块供应站和食品店，不一会儿就返回了。

到了晚上，从大门经过的人一个也没有。

我还是放心不下！狡猾蓝胡子的手法经常是声东击西，说不定……

野崎三郎再也忍耐不住了，决定沿围墙外面转一圈。

从大门外侧朝右转弯，这里是后门。他朝一名警官打了一声招呼，便独自朝着与后门相反的方向走去。

那一带原来是水田，最近被填平了，变成一大片空地，长满了野草。

富士洋子卧床养病的那个房间，窗户可能就朝着这一带。

野崎三郎站在围墙内侧茂盛的树林之间眺望四周，接着转一个弯朝前走去，这里是别墅的正后方，同样也长满了杂草。再稍稍往前走一会儿，他猛地停住脚步，发现前面有东西。

原来，那是一辆轿车！没有开灯，没有任何响声，静悄悄地停在那里。

野崎三郎一动不动地蹲在树丛里，观察那辆车的动静。

在距离轿车不远的围墙上，好像有什么动物在蠕动。

是人！是人！

他敏捷地将双膝跪在地上。只见围墙上晃动的人影腋下夹着绳索之类的东西。忽然，那影子猛地站起来，转眼间无声无息地跳到地上。

围墙上，好像有一个包袱。那跳到地上的黑影子，不知从哪里拿来一根棍子，从下面企图将围墙上的包袱捣落到地上。很快，传来嗵的响声，包袱掉到围墙外侧地上。紧接着，黑影抱起大包袱费力地朝轿车那里走去。

啊！明白了！那是沙袋！把它放在围墙的顶端，围墙上面的玻璃碎片就不会伤及人的身体。捣平玻璃碎片会传出响声，但就这样爬墙，玻璃碎片会使人受伤。放上沙袋再爬，围墙就可畅通无阻。

野崎三郎双膝跪在地上观察，内心为歹徒的无比狡猾感到震惊。看来，这家伙眼下是在收拾潜入富士洋子病房用的沙袋和绳索等工具。

他继续环视周围，用目光搜寻富士洋子的影子。

这时，歹徒正要进入驾驶席。

扑上去同他搏斗？可自己很难战胜对手，歹徒也许握有手枪……那么，大声喊叫让别墅里的人赶来这里，可时间上不允许。

突然，野崎三郎下定决心，嗵地匍匐在地上，快速朝轿车边上爬去，冷不防爬到车后面的行李箱盖上紧紧抓住。

车上的夜间行驶灯亮了，车启动了。从车窗朝里看，后排座位上坐着一个姑娘，有气无力地靠在靠垫上。

轿车一路上只选择没有灯光的车道，很快来到京浜国道上。已经是深夜，路上看不到行人，偶尔有对面的汽车与之擦肩而过。大约三十分钟过后，这辆车穿过了品川。

当车驶入东京市中心后，司机更加小心翼翼了。

野崎三郎拼命贴着车后行李箱盖，眼下已经四肢麻木没任何感觉了。

此刻，如果有行人发现我那该多好啊！或有其他车辆追上来就好了……他焦急地盼望着能遇上这样的“救星”，终于有一个行人发现了野崎三郎。

“喂，司机，车后行李箱盖上有人！”

行人一边吼叫，一边朝距离他大约十米左右的轿车跑去。

歹徒被行人这么一提醒，也许是听觉错误，竟然加大油门快速行驶。当车沿着拐角急转弯的时候，野崎三郎险些摔落在地。

歹徒将车驶入没有行人的路上停下，好像要下车检查车后行李箱的情况。他跳下车先是左右张望，因为那一带是一家大工厂的围墙外侧，另一侧是河流，眼下已经没有行人，周围也没有可以藏身的地方。

野崎三郎此时已经敏捷地将身体滑下行李箱盖，随即钻到轿车底下。

“咦，不是没人吗？兴许是自己听错了？”

歹徒绕车身转了一圈，不可思议地直嘀咕，又回到驾驶席上。

野崎三郎见状又急忙从车下爬出，返回车后行李箱盖上使劲抓住。

轿车行驶了一会儿，缓缓停下，好像是到达目的地了。野崎三郎赶紧离开车，悄悄躲到对面屋檐下观察。

歹徒做梦也不会想到有人跟踪到这里，下车打开后排座位车门，拽出姑娘消失在眼前的楼房里。

“啊！”刹那间，野崎三郎不由得暗自叫喊起来。

没有关闭的车灯光束里，闪现出罪犯的身影。被挟持在腋下的姑娘，无疑是富士洋子。可挟持姑娘的男子却不是蓝胡子，而且也不是白天出现在第三制片室天花板上的歹徒。

这家伙的身材要小得多，年龄也小许多，野崎三郎好像曾经在哪里见过这男子。

是啊，确实是自己在哪里见过的男子。

虽说男子消失在楼房里已经好一会儿，可野崎三郎仍然直愣愣地站在那里极力回忆。

是谁？是谁？

他不停地向自己提问。突然，野崎三郎如梦初醒，恍然大悟。

啊，想起来了！这家伙不就是叫平田东一的不良青年嘛！

这当口，K厂长的别墅里混乱不堪，喊声四起。富士洋子的病房里，先后赶来K厂长及其夫人还有用人们。大家惊慌失色，六神无主。出现在众人眼前的那个偶人脑袋，似乎在嘲笑乱作一团的人们。

“我已经命令在前门和后门站岗的警官，让他们抓紧调查住宅周围。”

中村警长返回房间向黑柳博士通报自己的这一部署。

“现在木已成舟了！我看，这偷梁换柱的把戏好像不是刚才上演的。也许，我们从一开始保护的就不是富士洋子，而是她的脑袋替身？”

黑柳博士和中村警长的额头上，不停地渗出豆大的汗珠。

“可是，奇怪呀！自从把富士洋子转移到这房间开始，这里根本就没断过人。窗外的围墙那么高，还插有许多玻璃碎片，歹徒是无论如何爬不进来的。就是从大门或后门进来，也必须经过走廊，因此要将富士洋子带出房间也是根本不可能的。肯定是歹徒设了什么圈套。黑柳君，你说呢？”

“医院派医生和护士来过，也许他们不是真正的医生？”

黑柳博士看了一眼K厂长夫妇，他俩则连连点头，表示是真医生。

“医生回去的时候，富士洋子的脸还是朝墙的。打那以后，这房间里始终有人……我和中村警长分别去过两次厕所，可我们是轮流去的。除此之外，我们根本就没离开过房间……中村君，我上厕所时，你是否离开过这里？”

“没有！”中村警长不高兴地答道。

“不用说，我也没离开过。即便房间有那么一会儿断过人，也应该不会发生什么问题。因为，歹徒要绑架的对象并不是不能动弹的死人，富士洋子被惊醒后肯定反抗。

“就那么点时间，歹徒是不可能将她带走的。不管怎么分析，我总觉得不可思议。从挟持富士洋子逃走的路线来看，我也无法理解。即便经过走廊也不可能掩人耳目，要说逃走的出口也只有窗户。

“但罪犯就是爬出窗户，又怎么能翻越那么高且插满玻璃碎片的围墙！再说，还挟持着一个大活人。不管怎么琢磨，我还是觉得不可能。”

“是啊，歹徒一定是使用了绳梯。”

“你是说绳梯？那怎么可能！要从地面把绳钩挂住窗框，这是一个不可能成功的作业。退一步说，即便成功也会传出剧烈响声。毕竟，这里不是无人房间！”

这时，闯入一名刑事侦查警官。

“野崎君不见了！他说去住宅背后看一下，结果再也没返回。我感到不可思议便打着手电去那儿寻找，奇怪的是，发现那一带地面有新的车胎印痕。”

“什么，车……”

黑柳博士、中村警长和从制片厂赶来的K厂长，立刻拿起手电跟在警官身后大步流星地赶到现场。果然，那里有车胎印痕，还有鞋印。

“歹徒果然翻越了围墙。”

“野崎君不见了，我可不能扔下他不管。现在，我沿车胎印痕去找他。”

黑柳博士说完甩开双腿。也许是从早晨忙到现在，假肢非常疼痛，腿瘸得更厉害了，走起路来看上去十分吃力。

“黑柳君，别勉强！我们会去找他的，你就休息吧！”

“不，别担心！这种时候，我能挺住。”博士不服输，忍着疼痛坚持朝前走着。

不料他刚走了两三步，刹那间啊地大声惨叫，随即倒在地上。

中村警长他们赶紧跑过去，只见黑柳博士躺在地上双手抱着假肢咬紧牙关。

“能挺住吗？”

“嗯，没什么大不了的。”

黑柳博士终于站立起来，刚跨出一步又倒在地上。

大家不得不停止驾车寻找，扶着黑柳博士返回别墅。

“还是去医院吧！”

K厂长提议道，但被黑柳博士固执地拒绝了。

“没关系！我也是医生，知道自己的腿该怎么治疗。但遗憾的是，我今晚不能留在这里，而且还要请厂长派车送我回家，行吗？”

K厂长赶紧吩咐人备车。

黑柳博士坐上车，后悔不已地离开K厂长的别墅。他的腿伤比想象中的还要严重，从第三天开始便卧床不起。

策　划

野崎三郎发现的地方，是千代田区R町歹徒的大本营，里见芳枝小姐就曾经被诱拐到这里。从外表看，它是一幢空楼。歹徒把昏迷不醒的富士洋子抱到这幢空房子里，片刻后返回驾驶席把车开走了。

野崎三郎见歹徒离开后静下心来思考。

蓝胡子一定在这幢楼房里！无疑，已经翘首以盼，等待平田东一上缴战利品富士洋子。

楼房里鸦雀无声，静得让人不寒而栗。

野崎三郎觉得楼房里肯定埋伏着歹徒，一时没有勇气闯入。

怎么办？他犹豫起来。这时，平田东一好像已经把车隐蔽在某个地方，正急匆匆地跑来，打开玄关玻璃格子拉门后消失在楼房里。

野崎三郎再也忍不住了。也许富士洋子遭到杀害了？想到这里，他什么也不顾了，跟在平田东一身后潜入楼房。

楼房里昏昏暗暗的，也许害怕暴露，所有的灯都没有打开。平田东一进入玄关后，用手电灯光照亮脚边朝纵深处走去。野崎三郎蹑手蹑脚，紧随其后。

楼房的玄关入口走廊好像很长，走廊两侧紧挨着许多房间，其中有日式的榻榻米房间，跟一般两层楼的别墅不一样。

不一会儿，平田东一开始沿着狭窄的楼梯朝地下走去。

哦，这下边好像有地下室。

野崎三郎打量的时候，平田东一已经走下楼梯，把手搭在看上去很重的拉门上，那模样好像是要进去。野崎三郎见状觉得不能放慢速度，便加快速度追了上去。

当平田东一走进地下室里的时候，手电光瞬间消失了。

咦，这家伙是关闭手电还是躲在什么掩体后面？

野崎三郎摸索着朝地下室走去。

刚走了五六步的时候，只见一个黑影嗖地从他的腋下钻出跑向背后。

紧接着，背后传来咔嚓咔嚓的响声，门被关上了。

“浑蛋，你以为我不知道你在跟踪？好了，你就好好地休养吧！里面有许多朋友……”

门外传来平田东一的声音，与此同时传来上门锁的声音。

上当了！

野崎三郎咬住嘴唇后悔莫及。

这楼里面只有这唯一的一间密室，门看上去非常结实。野崎三郎茫然不知所措，伫立在黑暗里愣了好一会儿。

少顷，他缓过神来摸了一下口袋，可刚才趴在轿车行李箱上时弄丢了手电，加之平时不抽烟，口袋里连打火机或者火柴都没有。

无可奈何，他只得伸出手在黑暗里摸着墙走了起来。厚实的墙岿然不动，用手敲打根本不起作用，表层好像抹有混凝土什么的。房间里好像不止四个墙面，有好多墙角，非常宽敞。

奇怪！这别墅下面怎么会建造这样的地下室？

野崎三郎极力控制自己的情绪，苦苦思索。

大概是我的错觉？失去视力的人，也许会把原本四个墙角的房间误解成七个或八个墙角。他忽然想起曾经看过的一本书来。

无疑，这是一个很小也是极其普通的地下室。

但是，那话究竟意味着什么呢？他想到了平田东一丢下的那句话，不由得浑身哆嗦了一下。他说："里面有很多朋友……"这里不是一个人也没有吗？也许黑暗里有人？随着我的走动，这些朋友不停地后退，退到墙角便趴着不动了？

野崎三郎开始感到恐惧。

他没移动身体，而是屏住呼吸扫视周围的黑暗。

奇怪！没有一丝声音。

他下定决心像盲人那样，双手朝前伸出，摸索着朝房间中央走去。

手好像触及到了什么，那是大木箱，一个、两个、三个，合计有三个。他用手摸了一下，木箱表面黏黏糊糊的。

原来，这里是放腌菜的仓库。怪不得，奇怪的味儿直冲鼻子。

这儿既然有腌制品，就用不着担心饿死。想到这里，野崎三郎稍稍放下心来。

大约半小时后，别墅最里面的榻榻米房间传来两个人窃窃私语的交谈声音。

一个是平田东一，一个是蓝胡子。

"怎么样？那家伙没大吵大闹吧！"

玻璃片反光的大眼镜，遮盖了蓝胡子脸上的一半胡子。不用说，这家伙就是稻垣平造。

"他再怎么叫嚷，也不可能从这里爬到地面。"平田东一答道。

"但是，把他关在地下室不合适，因为那上面正巧躺着富士洋子。一上一下两个人交谈起来，可就麻烦了！"

"没关系！富士洋子还在睡觉呢！趁没醒来前把她抱到浴室里就不会有问题了。"

"哎，那里有桶！"

"啊，啊，你是说那个？别担心！那家伙待在里面会饿得架不住的，到时候不管看见什么都不会毫不介意地塞在嘴里。"

"是啊！再说富士洋子也到手了，接下来要上演最后一出大戏。"

"绑架四十九个姑娘。"

"是的，你的那帮伙伴能完成任务吗？"

“当然能完成任务。我过去是他们的首领，这些浑小子是我精选出来的，个个身手不凡。”

“佩服，佩服。”

“请放心！这些人绝不会猜测你的身份，只是执行命令而已。再说给每个人一万日元，他们绝不会偷懒。”

根据这番交谈，可以看出，蓝胡子好像是利用平田东一那帮混迹社会的狐朋狗友去绑架四十九个姑娘。

两个人继续交谈鬼蜮伎俩，炮制罪恶的阴谋。

搏 斗

猛然间，富士洋子苏醒了。

她睁开眼睛环视周围，黑得伸手不见五指。自己到底睡了多长时间了？这里到底是哪儿呢?

她用手摸了一下身体下面，不是床，是地板。地板上沾满灰尘，房间里充满腐烂的气味。

自己果然遭绑架了?

富士洋子躺在黑暗里，脑瓜子里不停地思索。

“躺在那里的是谁？你……你大概是富士洋子小姐吧？”

这时，不知从哪里传来压低嗓音的说话声。富士洋子屏住呼吸辨别，确实是人的说话声，而且是在询问自己。声音好熟啊！可就是想不起来。倘若不搭理，那声音肯定又会传来。

声音似乎从地板下面传来？说话人好像是歹徒的同伙。如果没弄清楚对方是谁就回答，也许会招来危险。

“你是谁？”富士洋子战战兢兢地问道。

“啊，啊，果不出我所料！我是黑柳博士的助手，叫野崎。”

富士洋子躺在仓库的地板上，下边则是野崎三郎被关押的地下室。刚才，富士洋子睁开眼睛喃喃自语的声音被野崎三郎听见了。当分辨出是个年轻女子声音时，野崎便主动询问起来。

“这里到底是什么地方？”

“是蓝胡子的大本营。你是被他绑架来的，我是尾随跟踪到这里被察觉后关在这里的。现在，我被关押你下边的地下室里。”

“啊，我也被关押在这里了。”

要强的富士洋子腾地站起身来，站稳脚跟后在漆黑一团的房间里迈起步来。

但房间里，根本就没有可以逃出去的间隙。

“糟啦！根本就出不去。”

“不能失望！这里还有我呢！肯定能想出逃出去的办法。”

从下边传来野崎三郎有力的回答。

少顷，房间里忽然亮了，原来是脑袋上方的灯光起作用了。

富士洋子环视整个房间，什么装饰也没有，墙很厚实，其中一堵墙是木板墙，木板墙中间有房门。从木板的表面颜色来看，似乎是最近装上去的。由于木板墙的原因，把这仓库式的房间隔成两个小房间。

奇怪的是，板墙上贴有一幅大型美女广告画。

富士洋子目不转睛地望着画上的美女，而美女也目不转睛地望着富士洋子。真不可思议！

她不由得浑身哆嗦起来，画上的美女居然眼睛部位酷似活人的眼睛。富士洋子本能地举起手摆开防卫的架势，没想到举起的手无意间在胸前触及了一样坚硬的东西。

那是一把匕首！这是她自从被蓝胡子盯上后，为保护自己一直随身携带的。现在，她想起来了。

刹那间，富士洋子觉得自己壮大起来，从胸前取出匕首的鞘，拔出银光闪闪的匕首，瞪大眼睛藐视广告画上的美女。

可这时广告上的美女，眼睛不再炯炯有神，跟印刷品一样没精神了。

咔嚓咔嚓，传来门锁转动的声音。

富士洋子赶紧把匕首藏在膝盖下，摆开防卫架势，两眼紧盯着房门。

门无声地开了，走进来两个男子。

“快把你那个危险的玩具交给我！”

年长的男子走到富士洋子跟前伸出手。

“你是谁？”

“是你知道的男子！快把那玩具交给我！”

“我没有你说的东西。”

“藏起来可不行！把匕首交出来！”

年长男子纠缠不休地紧逼过来。他到底是怎么发现我身上有匕首的？富士洋子开始觉得不可理解，猛然间茅塞顿开。

啊，明白了！广告画上的美人眼睛果然是真的。那眼睛可以从隔壁房间看见自己所在房间的一切。

“小姐真厉害！”蓝胡子转身朝着平田东一笑了，“那好，我只有强行夺取了！”

说着，蓝胡子张开双手扑向富士洋子。

富士洋子见状，手握匕首敏捷地闪开。

面对两个男子的进攻，一个女子是不可能战胜的。蓝胡子半开玩笑似的步步紧逼，平田东一则站在旁边笑嘻嘻地看他们玩捉迷藏游戏。

就在这时，突然传来咣当一声，好像是什么东西掉在地上，紧接着传来一阵吼声。

一听这声音，两个男子和富士洋子都不由得停住脚步发起愣来。

野崎三郎和上面仓库房的富士洋子交谈过后一会儿，地下室的灯光也亮了。原来，上下两个房间的照明灯是由一个开关控制的。

野崎三郎察觉到有人走进上面的仓库房里，便全神贯注地竖起耳朵，听到两个男子与富士洋子之间的交谈声音。不一会儿，富士洋子开始躲闪年长男子的紧逼，噔噔噔的脚步声传到地下。

富士洋子有危险！我该怎么办？

野崎三郎急中生智，觉得必须接近顶上的地板层，便爬到腌制品桶上，把手伸向上面的地板。

可他站的那只桶上，木盖似乎并没完全盖上，身体重心使得木盖朝下倾斜，刹那间一只脚陷入桶内。

就在他用力站起来的时候，整个木桶倒在地上。他爬起来，伸出手抓住从木桶里滑出的圆形东西观察。

突然，他哇地大声惊叫起来。

原来，那是人的一条手臂!

腌在木桶里的，竟是人的手臂。

平田东一说的里面有很多朋友，多半就是指这个。

就在这时，上面仓库房里传来更大的喧哗声。

扑通！那是人倒地的声音，接着是呜呜的呻吟声，继而是垂死挣扎的脚步声。

少顷，声音嘎地停止了，不再传出响声。

可怕的寂静在继续……

野崎三郎屏住呼吸倾听上面的动静，突然间觉得脸上沾有黏糊糊的液体，好像是从天花板上流淌下来的。

这是什么呀？他用手在脸上摸了一下，凑到眼前一看，整个手指被染红了，是血!

抬头看，血从正天花板上的间隙朝下滴滴答答地流淌。

啊，啊，一定是富士洋子遇难了!

野崎三郎顿时像发疯似的喊道：“洋——子——小——姐！”

负 伤

那天凌晨三点。

K厂长别墅里，中村警长结束了对所有人的讯问，返回自己的卧室。

由于K厂长的好意，加上已经深夜，中村警长决定晚上借宿别墅。

猛然间，传来清脆的电话铃声。

是个女人打来的电话。

“请喊K厂长接电话，有急事。”

听见电话那头焦急的语气，K厂长赶紧从女用人手里接过电话听筒。

“是K厂长吗？我是富士洋子。”

“什么？你是富士洋子？一直在为你担心呢！没遇上麻烦吧？你现在在哪里？”K厂长兴奋地大声问道。

听到他的叫嚷声，中村警长赶来了。

富士洋子详细解释了那幢空楼房的情况后，又补充说道：

“对手被地下室传出的喊声惊呆了，我抓住这一机会，使出全身力气将匕首刺向对方。我也不知究竟刺中了对方身体的哪个部位，总之，那家伙哇地惨叫着倒在地上。

“我趁另一男子吓得目瞪口呆的时候，夺门就逃。一路上漆黑一片，我只是拼命地奔跑，也不知道自己经过的是什么地方。最后，我总算跑到大门口了，再跑几步就是大门外的路了，我不害怕了。那男子跟在我身后追上来，见我大声叫嚷，赶紧转身返回那幢别墅。

“我这里是千代田区R町的公共电话亭，距离那幢别墅不到三百米，请快过来抓歹徒，其中一个歹徒被我刺伤倒在地上。还有，野崎君被关押在地下室里。我现在去东京宾馆等你们，行动一定要快！”

中村警长立即报告警视厅，要求迅速派警力包围那幢别墅。

紧接着，他乘坐K厂长的专车火速朝现场驶去。深更半夜里的京浜国道上，轿车像脱了缰绳的野马，风驰电掣般地奔驰，凉风不停地抚摸中村警长的脸，他却觉得神清气爽。

这下能抓住蓝胡子了！因为，蓝胡子身受重伤倒在地上。

一直在暗中嘲笑黑柳博士、中村警长以及全体警官的蓝胡子，可谓丧尽天良，恶贯满盈。没想到他阴沟里翻船，倒在纤弱的姑娘手下而不得不中止继续作恶的犯罪生涯。

纵然蓝胡子从空别墅逃走，也必定得去医院请医生治疗。总之，蓝胡子是瓮中之鳖绝对跑不了的。

啊，马上就可以看到蓝胡子的真实面貌了！胜利终于盼来了！

中村警长想到这里，兴奋得心跳变得剧烈起来。他和部下到达空别墅跟前的时候，由于是从K町赶来这里，尽管车速很快也已行驶了五十分钟。

仔细一看，空别墅的大门口有两个威风凛凛的警官站岗。

“抓住了吗？”

中村警长不等车停稳就已经飞身跳下车，问站岗的警官。

“没有，好像逃走了。里面正在搜索……”

“逃走了？那家伙伤得不轻，应该是逃不走的！”

他赶紧朝大门里边跑去，穿过玄关便碰上警视厅的同事M警长。

“哎呀，中村君，太不可思议了！歹徒出那么多血还是逃走了，真不知是怎么逃跑的。”

“啊，出了那么多血……向附近医院打听过了吗？”

“我派警察一一调查过了。千代田区内的所有医院，还没有发现一个刀伤病人。看来，是那个年轻歹徒用车把重伤歹徒转移到东京以外的地方了。”

这时，从别墅里走出一个东倒西歪像精神病患者的男子。

“啊，这不是野崎君吗？”

中村警长吃惊地喊道。

“接到富士洋子打来的电话，知道了大致情况，你也受折磨了。”

“唉，我是跟踪后深入到别墅这里而导致了失败。本想一弄清空别墅的所在地立即向你报告，就可将歹徒一网打尽的，可是……”

野崎三郎后悔不已，把在地下室的所见所闻简短扼要地向警长汇报了。

“我一看见血，起初还以为是富士洋子遇难了。当时满脑子想的是必须尽快离开地下室，找到棍棒后使劲敲打这结实的房门。警官听到我的砸门声，赶来把我救了出来。”

中村警长十分认真地听完野崎三郎的汇报，尤其听到五个木桶里的腌制品时，忽然大惊失色，大声喊叫。

“歹徒留下什么了？”中村警长问M警长。

“什么也没有，歹徒似乎非常谨慎。你也去看一下现场吧！”

中村警长跟在M警长身后一个房间一个房间地调查，然而，能成为犯罪证据或线索之类的东西一点也没找到。

登　场

一个星期过去了。

这期间，警视厅刑事侦查科全力以赴，为尽早抓获蓝胡子使出了一切手段，可最终连蓝胡子的贼巢在哪里都没发现。

东京都内的所有医院，警方全调查过了。还找到那幢空别墅的业主，也没获得有价值的线索。

木桶里腌泡的尸体，根据牙齿齿型和发夹这些仅有的线索进行化验，结果发现是三个女子的。也就是说，包括里见姐妹俩已经前后有五个女子死在蓝胡子的手里。

另一方面，黑柳博士由于腿上的旧伤复发，一直躺在床上，谢绝一切客人来访。

一天，黑柳博士别墅的门前有一模样奇怪的男子在徘徊。

该男子身着白色夏装，头戴白色的盔形帽，手上拄一根市面上很少见到的拐杖，个头很高。乍一看，像外国绅士。

“这是黑柳博士的府上吗？”他问道。

但他并没有拜访黑柳博士的意图，只是打量门上的姓名牌和稍稍窥视一下大门里的情况而已。并且，那模样好像是在等什么人似的，在门前来回走着。

片刻，从别墅大门里走来一个寄宿生。

“喂，我想打听一下。”绅士主动打招呼。

“这里有一个叫野崎三郎的人吗？我是他的朋友，能否喊他到门口来一下？”

寄宿生满脸惊讶的表情，一声不吭地转身进去，随即喊来野崎三郎。

“我就是野崎三郎，你大概认错人了吧？”

野崎三郎还以为真是自己的朋友，可眼前这个男子是自己根本不认识的陌生男子，他感到很奇怪。

“非常冒昧，实在对不起。不过，我没有认错人。我是……”

绅士说到这里突然走到野崎三郎跟前，附在他耳边轻声地说了起来。

“什么？你是……你不是不在日本吗？”

“我最近刚从国外回来，是今天早晨才到达东京的。接下来，我有要事拜托你。”绅士压低嗓门说道。

渐渐的，野崎三郎的脸上露出吃惊的神情，满脸惊愕。

片刻，绅士从袋里取出一个小瓶递给野崎三郎。

“绝对不能被察觉，明白了吗？”

说完，绅士朝对面停着的轿车大步走去。

这时，警视厅正在召开重要会议，研究抓捕蓝胡子的方案。

蓝胡子的作案手法，酷似编织丝网捕捉猎物的蜘蛛。于是，大家给蓝胡子起了“蜘蛛男”的外号。

“昨天晚上，警察厅厅长接见我，说他对抓捕蜘蛛男特别关注，要我尽快将他绳之以法。我是警视厅总监，必须完成上级交给的任务。我决定，集中所有警力，在最短时间里抓获蜘蛛男。”

警视厅总监说完，用手指冬地敲打了一下桌子，朝大家扫视了一眼。这么一来，担子最重的当数中村警长，因为，他担任蜘蛛男专案组的组长。

由于相当一段时间睡眠不足，中村眼睛里布满了血丝。他眨巴着红眼睛，向到会的同事详细介绍了迄今为止的侦查过程。

“我竭尽全力侦查到现在，可不知什么原因，蜘蛛男总是抢在我的前面，我总是落空。”

警视总监眉头紧锁，一声不吭地听完中村警长的情况介绍。

“嗯，警视厅已经下达命令，不管遇上什么困难，也必须抓住蜘蛛男。至于被蜘蛛男抢先什么的，那根本就不是什么理由。”

中村警长没有吭声，整个会场的气氛顿时紧张起来。

这时，刑事侦查部O部长插话道：“像这样的案件，如果请他参与侦查怎么样？总监先生，你认识他吗？就是那个叫明智小五郎的……”

“我认识，他是私人侦探。”中村警长一听到这名字，话里立刻充满了亲切的语气。

“嗨，明智君能助我一臂之力。虽不能依赖于私人侦探破案，但遇到这起史无前例的案件，加之歹徒的作案手法超常，让他协助破案，也许能起到意想不到的效果。可他还在国外，听说好像去了印度一带？”

与会者中间许多人认识明智小五郎，此刻都在回忆曾经与明智小五郎一起侦破大案要案的难忘时光。

这时，门卫拿着名片进来了。

“报告，名片上这位先生说要拜见中村警长，正在会客室等候。”

中村警长不耐烦地接过名片朝它瞟了一眼，忽然眼睛一亮，腾地从椅子上站起。

“嗨，说曹操，曹操到，世上还真有这样的巧事！”

“到底谁来了？”刑事侦查部O部长在旁边问道。

“嗨，太不可思议了！就是我们刚才议论的那个明智小五郎哟！”

中村警长把名片放到总监桌前。名片上写有一行铅笔字：

中村警长，我是专程为破获蓝胡子案件登门拜访的。

“怎么样？请明智君到会议室来怎么样……”

中村警长说完，脸转向总监请他表态。

“嗯，既然是大家信赖的人，我也想听听他的高见。对我们来说，应该是有益无害的吧！”

“快把他请到这里来！”中村警长命令门卫。

在门卫的带领下，身着白色夏装、打扮时髦、身材高大的明智小五郎走进了会议室。

“你好呀！明智君，好久不见了，是什么时候回来的？”

中村警长高兴地拍打着老友的肩膀，热情迎接。

“我是今天早晨到达东京的。”

明智小五郎先朝总监致礼，再转身笑嘻嘻地朝着大家致意。

“你好像是带着最佳侦破方案光临的吧？来得太是时候了，恰巧我们在讨论如何尽快侦破该案。”

“是的，我的方案也许能供你们参考。只是我得到的材料全来自新闻媒体，不能说我的判断都是正确的。另外，请允许我过一会儿阐述我的方案。首先，请允许我提两三个问题……另外，我还要接一个电话。我对他说了，让他把电话打给中村警长再转给我。”

警视厅总监对于明智小五郎不同寻常的侦查手法颇感兴趣。

明智小五郎从中村警长处详细了解到了案情目前的进展状况，接着向他提了一些别的问题。中村警长一一作了回答。

“这起案件从一开始就非常离奇，仅仅依靠侦查常识是很难侦破的。”

须臾，明智小五郎脸朝大家开始叙述自己的意见。

“例如，平田东一为什么在博士别墅里突然消失？蜘蛛男的书面犯罪预告通知，为什么能飞入门窗紧闭的房间？为什么能出现在中村警长的大檐帽里？O町拍摄外景的地方，蜘蛛男为什么会在轿车里不翼而飞？

“银发白须的老医生，为什么能从制片室溜之大吉？K厂长别墅的那个房间根本就没打开过门窗，可富士洋子为什么眨眼间变成了偶人？

“还有，身负重伤的蜘蛛男为什么能销声匿迹？这一系列扑朔迷离的迷雾，如果按照通常的推理思维是无法找到答案的。”

明智小五郎稍停顿一下，脸上浮现出根本不把蜘蛛男放在眼里的笑容。

“其实，我们没有理由相信那些呼风唤雨的故事。因为，该案件设有愚弄我们的圈套，而警方恰恰进了蜘蛛男的圈套，被牵着鼻子到处扑空。好在这些都是蜘蛛男设的小圈套，没造成恶果。但我们如果进了蜘蛛男设下的大圈套，后果就会不堪设想。我这样假设，也许有人说我是小题大做。如果真有人持这种想法，那是大错特错。如果我说警视总监是持枪蜘蛛男冒充的，大家一定不会同意我这个假设。”

警视总监听了明智小五郎说的这番话，惊讶得瞠目结舌。

“喂，明智君，你到底要说什么？”

“我是想说，蜘蛛男很有可能打着侦探幌子出现在大家面前。”

“什么？你是说……”

“是的，就像你想象的那样。我相信你的想象，可目前还不能一口断定。对，马上会有电话打来这里。”

话音刚落，急促的电话铃声响了。总监伸手拿起话筒。

“喂，是找中村警长接电话吗？怎么，不是的，噢，让明智君听电话？”

“明白了，这就是我刚才说的那个电话。”

明智小五郎从总监手里接过电话听筒。

“是野崎君吗？我是明智小五郎，刚才我托你的事情已经弄清楚了吗？哦，哦，是腹部……还有……啊，是腿吗？没异常情况……没让他察觉吧？一切顺利？那好，我马上去你那里。在我没到达之前，你一定要盯住他！如果发生什么特别情况，请立即挂电话到这里！”

喀嚓！挂断电话的明智小五郎爽朗地向大家报告说：

“诸位，我的怀疑是正确的，我的推理被证实了！”

真　相

明智小五郎环视大家一眼，继续说道：

“其实，不需要多加解释大家就能明白。在拍摄外景的现场，蜘蛛男是驾车载着富士洋子逃走的。中村警长紧随跟踪，不料蜘蛛男在警长的眼皮底下消失了。按理说这是不可能的。

“由此可见，那辆轿车里除富士洋子外还有一个人。在K厂长的别墅里，富士洋子变成偶人的时候也是那样。当房间里就剩中村警长和黑柳博士两个人保卫的时候，他俩就是上厕所也是交替轮流着去。

“也就是说，中村警长或者黑柳博士去楼下厕所时，留在房间里的不是中村警长就应该是黑柳博士。疑点，也就在这里。当房间里剩下一个人的时候，只要把绳梯从玻璃窗扔到地面，让另一头绳钩挂住窗台，就能轻松地把富士洋子绑架出房间。

“但是，中村警长不可能是那个作恶多端的蜘蛛男，因此，疑点就集中在另一个人身上。还有，蜘蛛男的犯罪预告信为什么会出现在门窗紧闭的书房里？

“答案只有一个，是发现那封信的人自己放的。像这样的奇怪现象每次出现的时候，现场总是有那么一个人。他是谁？他就是自称大侦探的黑柳博士。”

“照你这么说，蜘蛛男是贼喊捉贼，自己侦查自己的犯罪案件，还自己追捕自己？”

刑事侦查部O部长觉得不合逻辑，所有在座的人都觉得不可理解而哄堂大笑起来。他们跟刑事侦查部O部长一样，感到明智小五郎的推理不可思议。

“这是蜘蛛男孤注一掷设下的圈套，没什么可笑的。”

明智小五郎挥手制止大家的哄笑。

“明智先生，我有不明白的地方，”会场里，唯有中村警长没有笑，对明智小五郎说，“大家都知道，黑柳博士是用假肢行走的残疾人。可蜘蛛男走起路来根本看不出那条腿是假肢，比普通人的行走速度还要快一倍。”

“是的，问题就在这里。他在与别人说话时，据说有个大家熟悉的习惯，喜欢发出咚咚咚的敲打假肢的响声。他那样做是故意让别人信以为真，深信他那条腿是假肢。其实，那只不过是骗人的把戏。”

“什么，真有那回事？对不起，我还有一个问题。”

中村警长进一步问道。

“黑柳博士在这起案件的侦查过程中，除和我在一起行动外几乎都是独自一人在书房里闭门不出。关于这情况，博士别墅的野崎君和用人们都清楚。可事实上，蜘蛛男到处出现。我再举一个例子。据野崎君说，蜘蛛男把里见绢枝尸体搬运到江岛的时候，黑柳博士一直在浴室里思考侦查方案，根本就没外出过。这情况能否请你解释一下。”

“黑柳博士喜欢长时间独自在浴室里的习惯，我是通过新闻媒体知道的。可以这么说，我的推理就是以浴室为出发点的。其实，这是他伪装得十分巧妙的假象。其理由是，他在浴室里把门锁上，入浴过程中不让任何人看见他那两条健康的腿。与此同时，这一假象又为他犯罪起了重大作用。”

明智小五郎走到挂有一幅大型地图的右墙前面。

“这里有详细的东京地图。请大家听好了，我现在解说两幢别墅之间的关系。一幢是黑柳博士的别墅，所在地是千代田区C町；另一幢是被视为蜘蛛男大本营的空别墅，所在地是千代田区R町。

“只要看到这张地图，大家就会恍然大悟。G町与R町同属于千代田区这一事实，我是通过新闻媒体得知的，没想到还真有这回事。本来我有过这样的推测，还真被我料到了。

“我立即找来地图调查，原来，C町与R町之间隔有N町，是两条背贴着背的平行街道。从C町到R町去的中途，要经过N町绕圈。就路程计算，有六七百米远。因此，许多人都认为C町与R町相隔很远。

“然而经过精确测算，这两条街之间的直线距离连三十米也没有，不，大约在十米左右吧，几乎是连在一起的。瞧！就是这样的。”

大家顺着明智小五郎的手指望去，黑柳博士的别墅所在的位置，把C町与R町两条街道紧紧地连在一起。C町呈凸字形状，狭长的凸出部分与R町相连。

“而处在C町与R町之间的N町，凑巧在C町凸出部分与R町的连接处中断。过去在给町起名称的时候，那幢如今是黑柳博士居住的别墅，其凸出部位不仅比其他别墅朝后突出，而且连接着R町。

“就那样，G町成了不规则形状。也就是说，黑柳博士别墅狭长形状的后院，连接着R町的某幢别墅。那么，R町的这幢别墅的实地位置究竟在哪里?

“于是，我带着这问题走出东京车站后赶到那里调查。果然不出我所料，与黑柳别墅的狭长后院背靠背相连接的别墅，就是那幢疑点最大的空别墅。”

明智小五郎说到这儿，与会者对他的雷厉风行不由得赞叹欢呼起来。

“因此，建造一条从黑柳别墅通向那幢空别墅的秘密通道，可以说不费吹灰之力。黑柳博士装出独自一人闭门不出的假象，暗地里却经过背后的那幢空别墅自由外出，寻衅闹事，扰乱治安。

“为了不暴露行动，还建造特别浴室，编造独自一人待在浴室里思考侦查方案的理由。据说浴室里装有室内电话，其实，那电话线很有可能从浴室延伸到那幢空别墅里。

“有了这条电话线路，他可以在空别墅里伤害无辜的同时，制造在浴室里接听电话的假象。当外出作案时，他又可以把事先录制好的录音带插入录音机，反复播放录制的回答内容。

“平田东一在黑柳别墅里消失的情况，解释起来也很简单。他在博士别墅里发现秘密通道后，不由得惊叫起来，而被黑柳博士察觉，采用秘密机关把他关押在密室里。

“经过黑柳博士连哄带骗的劝诱，这个原本就沾有不良习气的青年便成了他的帮凶。我在弄清空别墅的秘密后赶紧去了黑柳别墅，见到野崎君后告诉他一个好办法。

“野崎君按我说的把麻醉药混入端给黑柳博士的饮料里，趁黑柳博士喝下熟睡的时候，检查了他那条冒充假肢的腿，还检查了他身上是否有刀伤。

“如果黑柳博士与蓝胡子是同一个人，那假肢肯定是撒谎，并且，在空别墅里被富士洋子刺伤的部位应该是腹部。刚才，我在大家面前接到的电话就是野崎三郎的调查报告。

“其结果，黑柳博士不是残疾人！假肢也不是真的，而是把假肢形状的道具套在健康的腿上；黑柳博士的腹部，有明显的匕首刺的伤口。

“可见，大侦探黑柳博士就是轰动社会的蓝胡子本人。”

扑　空

“真了不得！明智君。”警视总监感激得直点头，还激动得敲响了桌子。

“蓝胡子是谁已经清楚，眼下是尽快将他捉拿归案。中村君，接下来就看你的啦！”

明智小五郎镇静地说道：“大家不必慌张。灌到他肚子里的麻醉药，不过几个小时是醒不来的。即便醒了，也立刻打不起精神，全身软绵绵的。过去，黑柳别墅里有暗道可以逃走，可现在这一秘密已经暴露，他已经走投无路。”

片刻，在中村警长的带领下，十多名警察组成的抓捕队分别乘坐警车和摩托车向黑柳博士窝点——黑柳别墅驶去。警方邀请明智小五郎随车前往。

“平田东一那小子，平时没事时一直躲在秘密通道里，今天也叫他跟黑柳博士一起归案！”中村警长无比激动，颤抖着嘴唇自言自语。

听到中村警长兴奋的说话声，明智小五郎吃惊地转过脸去：“啊，你说平田东一……中村君，你知道博士别墅里的电话房间吗？”

“知道，书房桌上有电话机……”

“书房和卧室之间仅隔一道墙吧？”

“是的。”

“野崎君是从书房打电话来的吧？这下麻烦了……快！司机，再开快一些！情况紧急，用最快速度！拜托了！”

警车呼啸着飞也似的奔驰起来。

在明智小五郎的叮嘱下，一部分警官包围了R町的那幢空别墅，切断黑柳博士以及帮凶平田东一的后路。中村警长则带着另一部分格斗技能高强的警官，直奔黑柳别墅。

不知何故，别墅里鸦雀无声，既不见寄宿生，也不见女用人。

“卧室在哪里？快去卧室！”明智小五郎大声嚷道。

大家直扑黑柳博士的卧室。

洁白的床单上躺着睡得正香的黑柳博士，浑身一动不动。

明智小五郎分开人群，冲上去一把掀开黑柳博士身上的棉被。

“糟糕！”明智小五郎喊道。

床上不是黑柳博士！也就是说，根本不是警方通缉的恶贯满盈的黑柳博士，而是被五花大绑的野崎三郎。他无精打采地耷拉着脑袋，胸前放着一张纸条。

警官先生：

我没有送野崎三郎上西天，你们应该感谢我才是。实话告诉你们，不管遇上什么不测，我绝不食言！咱们走着瞧吧！

黑柳博士

可是，句子的写法和笔迹与过去的完全不同。

就像明智小五郎路上担心的那样，平田东一多半在秘密通道里偷听了野崎三郎打给明智小五郎的电话内容，赶紧决定把黑柳博士转移到别处，并在临走前模仿黑柳博士的习惯做法把便条留在房间里。

野崎三郎被松绑后，终于缓过神来清醒了。

“就在我跟你通完电话放下听筒的那一瞬间，突然有人从背后抱住我，面对这突如其来的偷袭，我根本无法挣脱和还击。那家伙是平田东一！他用绳索把我捆得无法动弹，接着抱起熟睡的黑柳博士急匆匆地逃走了。”

用人们被软禁在房门反锁的房间里。

“平田东一说黑柳先生要我们集中在这房间里，于是我们就来了。刚一进房间，不知是谁把门反锁了。”

寄宿生神色木然地解释说。除此之外，他们再也说不出什么了。

片刻，明智小五郎找到秘密通道。果然，是通向R町那幢空别墅的。

不用说，通道里、空别墅里，都没有黑柳博士他俩的身影。

“这都怪我忘了提醒野崎君打电话时别让平田东一听见，所以才前功尽弃，放跑了这两个歹徒……”

“咦，是啊，那个寄宿生在吗？”明智小五郎突然想起什么，朝警官们喊道。

一警官赶紧把寄宿生拽了过来。

“喂，你去过银行吗？你知不知道黑柳博士的开户银行？”

“没去过，但先生好像是经常使用M银行C町支行的支票。”

“立即给那家银行挂电话，让负责人接电话！”

寄宿生很快查到那家银行的电话号码，虽拨通了电话，可传来的都是忙音。不管怎么拨，就是“嘟，嘟，嘟”地响个不停。

“这里离那家银行远吗？”

“不远，就在附近。”

“好，坐警车去，这样速度快。”

明智小五郎从寄宿生那里了解到C町支行所在地后，急速奔向门外。中村警长和其他几个警官也紧随其后，乘上停在门口的警车朝银行驶去。

就在这之前不久，捆绑野崎三郎，将用人反锁在房间里的平田东一，抱着因麻醉药还在昏睡的黑柳博士来到空别墅，接着从秘密车库里驶出他俩平时作案使用的轿车，载着黑柳博士飞驰而去。

“畜生！终于被察觉了！”平田东一一边快速行驶一边吼道。

去哪里呢？唯一可以依赖的先生在昏睡，就连商量也不行，真无可奈何！暂且先驶到安全地带再说吧！过一会儿，先生总会睁开眼睛醒来的。可是……眼下最重要的是钱。

在这种非常时刻，钱比什么都重要。没有钱，即便逃到安全地方也不起作用。定睛一看，M银行就在附近，平田东一赶紧停车朝银行走去。

这个混迹于江湖的不良青年考虑得还真周到，离开别墅前从黑柳博士的保险箱里取出了银行存折和博士的印章。

黑柳博士的大部分存款投资于某大产业，账户上只剩两百万日元。平田东一在取款单上填写了两百万日元的数额，递给银行的窗口小姐。

好在客人不多，看上去不会需要很长时间，可平田东一在这短短的时间里犹如热锅上的蚂蚁，紧贴在面朝下面道路的窗前，注意着有没有可疑的来往车辆。

不仅如此，一听到电话铃声，他的心脏便剧烈跳跃，有时仿佛觉得心蹿到了嗓子眼儿。

突然，他发现门口保安人员紧盯着他的脸。

别慌张！否则会遭人怀疑。

他竭尽全力使自己平静下来。

两百万日元整齐地摆放在服务台上。他也顾不上数了，呼啦几下装满身上所有的衣袋，转身来到大门外。

轿车里，黑柳博士还在无忧无虑地睡大觉。

平田东一环视周围，停车场上除两辆停着的轿车外没其他变化。

这时，驶来一辆大型警车。警车一驶到银行大门口嘎地停下，从车上跳下好几个男子，急匆匆地朝大门跑去。

平田东一根本就没见过中村警长，明智小五郎就更不用说了。一直自我感觉良好的他，一看见便衣打扮的男子，立刻明白来者是警察。

啊呀，真险啊！就差这么一步！黑柳博士，不，蓝胡子的运气还真不错！他一坐进驾驶席，就踩上油门飞也似的走了。

转过脸看门口，刚才的那些便衣警官正站在那里，保安人员指指点点地不知在说些什么。

好，咱们就玩命吧！就让我跟警察比试车技，一直到汽油用完为止。

逃窜

黑柳博士突然醒了。

咣当咣当……身体左右晃动。窗外的街景，瞬间出现又瞬间消失。

一看旁边的驾驶席上，是弓着背目不转睛注视着前方正在驾车的平田东一。

好像有人在追赶我们?

黑柳博士立刻意识到自己的判断是正确的，反光镜里有车辆出现。

在距离他们车后约五十米左右的路上，很明显，是一辆全速行驶紧逼而来的大型警车。

“喂，平田君，怎么回事？出什么事啦？”

“暴露了！弄得我焦头烂额的！据说，明智小五郎从国外回来了！”

平田东一紧握方向盘大声答道。

“他在后面那辆警车上吗？”

“大概是的。现在，他们正在追赶我们。”

“是谁在饮料里放麻醉药的？”

“是你的助手野崎放的。”

“是明智小五郎让野崎君背叛我的吧？这个畜生！”

黑柳博士冷不防一把抓住方向盘，换下平田东一，亲自驾车。

“你还以为能摆脱警察的追赶吗？”

平田东一吃惊地大声嚷道。其实他早已万念俱灰，只是最后挣扎而已。

“你在说什么胡话？我接下来还有许多精彩的大事要做呢！明智小五郎这家伙，我一直想见他呢！”

轿车像脱了缰绳的野马奔驶着。每转过一个弯，两车之间就拉开一段距离。渐渐的，距离越来越远。

“平田君，你驾车！但别大意哟！”

黑柳博士爬到后排座位，从座位靠垫下取出化装用的箱子，里面有假发套、假胡子和服装。黑柳博士贴上假胡子，戴上眼镜，脱下睡衣，换上朴素的工作服。

忽然，车下传出奇怪的响声。

“糟糕！车胎没气了！”

平田东一脸色苍白，着急地大声喊道。离他们车尾二百米远的路上，警车还在紧追不舍。

“没关系！就这样转弯！一进入警车的视线盲区就跳车！”黑柳博士大声说。

嘎！嘎！传来急促刹车的声音，紧接着车停下了。他俩赶紧跳车，朝旁边的一条小巷里跑去。

小巷里十分冷清，跑了好长一段路也没看到有过往的行人。他俩手拉着手，穿过一条又一条小巷。

“我口袋里有钱，是从你的开户银行取出的。我只要一点点就可以了，我俩还是在这儿分手逃命吧！两个人一起逃跑，太引人注目了！”

“浑蛋！你朝哪里逃跑？你肯定逃脱不了，必须跟着我！”

“那你打算去哪里？”

“就是那里。摆在我俩面前的就一条路，要知道开弓没有回头箭。”

从小巷到大路的丁字转弯角上有警务站，两个巡查警察正在值夜班。

“不行，那是警务站！”

“别害怕！正因为是警务站才闯进去。记住了吗？一切听我的！”

黑柳博士抓住平田东一的手，一来到警务站旁边突然加速朝里跑去。

一跑到警务站里，黑柳博士冷不防伸出手将背后的门关上，从袋里掏出手枪对准警察大声喝道："我就是社会上传说的黑柳博士，明白了吗？如果反抗，我就要你俩的命。"

片刻，从警车下来步行追赶的警官们，跟在中村警长和明智小五郎身后来到警务站跟前。

警务站门口站着戴着眼镜嘴上留着胡子的巡查警官，紧盯着路上的来往车辆和行人。警务站里的桌子后面坐着一个年轻巡查警官，正弯着腰在不停地翻阅资料。

"喂，我是警视厅的中村，刚才有两个可疑人物经过这里吗？"

"噢，有，一个是四十岁左右身着工人服装的男子，另一个是二十岁左右身穿西装的青年。"

"对，就是他俩！朝哪里逃走的？"

"是从对面那个拐角转弯走的！嗯，这两个人好像神色有点慌张。"

"糟啦！他们朝相反方向逃走了。哎，我告诉你，那个四十左右的男子就是黑柳博士。好了，如果再发现请立刻抓住他们！"

"什么？真是那家伙吗？"

巡查警官非常惊讶，打算出门追赶。

"好了，你就在这里吧！"

中村警长一行人朝着巡查警官指的方向，拼命地狂奔起来。

"佩服，佩服，一点都看不出你是黑柳博士！"

里面那个年轻警官走到门口，边夸奖边笑呵呵地目送着疲于奔命的警官们。

"好了，我俩现在出去，朝着与他们相反的方向巡逻。"

黑柳博士扮演的是站在门口的巡查警官，说完这话一声不吭地走了。平田东一化装的是年轻巡查警官，他紧随其后，手里不停地晃动警棍……

加 工

那以后又过去了几天。

一天快要临近傍晚的时候，一名男子来到本乡的S博物标本商店。

乍一看，那身打扮像郊区某私人诊所的医生。

“是这样的，我打算改变诊室的布置，让病人一走进那里就能看到人体骨架！但我打算使用骸骨……只要是人体骨架，男女都行……”

“明白了，凑巧有一具人体骸骨，请看一下。”

自称大场道夫的医生，在店主陪同下走进陈列室。

昏暗的陈列室角落放有一具沾满灰尘的骸骨，随着商店外面道路上电车来往传来的轰鸣声，在不停地打着哆嗦。

看到实物后，大场医生决定买下它。

“因为急着派用处得马上带回去，车停在大门口，是否请快点打包。”

不一会儿，瘦长的白色木箱被搬运到停在门前大路的车上。

接着，大场医生驾车离开了这家商店。

这天夜里快十二点钟的时候，白天购买骸骨的大场医生却意外地出现在郊外一家冷清的火葬场里。他手提着大包袱。

“是先生吗？”

黑暗里传来声音，随即走出一个年轻人。

这不就是不良青年平田东一吗！无疑，自称大场道夫的医生是黑柳博士装扮的。

“顺利吗？”扮作大场医生的黑柳博士小声问道。

“放心吧！值夜班的老头喝下麻醉饮料睡得正香呢！没有四五个小时，他是醒不来的。”

“那太好了……那尸体怎么处置的？大概烧了？”

“我出五万日元大价钱，这家伙立即答应了。喂，过来，这就是我刚才对你说的先生哟！”

被称为“这家伙”的男子，从黑暗里鬼鬼祟祟地探出脸来。

“慌什么？绝不会给你添麻烦的！尸体就是搬走了，我们也会给你留下代替尸体的骸骨。你放心吧！烧的时候肯定不会败露。先生，骸骨已经准备好了吗？”

黑柳博士一声不吭地摇晃了一下大包袱。不用说，那是他白天去S店买来的骸骨标本。

“真是人骨吗？”

被称为“这家伙”的男子小心谨慎地问道。

黑柳博士没有吭声，利索地打开包袱。男子从包袱里取出白色骸骨端详了片刻，随即一声不吭地返回原来地方。

“好，干吧！”

说完，他关上大门。由于值班老头还在梦里，不必担心被人察觉。片刻，包袱里的骸骨被化为灰烬。

在离这儿大约一百米的树林背后，停有一辆轿车。

那里有两个人影，一个是黑柳博士，一个是平田东一。他俩围着地上那只瘦长的白色木箱，正悄悄地谈论着什么。

“先生，你打算怎么处置这具尸体？我只是按先生吩咐的做，不知道先生的真正用意是什么。”

“喂，你怎么还不清楚？它是我这个黑柳博士的替身尸体。我还有远大的抱负呢！还想发明更精彩的杀人艺术，可眼前出现了麻烦，我不得不这样做。说心里话，我与明智小五郎较量，既不感到厌烦也不害怕。但就目前来说，我不希望他跟我纠缠在一起。因此，我必须上演自己杀死自己的闹剧，让明智小五郎他们高枕无忧。”

“先生，我不赞成你这做法。是否请你打开这盖？”

“当然可以，正好要将盖打开。”

平田东一使用汽车修理工具打开木箱盖，再用手电灯光照亮观察。

“嗯，整体感觉像先生，可脸不太像黑柳博士。再说，明智小五郎与中村警长都不是一般侦探，很有可能识破。”

“因此，要采用模糊加工法。为使这张脸能替代我在警官面前过关，得进行加工。”

“怎么加工？”

“改变尸体的脸。不光脸，还要在腹部制作与我腹部位置相同的伤疤。这事你准行，就拜托你了。”

“那怎么成！我和先生不一样，干那种事情，我可是外行。”

平田东一浑身颤抖，说话的舌头僵硬起来。

黑柳博士在手电光束里好像寻找什么，片刻抓住一块大石块。

黑暗里，黑柳博士的手臂一上一下使劲挥舞了三四次，紧接着使出全身力气朝下扔石块。

对　峙

在朝着奥多摩延伸的青梅公路的上坡道那里，有一个叫H的小村庄。从那里到新宿要不了两个小时，可以说是东京附近闹中取静的悠闲地带。站在那里，可以欣赏多摩川上游的美丽溪谷。

H村的尽头有一座茅草屋顶的平房，四周是用植物搭建的矮围墙。这里住着一对老夫妻，老头是户主，老伴忙家务。

四五天前，这里住进一个美丽的姑娘，与老两口生活在一起。小小村庄里来了东京大美人，转眼间成为村民们茶余饭后闲聊的话题。

"那姑娘和女演员富士洋子非常相似，也许真是她？"

"她被黑柳博士盯上了吧？"

"是呀！好像是害怕黑柳博士才逃到这里来的吧？"

村民们议论纷纷。

这些猜测果然与事实相符。姑娘确实是富士洋子，是制片厂K厂长委托H村亲戚的，让富士洋子在这里生活一段时间，避开黑柳博士的毒手。

要这样做，还必须避开黑柳博士以外的他人耳目。这对收留姑娘的老两口来说，确实是件麻烦事。洋子姑娘年轻充满朝气，不可能从早到晚待在小村庄里闭门不出。每天，一看见美丽的谷川景色，她便会情不自禁地唱起歌来。

一天清晨，习惯早起的老大爷坐在廊子里正凝视着牵牛花。

“嗨，这花开得多美啊！”篱笆围墙外传来说话声。

赞美牵牛花的，也许是同村的老邻居吧？身着洗得发白的裤子，拄着拐杖站在围墙外，驼背，头发花白，胡子也是黑白参半。

“是啊，早晨起床赏花是最最愉快的事情。”户主老头笑着答道。他满头白发，银白胡须一直垂到胸前，与篱笆墙外的老人相比，显得精神矍铄。

“你大概也喜欢赏花吧？那就请进来一起欣赏吧！”

“我的眼睛不好使……好吧，谢谢你的好意，就跟你坐在一起赏花吧！”

驼背老人不客气地走进院子。

“来，请坐到这里来！我去给你沏茶！”

两个老人围绕着牵牛花谈论了好一会儿，似乎都非常熟悉牵牛花。谈论结束后，两个人又一同站起走到牵牛花跟前仔细观察花蕾。

“咦，老人家，这是你掉的吧？瞧，掉在这里啦！”户主老大爷拾起一样东西大声对驼背老人说。那是一只过时的大钱包。

“这个，这个……”驼背老人看了一眼，不知何故慌慌张张地跑到跟前。

“哈哈哈……瞧你这着急模样，里面一定有重要东西吧？还重得很！”

“不，说不重要也不重要，尽是纸币，哈哈哈……”他不好意思地搪塞道。

“家人呢？”

“我一个人在家，哦，你是说那姑娘吧？她打东京来这里玩，是我一个亲戚的女儿。年轻人爱睡懒觉，真伤脑筋！好了，我去沏茶。真不凑巧，老伴昨天晚上因娘家有事回去了，这点火烧饭的家务活由我做，要不然就没吃没喝的了。”

“那就不打搅你了，告辞了！”

“别忙着走哇，反正我也要喝茶，不介意的话，就请再玩一会儿。”

驼背老人又坐下来，户主老头见状经过院子去厨房了。

户主老头的背影一消失，驼背老人好像想起什么，悄悄地趴在地上爬到廊子上，眼睛滴溜溜地打量四周，接着鬼鬼祟祟地朝最里面的房间走去。

罩着蚊帐的床上，躺着正熟睡的富士洋子。

驼背老人好不容易走到隔扇跟前，伸长脖子窥视蚊帐里的姑娘。富士洋子酣睡着，无忧无虑的模样。

“真可怜！你上我的圈套了！”冷不防背后传来说话声。

驼背老人惊讶地转过脸去，不知是什么时候，户主老头已经在他背后。

“什么，你说什么？”

驼背老人赶紧朝廊子那里返回，打算抓住机会逃跑。

“哈哈哈……你已经迟了一步，怎么能让瓮中之鳖再逃脱呢？”

“你说什么？我只是稍稍……”

“你想说只是稍稍核实富士洋子的那张脸吧？哈哈哈……其实，我早就在这里守株待兔等候你大驾光临，是啊，已经等了你很长时间了！富士洋子嘛，是我引诱你上圈套的诱饵。怎么样？黑柳博士！”

户主老头说完，挥起右手猛地一把摘下驼背老人脑袋上的假发套，随后撕下他脸上的假胡子……那张脸……千真万确，是神气活现的黑柳博士。

“怎么样？黑柳博士，没想到你也会惊慌失措。一想到你这个恶棍钻入我的口袋，太让我感到痛快了！”

“这么说，你是……”

“还不明白吗？”

“哦，你是明智小五郎！敢于跟我对着干的，除了你没第二个人。”

黑柳博士毕竟是久经沙场作恶多端的歹徒，到这种地步仍然不慌不忙。

“你说对了！”户主老头摘下自己身上的化装道具，现出明智小五郎的原来面貌。可就在这时，黑柳博士伺机钻了空子。

“怎么样？还是我出手快吧！”

黑柳博士抓住这一时机，掏出刚才掉在地上的大钱包，包里有枪。

“听好了！这支枪可不是用来吓唬人的。我的兴趣是杀人，我会真的扣动扳机。喂！你可别做多余的事情，因为，在你从袋里取出手枪前，我的子弹早已闪着火花飞出枪膛。”

此刻，明智小五郎也许被对方出人意料的一招而惊呆，两眼直愣愣地看着对方，全身一动不动。一分钟、两分钟、三分钟……两个人继续僵持着。

失 踪

这时即便大声求救也无济于事，因为附近没有住家，再说眼下还是天没大亮的清晨。

可不知为什么，明智小五郎突然放声大笑：“哈哈哈……要说枪嘛，我这里有。”

他把黑柳博士刚才的警告全当耳边风，煞有介事地把手伸入口袋里。

“住手，再不住手，就别怪我不客气了！你只要掏出手枪，你的额头上就会出现窟窿。到底是谁的子弹先射中对方，你应该明白。再不住手，我就让你尝尝子弹的厉害。”

“你要扣动扳机就快些动手吧！我可不会听你瞎嚷嚷，我要按照自己的意愿取自己的枪。”

说时迟那时快，明智小五郎的手上也握着一支铮亮乌黑的铁家伙。

早已忍耐不住的黑柳博士，终于扣动了扳机。可不知什么原因，枪只是传出“喀、喀”扣动扳机的响声，却不见刺耳的枪声。明智小五郎用枪口对准黑柳博士，笑嘻嘻地望着对方窘迫而尴尬的神态。

黑柳博士心急火燎，不停地扣动扳机，可没有火光和硝烟，枪膛里和子弹匣里都是空的。

“明白了吗？其实还是我比你快。”

“畜生！刚才我钱包掉到地上的时候，你……”

“哈，你终于醒悟了！是的，就是那时候我取出了你枪里的子弹。”

明智小五郎右手持枪，左手从袋里掏出从对方枪里取出的子弹，放在手掌上滚来滚去，让黑柳博士看。

“那你打算怎么处置我？”

“在我去廊子那里取绳索时，你只要站着不动就行。如果动，就别怪我枪里的子弹不长眼睛。”

“那怎么能做得到！在你取绳索的时候，我可以轻而易举地抓住机会打落你手里的枪。”

明智小五郎朝廊子那里每走一步，黑柳博士便紧逼一步，欲做垂死挣扎。就在这紧急时刻，富士洋子醒了。

“洋子小姐，快把绳索拿来！”

明智小五郎嚷道，富士洋子被这突如其来的喊声吓了一大跳。当她明白眼前发生的一切时，连忙取来绳索打算递到明智小五郎的左手上。不料，极度紧张的她，手滑了一下，绳索从手中哗地掉落在地上。

明智小五郎赶紧弯下腰欲拾起绳索。黑柳博士瞅准这一机会，用右腿啪地朝空中踢了一下，使得明智小五郎手中的枪滚到三四米远的地上。

“哇！”

与此同时，两个人同时朝枪那里扑去，一场殊死搏斗展开了。随着激烈的碰撞声，两个人同时倒地。

倒地的刹那间，黑柳博士骑在明智小五郎的身上，用右手使劲掐明智小五郎的脖子。富士洋子望着明智小五郎渐渐发紫的脸，猛地赤脚跳到院子里，拾起地上的手枪瞄准后扣动了扳机。

砰!

枪声响起的同时，枪口蹿出火光。黑柳博士应声朝后仰卧着倒地，子弹击中了他的腿部。

胜负终于见分晓了！黑柳博士的手脚被捆绑得结结实实，躺在院子里。

富士洋子直愣愣地望着因自己开枪而倒地呻吟的罪犯，简直像做了一场噩梦似的。

明智小五郎坐到廊子上，朝躺在地上的黑柳博士说道：

“黑柳君，我的做事原则是不抓歹徒，但这需要有个前提，即在歹徒确实没有能力危害社会的时候。像你这样的歹徒，如果听之任之，就会有许许多多的无辜者惨死在你的手下。

“因此，我虽然讨厌用自己的手抓歹徒，可在你没有被警方投入到监狱之前，我有责任监视你不让你逍遥法外继续作恶。”

“我明白了，好啦，那你快去喊警察吧！”

黑柳博士因身负重伤紧皱眉头，断断续续地说。

“洋子小姐，你去村派出所把警察喊来好吗？顺便打电话给警视厅的中村警长，就说黑柳博士已经落网。”

呆若木鸡伫立着的富士洋子听到喊声，如梦初醒，大声说道：“是，我这就去！”

富士洋子猛地狂奔起来。

可就在这时候，明智小五郎又似乎感到不放心起来。

“稍等一下，洋子小姐。”他喊住富士洋子，眼睛紧盯着黑柳博士。

“喂，平田东一在哪里？快说！什么？在东京？撒谎！你一旦落到我的手上，平田东一肯定代替你绑架富士洋子。你们事先肯定是这样商定的。”

让富士洋子去有危险，可不去又不行。

“洋子小姐，这样吧！你用枪口对准黑柳博士，别怕他……还有，如果有人来，而且你觉得有危险时，就开枪射击对方额头。明白了吗？”

富士洋子岂止害怕，自己开枪打伤了黑柳博士的腿部，眼下，见他万般痛苦的模样，她又似乎在后悔和同情。

明智小五郎吩咐完毕拔腿跑了起来。

就在他走后的仅十五分钟时间里，意想不到的情况发生了。

富士洋子看着鲜血从黑柳博士的腿肚子伤口不停地朝外渗出，实在忍受不住了，觉得应该用布包扎伤口，便把枪插在腰带上，从袋里掏出崭新的大手帕，走到黑柳博士边上，蹲下来给他迅速包扎伤口。

黑柳博士见状，表示感谢。

“我讨厌你！你还是快逃走吧！快逃到别处去吧！”

没想到，出人意料的话从富士洋子的嘴里脱口而出。

“不，我已经不想逃走了。”

恶贯满盈的黑柳博士躺在富士洋子的脚边，不慌不忙地答道。

听到这里，富士洋子突然心一软，蹲下解开捆在他身上的绳索。

“怎么啦？你是不是疯啦？”

黑柳博士朝着富士洋子惊叫。

“快，快，趁警察没来之前快逃吧！随便逃到哪里都行，但绝不要第二次出现在我的面前。”

一解开绳索，富士洋子就跺着脚催促。

“那好，我决定逃走。不过，我可不愿意一个人走，要带你一起走。”

黑柳博士轻松地站起来。

突然，富士洋子仿佛从噩梦中惊醒。可这时候的醒悟，已经来不及了。黑柳博士伸出右手一把夺过她腰带上的手枪，使出全身力气攥住富士洋子的手腕，沿着田埂小道不要命地狂奔起来。

五十米左右的前面，是多摩川水流最急的地方。他俩停下脚步站在悬崖边上，再往前走点就是悬崖峭壁。

“哎，听好了！到这里来，是实施我的计划，没想到遇上拦路虎，被耽误了时间。现在，终于能实现计划了。我俩就从这里跳下去，你快朝我再靠近一点！”

黑柳博士拽住富士洋子的手，穿过崖边灌木丛，下到崖前低一截的狭窄地面，俯视垂直于谷底的峭壁。

富士洋子一瞥见横躺在地面的东西，不由得惊叫起来，两条腿欲往后退。可手被黑柳博士铁钳般的手牢牢拽住，怎么也挣脱不开。

那是一具男尸，从头到脚的打扮与黑柳博士完全相同，肩膀上虽有脑袋，脸上的五官却已经难以分辨。这具男尸，是黑柳博士与平田东一去火葬场鱼目混珠换来的尸体。

“告诉你，这是我的替身。陪你去死的可不是我，而是这具替代我的尸体。这具男尸身上有跟我不同的地方，你发现了吗？对，脸上五官被我弄得模模糊糊的。我还在男尸腹部上伪造了伤疤。因为，你用匕首在我的腹部留下了伤疤。至于刚才你开枪造成的腿伤，对，只要这样就相同了……”

黑柳博士扣动刚才从富士洋子腰带上夺走的手枪扳机，朝尸体腿肚子上射击。

“瞧，现在已经没有不同的地方，与我完全一模一样了。好，允许我的替身现在跟你一起同归于尽吧！”

说完，黑柳博士的手开始逐渐用力。

那以后大约过去了十来天，有人发现了这两具奇怪的男女尸体。

发现尸体的，是来这里钓鱼的村民。

检验结果，男尸是黑柳博士，女尸是富士洋子。在男尸口袋里，找到这样一封遗书：

社会各界：

我的死，不是斗不过警察和明智小五郎，而是因为我获得了最终胜利。对于能亲手抓住富士洋子，我感到十分满足。因此，选择这里与富士洋子同去天国。

黑柳博士

众人得知可恶的黑柳博士自杀身亡这一消息后，都不由得长舒一口气，就像悬在空中的吊桶终于落地似的。警官们听到这一消息如释重负。

那么，明智小五郎对于黑柳博士的死是怎么想的呢？尽管嘴上也说这具男尸肯定是黑柳博士，可是……他真信吗？

这具男尸出现后的第三天，中村警长见过明智小五郎，可打那以后想见大侦探却消失了。

不知何故，中村警长怎么也接受不了明智小五郎突然失踪这一事实。他与明智小五郎失踪前最后一次见面时，明智小五郎曾从口袋里取出一张纸条给他看。纸条上面，写有“台东区S町10号福山松鹤”。

“这纸条上面的地址和姓名，是我从黑柳博士桌上的备忘录中抄下来的。叫福山松鹤的人，是专门接受委托制作偶人的工艺师。”

唯独明智小五郎的这句话像烙印那样，中村警长怎么也忘不了。

绑 架

假黑柳博士的尸体被发现后，一个月过去了。

一天，台东区S町偶人工艺师福山松鹤的店里来了一位男性顾客，看上去年龄四十岁左右，一身演员打扮。

男顾客似乎烧伤得很厉害，脸差不多被绷带遮住一半。前面的门牙凸得高，镶有金牙。总之，那模样让人看了害怕。

他递上自己的名片：

鹤见游园全景画展览馆　园畎造

园畎造见到偶人工艺师福山松鹤，开口说道：

“鹤见游园里的全景画展览馆已经竣工，接下来是具体布置阶段。我是为了订购贵店制作的偶人，前来打扰的。掺一些用旧了的偶人也没关系，只是希望本月底前能够交货。设计图案我带来了，大致是这样的情况，请按照设计图案上的偶人数量和姿势制作。”

图案上，有四十九个长相各异的姑娘，都是浑身一丝不挂的裸体。

“一共四十九个？像这样的裸体偶人，本月底来不及交货。”

“我看你来得及。只要在用过的偶人手脚上换上身体就行了。外表稍有点瑕疵没关系，因为展览馆里光线较暗，不会有人介意的。总之，只要能凑齐四十九个就行。就这样成交吧！时间太紧了，就是拼接得有点间隙也没关系。咦，后面好像有偶人车间，让我参观一下好吗？”

园畎造提出参观的要求。

“也不算什么车间，请参观吧！”

车间是临时搭建的木板房，到处是灰尘，几个工人正在上班。园畎造行走在散放在地上的偶人的手和脚之间，饶有兴趣地看着。这时，车间一角一个正在专心致志搅拌着涂料的技术工人猛地停住手，两眼紧盯着园畎造被绷带遮住的半边脸，惊愕得眼珠快要蹦出眼眶。

不一会儿，园畎造朝技术工人跟前走去。

当看到园畎造正朝自己走近时，技术工人赶紧弯腰使劲搅拌涂料，似乎要避开对方的视线。

园畎造十分满意，片刻过后回去了。

“刚才那个男子来订什么货？”

见园畎造的背影完全消失，技术工人走到工艺师福山松鹤跟前问。

“你是说刚才那个人吗？他是来订货的顾客哟！来自鹤见游园全景画展览馆，要我们店本月底前制作出四十九个偶人姑娘。”

福山松鹤见到这名技术工人，不知怎么答话的语气像对待上司那样。

技术工人又进一步详细询问，随后递上一张他开出的支票。

“谢谢，可能是我神经过敏。谢谢！”

这技术工人根本不像工人模样，高兴得一个劲地反复说着“谢谢”这句话。

福山松鹤脸上露出不可思议的表情。按理说，他应该支付给这名技术工人工资，可是相反，竟从这名技术工人手里得到多于工资的赏金。不用说，他知道这名技术工人不是来学技术的，但也不清楚其来这里的真正目的。

打那以后又过去了一个月。

那是十月里的一个傍晚。

E高中三年级的学生和田登志子，是人见人爱的美丽姑娘。这天，她正独自一人在神宫外苑的柏油大道上行走。

她刚从青年会馆听完音乐会出来，朝家的方向赶路。如果是两个月前，她绝对不会独自一人外出欣赏音乐会。可如今恶魔黑柳博士已经死了，天下太平了，外出不会再遇上歹徒了。

她离开青年会馆时已经很晚，加之在门口与同学分别时又交谈了许久，因此回去的路上已经基本看不到行人。

孤零零伫立着的路灯，与她之间的距离不断拉远，夜色猛然间变得更暗了。

和田登志子开始快步跑了起来。

不一会儿，前面出现了国营电车的车站。随着明亮的车站灯光越来越接近，前方的树林则黑压压地令人感到紧张和害怕。

这时，她忽然觉得身后好像有人，便试着朝右边走，谁知身后那个家伙也跟着朝右走；她又试着朝左边走，那个神秘的跟踪者也跟着朝左边走。她紧张起来，小心翼翼地朝后望了一眼，发现是一个高个头的青年。啊，不好，那青年快速紧逼过来。

"站住！"青年终于开口了。

"不说话可不行！找你没有其他事，只是想跟你交朋友。"

青年嗓门虽低，但听上去很凶。

和田登志子吓得浑身直打哆嗦。

"我有急事要快点回家。"

"不行！你想逃跑吗？"青年的手抓住了和田登志子的手腕。

"你要干什么？救命！"和田登志子终于害怕地喊了起来。

"浑蛋！"这时，传来一个粗犷的男子声音，不良青年被摔倒在地。

那是个身着黑色学生装的青年。他不仅把那个不良青年打倒在地，还骑在对方身上不停地挥拳击打。

不良青年不喊叫也不反抗，心甘情愿地挨打。

"这一回原谅你，下一回要是再让我遇上，就不是这样对待你了。"

身着黑色学生装的男青年松开手，不良青年赶紧一骨碌爬起，一溜烟地逃走了。

“你受惊了吧！这一带有许多不良青年，稍不注意就会遇上危险，我送你到前面吧！是乘坐国营电车吧？”着黑色学生装的青年转过脸望着和田登志子，大大咧咧地问道。

和田登志子赶紧向帮助自己摆脱危险的男青年行礼，与他肩并肩地朝车站走去。

“是听完音乐会回家吧？”

“是的。”

“我也是的。S先生演奏的小提琴曲太美了，我非常喜欢。”

两个人一路上谈论着彼此对音乐的感悟，渐渐地熟悉起来。

两小时过后，目黑车站附近一家咖啡馆角落的座位那里，有两个青年在窃窃私语。

“太顺利了！”

瘦高个青年说，他便是刚才在外苑路上袭击和田登志子的那个家伙。

“好了，你又得到五万日元的酬金了。到现在，你已经获得十五万日元的酬金了，这买卖不错吧？”

回答他的，是那个身着黑色学生装、见义勇为揍不良青年的男子。

“这办法虽说太陈旧，可女青年特别容易上当。一路上，那小姐心情十分愉快吧？”

“那当然喽，这可是我的功劳哟！”

“喂，别炫耀自己！应该给我营养品慰劳慰劳。挨打的是我，听别人大吹大擂的也是我，真没劲！”

“别说那种话！这是买卖。”

“哦，你下一步打算呢？”

“十一月三日是休息日，我准备在家里举行音乐会，届时驾车去目黑车站迎接她参加。那一天肯定顺利！”

“你真行！”

“总之，我把自己说成原伯爵的公子。真是太美了！是啊，应该向平田大哥报告才是。”

青年离开座位去电话室。

男子口中的平田大哥是谁？和田登志子是美女，她完全合乎黑柳博士的要求。被称为平田大哥的，无疑是平田东一！

可见，这两个不良青年上演“英雄救美人”的假戏，无疑是按照黑柳博士指定的姑娘长相找人，是按平田东一的命令干的。

几乎在同一时间里，东京都内的许多地方相继发生类似“英雄救美人”的苦肉计事件。平田东一的这些不良青年喽啰，在金钱利益的驱使下，为帮助黑柳博士实现杀害美女的计划，诱骗了许多天真无邪的美丽姑娘。

这些姑娘，都分别接受了“英雄”男青年的邀请。

十一月三日那天，有的跟英雄出席音乐会，有的跟英雄去看电影，有的跟英雄去近郊徒步旅行。

尽管这些所谓的英雄青年绞尽脑汁，但不可能在短短的时间里找到近五十名姑娘。十一月二日，距十一月三日只剩一天时间，可还差近二十个姑娘。

黑柳博士对此早已制定了特别对策，命令使用非常手段弥补缺口。

接到指示后，平田东一用电话向不良青年传达命令，授予锦囊妙计，要他们分别在东京都内二十个地方实施绑架。

那天晚上，东京都内二十个地方发生了年轻女子失踪事件，其中一起失踪事件发生在新宿区H町。具体情况如下：

伸手不见五指的H町一角，黑色围墙边上有人群在徘徊。一个、两个、三个……他们相互间先是一阵交头接耳，随后一一分开，接着又集合在一块。

凌晨两点，这堆黑影其中的一个，出现在围墙旁边的垃圾箱背后，身着与夜色相同的黑色衣服。他把眼睛凑在围墙上的间隙，观察里面的情况。

围墙与后院之间隔有五米左右的距离，其中是黑色的耸立在夜空里的主楼。主楼板墙的墙脚，放有装煤炭的麻包。

青年把眼睛凑在围墙间隙上窥视里面的动静。少顷，从大门那里传来哨声。

接着，其他方向也传来相同的口哨声，这是信号。

他嗖地擦亮火柴点燃棉絮，高举点燃的棉絮朝里扔去。蓝色火苗越过围墙，在夜空画了一个大圈，掉到主楼板墙墙脚的煤炭麻包上。

青年恢复原来的姿势，把眼睛凑到围墙间隙上窥视，只见麻包上被点燃的火无精打采，眼看就要熄灭。突然，微弱的火苗啪地变成红色。火移到麻包里浸有石油的煤炭上，顿时，火苗像蛇嘴里吐出的长舌那样，开始狂舔主楼板墙。

仅三十分钟时间，那幢别墅主楼周围有三处蹿出鲜明的火苗和浓浓的烟雾，朝着空中弥漫。这时，不知从哪里传出“着火啦”的狂叫声。

三个青年在大门那里围成一团，接着传出嘎吱的开门声，紧接着传出女人们的悲鸣声，还传出有人撞门的声音。有四个男女连滚带爬地蹿出大门，朝大街跑去。

此刻，附近所有住宅都打开房门，传出纷纷把东西往外搬抬的各种响声。红色火光照亮了夜空，人们你推我搡朝四处逃窜。那幢成为火源的别墅院子大门那里，更是拥挤不堪。

惊慌失措的居民到处乱窜，彼此找不到亲人。找不到父母的姑娘像流落街头的孤儿，浑身颤抖着，神色木然地站着发愣。

三个点火的青年悄悄地跑到她背后，冷不防大声嚷道：“小姐，危险！快，快，你父亲在那里等你呢！快过去！”

他们一边喊叫一边牵着姑娘的手，连拖带拽地朝街角跑去。那里停有一辆轿车。其中两个不良青年跳上车，分别坐在驾驶席和副驾驶席上。

刹那间，姑娘被推到后排座位上，车旋即驶离路边。刚驶出一公里路程，姑娘已经在车上被五花大绑了，嘴里被塞上手巾失去了自由。

就这样，黑柳博士发誓绑架的四十九个姑娘中的最后一个终于到手了。

恍 惚

十一月一日晚上，鹤见全景画展览馆里的偶人和装饰摆件的布置工作结束了，等待着第三天举行的隆重开幕仪式。届时，画家、文学家、评论家和新闻记者等几百位文化界人士将出席开幕式。

十一月三日清晨，园畎造独自一人坐在全景画展览馆的观众席上，欣赏自己匠心独运的布置成果。

直径三十米左右的圆形展厅内侧，贴有看不出接缝的大油画布。地上按野外模样堆有泥土，天花板被向外挑出的展厅屋顶遮掩，并且闪耀着人工控制的灯光，眼前呈现出一望无垠的旷野。

在蓝色灯光和红色灯光的交叉照射下，旷野被笼罩得仿佛烟雾弥漫。

朝深处看，那里似乎是神话里的地狱。

血池，冒着热气的地狱；剑山，仿佛火山；蛇舌般的鬼火，到处都是。被鬼火染成蓝颜色的美丽姑娘，在那里摇摆、蠕动。

前面是四十九个形象逼真的偶人，后面是油画里无数的姑娘。可奇怪的是，像这样的全景展览画里，压根儿看不出偶人和油画里姑娘的区别。那模样，那气氛，宛如真正的地狱世界。

这样的全景展览画，简直令人毛骨悚然！作为背景的佛像，由于表面涂有金粉，显得金光四射，非常壮观。

“有人评价说，百看不厌。”

不知什么时候，心腹平田东一出现在园畉造的背后。

“哎，姑娘们的情况怎么样？”

“手脚被绑，嘴被蒙住，既跑不了也喊不出声。房间里黑压压的，简直像堆满货物的仓库。接下来，只要把她们从那里拽到这里就行了吧？”

“是的，拽到这里就算大功告成，你的任务也就此结束了好吗？”

“嗯，那些个帮忙的伙伴，我都付给他们报酬了，还剩下五十万日元呢！我就用这剩下的钱尽情地游山玩水。半个月过后，跟着先生去地狱，在那里拜见先生吧！”

“别说那没出息的话，快逃吧！乘飞机去什么地方都行。”

“嗯，如果心血来潮，就那么办！”

“像我那样用硫酸毁掉自己的脸，就可以在东京待下去！”

“嗯，那，如果心血来潮，也……”

接着，他们开始清理偶人。园畉造和平田东一汗流浃背，把那些偶人搬到仓库。他俩动作迅速很快就干完了。可由于抢时间，搬运途中造成有些偶人的手脚和脑袋与身体之间产生了松动。其中，还夹杂着一个身着肥大白衣服的胖偶人。

“奇怪！应该还有一个……先生，是你把它搬走的？”

“不知道，你那里我根本就没插过手。”

“奇怪！偶人不会自己离开的。真可怕！”

平田东一脸上出现不可思议的表情，瞪着贼眼打量周围。

“哈哈……大概是错觉吧？我在那房间数过数的，不多不少正好是四十九个哟！你数错了吧？”

“嗯，有可能是我数错了。哎，难道你不觉得全景画展览馆很恐怖吗？”

“好了，接下来要动真格的了！让美丽的姑娘们替代偶人。明天下午一时，将有几百名贵宾前来欣赏全景画。”

园畉造愉快地说着，嘴里露出金牙，像恶魔那样嘿嘿奸笑。

全景画展览馆虽坐落在游乐场里的一角，但在游乐场外侧也设有出入口。因此，不进入游乐场照样可以进入全景画展览馆参观。

刚才，平田东一与园畎造作最后告别，没穿过游乐场，直接从外侧出入口迅速溜出展览馆，消失在黑夜笼罩的大街上。

园畎造目送着平田东一离开后，关上出入口那扇沉重的大门，挂上锁。

宽敞的全景画展览馆里，除了四十九个即将死去的姑娘外，就是十恶不赦的园畎造了。园畎造手持皮鞭，走进貌似仓库的阴暗房间里。

少顷，美丽的姑娘们被一一解开绳索。在皮鞭声响起的同时，她们被从房间里赶出。看这些姑娘的外表，似乎都是同一模样。

此刻，四十九个姑娘即便把力量合在一起，也敌不过园畎造手中的枪和皮鞭，她们吓得魂飞魄散，声嘶力竭地哭嚎、叫喊。

“你们哭也好，叫也罢，声音是传不到外面去的。退一步说，就是传出去也不会有人听见。”园畎造训斥的嗓门比姑娘们的哭喊声还要响，他挥动着手里的皮鞭把她们一个个赶到规定的地方。

这时，刚才那个堆放偶人的仓库里出现了奇怪现象。

有一个偶人竟然晃晃悠悠地走动起来，穿着肥大的白衣服，肩膀上扛着一颗女人脑袋。这是一个拼凑起来的偶人。胖偶人不光在黑暗里腾地爬起，还沿着围墙走起路来，神不知鬼不觉地快速来到全景展览画里。

片刻，可疑的胖偶人踮起脚尖，敏捷地来到园畎造背后。

刹那间，胖偶人猛地伸出指间露出白色棉絮的手来，以迅雷不及掩耳的速度捂住园畎造的嘴和鼻子。五秒，十秒……不一会儿，园畎造开始浑身乏力，渐渐地，有气无力地靠在胖偶人身上。

不能这样倒下去！赶快打起精神……

园畎造觉得恍惚起来。

眼前，四十九个美丽姑娘慌乱起来，有的大声哭泣，有的到处乱窜，简直像现实中的地狱。这情景持续了好一会儿，好像丝毫没有时间消逝的感觉。

啊，我也许是过于激动而头昏目眩的？其实，什么也没发生！

园畎造以为浮想联翩仅几分钟时间，其实已经酣睡了一个多小时。

在这一个多小时里，四十九个美丽姑娘跟着胖偶人的手势忙碌起来，仔细而又周密地完成了胖偶人布置的任务。而园畎造压根儿不知道这一过程，摇摇晃晃地站起来，企图再次挥舞皮鞭指挥姑娘们。

“听好了！各位姑娘，最后的时刻来临了！你们可以随心所欲尽情地狂欢吧！”园畎造说完，像发疯了似的朝着出入口狂奔，来到门外咣当一声关上大门，挂上锁，再绕展览馆外侧来到全景画背景后面。

那里有个四平方米左右的正方形小房间。他闯入房间，窥视着安装在墙上的圆形小玻璃窗。因为从那里眺望，可以一眼瞥见整个全景画。此刻，他透过蓝色灯光和红色灯光眺望着姑娘们。

园畎造面红耳赤，像全身抽搐那样哈哈狂笑，喜不自胜地用手按下墙上的微型按钮机关。微型按钮是控制馆内观众席地下的杀人瓦斯发生装置的，一旦按动它，装置里的几种药液就会混合在一起产生瓦斯。

看着，看着，观众席底下的黑暗里，黄色烟雾像蛇探出脑袋那样不停地往上蹿。烟雾沿着地面朝四周散开、弥漫，终于变成黄色波浪将四十九个姑娘围住。

此时此刻，园畎造兴奋到了极点。这时，黄色烟雾越来越浓，遮住整个背景，朝着天花板升腾。园畎造窥视的圆形小玻璃窗，似乎也被烟雾挡住了视线。整个全景画在黄色烟雾笼罩下，渐渐地被遮得看不见了。只是姑娘们到处狂奔，在经过圆形小玻璃窗前的时候，变得特别大。

这当口，一缕青烟从圆窗旁边穿过，径直蹿入小房间里。他赶紧用手帕捂住鼻子，慌里慌张地蹿出小房间。

他像避开毒气那样飞快逃离，蹿入旁边的树林，随后一屁股坐到地上。

那么一点点时间里，他过度兴奋。可麻醉药还没失效，转眼间再次麻木了他的神经系统。就这样，他像喝得酩酊大醉的醉汉一样瘫软在地上酣睡起来。

剑 山

快到中午的时候，全景画展馆的检票员和售票员来上班了，经过树林时发现了睡得像死猪似的园畎造。被唤醒的园畎造得知开馆仪式的时间快要到了，急忙打开全景画展览馆大门。

这时，瓦斯烟雾已经完全从通风口散去。为慎重起见，他禁止检票员进入展览馆，亲自逐个打开门和窗，接着一屁股坐在展览馆外侧观察进去的人，一直观察到参观者全部入馆为止。

园畎造向雇来的工作人员宣布了开馆的接待步骤，讲解了接待规则。接着，开馆时间到了。

参观客人蜂拥而入。其中，有K制片厂的厂长和警视厅的中村警长。园畎造一看见他们，脸上高兴的表情难以掩饰。

名人、文学家和新闻记者也纷纷赶来。

园畎造换上准备好的昼间礼服，带着客人们进入全景画展览馆内。从门口进去便是圆弧形的观众席，全景画展馆里光线昏暗，到处闪烁着萤火虫那样的地狱之火。

片刻，园畎造按下开关。于是，馆内朦朦胧胧地亮了起来，首先是灰色，然后是蓝色，接着是火焰般的红色，最后是晃个不停的紫色烟雾。

出现在烟雾里的，是金光闪闪的泥佛像。

凝神眺望，剑山，血池，热水地狱相继展现，变得无边无际。那里，到处是不计其数的姑娘。

参观人群里爆发出喝彩声。最让人吃惊的是，出现在前排布景里的偶人，简直是难以想象的奇异姿势。一些胆小的观众，不由得转过脸背朝着偶人。

园畎造站在观众前面致欢迎词，接着跨过围栏，朝下走到全景画展览馆的泥土地上，笔直地走到一个偶人跟前。

“诸位，我最煞费苦心的，就是这些偶人的身体。这是被地狱之苦扭曲的美丽姑娘的姿势。请大家看，这偶人富有弹性的身体。”

说话间，他的脸上露出可怕笑容，用力抓紧偶人的手腕向上提起，为引起观众特别注意，又猛地松开手。

没想到偶人手臂与身体部位相撞，发出嘎啦嘎啦的响声，像一盘散沙那样散落在地上。

园畎造慌张起来，随即抓住旁边偶人的脑袋转动。没想到，这偶人的脑袋也被拽了出来。总之，这些都不是真正的人，只不过是偶人而已。咦！真正的姑娘尸体到底在哪里？

园畎造歇斯底里地跑到一个个偶人跟前，瞪大眼睛仔细观察。突然，他觉得一个偶人的胳膊暖乎乎的，便冲到跟前。

不用说，这就是那个让园畎造酣睡的胖偶人。

“谁？你是谁？”园畎造吼道。

胖偶人语气平静地答道：“不知道吗？不记得我说话的声音了吗？”

“啊，你，明智！明智小五郎？”

四道目光交织在一起，仇恨仿佛在燃烧。

扮作胖偶人的明智小五郎开口说话了：“哈哈哈……不知道吧？我怎么会出现在这里？那是因为你的疏忽大意造成的。还记得吗，在你的备忘录上写有偶人制作工艺师福山鹤松的名字。还有，你不知道我已经化装成偶人制作车间的技术工人吧，你在那里向福山鹤松预定了四十九个偶人。”

“什么？照这么说，是你把那些姑娘的尸体换成偶人的？”

“哈哈哈……你说尸体？”

“对呀，是被我用瓦斯毒死的那些姑娘的尸体！”

“啊，啊，原来是说那个。这回，你没有犯杀人罪哟！就在你准备杀人之前，你躺在这里睡着了，时间嘛并不算长，就一个小时多一点。不过，在你酣睡的这段时间里，我完成了好几项任务。

“例如，将观众席地下的瓦斯发生装置，改变成用于舞台的无害气体发生装置，再让四十九个姑娘在那种无害气体里装作痛苦的样子，岂不就更有趣……我不仅把它们改成了无害气体发生装置，还完成了让姑娘们假戏真做的排练。”

“照这么说，照这么说……那是姑娘们上演了一出假戏？”

“被你说对了，她们都演得非常成功。现在这时候，获救的姑娘们也许正在对自己的父母讲述昨晚那一幕惊险的经历呢？”

接着，是长时间的沉默。

观众们明白真相后，不由得屏住呼吸，整个全景画展览馆里静悄悄的。

园畎造紧盯着明智小五郎，叉开双腿站着，右手慢吞吞地斜着伸向腰袋。那里，有他的护身手枪。

明智小五郎也许没有察觉到其真正用意，神情木然地站着。

中村警长猛地越过护栏，打算从背后抱住园畎造。但稍迟了一步，枪已经被牢牢握在园畎造的手里。

“啊！”观众席上发出惊恐万分的叫声。

“大家不必担心，我不会朝你们开枪的。我认输！我彻底败给了明智小五郎。要逃离这里并不难，可我没有逃走的念头，打算在这里勇敢地结束我的罪恶生涯。”

话音刚落，园畎造已经把枪口对准自己的脑袋。

“住手！”

中村警长攥住那只手，但又迟了一步，枪上的扳机已经被园畎造扣动了。然而令人不可思议的是，只听到扣动扳机时发出的咔嚓声，却不见枪口冒出青烟，也不见子弹飞出枪膛。园畎造惊呆了，站在那里直发愣。

“枪里的子弹早就被我取出了！”明智小五郎微笑着说。

“浑蛋！”

园畎造恼羞成怒，大声叫嚷，朝明智小五郎猛扑。明智小五郎一边避让，一边摆开迎战架势。与此同时，中村警长和扮作观众的便衣警官扑向罪犯。

园畎造见状呼地跃起，朝十米左右前面的剑山狂奔。

那里插有数十把明晃晃的刀，刀尖朝着天空。

园畎造借助奔跑形成的动力，纵身高高跃起，张开双臂，大叫着，整个身体朝锋利的刀尖扑去。

中村警长及其手下急忙跑过去，可园畎造已经当场停止呼吸。其中一把刀的刀尖，刺穿了他的心脏。

就这样，园畎造，也就是杀人恶魔蜘蛛男，在自己煞费苦心制作的全景画地狱里结束了罪恶的一生。

红色妖虫

丑陋的红色妖虫，或许此刻正躲在某个阴暗的角落里，等待着新猎物出现……

赤い妖虫

读　唇

热带地区栖息着一种叫蝎子的毒虫，节肢动物，黄褐色，嘴部两侧有一对螯，胸部有四对脚，前腹部较粗，后腹部细长，尾巴上有锋利的毒针，模样狰狞可怕，与蜘蛛是一伙的。虽体形略小于龙虾，但无论遇上什么样的对手，它都会猛扑上去。

一旦发现猎物，它便伸出嘴部两侧剪刀形状的螯死死按住对方，随后把屁股上的带节尾巴呈弓状绕到前面，再把尾巴尖上的毒针径直刺入对方体内注射剧毒液体。

被蝎子注入毒液后，即便大人也会疼痛得歇斯底里般地狂跳、乱叫，最后一命呜呼。

可怕的剧毒妖虫!

本故事的主人公心狠手辣，自称蝎子人，甚至把蝎子弓背猛扑猎物的凶相做成标记，引以为豪。

人们见了恐怖的蝎子标记，都会情不自禁地心惊肉跳。

到底是谁在使用这种令人魂飞魄散的标记？善良的人们无法知道歹徒的真面目。

只能想象，歹徒的外形像蝎子那样丑陋，心像蝎子那样狠毒，却不知道他是谁。其实，歹徒的狠毒远远超过真正的蝎子。

新闻媒体给本案冠上“妖虫事件”标题，称凶徒是可怕的妖虫，恰如其分。

那么，妖虫事件究竟是怎么回事呢？

在叙述本案前，按照顺序还得先从嗜好冒险的青年学生相川守说起。

相川守是大实业家相川操一的长子，正在一所高中读二年级。他天生好奇，其程度远远超过一般人，尤爱冒险。“侦探先生”便是同学们给他起的雅号。姐姐相川珠子还常常给他冠以大侦探、福尔摩斯的称号打趣他。

一天晚上，相川守和相川珠子以及家庭教师殿村京子，去银座大街背后一家小有名气的“黑马车餐馆”用餐。三个人围在一张餐桌周围共进晚餐。

相川珠子是大学一年级学生，姿容端丽，人见人爱，谁见了都会停住脚步看她一眼。当天她穿的粉红色的礼服特别合身。

殿村京子则衣着朴素，年龄四十出头，宽额头，稀眉毛，低鼻梁，大嘴巴。像这样的长相，不管从哪个角度看，都属于丑的一类。可也许因为身怀学问的缘故，给人感觉有一种特别气质。

“嘻嘻，老师，您这样心神专注，在观赏什么呀？”相川珠子忽然察觉到殿村京子神情异样，不解地问道。

这时，三个人已经用完餐，咖啡也已经由服务员端上，而且放在桌上很长时间了。殿村京子似乎根本没有喝咖啡的欲望，两眼直愣愣地注视着对面角落。不知何故，脸上的表情显得格外紧张。

角落里的餐桌两侧椅子上，坐着两个中年绅士。坐在右侧座位上的中年绅士，鼻梁上架着大型蓝眼镜，嘴上留着一撮小胡子。男子的坐姿，凑巧，脸的左侧朝着他们三个人。

脸庞的模样，看得非常清楚。尽管两侧不远的地方还有其他餐桌，但他们三个人的视线够不着那里。

“老师，您认识他吗？”相川守不可思议地问道。

“不，不认识。你现在别吱声！”

殿村京子继续望着那里，用手势示意他别说话，还急忙打开皮包取出一支金黄色的小型自动铅笔，在桌上的菜单背面沙沙沙地写着什么。

“明天晚上十二点……”

殿村京子紧盯着蓝眼镜男子，不停地转动食指、拇指和中指握着的铅笔，眼睛根本不朝纸看一眼。故而，字潦草得简直难以辨认。姐弟俩反复打量揣摩，总算认出了龙飞凤舞的字意。

“您在写什么呀？这表达什么意思？”

相川守问。殿村京子猛地把左手的手指指着嘴，用眼神示意别出声，随即又把视线移向蓝眼镜男子。

过了一会儿，铅笔又沙沙沙地写了另外几个字：“谷中天王寺街……”

接着继续写道：“墓地北侧……”

“砖砌围墙里的那幢空房子。”

她在菜单背面写完这几行奇怪的文字后，便不再写了。殿村京子尽管不再转动铅笔写字，可目光还是停留在对面两个中年绅士脸上，足有五分钟左右。少顷，那两个人上账台结完账，离开餐厅走了。

“怎么啦，老师？”

相川守见殿村京子的脸色苍白得没有一丝血色，感到惊诧，急忙问道。

“奇怪呀！这可能是小说里的情节？”殿村京子声音嘶哑。

“什么？什么？小说里什么情节？”相川守更像摸不着头脑的丈二和尚，急切地问道。

“太可怕了！他们是交谈怎么杀人。用匕首割成一寸和五分的……”

殿村京子说完，禁不住浑身直打哆嗦。

“老师，您是不是幻觉？他们在这种场所说杀人，我看不太可能。”

说这番话的是相川珠子，可一说完自己脸色也变得苍白起来。

“不，他们说话的声音轻得像蚊子嗡嗡叫，别人不可能听懂。刚才，蓝眼镜家伙和另一个家伙是趁服务员不在旁边时轻轻说那番话的。那情景，难道你俩没看见？”

被老师这么一说，姐弟俩回忆了一下，当时的情景还真是那回事。两个绅士一直在避开别人视线，把脸凑在一起轻声轻气地说话。其他餐桌上的客人离他们

较远，并且都在大声说话。

在这种环境下，他俩即便不是窃窃私语也不必担心谈话内容被别人听见。尽管如此，他们的说话声还是轻得像蚊子叫声，可见不是一般内容。

“那，你是说他俩在商量怎么杀人？”相川守的眼睛里闪出吃惊的目光。

“是的，是在商量那样的事情，我全听见了。”

“老师，您说您听见了？他俩距离我们那么远，声音又那么轻，周围环境又那么喧闹，真能听见吗？即便老师长着顺风耳，那也多半是开玩笑……”

老师今天的思维怎么啦？也许是错觉？不过，听说精神错乱的时候，别人听不见的，精神错乱者能听见。多半是这么回事。

相川守和相川珠子提心吊胆地望着老师。

殿村京子指着菜单说：

“这上面写的话，就是蓝眼镜男子说的。虽说他前面说的话我没来得及写，可内容更恐怖。

“一开始，蓝眼镜男子说：‘是干掉对方的时候了！’他当时说话的表情，简直是凶神恶煞。我恍然大悟，开始注意起他们来。

“接着，他好像是回答对面那家伙，说：‘不用毒药，用匕首。’稍稍过了一会儿，他弯曲着嘴巴恶狠狠地说：‘用匕首割成一块块的。’”

“老师，您说只有您听见了他俩的对话，而站在他们附近的服务员没听见，是吗？”相川珠子不可思议地问。

“是的，是那么回事。只有我听见了，而且看见了他说话的表情。即便有时候不是听得很清楚，但是可以根据他俩说话时蠕动的嘴形辨别出什么意思。我曾经学过《读唇法》。”

“您是说《读唇法》？”姐弟俩不约而同地大声喊了起来。

“是的，是的。好了，别大声嚷嚷，听我说！许多年前，我曾经帮助过一位患有先天性聋哑的女孩子，陪她去聋哑学校上学。就是那时候，我掌握了《读唇法》。否则，我就是想帮助她也心有余而力不足哇。”

殿村京子解释完毕，相川守点了点头。

“原来是这么回事。我们不知道有这种根据说话人的唇动读解意思的方法，感到惊讶不已。照这么说，蓝眼镜家伙是先说‘用匕首割’，再说出您写在菜单背后的作案日期和作案地点的吧？”

“是的，你说的完全对。”

“也就是说，作案时间是明天晚上十二点，作案地点是谷中天王寺街墓地北侧砖砌围墙里的那幢空房子……”

相川守念完菜单上的文字，表情认真起来，深信老师掌握了读唇法的本领。

“啊，太可怕了！那里大概有人要遭到杀害？歹徒是用匕首行凶，而且还用匕首……”

相川珠子说到这里脸色骤变。

“因此，我想起了小说里也有过他们说的那种情节。在这种场所，他们竟然商量那么可怕的事情。”

“我也是大致推测他们在商量那样的事情。如果是交谈小说里的情节，既精彩有趣，又能解说，有众多顾客的餐馆是密谈最安全的场所。如果他俩意识到这一点，故意把这里选择为商量杀人的场所，无疑，他们是杀人不眨眼的恶魔团伙。”

相川守越说情绪越激动，那模样真的有点像“侦探先生”了。

只听他哼了一声又说道：“这两个人如果真是在商量怎么杀人，您应该再早一点说，好让我露一手，尾随跟踪他们，可是……”

他这番话里充满了遗憾。

相川守喊来服务员问道：“小姐，我有话问你，刚才坐在对面座位上的两个客人，其中有一个戴蓝眼镜的，他们常来这里用餐吗？”

“不，没见过他俩，今晚好像是第一次光顾我们餐馆。”

“哦，是这么回事。那，他们是做什么买卖的，还有他俩的姓名，你也一点都不清楚吗？”

“是的。”

服务员这么一说，相川守感到失望。

服务员离开后，相川珠子忐忑不安起来。

“哦，老师，我们可以把这情况报告警方吗？”

“当然可以，不过，歹徒目前还只停留在嘴上，像这样的内容就是报案，警方也不会当一回事。再说，我们随意走漏歹徒商量的机密，会不会招惹是非？要是卷入那种是非堆，麻烦可就大啦！”殿村京子小心翼翼地告诫他俩。

“这倒也是，像这种情况不属于报案范围。”

相川守有其他想法，极力反对报告警方。

三个人各自抱着不同想法，结完账后离开了黑马车餐馆。

冒　险

第二天晚上十一点左右。

上野公园里冷冷清清的，连一个游客也没有。公园里的一条小路上，行走着一个叫相川守的青年。

如果家人知道他这么晚去公园，肯定会阻止他。于是，他大白天悄悄溜出家门去同学家消磨时间，直到晚上才离开，独自一人坐上大巴士来到上野公园站下车。

他沿着公园里这条昏暗的路一边走一边反复思考，总觉得不像小说里的情节。蓝眼镜家伙说“明天晚上十二点”，可小说里叙述时间，不会直截了当地使用“明天”这个词来表述，而是使用“第二天”这样的单词。

还有，蓝眼镜家伙把作案地点、路名和方位说得很详细。而小说里叙述时，一般不会把路名和方位说得这么具体的。

去实地核实一下就可以清楚到底是怎么回事。假如蓝眼镜家伙说的地方，真有那种砖砌围墙里的空房子，那就没什么可以怀疑的了。砖砌围墙里的空房子，现实生活里不多见。如果把这种真实情况写进小说，让人不得不觉得奇怪。

不管怎么说，问题是，那里到底有没有那样的空房子。

相川守今天晚上故意身着黑色装束来到公园，他觉得这样的装束易于晚上侦查，尤其是到墓地那种黑乎乎的地方，再说这样的打扮，像真正的刑事侦查警官或者说像名副其实的侦探。

谷中天王寺街一带，虽大部分是墓地，可它的周围也确实有零星住宅。那里还有小烟酒店，此刻，那些零星住宅的窗户里正亮着灯。

他停住脚打听："请问，这一带有没有砖砌围墙里空着的房子？"

"嗯，有的。穿过这墓地就能看到一幢孤独的建筑。从这里再笔直往前走就可以看到了。不过，那一带很暗，要小心！"

老妇人答道。

果然有空着的房子！

相川守一直是半信半疑，现在终于不得不相信了，那是事实。此刻，他猛然感到胸闷起来。

"那幢房子肯定长时间没人居住了，是吗？"

"是的，一直没人居住。在我们搬来这里之前，那周围就已经杂草丛生，房子空着！到底是怎么回事，我们也说不上来。不过，社会上对那幢房子有各种传说，总之，都是令人毛骨悚然的说法。"

"什么？有那么可怕？是妖怪住宅吗？"

"哈哈哈……差不多吧！"

老妇人笑了，笑声里夹着恐怖。

看来是那样的情况！

墓地……妖怪住宅……杀人……

杀人工具准备好了，地点选择好了，日期也定了。喂，相川君，你不是被同学称为"侦探先生"吗？对，一定要查个水落石出，我要像真正的侦探先生那样！刹那间，相川守觉得自己高大起来，摇身一变，变成了力大无比的武士，浑身充满了力量。

一想到接下来就要冒险，顿感热血沸腾。

从这里去砖砌围墙里的那幢空房子，还有两百米距离，途中要穿过一片墓地。他小心翼翼地踮起脚尖，好不容易找到那幢破围墙里边的空房子。

站在围墙前面，随着眼睛逐渐习惯黑暗，星空下的墓地和孤零零的建筑朦朦胧胧地映入眼帘。

破旧围墙歪歪斜斜的，许多地方已倒塌。看似门那样的地方，犹如怪兽张开的嘴巴，里边长满了齐腰深的野草。

相川守透过黑暗环视周围，当核实清楚没有监视哨时，开始采用隐身术侦查技巧，利用掩体作掩护，悄悄潜入围墙里。

草丛里，那幢平房宛如一个漆黑的怪物趴在那里。房子里别说声音，就连点滴灯光也没有，更别说人了。

相川守蹲在草丛里看了一下手表，时针和分针正指向十一点四十分。

距离十二点仅剩下二十分了，可他觉得时间竟是那么漫长。

他隐蔽在草丛里的灌木丛中，视线穿过围墙裂口紧盯着那幢平房的正面。到底是什么样的人会进入这幢妖怪住宅？究竟是哪扇窗户会透出灯光？他瞪大眼睛等待着。

漫长的二十分钟，终于在无边无际的黑暗里消逝了。不一会儿，漆黑的平房正面嗖地出现了长长的三道光线，有人在妖怪住宅里点亮了灯。光线，就是从木窗的缝隙漏出的。

相川守匍匐着靠近亮着灯光的窗前，把眼睛凑在最宽的那个间隙上朝里窥视，一边扫视整个房间，一边寻找可疑人物。

窥　视

空荡荡的住宅里，除了防雨门外没有移动拉门，面积大约十三平方米，可以一眼看到房间里的隔扇。由于窥视的缝隙太狭窄，看不到最左边和最右边的情况。

首先映入眼帘的，是烛光那样的暗红光线。晃动的烛光照亮了隔扇，巨人般的侧脸阴影占据了整个隔扇表面。脑袋上戴着鸭舌帽，鼻梁上架着眼镜。侧脸阴影随着烛光的飘动忽长忽短，两片大嘴唇不停地上下蠕动：

“哈哈，我已经帮你解开绳索了，别那么慌张了，从正中央出来好吗？喂，你感到冷吗？瞧，身体在不停地颤抖！哈哈哈……”

可能是仅隔有防雨门的关系，传出的声音异常响亮。

“喂，那可不行，不可能取下蒙在你嘴上的毛巾！你用不着回答，只要按我的吩咐到我这里来就行。喂，还不出来！”

被蒙住嘴的那个人究竟是谁？相川守紧张地注视着，这时，陈旧的榻榻米上出现了白色的东西。是手！接下来是脚！从纤细的手和脚的形状来看，好像是一个女子。

“喂，山印君，这样能看得很清楚了吧？”

那张巨人侧脸似乎在招呼那个叫山印的同伙。

“嗯，很清楚。”

声音极其嘶哑。这家伙究竟在哪里？相川守怎么也观察不到他所在的位置。

女子没来到房间正中央，好像是在相川守视线够不着的地方。

“你最好看仔细了，这家伙是你的仇人。”

“嗯，我在看。可是，让她那样坐着太没趣了，干脆把她弄倒在地！”

“好，就按你说的办。”

于是，女子倒在地上，从胸部到腰部变成朝下趴着的姿势，犹如被野兽抓住的小兔子，浑身丝毫动弹不得。

“嘻嘻嘻……高兴吧！怎么样，再唱一支歌吧？”

“啊，啊，最好唱一支歌！”

接着，嘶哑声一高一低地在房间里回响，不仅走调，歌词也黄色下流。

相川守听见这样的歌声，仿佛觉得背上有虫子在爬，身上瑟瑟发抖。他仿佛觉得这不是来自人间的歌，而是来自地狱的鬼哭狼嚎。

声音到底是从哪里传出的？不像坐着唱的。相川守感到实在是不可思议。除防雨门外，声音与自己的耳朵之间好像隔着什么东西。哦，也许在那里边？

正面隔扇的里间的壁龛地板上一角，也就是壁龛地板的外沿横档和壁龛左侧墙面的立柱连接的一角，那里放有一口大木箱，看上去十分结实，木箱左侧，出现在相川守的视线范围里。

木箱的其他侧面，也就是从自己这个方向看不见的部分也许有孔，那个叫山印的人多半是藏在木箱里窥视？歌声恰巧是来自木箱那个方向。

不，也许我的思维出了什么问题？不管怎么说，人不可能藏在木箱里！

相川守否定了自己的想法，但是，他的这种想象后来竟然被证明是正确的。

“喂，现在是报仇雪恨的时候了。小姐，我现在让你看看我们的仇恨有多深！”这是巨人侧脸的声音，那侧脸一开始就投映在整个隔扇上。

突然，也不知是什么原因，房间里猛地像闪电那样闪烁起来。刚才还蜷缩在地上的女子猛地跳了起来，似乎打算逃跑，朝着相川守窥视的防雨门缝隙方向，踉踉跄跄地跑了两三步。

就在这一刹那间，相川守完完全全地看清了女子的整个脸。

“啊……”他险些叫出声来。这是一张他熟悉的女子的脸。

标 记

啊，那不是春川真由美吗！

她肯定是那个出名的芭蕾舞演员春川真由美！她怎么会被关押在这里呢？

以跳芭蕾舞闻名的演员春川真由美，是五天前突然去向不明的。

她每天早晨十点钟起床，从来如此。可失踪那天，直到十一点过后卧室门还是关着的，房间里也没任何响声。她的弟子觉得有些反常，便推门进去，可床上根本没她的人影。

床上的毛毯还是原先折叠的那样放在一边，洁白的床垫布上有一小块红色。

“啊，有血！”

春川真由美的弟子是一个十分胆小的少女，尤其害怕见到血，不由得大声惊叫起来。可她静下心来定睛一看，不是血，而是比血更令她恐惧的东西，一只剧毒的红彤彤的大蜘蛛。不，蜘蛛的体积不可能那么大。

女弟子不认识这种“大蜘蛛”究竟是什么东西。其实，那是日本见不到的死蝎子，一种剧毒妖虫的尸体！

后来，经过仔细辨认，那不是真正的蝎子尸体，而是用红色油画颜料绘制的死蝎子。不知绘制者出于什么动机。

红蝎子标记，可能表示什么？

人气很旺的春川真由美突然失踪，第一个发现的是她的亲戚。于是，亲戚赶紧通知剧团、警方以及新闻媒体。

相川守对这起不可思议的失踪事件抱有浓厚的兴趣，从那以后一直关注有关春川真由美的消息。

这起失踪事件发生后，除发现红蝎子标记外，什么线索也没有发现。春川真由美究竟是自己出走还是遭歹徒绑架？警方无法断定。

就这样，五天过去了。

芭蕾皇后春川真由美的失踪震惊了整个日本，街头巷尾到处都在议论。现在，“侦探先生”相川守却在这意想不到的地方见到了她。

赫赫有名的芭蕾皇后春川真由美遭到了如此凌辱，而且这一幕竟发生在相川守的眼前。

唉！可怜的春川真由美！因跳“天鹅湖”而赢得日本千千万万人的喜爱，被誉为“芭蕾皇后”，眼看就要死在歹徒们的手下，而且还是一些身份不明的恶棍。他们采用这种卑劣的恶作剧手段，残害芭蕾皇后。

相川守的视线离开防雨门缝隙，环视了一下周围。四周还是那么黑暗，那么寂静。刚才的所见所闻不是梦不是幻觉，而是一起即将发生的杀人事件。

他突然做出新的决定。

对，应该立即报警！

为了不让歹徒察觉自己的存在，他蹑手蹑脚地离开防雨门跟前，迅速匍匐着爬到围墙外边。

派出所在樱木大街上，距离这里大约五百米。也许在去派出所的报案途中，可怜的春川真由美就已经惨遭杀害？可仅凭自己一个人是难以对付这些恶棍的，说不定连自己也成了他们的刀下鬼。

在这种情况下去派出所报案是上上之策。

他一来到墓地，不顾一切地跑了起来。

不一会儿，他看见了派出所门前亮着的红灯。

他径直闯入派出所，上气不接下气地嚷道：“不得了啦！要出人命啦……那边的空房子里，恶棍们正准备杀人！快……快去！”

相川守手指着自己来的方向。

“什么？杀人？”

值勤的两名警官见相川守气喘吁吁的紧张模样，赶紧站起来，让他担任向导，立刻朝现场飞奔而去。

相川守和两名警官穿过草丛，猛虎下山似的来到妖怪住宅跟前，站在防雨门外面辨别房间里的动静，可这时，房间里没有烛光，也没有人。

“他们逃走了？”

“也许是的。那，把门打破冲进去。”

其中一个警官用肩膀使劲撞门，传来哗啦声响，门咣地倒在地上。

三个人一齐冲进去，借助警官手中的手电光来到房间里。

“奇怪！什么都不见了！”

“也没有血迹。”

警官们一边嘟哝一边仔细地搜查了每一个房间，别说壁橱，就连厨房里的盖板下面全都搜查了，奇怪的是连一只猫也没有见着。

“小伙子，是不是你的大脑里出现了幻觉？还说是杀人事件，可这里全都搜查过了，根本就没这种迹象。也许，因为这里是出了名的妖怪住宅的缘故吧？”

警官见搜索一无所获，连珠炮似的数落起相川守来。

“不，绝对不是做梦！确实是杀人！并且不是一般的杀人犯罪。这壁龛地板上放有一口木箱，我还听到木箱里传出歌声……”

“你这话说得越发让人不能相信了。你说的箱子在哪里呀？杀人的时候，还躲在箱子里唱歌，瞧你胡编乱造的，居然有这样的杀人现场。”

“是的，按照通常的思维逻辑是难以想象，但这里面肯定有什么原因。正因为不是普通杀人事件，特别恐怖……是呀，这到底是怎么回事？”

相川守一边说一边瞅了一眼壁龛里的墙上。

墙上有奇怪的东西。

一个握有手电的警官，凑巧把灯光对准那里，圆圆的光束里，出现了一个恐怖图案。

“瞧，那上面是什么？”

警官也察觉到了，走到墙跟前仔细观察。是一只宛如从墙里边爬出来的深褐色的小怪物，紧紧地黏附在那里。不注意看，很难看清楚小怪物的形态，容易把它错当成雨点。正因为看上去似有非有，反而让人觉得毛骨悚然。

“明白了，是蝎子，是只红蝎子。瞧，春川真由美遭绑架的那天，床上也有这样形状的毒虫标记。”

相川守终于明白了奇怪图案的意思。

是蝎子！八条腿，两把剪刀，带有毒针的尖尾巴，画得栩栩如生。

另一个警官好像想起了什么，迅速走到图案跟前，用手指摸了一下那里的墙面，突然惊叫起来。

“啊，血，是血！这只蝎子是用人血绘制的！”

什么，用血绘制的红蝎子！无疑，是歹徒标记！

简直是胆大妄为的歹徒！

壁龛最显眼的正面墙上，歹徒署上标记“红蝎子”后离开了这里。

发 现

“好像是用沾满血的小布块绘制的。绘制这样的画，需一定量的血。”

“嗯，这是一起血淋淋的凶杀案。”

警官看了这幅“血画”，不再怀疑是相川守的幻觉。

“连接院子的屋檐走廊那里仔细调查过了，到处有血迹，再擦还是有。”

相川守冷不防插话。

经过调查，那里确实像他说的那样，到处是血迹。

“他们是怎么处置被害人的？”

“唔，再搜查一遍。”

接着，他们又仔仔细细地在房子里搜寻了一遍，发现柱子和榻榻米上有小块血迹，同时，还发现凶手可能是从厨房门口进出的，其他什么线索也没得到。

厨房门外与围墙之间隔着一块空地，围墙上有出口，装有破门。走出那里，前面是一片树林，穿过树林是断崖，站在断崖上可以俯瞰列车轨道。

两个警官在这一带进行调查的时候，刑事侦查主任带着两个便衣警官从警署赶来了。刚才，两名警官在决定跟相川守到现场的时候，给上级警署挂了电话。

刑事侦查主任听完他俩的报告后，认为这起杀人事件非同小可，遂命令一名警官担任警戒并向警视厅报告，随后带领大家进一步勘察现场。

由于住宅里已经搜遍，便对围墙内侧的那片空地进行了搜查。这片空地大约三百五十平方米，长满了齐腰的杂草。

想要进行仔细搜查，像这样的现场只有等到拂晓。幸亏从警署里带来了光线强烈的手提灯，再加上三支手电，于是，先对这片草地展开搜索。

他们分成两组，从草地两侧展开搜查。

相川守被安排在刑事侦查主任一组，跟在那盏光线强烈的手提灯后参加搜索。他的搜查动作，还真像专业侦探那样非常老练。

在沾满了露水的野草丛里穿行，脚上的感觉很不舒服，加上手电光照亮的范围有限。于是，随着手电光的晃动，仿佛觉得被照亮的地方有蝎子爬行的影子。

一想到墙上血画的蝎子标记，即便踩在树枝树叶之类的东西上面，也会浑身直打哆嗦。

“荒凉得简直令人难以置信！如果对世人说东京中心还有这么一幢妖怪住宅，一定会被误解为撒谎。”

“不知什么原因，好像没有买主对这幢房子感兴趣。这里曾经有人自杀过，自杀者的幽灵似乎始终不散。像这样的房子闲置在这里，不会有好事，正好被歹徒利用，是歹徒最理想的聚集地或作案场所。”

刑事侦查主任和一个刑事侦查警官为了壮胆，故意一边走一边大声说话。

少顷，从院子深处跑来一个人影，箭一般飞快。一定发现了什么重要线索！大家赶紧停住脚步。黑影气喘吁吁地报告说：“发现了尸体。”

这是另一搜查组的警官。

“发现了？在哪里？”

“在对面厨房旁边的水井里。我们用手电朝水井里照的时候，发现水面上漂浮着尸体。请你们去看一下。”

这名警官在前面带路，大家跟在他身后朝水井那里跑去。

“走，快去看一下！”

相川守跟在大家后面朝那里疾跑，很想见识见识那可怕的东西。

终于发现了春川真由美的尸体。

相川守作为这起凶杀案的关系人也被带到警署，回答刑事侦查主任提出的种种问题。尤其是，相川守为什么偏在深夜到这幢妖怪住宅？就这一疑点，主任警官进行了重点盘问。在他看来，相川守的行为十分可疑。

相川守从昨天晚上在黑马车餐馆吃饭开始说起，一直说到发现凶手和春川真由美后向派出所报案。然而，主任警官根本不相信他的陈述。但是一听说他父亲是知名大企业家时，也就不再怀疑，准许他离开警署回家。

这时，已经凌晨两点了。

主任警官的说教和怀疑，并没使相川守感到后悔。相比之下，自己能成为这起大案的关系人倒是一件令他高兴的事情。从小时候到现在最憧憬的冒险和侦探事业，终于实践了一番。

相川守异常兴奋，觉得自己仿佛在腾云驾雾，沿着充满雾气、正在沉睡的大街行走。一路上，出租车的车前灯光不时地划破雾气，从他的身边经过。但他无意坐出租车回家，仍然徒步行走在夜幕笼罩的大街上。渐渐地，脚底下开始发出咚咚咚的皮鞋声，头顶着雾气，越走越来劲。

突然，他发现面朝大街的大片空地上伫立着巨大的白色帐篷。那是马戏团的帐篷。帐篷里没有一线灯光，整个帐篷宛如巨大的怪物，无声无息地趴在夜色笼罩的空地上。相川守像做梦似的，悄悄来到帐篷跟前，望着颜色鲜艳的油漆广告画。

广告画上有一个长相丑陋的侏儒姑娘，身穿印有商号的外衣，头缠布巾，手舞足蹈地跳着舞。沐浴在远处路灯射来的微弱光线下，侏儒姑娘的脸上浮现出令人作呕的淡淡笑意。

相川守打算喊出租车回家，可不知怎么的，站在画前竟然流连忘返。这时，马戏棚里传来偷偷贴近的脚步声。

他吃了一惊，连忙朝那儿望去，马戏棚门口的幕布微微晃动了一下，慢腾腾地走出一个男子。

咦，难道马戏团的演员们在这个帐篷里睡觉？

男子径直朝相川守走来，走到跟前望了他一眼，随即转过身朝相反方向走去。相川守忽地想起来了。

就是这家伙！他是杀害春川真由美的凶手！

跟 踪

这家伙头戴鸭舌帽，鼻梁上架着曾在黑马车餐馆里见到的蓝眼镜，鼻子与嘴之间留着一撮黑胡子。

后来，相川守才知道这条路叫金杉大道。也不知何故，相川守走的不是回家路线，而是跨过铁路旱桥朝着与家相反的方向行走。

金杉与谷中犹如鼻子与眼睛之间，中间隔着一条铁路。

凶手逃离杀人现场，无疑隐蔽在马戏团帐篷里一直躲到现在。

白天，这条大道上人来人往热闹非凡，可现在夜深人静，连人影也见不着。即便有出租车，也只是刹那间呼啸而过。虽然前面有某工厂的水泥围墙，但也无法求助。

相川守犹豫不决，不知如何是好。假如就这样眼睁睁地让凶手溜之大吉，势必留下终生遗憾。终于，他鼓起勇气，决定追赶蓝眼镜男子。

“蓝眼镜”急匆匆的脚步声在夜里回荡，相川守踮起脚尖跟在他身后，保持着十米左右的间距。

“蓝眼镜”不知是否察觉到身后有跟踪尾巴，也不回头张望，而是快步向前走着。

长长的水泥围墙终于走到了头，“蓝眼镜”顺着围墙拐角转弯进入小巷子。

不能让他溜走！相川守加快脚步也顺着拐角转入小巷子，刚跨入黑暗小巷子一步，不由得停住了脚步。

“蓝眼镜”的影子此刻正面朝着自己，似乎埋伏在这里守株待兔。

“不准出声！”

蓝眼镜男子用嘶哑的声音喝道，晃动着右手让相川守瞧，是一支手枪。

“你是相川君吧！”

蓝眼镜男子喊道，相川守愕然。

“嘿嘿嘿……吃惊了吧！我早就知道你的大名了。一路上你还真够辛苦的。你这样模仿侦探太无聊了，我劝你还是别干为好。就你这样的业余侦探，根本不是我的对手。喂，听见我说话了吗？快回家睡觉去吧！向后转！老老实实地回家！”

声音低沉但很严厉，握着枪的右手不停地晃动着，恫吓相川守。

相川守无言以对，可他不想按照恶棍的命令做。但眼下与握有手枪的家伙为敌，恐怕连自己的性命也要搭上。

“你怎么知道我名字的？”

“嘿嘿嘿……当然知道，因为你是我的猎物的弟弟。”

相川守不明白“猎物的弟弟”是什么意思，没有吭声。对方见状，滑稽地笑了：“所谓猎物是这样的意思，就是指今天晚上像春川真由美那么美丽的年轻女子。哈哈哈……明白了吧？”

什么？他胡说什么？恶魔刚才说的猎物，是指相川守的姐姐相川珠子。

相川守觉得这家伙不像开玩笑，是真格的。那么，他到底为什么？难道与我姐姐之间有什么不共戴天之仇……

“你知道我姐姐？”

“嗯，知道得很清楚。在东京女学生中间，就数你姐姐长得最漂亮。”

“你说这话是什么意思？”

“她是我的猎物，嘿嘿嘿……”

“呸！”

对方无耻透顶，相川守怒发冲冠，欲冲上去。

“浑蛋！你不要命啦！”

蓝眼镜家伙把枪口对准相川守。相川守不得不打消刚才的念头。

他攥紧拳头，气愤得浑身颤抖，牙齿咬得咯咯直响。

“好了，快转过身去！快走！”

相川守被拽住肩膀朝后转，眼下只能是好汉不吃眼前亏。

这时，传来蓝眼镜男子向后倒退的脚步声，好像已经有五六步远了。

“你要是转过身来，可别怪子弹不长眼睛。”

蓝眼镜男子的声音直灌耳朵。

这个杀人不眨眼的恶魔，凶狠程度远远出乎相川守的想象。今晚故意让相川守目睹杀人现场，也许不是偶然？或许，恶魔知道他嗜好冒险，故意引他上钩？

倘若这样，黑马车餐馆的密谈不就是恶魔设下的圈套吗？

相川守等到恶魔脚步声听不见了，转过身打算重新跟踪。可是，一旦离开大路拐入小巷，简直像进入羊肠小道一样容易迷路。没有光线，暗得无法看清楚前面。

他转来转去地走了好几步，觉得不可能再找到蓝眼镜家伙了。

无可奈何的他只得返回大路，喊出租车回家了。途中路过一家派出所门口，他赶紧让司机停车，独自去那里报告了金杉那里发生的情况。

怪 影

第二天，新闻媒体竞相报道了“红蝎子杀人事件”。从新闻媒体得知这一耸人听闻的新闻后，市民们人心惶惶，惊恐万分。

惨遭杀害的，是目前最走红的、被誉为芭蕾皇后的春川真由美。根据红蝎子标记的形状，可以断定凶手是杀人如麻、嗜好蝎子本性的歹徒。

刹那间，整个日本笼罩在恐怖的阴云里。

根据相川守的报告，警察于次日早晨包围了金杉那里的马戏团帐篷，进行了突击搜查和排摸。警方认为，凶手多半是马戏团里的成员。

但是十多个男女成员中，没有一个长着凶手那样的面容和身材的。昨天晚上，在帐篷里过夜的是六十多岁的看门老人和最受观众欢迎的侏儒姑娘。

“戴蓝眼镜的男子来过你们帐篷吗？”

警官盘问他俩，可两个人一脸木然的表情，似乎根本就不知道有这回事。

那天晚上，“蓝眼镜”只是在马戏团帐篷里隐蔽过一段时间，与马戏团似乎没什么必然联系。

恶魔的真实面目以及去向，再怎么排查也得不到任何有价值的线索。市民们的恐惧感在日益加深，一到晚上都不敢出门。

丑陋的毒虫般的凶手，也许此刻正躲在某个阴暗的角落里暗中窥视，等待着新猎物的出现。

一些长得与春川真由美的容貌、身材较为相似的美女，一到夜里赶紧闭门不出。

相川守的家里，不用说，恐惧感也与日俱增。虽外人尚不清楚，可家人都已经知道，“蓝眼镜”的下一个猎物是相川珠子。

“通常，凶手的再怎么狗胆包天，也不会干事先预告的傻事。若这样做，岂不是让对方有所警戒、有所防备吗？也许，那家伙是为了威胁相川守，不准他再多管闲事。总之，事先告知杀什么人是愚蠢行为，一般不太可能。”

家中亲属及家庭教师殿村京子，根本就不信蓝眼镜家伙对相川守说的这番话。

可是，相川守由于目睹了那次恐怖的杀人现场，不认为“蓝眼镜”是为了恐吓和警告自己而说那番话的。

父亲相川操一，视唯一的女儿相川珠子为掌上明珠，一旦发生意外，后果将不堪设想。于是，他要求警方在住宅周围加强巡逻，并指示两个寄宿生参加保卫，还新雇用了一个获得柔道三段资格的青年加盟保卫。

相川珠子每天上学放学，身边都配有寄宿生担任保镖，父亲相川操一特别叮嘱他们一路小心。

姐弟俩的母亲于几年前去世，家里就相川操一和一对儿女三口人。长时间照料他们生活的，是雇用的保姆。

可用人毕竟不能替代母亲教导相川珠子，于是，相川操一拜托好友牧师，通过他请来殿村京子担任家庭教师。

殿村京子于十多年前死了丈夫，一直孤身一人。她信仰基督教，热心于教育事业，担任家庭教师，对她来说是最合适的工作。

每天下午到晚上，殿村京子在相川操一家对相川珠子进行课外辅导。

此外，家中还有两个寄宿生和三个女用人。在这幢东京数一数二的大型别墅里，他们彼此相处得非常和睦。

可恶魔意欲捕杀猎物——相川珠子的预告，打破了这家人的平静生活。于是，家人全面警戒，主人相川操一一再吩咐大家严加防范。

相川珠子本人也感受到了家里与往日大不相同的紧张气氛，终于有一天，她从老用人嘴里得知了这一秘密。

这，这是怎么啦？恶魔下一个猎物竟是自己，到底是为什么呀？

相川珠子惊呆了，惶惶不可终日。待在家里害怕，走在路上也害怕，唯独在学校教室里与同学们一起学习时才会把害怕抛到九霄云外。

“只要提高警惕就不会发生那种情况！像这样事先预告杀人的犯罪，不仅愚蠢，也不太可能发生。”

殿村京子总是这样安慰她，可这丝毫也驱散不了相川珠子心里的恐惧。一想到令人憎恶的毒虫红蝎子随时随地都有可能从黑暗中出现，相川珠子独自一人都不敢上床睡觉。她让老用人把被褥搬到自己房间睡在她旁边。

谷中事件发生后的第五天。

相川珠子放学回家接受殿村京子课外辅导后，已经是傍晚了，打算上浴室洗澡。尽管心里非常害怕，但洗澡时让人陪伴是一件害羞的事，无奈，独自一人进了浴室。再者，浴室里的窗户外面都安装了铁栅栏防盗网。在仅隔一道墙的隔壁厨房里，还有正在忙碌的用人。

另外，窗外隔有一小片空地，那里有高高的围墙。总之，浴室属于安全地方，没什么可以担心的。

相川珠子走进更衣室，面对镜子打算脱去身上的衣服。就在这当口，她突然感觉镜子旁边闪过一个模模糊糊的胖女人的影子。

镜子旁边是紧闭着的窗户，下半部是磨砂玻璃，上半部是透明玻璃。

窗外的天空已经暮色浓浓，上半端的透明玻璃外也已经黑乎乎的，可上面却晃动着难以形容的影子。

她告诫自己，别看那里！别看那里！那家伙……一定，一定在上面！

脑子里这么一想，全身忍不住打起了哆嗦，呼吸也随之急促起来，映照在镜子里的脸骤然变得可怕起来。她越是不想看那里，可眼睛却像被具大魔力给吸住似的，视线怎么也无法离开恐怖的窗户。

她看见了。

是做梦？是幻觉？

不，都不是。令她最担心最恐怖的东西，终于出现了。

透明玻璃上，出现了一张与玻璃一样大小面目狰狞的脸。那张脸来自铁栅栏防盗窗外，贪婪的目光正注视着相川珠子。

这是一张表情冷漠的脸，在黑暗里飘浮着。鼻梁上架着大框架的蓝眼镜，鼻子与嘴之间长着一撮黑胡子，头顶上的鸭舌帽帽檐与眉毛一般齐。

相川珠子望着这张令人恐惧的脸，仿佛觉得那里有两只无形的手正朝自己伸来，企图抱住自己。她紧张起来，身体不由得微微摇晃，脸变了形，嘴唇不停颤抖，眼看就要放声大哭。终于，她忍不住了，使出全身力气“哇——”地大声喊叫起来。

震耳的悲鸣声摇曳着浴室，撞击着四周墙壁，发出了阵阵回声。

推 荐

听到悲鸣声，最先冲进浴室的是相川守和殿村京子，随后还有一个寄宿生。

到底是谁第一个冲进去都已经难以分辨。他们冲入浴室一看，相川珠子倒在镜前。

“相川君，那，那……”

一来到相川珠子身边，却不知何故突然后退的殿村京子，脸色和相川珠子一样变得苍白，手指着窗户。顺着她手指的方向，相川守和寄宿生的目光一齐投向那里，刹那间也惊呆了，浑身也打起了哆嗦。

趴在地上的相川珠子的背上，出现了一个红色小点，起初以为是伤口，可仔细一看，那不是血，而是远比血更让人感到恐惧的红色小虫。

红蝎子！

难道相川珠子被蝎子毒死了？

不，不，不可能！与春川真由美被害案相同，也是蝎子尸体。

它是恶魔的标记。

相川守蹲在姐姐身边，忽地拂去那只红蝎子。

果然是死蝎子！

被拂走的毒虫滚落在浴室角落，丝毫没动弹。

“姐姐，姐姐。”

相川守仔细检查了一下姐姐身上的伤口，没发现类似蝎子毒针刺过的痕迹。

相川守一边喊姐姐，一边摇晃姐姐的身体。不一会儿，相川珠子睁开了眼睛。

太好了！相川珠子没遭杀害，只是休克而已。

“快，快。”

相川珠子蠕动着干燥的嘴唇，不时地指着窗户。

那么，到底是谁悄悄站在窗外？

必须赶快调查个水落石出！

可是，照顾姐姐相川珠子也是当务之急。

“喂，你快去把用人老婆婆喊来！”

相川守吩咐身旁的寄宿生，而后朝着殿村京子说：“老师，我去外面搜索，这里就拜托您了。”

说完，他飞也似的离开浴室来到厨房门口。

这时，已经有一个女用人来到院子，正在仔细环视周围。

“阿姨，刚才有没有人从这里经过？”

相川守问，女用人吃惊地转过脸来。

“相川君，小姐现在怎么啦？”她战战兢兢地反问道。

“嗯，姐姐休克了好长一段时间，好像有谁站在窗外窥视，你没发现吗？”

厨房门大开，要靠近浴室窗户，必须经过门前。按理说，不可能躲过女用人的视线。

“没有，根本没人从这里经过，我一直是脸朝着门口的。”

“奇怪！那，你肯定没发现。”

相川守走到可疑的窗户那里，检查了窗前的木板围墙边门，没发现异常情况。

看来，可疑的家伙是越围墙进来的。无论歹徒的体操水平有多高，没有梯子之类的登高辅助工具，是不可能翻越这么高的围墙的。

“你是不是一听到我姐姐的叫喊声就跑到院子里的？”

“是的。”

“没发现任何人？”

“是的。”

“连翻越围墙的家伙也没发现吗？”

“是的，要是有，逃不过我的眼睛。就是天色再黑，我也不可能看不见翻越围墙的人。”

女用人的话值得信赖，她绝对不会说假话。

拿来手提灯检查窗外和地面，干干净净的地面上没有留下脚印。

这可疑家伙究竟是如何通过这里靠近窗前的呢？这里是唯一通道，也许，一开始就没有可疑家伙。

然而，已经缓过神来的相川珠子坚持说：“我绝对不可能无端地乱叫乱喊！当时，我确实看见了一个可怕的家伙，由于脸贴在窗玻璃上，这才吓得我瘫倒在地失去知觉的。窗外确确实实有人，戴着蓝眼镜，有一撮胡子。这，我绝不可能看错。”

相川珠子说的，并不是幻觉。因为，在现场找到了铁一般的证据——用颜料绘制的蝎子标记。按理说，它不可能出现在浴室里，尤其不可能出现在失去知觉的相川珠子背上。除蓝眼镜怪物外，没有第二个人会做出这种恐怖举动的。

尽管如此，可疑家伙贴近窗户的脚印等线索怎么也没找到。也就是说，不可能的事情真的发生了。

相川珠子接受了医生的检查后，躺在床上休息。医生说，只是受惊吓造成的休克，没其他什么症状。

经过这样的事件，足以证明恶魔的杀人预告不是随便说说而已。这家伙如果再度出现在住宅里，该如何对付呢？

今天晚上，如果不是相川珠子的大声叫喊吓跑了他，那么，他是不可能就此罢休逃之夭夭的。

事不凑巧，父亲相川操一因公务外出会客去了。一接到家里来电，赶紧返回。

听完儿子相川守和家庭教师殿村京子的情况介绍，立即报告警方，要求警方增派警力保护。

“不过，我还是觉得不放心！歹徒像变幻莫测擅长魔术的高手，而且心狠手辣。除拜托警方外就没其他办法了吗？”

本来，殿村京子没把歹徒的杀人预告当一回事，现在亲身经历这起事件后，也变得不安起来，觉得不能坐以待毙，应该积极采取对策。

“我也是那样想来着。爸爸，对付这样狡猾而又凶狠的家伙，光靠力气是不行的。歹徒擅长魔术，我们也应该请魔术高手与其针锋相对，早日擒获对手。”

相川守摆出侦探先生的样子，极力主张自己的意见。

“嗯，你打算增加什么样的力量？说说看，你准备推荐的人是谁？”

相川操一问儿子。

“要说最擅长魔术的，天底下只有日本第一大侦探明智小五郎。”

相川守脱口而出。

上当

相川操一久仰明智小五郎的大名，见儿子说的是他，频频点头表示赞同。

相川守继续解释说："要对付擅长魔术的凶手，只有请明智小五郎出马。"

"相川，你认识明智大侦探吗？"

"虽没拜见过，但有关他的情况我知道得很多。他被誉为日本的福尔摩斯。警察破不了的案，结果都由他一一侦破，是一个侦查手段非常高超的大侦探。目前，还没有人可以与他相提并论。只是不知我们这样的委托能否引起他的兴趣。据说，必须是高难度并且能激发他侦查斗志的案件，他才会接受委托。像蝎子这样的怪物凶手，根本不是他的对手。"

"京子老师，关于委托明智小五郎一事，想听听你的意见。"

相川操一征求殿村京子的意见。

"我也觉得最好是委托明智小五郎办案。这关系到相川珠子的生命，一定要想方设法请他接受委托。"商量的结果是一致的，委托明智大侦探办案。

情况十万火急，最好是委托人亲自登门拜访，详细介绍案情。当然，相川守去明智小五郎那里介绍情况是最适宜的。这起事件的整个过程，包括一开始的起因，以及案情发展过程，还有更重要的是，他记得那个蓝眼镜男子的相貌特征。

找到电话号码后，立即给明智侦探事务所打了电话。事不凑巧，明智小五郎外出办案去了，据说十点左右才能返回事务所。

相川守一直等到快要十点的时候，精神抖擞地走出家门。一想到马上就能亲眼见到誉满日本的大侦探明智小五郎，心咚咚咚快速跳了起来。

明智侦探事务所，也是明智小五郎的住所，坐落在东京都内的麻布龙土街。

这是一幢两层建筑，设计师是按照明治初期建筑风格设计的，砖墙结构，已经很陈旧了。这一带是住宅区，周围很清静，阴森森的。

这幢两层建筑的周围是黑色的板围墙，让人倍觉戒备森严，与围墙内的砖墙建筑不相吻合。两边的石门柱中间，镶嵌着锈迹斑斑的大铁门。

外表看，这幢建筑让人觉得奇怪；内部结构，倒有点像犯罪分子的大本营，装有各种机关，据说是让来访者感到惊慌。

相川守在门前走下出租车，推开没有上锁的铁门，径直走到玄关门前的台阶上，伸出右手按了一下门铃。

门开了，探出一张脸。瞧那张脸的模样，年龄与相川守大致相仿，一双机灵的大眼睛。

相川守立刻猜出了他是谁。

他是明智大侦探的助手，赫赫有名的小林芳雄侦探。

“打搅了，我是刚才打电话的相川守，请允许我拜见明智大侦探。”

相川守刚说完，没想到小林芳雄哈哈笑了。

“明智先生已经等候多时了，快请进！”

跨过门槛，里面是厅，正面是上二楼的楼梯，扶手上刻有浮雕，犹如蛇一般弯弯曲曲地向上延伸。

“相川君，今天也不知什么缘故，明智先生似乎心情特别不好，从外面一回到书房便紧闭房门。我送茶去，他却不让我进去，还说别打扰他。”

“这幢住宅里就你和明智先生两个人住吗？”相川守问。

“是的，没第三个人。”

沿着昏暗的走廊转了好几个弯，终于来到大侦探的书房。像这样的走廊弯来扭去，容易让人迷失方向。小林芳雄敲了几下房门。

“先生，相川守求见。”

于是，门与门框之间出现了一条细缝，露出明智小五郎的脸。

“请相川君进来！小林君，你到门口去，我不按呼唤铃，你别进来。”

相川守按照明智小五郎说的，走进房间。

房间里的摆设，像学者研究室，四周墙边堆满了书，房间中央是一张大书桌，两侧面对面地放着两张椅子。

明智小五郎瞟了相川守一眼，也不说“请坐”之类的一般客套话，自顾自地坐在椅子上，一脸似乎什么也不知道的表情。

给相川守的第一印象，大侦探是一个难打交道的人。

一直听说明智小五郎有四十多岁，可今天一见面，觉得跟传说的年龄差距很大，他显得非常年轻。乱蓬蓬的头发很长，身上穿着不讲究。虽说报上刊登过的照片看过几回，留在脑海里的印象也很深，可与今天看到的实际面貌相差很远。

相川守彬彬有礼地说了一番客套话后，坐到旁边的椅子上与明智小五郎面对面。见相川守坐下，大侦探扫视了一下他的脸，语气很不友好地问道：“你要委托我办什么案？”

“最近社会上发生了一桩红色妖虫大案，街头巷尾都在纷纷议论。我就是为这起案件来拜访并且委托您办案的。”

相川守想，自己一说到红蝎子大案，明智小五郎一定会饶有兴趣地听自己说，还会很爽快地接受委托。出乎意料的是，明智小五郎的脸上根本就没什么激动的表情，还是刚才那副冷冰冰的样子。

“嗯，接着说下去。”

明智小五郎催他往下说。

相川守把从谷中的妖怪住宅缝隙中见到的情景，一直到昨天傍晚发生的情况，简明扼要地说了一遍。

然而，明智小五郎在相川守的整个叙述过程中，根本没有任何吃惊的表示，只是一个劲地“嗯”个不停，一副不理不睬的神情。

“解除姐姐的危险是我们全家人的第一要求。如能抓获凶手，那是最好不过了。您觉得如何？能接受我们的委托吗？”相川守说完，等待明智小五郎的回答。

大侦探还是瞪着眼睛上下打量相川守，半晌没开口说话。

这时，相川守感到有点莫名地害怕起来。

“先生，您能接受我们的委托吗？”

“你想委托我？”

明智小五郎总算开口了，语调似乎有点改变，但相川守并没有察觉到。他不明白对方问自己的意思，顿感为难起来，不知如何回答才好。

“我在问你哟！你觉得你是在跟谁说话？”咦，奇怪！相川守突然蒙了。

“当……当然是跟明智先生说话啦！我是请求先生接受委托，解除我姐姐的危险。”

“你说的先生是指谁？”

“是指明智小五郎。”相川守被对方愚蠢的质问惊呆了，不由得拉大嗓门。

“哈哈哈……是指明智小五郎。你说我是明智小五郎？”

一听这话，相川守更摸不着头脑了，感到莫名其妙，再也坐不住了。

一直听说明智小五郎是一个奇特人物，可今天见到的明智小五郎好像精神有点错乱。不，可能是自己的耳朵听觉出了问题，要不，就是幻觉？

“我登门是为了拜访明智小五郎的。”

“啊，是这么回事。”

“那，您大概不是这家事务所的主人吧？”

“啊，难道我不像这里的主人？”明智小五郎嘻嘻笑了。

“那，您是明智小五郎先生吧？”

“你觉得我像吗？”

“哎，你说什么？”

“我是在问你我像他吗？哈哈哈……我也变成化装高手了！”

相川守猛地站起身，拿起椅子当作武器摆开架势。

“你到底是谁？为什么要这样恶作剧？”他紧盯着不知真相的对手，大声喝道。

陷阱

对方依然还是原来那样望着相川守，厚颜无耻地嘻嘻笑着说："你说是恶作剧？嘿嘿嘿……我这不是恶作剧，只想试试你的头脑是机灵还是愚笨！如果仅仅是恶作剧，我会这么兴师动众地化装吗？"

"那，你是为什么？为了蒙骗我？"

"不，为了引诱你上钩。你大概以为我的智商比明智小五郎低是吧？"

"你说的我是指谁？照这么说，你是……"

"哈哈哈……你还算聪明，终于明白过来了，说下去！"

"红蝎子。"

"嗯，你说对了。没想到你的脑子还挺机灵的，哈哈哈……"

虽然不清楚眼前这家伙是否蓝眼镜男子本人，但肯定也属于那类杀人如麻的恶魔。相川守明白了刚才他不让小林芳雄进入书房的缘故。这家伙不是真正的明智大侦探本人。

"那，你想干什么？"

"我们不会杀你的，请放心！只是要请你在这里待一段时间，你可能会觉得不自由，但也只能请你忍耐。其实，住宅里有许多暗道和秘密机关。"

对方说的，相川守刚听了一半，猛然间，脚下的地板消失了。

相川守顿感整个身体往下坠落，昏昏沉沉，仿佛失去了知觉，刹那间，屁股连同整个背部先后被硬邦邦的东西捣了一下。

“好了，请慢慢休息吧！哈哈哈……”

声音好像从遥远的地方传入自己的耳朵。

相川守忍着剧痛抬头望去，高高的天花板上有一个正方形的白色东西。

噢！明白了，那是陷阱口，我中了歹徒的圈套了。就在这时，天花板上传来啪的响声，陷阱洞口被重重地盖住了。

陷阱里顿时漆黑一片，伸手不见五指，像地狱一般。好长一段时间里，相川守的脑子里一片空白，唯一清楚的是，恶魔的鬼蜮伎俩让他惊呆了。

随着心情渐渐平静下来，开始感觉到了身上的疼痛和地底下的寒气朝自己逼来。比这更让他感到凄凉的，是地下室里的黑暗。

掉落在这种地方，如果没人来救自己，谁也不知道自己在哪里，也许再也见不到外面的天日。像这样一直待在地底下，加上饥寒交迫，只有死路一条。

相川守感到害怕，甚至想到了死。

突然，他觉得黑暗里好像有什么动物，有像呼吸的声音。

是谁？莫非恶魔要杀自己？

也许，地下室里喂养着什么猛兽？见到来了一个活人猎物，便露出已经饥饿多时的獠牙，朝自己靠近。

相川守躺在地上一动不动，屏住呼吸，竖耳倾听。

确实是呼吸声，不是错觉，黑暗里确实有蠕动的动物。

在这什么也看不见的黑暗里，他想象着动物的模样。莫非与人一般大小的蝎子正朝自己爬来？

蝎子那样的怪物，交替晃动着蜘蛛般的八条细腿，摆动着两个锋利剪刀般的螯，将带节的丑陋尾巴从屁股绕到前面，摆开伺机猛扑的架势，悄悄朝自己爬来。最可怕的是，尾巴上有能置人于死地的毒针。

可是，地下室里的这条大妖虫像犬类动物，呼吸起来竟然发出“哈——哈——”的声音。相川守着了慌，简直魂飞魄散。

躺在冰冷又不光滑的水泥地上，他紧张得不由自主地蜷缩起身体，朝着与呼吸声相反的方向爬行。

“嘘，嘘。”

他一边爬一边叫嚷着为自己壮胆，企图阻挡肉眼无法看见的野兽进攻。

紧接着，黑暗里出现了光，受光影响而发亮的眼睛正注视着自己。

“你就是相川君吧？”

相川守诧异，这头长着发亮眼睛的野兽居然会使用人的语言说话。

不，他既不是野兽也不是蝎子，而是一个人。

在地下室里，自己不是孤独的，竟还有陪伴自己的人。奇怪！噢，原来，那发亮的眼睛不是野兽眼睛，是男子手里握着的手电灯光。

“你是谁？怎么知道我的名字？”

相川守不知道说话的人究竟是歹徒还是其他什么人，谨慎地反问对方。

“果然是相川君！是我呀！”

对方一边回答，一边将手电灯光改变方向照着自己的脸让相川守辨认。

相川守看了一眼那张脸，顿感自己险些没了呼吸。

这家伙是什么时候进来的？居然还比自己先进入地下室！动作像闪电那样神速。

手电光束里的，不就是刚才自称明智小五郎的那个人的脸吗！可恶！

“啊，你这个家伙！”

这恶魔把我扔进地下室还不放心，居然悄悄进入地下室，肯定是一不做二不休想把我杀了。

眼下，只有豁出命与对方拼了！相川守暗自下定决心，摆开搏斗架势。

对 话

对方似乎已经察觉到相川守有这种动机，再次将手电灯光照亮自己。

“相川君，你别误会！让你掉入这陷阱里的家伙还在上面，而我真正是你要寻找的明智小五郎！”

著名侦探竟然在黑暗的地下室里！

到底是怎么回事？

“哈哈哈……我也同你一样掉到了陷阱里。没想到我自己会掉到自己设计的陷阱里！”

“是真的吗？连先生也被那家伙……”

相川守说到这里顿住了，目瞪口呆。

自己一直最崇敬的大侦探在说什么呀？

上了圈套掉到陷阱里的真明智小五郎，脸上丝毫看不出灰心丧气的表情，十分镇定。那模样，似乎把黑暗的地下室当作了自己的地上房间。

“我外出回家，助手小林芳雄对我说接到一个叫相川操一的人的电话，说好十点左右让他儿子相川守来事务所与我面谈。我想，可能与妖虫事件有关，高兴地盼望晚上能同你会面。

“为了与你会谈，我打算先去自己的书房等。可一走进书房，发现房间角落里坐着一个与我模样相同的人，也就是那个化装成我的家伙。他一见我进来立刻按动控制陷阱盖板的秘密开关。就这样，我掉到了自己设计制作的这个陷阱里。哈哈哈……

“由于这么个插曲，我无法向你打听案件的情况。不过，我想你肯定是为委托我侦破红蝎子案特意光临寒舍的。我要是没说错，红蝎子下一个目标就是你姐姐，是吧？”

“是的，先生知道我姐姐吗？”

“当然知道，相川操一先生的千金相川珠子，比仙女还要漂亮，东京里没有不知道的。春川真由美也长得漂亮，芭蕾舞技超群，得到了世人的公认和好评。于是，被凶手杀害了。总之，红蝎子把杀人目光盯着所有的漂亮女子。”

黑暗里，大侦探的声音听来和蔼可亲而且意味深长。

相川守怎么也没想到，自己竟会在地下室里见到明智小五郎。更让他意想不到的是，还没等他开口叙述案情的始末，明智小五郎已经了如指掌，好像还发现了制造这起案件的真正凶手。

这时候，不知从哪里传来另一个人说话的声音，好像是来自通话管的声音，在黑暗的地下室里回荡。

“大侦探先生，请问你，此刻的心情怎么样？一定感到寂寞和悲伤吧？我刚才不是给你送去一个朋友吗？怎么样，有伴了，心情应该好一些了吧？”

明智小五郎的手电灯光照亮了声音传出的墙面，圆圆的光束里出现了黑色的喇叭口。喇叭口安装在墙上。

大侦探朝那里走去，对着喇叭口大声说道：“哦，太谢谢你了！听你的口气似乎很得意嘛！托你的福，我在这黑乎乎的地下室里见到了相川守，从他那里了解到你们的许多手法。你们也太磨磨蹭蹭了，是不是怕我呀？”

通话管那头说话的家伙，肯定是那个假明智小五郎。此刻，也许还坐在书房里。

一根通话管的两头，站着真明智小五郎和假明智小五郎，一个是杀人魔鬼，一个是大侦探，此刻，像一对朋友那样对着喇叭口交谈。

真明智小五郎的嘴一离开喇叭口，上面的假明智小五郎说话了：“好呀，你俩再继续交流吧！在我还没兑现诺言之前，我是不会让你们重见天日的……怎么，难道你还想说，还有可能从这么深的地下室爬上来？”

“哈哈哈……你不必担心！没有第二条路可以从这里出去。你也清楚，除了你打开洞盖放下绳子吊我们上去外，没有其他路可逃。这地下室里既没有梯子也没有其他可以攀爬的东西，光凭头脑机灵办法多是出不去的。

“我曾用这个机关让许多不怕死的歹徒上当，将他们送交警方绳之以法。也就是说，那些家伙都不曾从这里出去过。因此，你就放一百个心吧！”

“嘿嘿嘿……你可是中了我圈套的猎人，现在你这模样真是太帅了！好，你们俩就在这黑暗的地下室里忍耐两三天吧！可能会饥饿，但区区两三天里是不会饿死的。好了，再见！”

假明智小五郎说完，就听见传来咔嚓一声响。

“这家伙把通话口盖住了！本来，我还想嘲笑他几句，可是……”

真明智小五郎打了一个响舌，离开喇叭口。

“唉，怎么办呢？先生，这家伙把我们关在这里，随后去杀害我姐姐。这里，真的出不去吗？为了防止凶手先下手为强，难道你就没设置那样的反机关吗？”

相川守在歹徒的声音消失后，想起了姐姐，靠近明智小五郎问道。

“没设置那样的机关。我刚才对他说的话，都是真的。”

明智小五郎显得很冷静。

“那，我们就这样待着，看着他们去为非作歹、行凶作恶？先生，请你无论如何想想办法，这关系到我姐姐的生命！”

“放心吧，你姐姐不会有生命危险。虽说我没设置像你说的那种反机关，但我们可以从这里出去。你看我手上拿的什么？”

明智小五郎一边说，一边从身上取出一个小皮袋，有点像小皮包，打开后摊在手电光束下。

“瞧，这是我这个大侦探使用的七道具，不管什么时候都贴身带着。在这样的地下室里，你一定会觉得不可思议，我怎么会有手电。其实，我的侦探七道具里就有手电。”

打开的小皮包里，放有盗窃金库使用的万能钥匙、高倍数的微型放大镜、绳梯、锯齿形万能小刀、查指纹道具、微型照相机、注射器、几个装有药物的小容器等。绳梯，由黑色丝绳编织而成，有横档，有挂钩，捏起来就拳头大小。

大侦探的小皮包里，除七种主要道具外，还有一二十种形状各异的微型道具。为不使它们横七竖八和用时取之方便，特意让人制作了这样的小皮包，可以整整齐齐地排列工具。

“哎，你瞧！猜一猜，这是什么？这是我的魔杖。”

大侦探举起让相川守看的，是一根六七厘米长的金属圆筒，富有光泽。

“有了魔杖和绳梯，像这样的地下室就没有出不去的道理。当侦探的，有时候也必须模仿魔术师的手法。我也曾经在大魔术师手下学过徒。”

相川守从明智小五郎的手里接过钢笔形状的手电，挨个照亮地下室四周的墙面，一直照到头顶上方的天花板。

根据目测，从地下室地面到天花板大约有五米，墙上光溜溜的，没有可以抓手和脚踩的地方。若是没有翅膀之类的飞行器具，手不可能触及天花板上的陷阱盖。

再者，陷阱盖下面装有金属固定件，即便将绳梯上的铁钩扔上去也挂不住，因为天花板上没有可供铁钩挂住的地方。

明智小五郎所说的魔术，究竟是怎么一回事？就凭这小小的圆筒形状的金属棒，能逃出地下室吗？

劝说

也正是这时候，被红蝎子视为猎物的相川珠子家又发生了一起怪事。

家庭教师殿村京子，由于要照看相川珠子，加上相川守为请明智小五郎办案去了侦探事务所，只好决定留在相川家过夜。她主动提出睡在相川珠子的床边，不停地安慰瑟瑟发抖的相川珠子。就在相川守出去后没多久，殿村京子突然脸色苍白，慌慌张张地朝主人相川操一卧室跑去。

“相川先生，请快点来小姐卧室！”

平时一向彬彬有礼的殿村京子，像这样随意闯入别人房间还是第一次。

“怎么啦？珠子怎么啦？”

相川操一也脸色骤变，赶紧站起身来。

“你看！就是这个，是我突然察觉到的，这张纸片在小姐床下。那家伙也不知是什么时候潜入小姐房间的。我害怕得不行，没对小姐说直接跑来向你报告了。”

纸片上画得满满的，好像是儿童用红铅笔乱涂乱画的。

稍稍定睛琢磨，不像什么画，倒有点像红蝎子，但画得蹩脚。

看来，妖虫的魔爪刚才已经伸到了相川珠子的卧室。现在这种时候，相川珠子一定面临着危险。

他俩的匆匆脚步声啪嗒啪嗒地在走廊里响了起来，迅速接近相川珠子卧室。

可是，相川珠子并没遇上什么麻烦，相反，她看见父亲和老师慌慌张张的神色倒觉得惊讶。但是，这时候的相川操一怎么也无法使自己焦躁的心情镇定下来。

他急忙跑出相川珠子卧室，大声招呼两个寄宿生和女用人，让他们点亮别墅里的所有电灯和备用手提灯，分头去院子以及与院子连接的屋檐下面寻找可疑人物。

六个人分成两组搜遍了所有角落，结果连个可疑的人影子也没见着。

然而，令人不可思议的事情并没到此结束，这些肉眼看不见的怪物竟钻入围墙和门窗，从这个榻榻米房间走到另一个榻榻米房间……

相川操一回到卧室，发现自己扔在桌上的晚报上也画有似像非像的红蝎子，是用红铅笔画的。

这时，女用人卧室那里也传出“哇——”的喊叫声。

于是，大家一起跑向那里。原来，七平方米多的榻榻米房间门口的移动门上，也画有丑陋的红蝎子图案。

另外，其中一个寄宿生发现挂在院子树枝上的手提灯上也画有可怕的红蝎子，吓得站在那里直发愣。

恶魔幸灾乐祸，像淘气的小和尚那样到处兴风作浪。此时此刻，恶魔肯定躲在阴暗的角落里偷偷拍手欢呼。

相川操一似乎觉得整幢别墅里到处是杀人如麻的恶魔，不知如何是好。

相川珠子也察觉到了，不顾殿村京子的一再劝说，从床上跳到地上，从这个房间跑到另一个房间，寻找自己认为最安全的房间。

不管怎么跑，无论怎么藏，她总觉得怪物像附在自己身上似的。这么宽大的住宅里，难道就找不到属于自己的安全空间吗？

就在红蝎子骚乱处于高潮的时候，玄关传来了门铃声，有客人登门拜访。

去开门的寄宿生接过客人名片后，欣喜若狂地闯入主人相川操一的卧室。

主人接过名片一看，是自己恭候多时的“明智小五郎”大驾光临，连忙起身亲自跑到玄关口迎接大侦探，拉着大侦探的手请入豪华的客厅。

刚坐下，相川操一像打开闸门的水库，滔滔不绝地叙述家里迄今发生的一桩桩怪事。

“恶魔居然神不知鬼不觉地潜入我家，大闹我的住宅，真可谓猖狂透顶。可恶魔从不露原形，犹如看不见摸不着的空气，我实在是一筹莫展。”

“噢，如果那家伙没有神经质，我敢肯定他是一个天才。敢于实施预告犯罪的，绝对不是等闲之辈。因为，这不是一般罪犯能轻易模仿的。根据你刚才所说的进行分析，危险已经兵临城下。现在这种非常时刻，与其说寻找歹徒，倒不如先保护相川珠子。”

“我举双手赞同先生的建议。眼下最重要的，是确保珠子她平安无事，不让恶魔的手触及珠子。”

“请让我见一下相川珠子好吗？我不会马上离开贵府，我会一直留在小姐身边保护，请放心，绝对不会出现安全上的问题。只要我在这里，就不需急着寻找歹徒。

“相反，歹徒会主动接近我们，因为，他们的目标是绑架珠子小姐。而我已经布下天罗地网，等待歹徒飞蛾扑火。”

不愧是天下第一大侦探！捕捉这样的凶手，明智小五郎似乎已经胸有成竹，稳若泰山。

相川操一吩咐用人喊相川珠子来客厅。

不一会儿，殿村京子牵着脸色苍白的相川珠子走进客厅。

“小姐，你受惊了！好了，有我在这里保护，用不着担心和害怕了。从现在起，我一直跟在你身边，不管歹徒多么狡猾，也休想从我的手中把你夺走。”

明智小五郎笑容可掬，这番话给相川珠子增添了无穷的力量。

“令郎相川君干什么去了？他早就从我的事务所回来了，还说要尽快赶回来告诉你我来你家的消息……”

明智小五郎好像突然想起似的，问相川操一。

“什么，你说什么？”相川操一惊叫。

由于刚才的红蝎子图案骚乱，大家都忙于寻找歹徒，没人想到相川守怎么还没回来，把他忘得一干二净。现在想想，是呀，相川守再迟也应该和明智小五郎一起回来呀!

“相……相川君还没回家。明智先生，他肯定比你先离开事务所吗？”

“是的。他说出租车在门口等他，说完就匆匆忙忙地走了，奇怪呀！”

明智小五郎目不转睛地望着相川操一，担忧地歪着脑袋。

“按理说没其他近路可走！车辆即便发生故障也不会这么迟！一定是路上出什么事了！”

“相川先生，如果出事，我看也不会是什么小事。据说令郎做事一向踏踏实实，说一不二，对侦探这行也抱有浓厚兴趣。因此，即便发生什么故障也不会不通知家人。看来，情况不妙。倘若到现在还没往家里打电话，那……”

“那……那，那什么？”相川操一尖叫。

“我说出来你可能会伤感。眼下只能这么认为，歹徒的魔爪极有可能伸向了他。这大概是一种复仇吧！歹徒大概认为，兑现预告犯罪的计划的第一步，必须除掉障碍。尤其是相川君，他是歹徒要行凶目标的弟弟。再说歹徒杀害春川真由美的时候，好像是相川君向警方报案的。现在应该这样解释，这可能是歹徒复仇的一种形式。”

明智小五郎说复仇时加强了语气，仿佛他就是那个实施复仇的歹徒。

相川操一一想到两个孩子都将遭到红蝎子毒手，显得惊慌失措，神情颓然。无奈之下，又立刻给警视厅挂了电话，告知家里刚才发生的情况，要求警方赶紧派人来别墅搜查。

“警方说马上派人来，请你配合他们捉拿歹徒归案，救出我的儿子。”

相川操一返回客厅对明智小五郎说。

不料，身为大侦探的明智小五郎却神情木然，脸上露出不愉快的表情。

“借助警察的力量确实很有必要，相川君的下落也必须尽快弄清楚。可是当前的头等大事是保护好珠子小姐，我们必须立即这样做。如果连相川君也遭到了绑架，珠子小姐目前的处境更危险。

“倘若继续让珠子小姐留在这里，随时有可能遭绑架。相川先生，我想问一下，有适合珠子小姐隐蔽的地方吗？亲戚家也行。你这个家，现在已经是歹徒的目标了。

“可以这么说，歹徒已经掌握了贵府内外的地形和房间分布。还有，我们不能不作这样的假设，歹徒很有可能已经埋伏在贵府的某个角落。这里很危险，必须尽快让珠子小姐离开这里。”

明智小五郎口若悬河。

相川操一心里很矛盾，既害怕继续把相川珠子留在这里，也担心把她带到其他地方居住，经过思考还是拿不定主意。

最后他想，既然已经委托明智小五郎办案，就听他安排吧。毕竟大侦探与罪犯打了多年的交道，论经验，非常丰富。再者，家庭教师殿村京子也担心相川珠子随时遭歹徒偷袭。于是，十分赞同明智小五郎的建议。

终于，相川操一下了决心，同明智小五郎一起亲自护送相川珠子去郊外亲戚家住一段时间。

亲爱的读者，这个自称为明智小五郎的男子究竟是何人，想必你早已察觉。他劝说相川操一把相川珠子带出这幢住宅，无疑有险恶阴谋。这，想必大家能做出正确判断。

那，真正的明智小五郎在干什么？

他果真能逃出地下室吗？

如果能顺利逃出，从时间上还来得及赶到这里救出相川珠子吗？

假明智小五郎花言巧语骗取了相川操一的信任，马上就要同相川操一父女启程离开。

此刻的假明智小五郎像红蝎子那样，正弯曲着丑陋的带节尾巴朝猎物猛扑。

魔杖

就在假明智小五郎拜访相川操一稍前一些的时候，被关在地下室里的真明智小五郎和相川守，正在开动脑筋想方设法逃离地下室。

“可是，仅凭这些小玩意儿能逃出这地下室吗？”相川君半信半疑。

黄豆大小可非常强烈的手电光束，将侦探七道具照得一清二楚。

“如果我把它们的用途全向你公开了，也就没什么稀奇可言了。但现在这种情况，只要有这个，不可能的就变得完全可能。”

大侦探像舞台上的魔术师，语气里充满幽默。

“这，这不会是炸药吧？”

“啊哈哈……使用炸药，不也殃及我们自己吗？你好好地想一想，从这里出去的唯一途径，是打开使我们坠落到地下室的陷阱盖板。要从里面打开盖板，必须将那个金属固定件转成四十五度。除此之外，没其他办法。只要将它转成四十五度，盖板就会失去支撑，铰链连接着的盖板就会动了，洞口也就出现了。明白了吗？”

“可是，这天花板距离地面有五米之高，用什么办法能转动那个固定件呢？是不是把银色圆筒朝那里扔去？”

“我可不是投石手！就是能命中也转动不了那个金属固定件。”

“那怎么办呢？”

在这种争分夺秒的危急时刻，相川守无法忍受明智小五郎的慢条斯理，心里更加忐忑不安起来。

“在魔术师那里，它叫作魔杖，是变魔术时的常用道具。你瞧，仅七厘米长的圆筒，只要将圆筒里的圆筒往外拉，就可一直向外延伸。一米，两米，三米……”

瞠目结舌的相川守呆呆地望着，只见小小的富有光泽的银色圆筒，忽地变成了三米长。圆筒的一端有金属钩，功能可以代替手指。

但是，金属不可能像吹泡泡糖那样伸展，因为里面有机关。

乍一看，只是一个小小的圆筒而已。其实，圆筒里有几十个超薄钢片制成的圆筒套在一起。圆筒套圆筒，相互间由金属件连在一起。随着不断将里面的圆筒往外拉，圆筒便一节一节地向外延伸。

“你见过照相机的三脚架吗？圆筒里的机关和三脚架原理是一回事。举身边例子，与旅行用的伸缩金属杯也是一回事。这根魔杖利用了伸缩机关，用材是优质超薄钢板，经过精细加工制成的。哈哈哈……怎么样？我是根据自己的想象制成这奇妙道具的。为制作这样的魔术道具，我绞尽了脑汁。只要有这样的侦探七道具，明智小五郎的侦探字典里就没有‘不可能’这样的单词。”

终于，相川守从半信半疑转变为彻底信服和五体投地。没想到大侦探会想出这么无所不能的侦探道具，而且，每一个道具都有它的特定用途。

有了这些门类齐全的侦探道具，如虎添翼的他在侦探生涯中几乎没有闯不过去的难关。明智小五郎果然与众不同，还是擅长魔术的大侦探。

“好了，你拿手电照亮天花板上的盖板！”

按明智小五郎的吩咐，相川守用手电光对准那里。大侦探则将银色魔杖朝那里伸去，魔杖头部的金属钩非常灵巧，将那里的金属圈固定件转成四十五度，打开了那块用铰链连接着的盖板。

随后，再用金属钩将绳梯一端的钩子伸向陷阱左侧的框架，紧紧地钩住那里。

“好了，我们可以与地下室告别了。我先上去摸清情况，你再爬上来。”

说是绳梯，不是平时所见到的梯子，而是一根绳索上每隔三十厘米拴有一个金属环，作为踏脚和拉手。

由于是一根绳的梯子，容易摇晃，爬起来还真有一些难度。

可明智小五郎爬绳梯时却像猴子那样，非常灵巧和熟练，一眨眼工夫，已爬到陷阱上面的房间了。接到明智小五郎的信号，相川守模仿起明智小五郎的姿势往上爬，费了好大的劲终于爬到上面的房间。

这时，只见明智小五郎正在咚咚咚地敲着书房门。原来，假明智小五郎外出前在门外侧上了锁。

敲了好一会儿，门总算开了，站在门外走廊上的是小林芳雄。他一见到明智小五郎，非常惊奇地嚷道："咦，咦，原来是先生！您刚才不是出门了，怎么会出现在房间里的？您是怎么在门外侧上锁的……您真是先生？真是先生吗？"

小林芳雄满腹狐疑，像被灌了迷魂汤，不可思议地望着明智小五郎。

"喂，喂，小林君，别稀里糊涂的！难道你不认识我，不知道我脸长得什么样吗？刚才出门的那个家伙和我，到底谁是真明智小五郎？"

"什么？先生，照这么说，刚才出门的家伙假冒了你？这个畜生！我总算明白了！怪不得那家伙有点鬼鬼祟祟的，一直不敢正面看我，原来是担心我认出他脸上的破绽。"

"小林君，相川君不是你刚才带他去书房的吗？把客人留在房间里面，主人却出门，这，你难道不觉得可疑吗？"

"那家伙出门时侧着脸对我说，相川君已经回家了。当时我也没有认真思索，轻信了他的谎言，太遗憾了！"

"好啦，别再说了。我们立即出门，这一回你可要看好门哟！别再让那家伙混入事务所！"明智小五郎和蔼地说，带着相川守走了。

"我们现在去还来得及吗？"相川君担心地问。

"来得及！不会追不上的，还有足够时间呢！我不仅具有发明七道具的智慧，还具有绝不会败给'红蝎子'的智慧，你就放心吧！"

明智小五郎依然充满自信地说。

酣 睡

相川别墅门前的黑暗处停着一辆汽车，那个扮作侦探的怪人已经站在那里等候。为了避开视线，三个人影悄悄地溜出大门迅速坐上轿车。他们是主人相川操一、假明智小五郎和相川珠子。

目的地是世田谷区相川操一的弟弟家。让相川珠子住在那里不必有什么担心，住多少天都行。

轿车一驶离路边，相川操一便把脸转向车后面的风挡玻璃，眺望了好长一段时间，没有发现可疑的轿车在后面跟踪，非常顺利。

恶魔肯定还潜伏在别墅里，也肯定不知道猎物相川珠子已经金蝉脱壳。即便现在察觉到了，可别墅里到处有人在监视，恐怕他不敢轻易从隐蔽的地方出来。

活该！就让他们在那里傻等吧！现在，我可以松口气了。虽说住不了多长时间，弟弟家也有可能被恶魔侦查到，届时再换个地方不就得了。

多亏明智小五郎的金点子，让今晚可能失去生命的相川珠子得救了。

相川操一此刻开始担心起儿子相川守来，不管怎么说，目前还不能断定他已经被绑架。即便遭到绑架，相信警察也会竭尽全力设卡盘查寻找他的下落。

自己临走前吩咐过殿村京子，让她见到警视厅警官时，一定要把情况说清说透，拜托他们赶快寻找相川守。殿村京子做事踏实，一定会出色完成任务。

无论怎么思考，没有比这更好的办法了，接下来只能凭运气了。尤其是让接受委托的明智小五郎一路相送，应该不会有什么不利情况出现。

相川操一一边这样思考，一边慢慢镇定了焦躁的情绪。

这时，他太想抽烟了，手伸入袋里，可袋里没烟，也许是忘在家里了？他搜遍身上所有口袋，就是找不到烟。其实，相川操一并没把烟忘在家里，而是刚才上车时，口袋里的烟被假明智小五郎偷走了，装进了自己的袋里。

这个自称明智小五郎的人，居然还是个梁上君子。这一点，相川操一是绝对不会想到的。

“相川先生，要是想抽烟我这里有。请，别客气。”

假明智小五郎从口袋里取出事先准备好的香烟，递到相川操一跟前。

啊，啊，烟里肯定放有什么东西！可没有防备意识的相川操一却充满了感激之情，对他来说，简直是雪中送炭。

“太谢谢你了，给我一支就行了。”说完，接过香烟点上火。

“味道怎么样？这是英国进口烟。”

“不错，这是好烟。刚才由于出了红蝎子骚扰，一直忘了抽烟。隔了这么长时间没抽，现在能抽上这么好的烟，真是太舒服了！”

相川操一猛吸一口，又徐徐吐出……顿时，轿车里飘逸着烟雾。渐渐的，烟头变成了白色的灰。假明智小五郎用余光瞟着不停抽烟的相川操一，一边亲切地安慰脸色苍白的相川珠子。

车继续奔驰。相川珠子突然觉得坐在身边的父亲没了动静，转过脸望了父亲一眼。不知什么原因，相川操一手上的烟掉到了地上，张开嘴巴接连打起了哈欠，似乎瞌睡上来了。

“爸爸！爸爸！”相川珠子不管怎么摇晃他的身体，可相川操一就是不搭理，张开的上下嘴唇之间流淌着白沫似的口水。

父亲这般模样，相川珠子还从来没见过。这绝不是正常的睡觉！

“爸爸！爸爸！”相川珠子哭丧着脸，使劲摇着父亲的胳膊。

“小姐，这不行，这不行。你再怎么摇晃，你爸爸也是不会马上醒的。”

假明智小五郎忽然一改刚才的和气口吻，声音变得粗暴起来。

相川珠子吃惊地望着对方的脸，假明智小五郎见状嘻嘻笑了。

“为什么？我爸爸为什么不会醒？你说说看，刚才你干了些什么？”

“你爸爸刚才抽了一支我给他的烟，就变成这模样了。哈哈哈……”

假明智小五郎充满恶意地笑起来。

“那，那烟里……”

“是的，烟里放了安眠药！小姐，放乖点！你已经孤身一人，别乱说乱动！”

“你是谁？你到底是谁？”

相川珠子没有血色的嘴唇不住地颤抖起来，使出全身力气厉声问道。

“嘿嘿嘿……你猜猜看我是谁，应该清楚了吧？”假明智小五郎令人厌恶地笑着。

相川珠子又气又怕，浑身直打哆嗦，嗓子干渴，连说话的力气也没了，犹如一只被大鹫抓住的美丽小鸟，不停地喘着粗气。

相川珠子本来是打算逃离红蝎子妖虫的毒手，不料却落入红蝎子设下的陷阱。化装成明智小五郎的家伙，不用说，是红蝎子一伙的。

此外，坐在驾驶席和副驾驶席上的两个男子也肯定是同伙。要不然，这个假明智小五郎不可能如此胆大妄为，为所欲为。

对手是三个，而自己是一个弱女子，本来是自己坚实支柱的父亲，却因误抽了放有安眠药的烟，像休克那样睡着了。眼下，自己就是想逃也不可能了。

相川珠子无法知道车到底驶向哪里。

此刻，车犹如脱了缰的野马在漆黑的道路上狂奔。她想打开车窗喊救命，可道路两旁除了树还是树，即便偶尔看到住宅，也是一副黑灯瞎火的模样。

啊，真明智小五郎此刻在干什么？他曾发誓会保证相川珠子平安无事。此时此刻，她的生命像狂风中快要熄灭的蜡烛。虽说明智小五郎是擅长魔术的大侦探，可他到底用什么样的办法阻止这辆风驰电掣的轿车呢？

道路上飞驶的车仅贼车一辆，再瞧贼车后边，根本就没有跟踪车辆的影子。

竹　林

相川珠子闭上了眼睛。

一生中最恐怖的时刻，即将降临在她的身上。

通红通红的大蝎子紧紧按住了相川珠子，要不了多久，那带节的丑陋尾巴便绕到相川珠子的身上，尾尖上的毒针将径直刺入她的体内，并且注入毒液，送相川珠子去天国。

眼下，相川珠子得救的可能性已经丝毫不存在了。最值得信赖的父亲已在关键时刻酣睡过去，而且，如此激烈的车身颠簸也唤醒不了沉睡的父亲。

司机和助手简直像木偶，始终背对着自己。窗外夜深人静，已经接近凌晨一点了。冷清的道路两旁全是不会说话的大树，会说话的行人则一个也见不着。

相川珠子惊恐万分，感觉自己就要失去知觉。

“嘿嘿嘿……小姐，怎么啦？怎么这么安静？”

假明智小五郎幸灾乐祸地嘲笑瑟瑟发抖的相川珠子。

这时，驾驶席上传来咳嗽的声音，好像是什么暗号。

他吃惊地抬起脸望着前面的驾驶席。

这时，那张丑陋并且歪斜的脸被从风挡玻璃射入车内的灯光照得清清楚楚。

车不知什么时候已驶到灯火通明的大街上。虽说夜深了，可并非没有一个行人。猛然间，交通岗亭的红色警灯出现在眼前。

在这样的大街上，万一相川珠子大声喊叫就会引来警察。

假明智小五郎猛地慌张起来，敏捷地从口袋里取出手套捏成一团使劲塞入她的嘴里，再取出手帕蒙住她的嘴巴，不让她出声。

“喂，你俩是不是发疯了？怎么把车驶到大街上？快驶向昏暗的小路，我不是早对你俩说了嘛！”

他不高兴地打了一个响舌，可司机连头也不回，漫不经心地答道：“我们是按照首领说的，绕远路行驶，现在已经来到三河岛，还有五六百米就可到达目的地了。”

“噢，原来是这么回事，已经到三河岛了。那也只能这样开，快点驶向那幢幽灵住宅！”

相川珠子几乎窒息了，眼看就要失去意识，可他们之间的对话听得非常清楚。当听到幽灵住宅时，不由得更加恐慌起来。

她可以望见窗外了，两侧都是街灯。这是一条宽敞的柏油大道，虽说路旁建筑大门紧闭，可商店鳞次栉比。

在这商店密集的商业大街上，怎么会有幽灵住宅？如果真是幽灵住宅，应该在凄凉冷清的田野或者大山里呀。

相川珠子感到不可思议。

幽灵住宅，就是没人居住的空置住宅。芭蕾舞皇后春川真由美，就是在这样的住宅里惨遭杀害的。

红蝎子专门选择这种可怕的场所残害“猎物”，喜欢在这种场所实施犯罪。这也许是红蝎子的嗜好。

如果是这样，等待相川珠子的，无疑也是春川真由美那样的结局。

此刻，倘若嘴上没被什么东西塞住，相川珠子一定会拼命大声呼救，可现在想喊也喊不出。想挣扎，却被假明智小五郎铁钳般的手紧紧按住。唯一能动弹的只有脚尖，可以踢到前面的驾驶席。

车开始减速，一个大转弯拐入另一条街。于是，原来还是亮如白昼的大街消失了，路两旁顿时变得昏暗下来。

车在黑暗里行驶了片刻，停在一幢大型建筑前面。

没有灯光，那幢大型建筑高高耸立在黑暗里。

“好了，你们俩把小姐押到里面去，不准她乱动！”

假明智小五郎命令道。驾驶席和副驾驶席上的两个家伙没有吭声，按他的吩咐走到后排座位的车门边上。

车门轻轻地开了，相川珠子被毫不费力地抬到车外。

她的头和脚分别被两个男子使劲按着，根本无法挣脱，整个身体轻飘飘的，被抬着朝黑暗里走去。

“好了，可以让她自己走了，抬着走太便宜她了。请小姐自己迈步走……小姐，你自己走！等一会儿，我让你看有趣的东西。”

假明智小五郎走在头里带路，渐渐地接近了昏暗的建筑门口。

这时，抬着相川珠子两只脚的矮个松开了手，高个司机小心翼翼地让相川珠子站好。

这时，假明智小五郎忽地伸出手，一把抓住终于站住的相川珠子的手腕。

他掏出不知事先放在哪里的手电，打开灯光朝着两个部下命令道：“喂，你给我在门口站岗，如果发现可疑情况别忘了发信号，信号照旧。还有，要注意停在那里的轿车。现在，还没到庆功的时候，一定要提高警惕。”

不停晃动的手电光束里出现了矮个部下，他根据命令朝外面走去，直立着的旧西服领子遮住了嘴巴，鸭舌帽的帽檐几乎与眼睛一般齐。像他这样的打扮，无法看清脸到底长得什么模样。

高个男子笔直地站在那里，脸部稍稍能看到一点。也许是这些恶魔的坏习惯，都喜欢将西装领子直立，鸭舌帽的帽檐压在眼睛与眉毛之间，不让他人看见自己的真实面貌。

尽管高个男子的举止彬彬有礼，可他与被蒙住嘴巴的相川珠子相同，黑色的布一直蒙到了鼻子上面，鸭舌帽的帽檐和黑布之间是一副大框架眼镜，玻璃片泛着白光。

然而，打手电的不光是他俩。与此同时，相川珠子能看见他们背后竹林里的情况。他俩的手电光束每晃动一次，竹林里便发出沙沙响声。

奇怪！刚才还以为自己被抬到这幢昏暗的建筑物里，可自己怎么还在建筑物外面？

像这样的街道上怎么会有如此大片的竹林呢，真令人难以置信。刚才自己所遇到的，也许是梦幻？

不光今天晚上，难道就连红蝎子怪物最初出现的那天开始，也许都是梦幻？

相川珠子望着那片黑暗里的竹林和竹林前面晃动着的两个歹徒，脑海里浮现出一连串遐想。

即便这些是噩梦，可真正恐怖的还在后头。

偶 人

假明智小五郎拽着相川珠子的手，一边用手电照亮脚下，一边在竹丛里朝前走着。他俩身后，跟着高个部下。

两侧是几乎没有空隙的竹林，夹在中间的羊肠小道蜿蜒崎岖，似乎没有尽头地向前延伸。他们一边朝前走一边不时地转弯，也许这条路的尽头在地下？

“小姐，瞧，这里多精彩，请仔细瞧！”手电照亮了右侧竹林。

相川珠子朝那里瞥了一眼，不由得站着发愣。

那一带竹林中间有两米左右的空地，再朝前走一点，可以见到枕木。原来，这一带是铁路沿线。

让相川珠子胆战心惊的，不是铁路钢轨，而是横着躺在钢轨上的东西。

那是刚才被列车碾死在钢轨上的一具尸体。

相川珠子被蒙着的嘴里发出轻轻的尖叫声，随即猛地挣扎起来，打算朝来的方向逃跑。

可恶魔一把抓住她的手腕。

“小姐，好好地瞧瞧！不允许你闭上眼睛！好不容易让你欣赏这样的有趣东西。”

残酷的恶魔真是可恨！

“啊哈哈哈……”

突然，传来一阵让相川珠子更吃惊的笑声。响亮的笑声在黑暗里回荡。

“真无聊！这样的闹剧还是别演为好。小姐，那根本就没什么可怕的！都是人工制作的偶人！说是草木丛生的迷宫，其实是马戏魔术棚。”

司机，也就是高个男子，在相川珠子背后一边说，一边似乎在嘲笑，并且还道出了真情。

哦，我原来是被带到马戏魔术棚里了！

搭建竹林和迷宫，到处竖立可怕的偶人，让客人参观时感到恐怖和惊奇。事实上，这都是一些早就过时的魔术。

相川珠子曾听说过这样的魔术，可还没有目睹过这种落后于时代的魔术。

真没想到，在大都市的近郊和附近农村还流传着如此陈旧的魔术，难以让人有身临其境的感觉。虽说有梦幻般的感觉，可也谈不上什么噩梦。

“你这个蠢货！谁让你多嘴的！小姐好不容易感到精彩和有趣，被你这么一说扫兴了。你这个浑蛋！你要是再多嘴，我可要不客气了。”

司机男子被假明智小五郎训斥后没有吱声。

“好，小姐，到这边来！这前面还有有趣的东西！”

相川珠子的手被使劲往前拽着，不得不踉踉跄跄地走着，但还是行走在竹林间的羊肠小道上。

这里确实是马戏魔术棚，像棚外没有风也没有星星的黑夜一样，不见一丝光线。恶魔说，接下来让相川珠子欣赏的有趣东西，肯定也是仿制的。可事先就是知道这一切，她还是惊恐万分。

虽说她不再害怕偶人，但害怕再见到偶人。

还有，在到达竹林和迷宫中心的途中，虽说不害怕偶人，但草丛里哗啦哗啦的晃动以及突然蹿出的装有机械装置能行走的幽灵偶人，还是让相川珠子瑟瑟发抖。

平时晚上能看到脚，是因为有至少能照亮脚下的路灯灯光。可是，恶魔们故意关闭所有的灯，仅使用手电灯光，还晃个不停。在漆黑的竹林里行走，稍有摇晃的黑影和莫名的声音，也足以让人魂飞魄散。

有时候，脚尖会碰上没有盖子的枯井边沿，一想到枯井里可能有死尸，便不寒而栗。刹那间，头上刮来一股风，随后出现了白发青面、骨瘦如柴的妖魔幽灵，那模样好像要朝你猛扑。

相川珠子跟着恶魔见识了所有妖怪和幽灵，终于到达了棚内的中央广场。

这是一块圆形空地，面积三十多平方米，周围是四四方方的竹林。恶魔在唯一的一根柱子上装了一盏小灯，虽说有亮光，但很微弱，照得周围蒙蒙亮，犹如迷雾天里的小广场。

“小姐，怎么样？没趣？要不是这个傻瓜事先公开秘密，你一定会觉得有趣，是吧？这傻瓜多嘴多舌，成事不足败事有余。现在，我们终于来到了目的地。喂，小姐，把眼睛睁大一点！就是那个，那是你终止生命的归宿。”

顺着恶魔手指的方向望去，昏昏沉沉的竹林里伫立着奇怪的人影。

“明白了吧？再过二三十分钟，你就会变成和这个偶人相同的模样了。哈哈哈……你害怕吗？”

纸糊的年轻女子偶人被钉在十字架上，似乎在痛苦挣扎。

十恶不赦的恶魔！这就是他们的最终目的。

一路上让相川珠子担惊受怕，战战兢兢，再让她看这种不曾见过的纸糊偶人。

这时，可能是假明智小五郎发出的信号，十字架旁边的竹林里传出哗啦哗啦的响声，蹿出一个男子。

这家伙脑袋上也戴着帽檐与眉毛一般齐的鸭舌帽，大框架的蓝眼镜，一撮小胡子，身着黑色西装。

就是那家伙，红蝎子！

在谷中那幢空房子里，就是他杀害了春川真由美！在相川别墅，也是他出现在浴室玻璃窗外，以致相川珠子吓得昏死过去。

绑架相川珠子的假明智小五郎，看来不是恶魔首领，红蝎子才是罪犯首领。他抢先赶到这里隐蔽在竹林里，等待着猎物到来。

包围

蓝眼镜男子蹿出的竹林边上，有一大块青岩石，好像是戏剧里的道具。

蓝眼镜男子一只脚踩在青岩石上，也不晃动身体，长时间望着相川珠子，犹如瞄准猎物正准备猛扑的眼镜蛇。

片刻，他嘴里发出嘶哑而又阴阳怪气的声音。他说话时没蠕动嘴唇，不明白究竟从哪里发声，那声音似乎来自地下。尤其这里的光线昏暗又安静，声音显得特别响亮。

“喂，珠子小姐，你来得正是时候啊！我早在这里等你了，等得我全身几乎麻木了。”

对方刚说完，又从沉默的沼泽地下传出叽里咕噜的齿轮声响。

声音确实是从蓝眼镜男子嘴里传出的，这样发音或许是他的嗜好？过了一会儿，他突然停顿不说了，只发出齿轮的响声。

“就像那个男子刚才说的那样，是我把这幢幽灵住宅改变成舞台的。珠子小姐，你在听吗？过一会儿，我从十字架上取下纸偶人，把你钉在上面。怎么样？你一定会觉得这办法好，哈哈哈……”

蓝眼镜男子说着，不时发出阴阳怪气的笑声。

相川珠子从一开始就没听他说，而是使劲支撑着自己纤弱的身体，可最后还是瘫软在地昏死过去。

“啊！药的作用好像稍过头了点。”

假明智小五郎望了一眼相川珠子，朝蓝眼镜男子笑笑。

“这下好，反倒帮了我们的忙。来，先把她绑在十字架上，再让她睁开眼睛。”

蓝眼镜男子边说边把手伸向青岩背后，抽出一根三米左右长的黑色棍棒，竖起来咚咚咚地捣了几下地面。只见棍棒顶端，发出一闪一闪的银光。

是梭镖！不是玩具，是真梭镖！

他们大概要用梭镖刺穿相川珠子的胸膛。

蓝眼镜男子抓住梭镖朝十字架上伸去，割断上面系住纸偶人手脚的绳索。

纸偶人随着咔嚓咔嚓的响声，掉落在竹林里。

“好了，你帮我一下忙，把这根柱子弄倒在地上，把姑娘绑在上面，再把柱子恢复成刚才的模样。”蓝眼镜男子命令道。

“是。喂，你这家伙呆头呆脑地站在那里干什么？快过来帮忙！到这里了，还把脸遮着干什么？”

假明智小五郎呵斥手下的司机。司机也许是智力障碍者，从一开始就傻乎乎地站在那里像看戏那样。

“你说话态度别那么不客气，我这就过来帮忙！首领和部下加在一起，就我们几个？”司机一边从角落里走来，一边问道。

“当然啰！就我们三个！还有一个不是在门口放哨吗！你嫌三个人太少？你怎么老是提这些无聊问题。”假明智小五郎又是一阵训斥。

“真的吗？我以为那边的竹林里还埋伏着许多同伴呢。”

一听这话，蓝眼镜男子阴险地笑着说：“嘿嘿嘿……你这个家伙那么担心人数？有你过来帮忙，就不需要其他人。你最好朝我这里看，除了姑娘难道就我们三个？加上青岩不就是四个吗？”

蓝眼镜男子阴阳怪气地说完，咚咚咚地敲了几下青岩道具。

“不危险吗？光咱们三个，警察来了咋办？”司机还是刨根问底。

“呸！你这个低能家伙！我不是让另一个部下在门口站岗嘛！你难道不知

道？万一碰上意外情况，这么黑乎乎的竹林里，还逃不走吗？”

“还是小心为妙。无论什么时候，不能保证不失手。直截了当地说吧，光是凭鸭舌帽和西装就可以认定为你们的同伙，一旦情况变化，同伙也许就会成为你们的对手！”

“咦，这家伙奇怪！你到底想说什么？”假明智小五郎怒斥司机，紧逼过去。

“喂，你给我站住！”

蓝眼镜男子阻止假明智小五郎，大声嚷道：“喂，他这家伙到底是谁？把帽子取下让我看看你的真面目。”

“哈哈哈……你好像终于察觉到了。嘿！红蝎子大将，请你举起手来！对，你俩都举起手来！快！身体别动！动就打死你！”

不知是什么时候，司机右手上已经握着一支黑色手枪，眼看子弹就要飞出枪膛。他敏捷地在蓝眼镜男子和假明智小五郎之间走来走去。

两个刚才还态度蛮横的家伙，被司机的突然举动和那支黑洞洞的枪口吓得怔住了，不由得举起双手。

“哈哈哈……瞧你们乖乖举手的模样，太有趣了。你们以为我是谁？还不明白？喂，假明智小五郎，你说说我是谁？难道想不起来我的声音？”

司机的说话声音，突然变得完全不同。

“啊，你是……”

“哈哈，佩服佩服，谢谢你还记得我的声音！喂，你们最好仔细看一下。怎么样？真明智小五郎的长相比这个假的要英俊得多。”

司机放下一直竖着的衣领，将鸭舌帽和蒙在脸上的布扔在地上。出现在他俩眼前的那张脸到底是谁？各位读者一定猜到了，他是真的明智大侦探。

太不可思议了！昏暗朦胧的灯光下，两个外表相似的明智小五郎相互对视，距离仅两米左右。他俩身上穿的西装款式颜色一样，身材、相貌和发型也相似。如果俩人改变一下位置，到底谁是真明智小五郎确实难以分辨。

蓝眼镜男子被突如其来的变化弄得晕头转向，像弱智者那样傻乎乎地用余光比较着他俩脸上的表情。

“我被你关在地下室，只好装作束手无策的样子。然而，我明智小五郎可以使不可能变成可能。”

明智小五郎说话时丝毫没放松警惕，手中的枪始终对准他俩。

“从地下室一出来，我立即驱车来到相川别墅。可当时，化装成我的你正在说服相川操一，企图将相川珠子带出相川别墅。当时，我可以立即把你抓起来送给警方，可我没有这样做。为什么?

“因为我觉得，除你以外还有一个真正的罪魁祸首，就是站在你边上的蓝眼镜家伙。说实话，我太想拜见他了。

“为此，我付出了巨大代价。如果我不打算抓获红蝎子首领，完全可免去可怜的珠子小姐担惊受怕。同时，相川操一也不会抽你那支放有安眠药的烟而沉睡。为了抓获你们这个杀人团伙的首领，我付出了如此巨大的代价。

“喂，听见了吗？站在边上的红蝎子首领，你瞧我是多么想拜见你！说到为你付出的代价，还可以举许多例子。

“说到花费的代价，我还用了一万日元。为弄清你们究竟要把珠子小姐带到什么地方，我化装跟踪。这样，可以很自然地见到红蝎子首领。瞧，现在的结果正巧与我的动机相一致。

“喂，你这个化装成我的假明智小五郎，对部下，可不能像你这样麻痹大意！据说有这样的谚语，养犬不慎被犬咬。坐在你车里的两个部下，根本就不把你的命令当一回事。

“我只各给了他们五千日元，便听从了我的指挥，还把去的目的地全都告诉了我，就连身上的外套也给了我。我经过化装，摇身一变成了你的部下为你开车。

“可你不会知道我这一路上的心情，驾驶那辆车也好，来到这里也好，我曾有好几次想扔掉这身外套豁出去。说心里话，珠子小姐太可怜了。

“尽管她十分可怜，但是，唯有实施这样的苦肉计才能抓获红蝎子犯罪团伙的首领。光抓获假明智小五郎这样的爪牙，根除不了红蝎子。再送你们一句谚语：擒贼先擒王。

“说实在的，我是咬紧牙关克制着自己，可还是觉得珠子小姐可怜，公开了马戏魔术棚的秘密，让她稍稍放下心来。听明白了吗？就是这样的跟踪过程。现在，我达到了目的，抓获了红蝎子首领。哈哈哈……”

笑声还未落下，假明智小五郎气得直跺脚，嘴里后悔莫及地嘟哝着。

“畜生！畜生！”

作为红蝎子首领的蓝眼镜男子不动声色，尽管两手高高举起，可脸上的表情似乎在说，别把明智小五郎的话当一回事。

“哦，明智君，你要说的就这些吗？”红蝎子首领说，令人作呕的说话声仿佛来自地下。

“嗯，暂时就说到这里，接下来要说的是，用绳索把你们绑起来。”

“用绳索绑我们？嘿，原来这样！就你一个想绑我们两个？好哇，试试吧！别不自量力！你绑我们的时候，枪将被我们打落在地，就连你本人也将被我们摔个嘴啃泥。明智君，我看你还是收回你说的话吧，听好了，把脸转过去！”

“哈哈哈……你这家伙还嘴硬，打肿脸充胖子！我是不会把脸转过去的。现在，我劝你们看一下周围情况再对我说话。刚才，我一直啰啰唆唆地表功，你们知道是为什么吗？其实，我才不想在你们面前表功呢，这是醉翁之意不在酒，真正的目的是转移你们的注意力，同时等待援兵。瞧，到处是我们的人。我一直在等他们的到来。”

红蝎子首领听了明智小五郎的这番话，恍然大悟，赶紧转过脸极目眺望，假明智小五郎也不约而同地转过脸。两个人同时打量着后面的竹林。

道 具

啊，这是怎么回事?

他们两个人的转身仿佛是某种信号，竹林里传来沙沙的响声，紧接着，从竹林里跳出几个人来，一个，两个，三个，四个……一共是五个。

最先冲出的那个，朝着倒在地上的相川珠子跑去，嘴里大声嚷道："姐姐，姐姐！快睁开眼睛，我们胜利了！"

他是相川守。他和明智小五郎一起换上红蝎子部下的服装，化装成司机助手。另外四个从竹丛里钻出的，不用说，他们是持枪警官。两个身着便服，两个身着警服，都是擅长抓捕罪犯的刑事侦查警察。

"对不起，各位警官，让你们久等了！请把这两个人抓起来！"

明智小五郎这么一说，四个警官二话没说，分别扑向蓝眼镜男子和假明智小五郎，抓住他俩的手臂。

"太顺利了！抓住了他们，红蝎子大案就可告破了。"

明智小五郎一直等到这两个歹徒被绳索捆绑完毕放下心来，不再像刚才那样用枪对准他们。

"相川君，你辛苦了！你爸爸情况怎么样？"

"不要紧了！神志清醒了，他在大街上喊了一辆出租车先回家了。"

"你的机智和聪明起了大作用！我趁假明智小五郎不注意时只在你耳边说了

一句，你却心领神会，装出若无其事的模样，出色地当了一回这家伙的部下。

“多亏你的大力配合，才成功地抓住了这条‘大鱼’。尽管目睹了父亲和姐姐的痛苦，却能顾全大局坚持到最后，真是好样的，怪不得夸你是‘侦探先生’呢。红蝎子大案告破，你立了头功。”

面对惨败结局的两个恶魔，尽管手腕上戴上了手铐，还是在垂死挣扎。可他俩的手臂被警官死死抓住，已经逃脱不了啦。像这种恶魔，光给他们戴手铐也许是不管用的。

“喂，喂，瞧你们这般挣扎的模样，根本就没大恶魔的气质。你们还是别留恋这里了，怎么样？”明智小五郎对两个歹徒说。

被戴上手铐并且连手臂也被警察死死扭住的两个罪犯，为什么还垂死挣扎？莫非，有其他什么原因？

两个恶魔最初被警察抓住时，就相互挤眉弄眼，可周围的警官包括明智小五郎都没察觉。不仅如此，马戏魔术棚里从一开始就已经发生了咄咄怪事。

红蝎子首领曾说过一句含糊不清的话，“加上青岩就是四个”。确实，那块原本属于道具的青岩也不知何故，眼下竟像乌龟一般窸窸窣窣地爬了起来。

青岩爬离了原来待的地方！简直不可思议！

由于漆黑一片，谁都没注意到这样的变化，再说，谁也不会想到这个大的青岩道具竟在爬行。稍稍过了一会儿，青岩道具离开竹林边来到明智大侦探的背后。

高度一米宽度七十厘米的小道具青岩，眼看就要爬到明智小五郎脚边。

最令人吃惊的是，青岩道具顶上的纸板已经破裂，从那里冒出一只人手来，手上握着一把寒光闪闪的匕首，此刻，朝着明智大侦探刺去。

危险！危险！

无论明智小五郎是多么著名的大侦探，根本不会想到青岩道具会长出握有匕首的手来，而是一个心思只注意着眼前的两个恶魔。

刀光闪烁。

青岩道具还长着眼睛，手里的匕首不偏不倚地刺向明智大侦探的腰部。

“啊！”

明智小五郎感到一阵突如其来的剧烈疼痛，“叭！”枪掉到了地上。

“好！”红蝎子首领兴奋地狂叫，他早就盼着这一时刻。

臂力过人的假明智小五郎，趁警官吃惊之际挣脱了被扭住的手臂，拾起竹林边上的梭镖，猛地敲打柱子上唯一的那盏灯。

“啪！”传来灯泡破碎的声音。紧接着，传来叫嚷声。

顷刻间，马戏魔术棚里伸手不见五指，也找不到其他电灯开关的位置。

幸亏警官们都带着手电！从门口到这里竹丛迷宫的一路上，他们是打着手电来的。

“站住！”

“快抢占门口截住他们！”

“电灯开关在哪里？”

黑暗里还有呻吟声。

四道手电光束，犹如小型探照灯在黑暗中摇来晃去。

着　火

相川守和四个警官依靠手电灯光在竹林里追赶恶魔。

这里，是大白天也容易迷失方向的迷宫，何况，现在又是漆黑一片，而且，越慌张越容易出错。逃犯也不知钻到了什么地方，根本抓不住他们。

警官们和相川守最难以理解的是，明智小五郎怎么会突然倒地？灯泡怎么会突然破裂？

眼下，马戏魔术棚里一片漆黑。其实，谁都没察觉歹徒是青岩道具。无疑，歹徒们的援兵到了。这群亡命之徒，手上肯定持有梭镖之类的武器。

必须保护倒地的明智小五郎，必须保护刚被救出的相川珠子。

刹那间，呆愣在黑暗里的警官们稍稍犹豫了片刻。

好在彷徨只是一瞬间。少顷，马戏魔术棚里发生了出人意料的怪事。

他们穿过昏暗的相互纠缠在一起的竹林，发现幽灵般的光束在摇晃。

可能是歹徒的手电光？色调暗红、沉闷……刹那间，这边，那边，到处是奇妙的灯光。看着看着，奇妙光束的数量猛增起来。

红色火团那样的东西，在黑暗里朝四处蔓延开来，不断传来竹子噼里啪啦的响声。

着火了！马戏魔术棚烧起来了！

逃走的杀人恶魔用火点燃迷宫里的竹子，企图烧毁马戏魔术棚。

他们这样做，也许是为了烧毁犯罪证据？或许是为了掩护自己顺利逃跑？或许是让警官和大侦探束手无策？无疑，歹徒肯定有这样的目的。可是，真正的目的还不光这些。

执拗的红蝎子首领，即便在这种时候仍不想放弃猎物相川珠子，企图用火势转移警官们的注意力，夺回相川珠子。

干透的竹子传来噼里啪啦的响声，火势越来越大，朝四处蔓延。

燃烧的火焰，犹如无数红彤彤的野兽长舌。刚才还在竹林里燃烧的火，眨眼间将整个迷宫变成了一片火海。

眼下，当务之急不是追捕逃犯，而是应该尽快考虑自身安全，离开这里。

“你们快去救明智先生！”

相川守朝警官喊道，随后弯腰抱起地上的相川珠子，拼命地朝外跑去。

他不停地跑着，不停地避开迎面扑来的火势。这样漫无目标地跑，没准会钻入恶魔的圈套。可这种危急关头，根本没时间考虑。

冷不防，脚底踩上了软绵绵的东西。其实，这是恶魔故意放的。抱着相川珠子的相川守，扑通一下摔倒在地。

伤痛疼得他不能转动身体，而趴在背上的相川珠子不知咋的朝上“飘”了起来。与此同时，一大堆竹子轰然倒下压在他的背上。

“糟啦！”

他察觉到姐姐被歹徒夺走了，使劲挣扎着爬起来，可一大堆竹子压得他难以动弹。

他抬起脸四处张望，没见到任何人影。这时，夺走相川珠子的恶魔们在黑暗里消失了。

费了九牛二虎之力从竹林里爬出的相川守，不用说，已经看不见相川珠子的踪影，就连恶魔影子也没见着。警官们和明智先生是否平安转移了？

这时，他来不及仔细思索。红红的火焰眼看就要烧到自己身上，头发和眉毛已经传出烧焦的味道。

调 换

相川守后来怎么啦？

受伤的明智小五郎是否从这里安全转移了？

刺伤明智小五郎的青岩道具到底是怎么回事？

还有更令人担忧的，是相川珠子的下落。

可怜的年轻女子又落入了红蝎子的魔掌，也不知被带到什么地方，不知她将受到怎样的摧残。

一连串的疑问现在只能搁一下，因为，别处发生了一起大案。

三河岛马戏团魔术棚纵火事件发生的第二天下午，银座大街上的“纽约西服店”沿街橱窗前站着一个怪男子。

他头戴黑色呢帽，留着画家那样的长发，白净脸上戴一副高度近视眼镜，鼻子下面的胡子朝两边翘起，下巴上长着三角形胡子，上身是黑紫色短外套，下身是二三十年前流行的带有污垢的条纹裤子。

这身装束，宛如奇怪电影里的主人公。

怪男子早就站在这家西服店的橱窗前，像稻草人那样一动不动。

阴沉沉的天空中飘着薄薄的云彩，加之夏至过后白天短夜晚长，尽管附近钟表店的大钟刚过四点，可路上来往行人的脸却已经模模糊糊的看不太清楚。此刻，是亮灯前光线最暗的时刻。

怪男子站在橱窗前一米左右的人行道上，两眼直愣愣地望着橱窗。

五分钟，十分钟，二十分钟……男子，偶人般一动不动地站在原地。

行人们起初觉得人行道中间的他挡道，都绕开而去，也没怀疑什么。可随着时间消逝，怪男子还是全神贯注地望着。

渐渐地，周围出现了好奇的人。

一开始只是一个人停住脚步望着他，接着是两个，紧接着是三个……不一会儿，怪男子周围黑压压的围了一群人。

一大群人中间，没一个清楚他究竟在看什么。

“怎么啦？”

“好像看到什么了。”

“发生什么了？”

“不知道他在看什么。”

叽叽喳喳，嗡嗡嗡……

人群里有的踮起脚尖眺望，有的向前挤着观看，人声鼎沸。

倘若怪男子在宣传某种产品，可以说他非常成功，具有吸引观众的能力。可他，并不是“纽约西服店”雇用的推销员。

“我想打听一下，你那样全神贯注，到底在观看什么？是不是发现了什么有趣的东西？”人群中有一名观众挤上前询问。

“哦，哦，您说什么？”

怪男子吃惊地转过脸望着他，随后望了一下黑压压的人群。

“我喜欢银座，每天来银座逛街，想了解整个银座的情况。可刚才经过这橱窗跟前时，突然发现原来一直陈列着的那座蜡像被调换了。”

怪男子开口说起一件奇怪的事情，嗓音很响，虽然是朝边上的问话男子说话，但响亮的说话声连最后一排围观的人也能听见。

“这家服装店肯定把橱窗重新装饰过了，包括那座蜡像也调换了。”

橱窗正面的红色扶手靠背椅子上，是一座美女的坐姿蜡像，身着华丽的晚礼服。

“我问过这家服装店的营业员，是不是换了蜡像。可营业员回答说，一星期前刚装饰过，两三天来，橱窗里的情况就是这模样。瞧他那神情，好像不知道什么时候调换了蜡像。哈哈哈……你说奇怪吗？”

莫名其妙的笑声令人胆寒，怪男子活像精神病患者。

“是不是你弄错了？或者说，你的眼睛可能有什么问题？”

问话男子并没把他的话当作一回事，漫不经心地问。

人们抿嘴笑了，觉得问话男子傻乎乎的。

“哈哈，你以为我精神有问题？你是在愚弄我？嘿嘿嘿……随你怎么说吧！可等一下你会后悔的。喂，你应该听完我说的话再发表你的高见。”

接着，怪男子朝着围得水泄不通的人群开始不可思议地演讲。

围观的人谁都没离去，对怪男子充满了好奇，就像观看大街上的艺人表演那样，鸦雀无声。

“我为什么会这么关注那座蜡像，这原因你们明白吗？请仔细看我这张脸！是不是苍白的脸色？为什么苍白？因为紧张，瞧，连身体都在不停地颤抖。我天生就是个幻想家，而越幻想就越害怕。”

怪男子像说鬼怪故事那样说道。黑暗里，唯有他那副眼镜在闪闪发亮。

“昨天还在橱窗里的那座蜡像被调换了，而昨晚又发生了一起恐怖事件。我把这两者结合起来思索，你们该明白我为什么恐惧到这种程度了吧？瞧你满不在乎的表情！你马上也会紧张得不能自拔！”怪男子贴近那个问话男子说。

问话男子感到有点恐惧，不由得朝后退却。

“你到底要说什么？对不起，我有一点急事。”

怪男子似乎想挽留他，说：“你如果有事，离开这里也没关系。不过，这是一起重大事件。喂，瞧这个！我一开始想说的就是这。”

他边说边从外套口袋里取出报纸，哗啦哗啦地摊开。

“瞧，就是这个。你们知道这报上的大照片是谁吗？这可是刚发行的晚报哟！我想，人群中应该有谁看过了吧？这是昨晚发生的恐怖事件，肇事者是红蝎子。没有人不知道红蝎子吧！瞧，妖虫又鬼鬼祟祟地出来了。

“三河岛魔术棚里，昨晚上演了像电影那样的打斗场面。美丽的相川珠子小姐遭到了红蝎子绑架。瞧！这就是她的照片。”

一听说是红蝎子，刚才还十分嘈杂的人群顷刻间鸦雀无声了。

这男子不像神经质，说的事情有鼻子有眼的。

“我考虑过了，这都是红蝎子所为。喂，请你比较一下！对，这报上的照片和橱窗里蜡像的脸……”

猛然间，人群里爆发出“哇——”的惊叫声。

啊，这才是怪男人想要说的。

假如……假如蜡像脸和照片上被绑架的女子脸一模一样……这到底意味着什么？

怪男子紧紧攥着那张晚报，径直走到橱窗跟前，眼看鼻尖就要贴到玻璃，将报上的照片和橱窗里椅子上坐着的蜡像开始比较。

于是，黑压压的人群呼地拥到橱窗跟前。

这时，橱窗里的灯光亮了。营业员们明白了橱窗外围着黑压压人群的原因，也打算核实这座蜡像的真实情况。橱窗背后的玻璃门开了，两个营业员从那里钻入橱窗。

亮如白昼的橱窗中央，一座身着华丽晚礼服的蜡像坐在红色靠背扶手椅子上。咦，蜡像和照片上的女子太像了！简直是一对孪生姐妹。

人们的心里都在这么想，可谁也不希望从自己嘴里说出来。

人群里没有一丝声音，静悄悄的。

两个营业员站在橱窗里愣了好一会儿，片刻，踮起脚尖走到蜡像边上，伸出手顺着衣服一直摸到蜡像的手和脚。

就在这瞬间，他们脸上的表情猛然发生了变化。

其中一个营业员似乎发现了什么恐怖的东西，一边张大嘴巴狂喊，一边手指着蜡像胸部。

站在橱窗外面的人群，所有视线一齐射向那里。

啊，是蝎子，是红蝎子！

已经不容置疑了。杀人恶魔没忘记在这里留下犯罪标记。

两个营业员哆哆嗦嗦地逃出橱窗，朝商店里跑去。

少顷，啪！橱窗里的照明灯光灭了，橱窗前面的金属卷帘门开始下降。

人群顿时喧哗起来，几乎所有人的嘴里都发出了惊叫声。听到爆炸般的响声，远处的人们也蜂拥而至，人越聚越多，堵塞了交通。

于是，几位巡逻警官朝这里跑来。

令人奇怪的是，引起这场骚乱的怪男子忽然把报纸随手递给身边的一位绅士，奋力挤出人群。他在金属卷帘门完全关闭的刹那间，脸上露出淡淡的笑容，随后小跑似的朝昏暗巷子里跑去，眨眼间消失了。

再　现

东京正中央“纽约西服店”沿街橱窗里，装饰的蜡像竟然是尸体！

这消息不胫而走，一传十，十传百……恐怖的阴云笼罩着整个日本列岛。

这到底是不是人为的？人们的心在颤抖，也许是妖魔所为，或许是鬼怪所为。相川别墅沉浸在悲伤之中。

唯一的姐姐惨遭杀害，令相川守悲痛至极，即便把恶魔碎尸万段也不解恨。

但是，恶魔仿佛幽灵，看不见抓不着。警视厅竭尽全力搜查，却连影子也没见着。

相川珠子的葬礼结束后，不知不觉过去了两三天，接着又过了五天、十天。相川守焦急起来，犹如热锅上的蚂蚁。

警察到底在干什么？

是呀，如果明智小五郎身体健康的话……现在这时候，明智小五郎也许已经抓住了恶魔。

自己最信赖的大侦探明智小五郎，那天晚上在三河岛魔术棚里被埋伏在青岩道具里的恶魔刺伤，至今还在医院里养伤。

相川守只能干着急，每天除上学外几乎不外出，闲时便伏案思考。

一天，曾经是相川珠子的家庭教师的殿村京子来相川家拜访。

殿村京子虽相貌平平，但举止文雅，在相川家任家庭教师期间，视相川珠子为自己的女儿。

相川珠子惨遭杀害后，她极度悲痛，像患了一场大病。

相川珠子葬礼后的第七天，殿村京子拜访了相川操一，并对他说："小姐惨遭不幸，请允许我辞去家庭教师一职。"

说完，她递上辞呈。

相川操一为殿村京子这样的人才离开自己感到惋惜，但也出于无奈。凑巧，当时他想起相川珠子生前的好同学也需要家庭教师，便热心推荐。

今天，殿村京子登门拜访，是来说说在相川珠子同学家担任家庭教师的情况。

"啊，京子老师，您好！"

相川守见有人敲门赶紧转过脸去，发现是原来的家庭教师来访，赶紧起身打招呼，但声音有气无力。

"你还在想那件事？不能这样！光想痛苦的事情会……"

殿村京子踏入相川守的卧室，心疼地瞧着他。

"怎么样啊，在樱井小姐的家……"相川守问。

殿村京子是樱井品子现在的家庭教师，樱井别墅是她新的工作地点。

"哦，那是一个非常和睦的家庭，家人都对我非常热情。樱井小姐长得漂亮，亭亭玉立，你大概知道她的情况吧！"

是的，樱井品子是相川珠子生前的好友，时常来相川家聊天，与相川守也很熟悉。

"不过，我不打算再担任樱井小姐的家庭教师了。"

殿村京子说了令相川守十分惊讶的话。

"为什么？难道有什么不称心的事情？"

"不，不是那回事。但是……相川君，我总觉得自己被一种讨厌的东西纠缠着。"

说完，殿村京子的表情变得严肃起来，直愣愣地望着相川守的眼睛，似乎在说，你是否听见了我刚才说的。

“那家伙又出现了！那天，我和樱井小姐面对面说话的时候，猛然间察觉到了一样东西，吓得我浑身颤抖。樱井小姐的肩膀上……有，有那个东西！嗯，就是那个红蝎子！与曾经出现在珠子小姐身上的那个红蝎子标记相同……”

“京子老师，真有那回事？”相川守也不由得打了一个寒噤，嘴里发出奇怪的叫声，忍不住反问道。

“我不想吓着樱井小姐，没敢吱声，但我惊恐万分的眼神好像被她察觉了。

“这时，她也发现了红蝎子，脸吓得煞白，慌忙站起，身体像打摆子那样发抖。由于身体晃动，红蝎子从她的肩膀掉到了地上。”

“嗯，那后来呢？”

“樱井小姐吓得魂飞魄散，大喊大叫，一把抱住我。当时，我也吓得六神无主大声喊叫，整个别墅乱作一团。”

“那，您是什么时候发现樱井小姐肩膀上有那只红蝎子的？”

“我不知道红蝎子是什么时候出现在樱井小姐身上的，再说是突然发现的，太可怕了。小姐说她到家后根本没出去过，也没有会过什么客人。哎，那个肉眼看不见的幽灵又开始活动了。红蝎子到底是从哪里靠近小姐的呢？我想了许久，就是找不到正确答案。”

“那，老师一开始见到她的时候，情况是什么样的？”

“无疑，红蝎子早就趴在她身上了。我进门后也没留神，一点没察觉。因此，只能说红蝎子早就在她身上了。在我发现前肯定有谁接近过樱井小姐。如果真有这种情况，理应逃不出我和小姐的视线。”

“畜生！杀人恶魔！这一回是想把樱井小姐当作猎物了。怎么办？对，打电话给警方。”

“樱井小姐的爸爸好像已经给警方打过电话了。当时，我一发现情况立即告诉了樱井荣之及先生。因此……相川君，恶魔为什么总跟着我呀？我一到什么地方，用不了几天，红蝎子就会发现我的新工作地点，伺机杀害我的新学生。”

“那，老师，您觉得樱井小姐有可能遭到毒手？”

“嗯，是的，虽说还不能断定……”

夹杂着丝丝寒冷的阴天光线，隔着窗户照射到房间里。他俩面面相觑，谁都没吱声。

“明智先生现在状况如何？”片刻，还是殿村京子先开口，找了一个别的话题。

“要出院还需相当一段时间，其实，我一直打算今天去医院探望。老师要是能抽出时间，是否请你一起去？”

“嗯，可是，今天凑巧有别的事情……你就一个人去吧！顺便把这次发生的情况详细汇报一下。等什么时候时间充足一点，我会好好拜访明智先生的。请代我向他表示慰问……”

殿村京子说完，不知何故嘻嘻笑了，笑容奇奇怪怪的。

相川守没见老师这样笑过，心里觉得不可思议。殿村京子怎么会有这样的笑容？怎么回事？

就在相川守脑海里闪过疑问的那瞬间，殿村京子脸上的笑也在刹那间消失了。相川守便没再往深处想，很快把老师奇怪的笑忘得一干二净。

中　毒

那天晚饭过后，相川守与父亲相川操一交谈了一会儿，便去医院探望病床上的明智小五郎。

为明智小五郎治疗的那家医院叫麻布外科医院，距离相川别墅很近。医院规模不大，但院长与明智小五郎之间的关系非同一般。

一来到极其平常的玄关，医院里的浓浓的消毒水气味直呛鼻子。

相川守按了一下门铃，走出一个四方脸的事务员。

“我想探望明智小五郎。”

“你是谁？”

事务员上下打量相川守，说话时的神情充满了警惕，态度傲慢。

“我叫相川守，你只要把我的名字告诉明智先生就可以了。”相川守毫不示弱，语气强硬。

“是明智先生的至交吗？不然的话，上面有规定，禁止探望。”

事务员话里表达的意思模棱两可。

“那，是不是病情恶化了？”

“是的，从今天早晨开始病情又严重了，还有其他原因……”

“不管是什么情况，请允许我探望。如果实在不行，那我就回去了。”

事务员又把相川守从头到脚仔细端详了一遍，转身迅速朝里面走去。

相川守觉得挺奇怪的。现在应该是恢复得很好的时候，可事务员却说突然恶化。看他那高度戒备的神情，肯定发生什么情况了！

相川守突然忐忑不安起来。

片刻，进去请示的事务员返回来了，这一回的说话语气和态度有了明显的转变。

“上面同意你探望明智先生，请跟我来！”事务员走在前头带路。

“病情恶化到什么程度了？是不是伤口化脓了……”相川守一边走一边询问。

于是，事务员稍稍压低嗓门说了一桩奇怪的事情。

“不是的，伤口已经愈合得差不多了。其实呀，发生了意想不到的事情！明智小五郎太倒霉了！干侦探这一行，会树敌过多。”

一听说敌人，相川守的脑海里不由得浮现出红蝎子。

也许，那家伙把魔爪伸到了明智小五郎的病床？

已经没时间向事务员核实真相，病房已经到了。

事务员轻轻地推开病房的门，用眼神示意相川守进去。

病房在医院纵深处，一楼，房间大约十七平方米，光线很暗，白色的床上传出痛苦的呻吟声。

相川守进去后，护士告诉病人，将病人的脸转向客人。

洁白的被单里露出那张仿佛一下子老了好多岁的明智小五郎的脸，有气无力地望着相川守。

看到那张脸，相川守不由得大吃一惊。

啊，明智先生的变化太大了！

明智小五郎的脸似乎整整瘦了一圈，两边的颧骨高高突起，脸色铁青。

两只眼睛失去了往日洞察一切的眼神，上眼皮耷拉着，嘴微微张开，下巴朝下垂着，牙齿裸露，暗黑的舌头缓缓蠕动，喉咙里传出轻微的呻吟声。

“先生，是我，是相川，你怎么啦？到底是怎么啦？”

相川守伤心地望着大侦探的脸，问道。

明智小五郎好像明白了来者是谁，稍稍转动了一下眼眸，可能是骨折的缘故，说话很艰难。

“啊，啊，相川君吧？我，我，遇上了倒霉事。”

僵硬的舌头好不容易说了这些，似乎疲劳极了，又闭上眼睛轻声呻吟。

“到底怎么啦？发生什么情况了？”相川守把护士喊到边上，小声询问。

“我知道得不很详细，好像是谁送来的礼物里放了毒药。现在，毒药已经进入明智先生体内。我们发现后立即抢救，把他从死神那里夺了回来，不过……”护士担心地说。

“这是什么时候发生的事？”

“就今天早晨。”

“是不是邮局送来的包裹？是否已经核实过寄包裹的人是谁？”

“嗯。”

“是谁？”

护士也许被关照过不能说出去，瞧模样像是知道但不能说。

“是不是外面流传的红蝎子？如果是，事情与我也有关。”

“嗯，事实上，明智大侦探遇上的，也就是你说的那个。”

护士一说到红蝎子，脸色骤变，全身颤抖。

两个人站在角落里窃窃私语。片刻，不知从哪里猛然传来歇斯底里的叫嚷声。说是叫嚷，其实更像野兽吼叫。

“哎哟！连转身也不行。”

护士赶紧跑到床边，打算帮助转动身体。可明智先生似乎精神错乱，折腾着身体，痛苦不堪地大声呻吟。

啊，瞧他脸上疼痛的模样！

额头上的静脉血管肿胀起来，脸变成紫色，两眼睁得老大，张开的嘴巴周围都是唾沫，口水直流，嘴里不停地叫着。每扭动一次身体，两只干枯的手便在空中乱抓。

麻　痹

“护士小姐，这里有我，赶快去喊院长来！”

相川守使劲按住在床上挣扎的病人，大声喊叫着吩咐护士。

“好，这里就拜托你了。”

护士朝走廊上跑去。

明智小五郎的剧烈疼痛持续了两三分钟，这期间那双眼睛一直紧盯着朝向后院的玻璃窗。

相川守突然察觉到了这点，不由得望着那里。这时，漆黑的窗外好像有什么东西在蠕动。

虽然是一瞬间，可这一切映入了他的眼帘，窗外的两只眼睛正窥视着病房。

那模样被窗外的黑暗遮挡了，唯有那双眼睛因病房光线反射闪出异样的光。

当他想重新打量时，窗外已经什么也没有了。

是幻觉?

不，如果是幻觉，病人不可能那样盯着窗户。

刚才，确实有一个身份不明的家伙站在窗外窥视病房，那道目光具有魔力，以致病人明智小五郎又是挣扎又是呻吟。

窗外的夜色变得更黑更令人生畏，再怎么安慰也还是无法消除病人的恐惧。

明智小五郎的病痛发作，相川守痛苦极了，觉得时间十分漫长。大约三分钟过后，明智小五郎终于不再吼叫，总算安静下来，像昏死过去的人那样不再动弹。

这时，院长和护士跑来了。

相川守把病人交给他俩，自己则急忙跑到窗前轻轻打开玻璃窗查看。

但是，没人躲在附近，也许是幻觉，或许是恶魔已经溜之大吉。

观察了一会儿，他关上窗返回床边，可院长并没怎么详细诊断，而是打算离开病房。

“大概不要紧了吧？唉，明智先生太痛苦了……”相川守问。

“没关系，病情发作时非常痛苦，但用不着担心。好了，你就跟病人慢慢说话吧！”

满面红光、脸带微笑的院长，边说边离开病房走了，护士也跟着消失在门外走廊上。

看着他俩这般马虎模样，相川守觉得奇怪。咦，怎么把重病号扔下不管，还笑嘻嘻地走了？这对医生护士的脑神经肯定不正常。

再看床上的病人，还是像昏死过去那样，身体痛苦地微微抽搐着。

“明智先生，是不是还很疼痛呀？啊，一定要让他们抢救！”

望着明智小五郎神情沮丧的脸，相川守同情地嘟哝着，显得愤愤不平。大侦探微微摇摇头：“别，别，因为我有几句话对你说才请他们出去的。”

明智小五郎喘着粗气费了好大劲说完这句话。接着，他举起骨瘦如柴的手指着窗户说：“把窗帘……”

“是把窗帘拉起来吗？”

啊，他果然察觉到了那个人影。由于窗外那对目光令人生畏，所以要求拉上窗帘。肯定是这么回事！

相川守站起来走到窗前，拉上窗帘后返回原来椅子那里。

“窗帘交接处不能有间隙，不能让窗外的人看到房间里的情况。”

病人叮嘱道。

相川守重新从坐着的椅子上站起走到窗前，仔仔细细地检查了窗帘交接处是否有间隙，返回后打算主动与病人说话。

“哈哈哈……”突然，病床上传出重病号的笑声，还不停地晃动脑袋，嗓子也憋不住发出了笑声。

怎么回事？太可怜了！明智小五郎疼痛得发狂。

“先生！先生！别乱来！要镇静！要镇静！到底怎么啦？”

相川守不由自主地把脸凑到明智小五郎跟前阻止。

“哈哈哈……”病人还是不停地笑。

更令相川守吃惊的是，明智小五郎竟像正常人那样爬了起来，腾地跳下床站在相川守面前。

身着白色宽袍睡衣，精神饱满。

相川守吓了一跳，不由得连着后退了几步嚷道：

“不行，不行，先生，您别胡来！……”

“嘘，别大声嚷嚷！隔墙有耳。不过，你放心，其实我什么病也没有！哈哈哈……我的演技不错吧？”大侦探一边说，一边精神抖擞地手舞足蹈。

但是，他再怎么晃动，能算是健康人吗？

脸上的病色是怎么回事？眼睛周围隐隐约约的黑眼圈又是怎么回事？

“嘻嘻嘻……这些都是用笔画的！这里的院长是一个化妆高手，给我的脸进行了一番精心打造。这出戏就院长和我俩知道，护士、事务员等一个也不知道。不这样保密，不这样演戏，无法弄清楚究竟谁是红蝎子的内线。”

整整瘦了一圈，是负伤的原因。而眼睛、鼻子和嘴巴的病态模样，都是经过化妆的，用来麻痹和迷惑敌人。明智小五郎的演技，十分逼真。

终于明白了装病真相的相川守，放心了，不由得笑了。

“原来是这么回事！我还真以为又病倒了呢！让我担心极了！”

“相川君，对不起。为蒙骗敌人使你受到惊吓，对不起呀！你应该明白是怎么回事了吧？红蝎子这回把目光盯着我，真险。虽说伤已经痊愈，但为了麻痹敌人，好朋友院长让我一直住在这里。嘿嘿嘿……”明智小五郎非常警惕窗外，把嗓音压得很低很低。

“刚才，你那么痛苦叫喊也是……”

“嗯，嗯，那是今天晚上假戏真做里的重要情节，你来的也正是时候。我大叫大喊的时候，难道你没看窗外？”

啊，果然是那么回事！

“嗯，看了，好像有人在偷看。你知道那家伙是谁吗？”

“嗯，知道。”

“如果……”

“是红蝎子，多半是蓝眼镜家伙的部下。”

“他们是怎么来到这院子里的？”

“这对他们来说很容易。翻越围墙，从玄关溜进来，绕到后院……”

“你既然都知道，为什么不把那家伙抓起来？我也正好在这里，不是能帮上忙吗？”

“不行，那样做容易打草惊蛇。要动手，就必须将他们一网打尽，斩草除根。现在要装作上了他们圈套的模样，麻痹他们。那些家伙把我视为他们的最大障碍，千方百计想毒害我。我将计就计，装作已经中毒，眼看就要死去的假象。我估计那家伙今晚肯定来窥视我的模样，便耐心等他到来时上演了这出戏。”

“那，他们寄来的含毒礼品是真的吗？”

“嗯，是真的，我险些上当。”

“啊，我想起一件事来。这次探望你，顺便还想告诉你一个新情况。”

相川守因刚才这场戏把那件事忘了，现在终于想起了樱井家发生的情况。

“是说红蝎子的第三个目标的情况吗？”

大侦探早已估计到了，说出了相川守的心事。

“是的，但是，先生，怎么会那样……”

“是樱井家的小姐吗？”

没想到明智小五郎，都知道了，相川守注视着先生的脸，没再往下说。

魔 箱

“哈哈哈……如果还不知道那情况，不能称作侦探。没什么可以感到惊奇的！四五天前，我就每天晚上离开医院，在东京大街小巷到处打转。红蝎子下一个目标是谁，也就清楚了。”

“这回能防住吗？”

“哈哈哈……你还担心？不过，这回没关系！上回我接受委托保护你姐姐，没想到是那样的结果，也不知道该怎么向你们父子俩道歉。为避免重蹈覆辙，我继续装作养伤住院麻痹敌人，同时侦察敌情。如果再出现上回那种情况，我明智小五郎在这世上存在的价值也就没了。”

“太好了！我知道您下了这样的决心也就放心了。其实，说到侦探，确实真的是连生命也搭上的职业。”

“哈哈哈……可是，像这样把生命置之度外的崇高职业，是我最愉快的工作。为了捕捉狡猾的歹徒，要靠智慧靠力量战胜他们。这世上，就数这工作最有趣。”

“哈哈，先生真是精力充沛，信心百倍。”

谈兴越来越浓，嗓音越来越低，即便隔墙有耳，也不必担心被人听见。

心情舒畅了，刚才一直没注意到的东西，突然映入相川守的眼帘。

“这，这是什么？”

床边柜上放着个精致的小木箱。

明智小五郎把手伸过去，将它拿在手上说道：“这是秘密箱子，你能打开吗？”

说完，脸上浮现出略带戏弄的表情。

相川守则立即显示出他“侦探先生”的习惯，一听说是秘密箱，眼睛里即刻露出异样的目光。

他不停地摆动箱子，用手指拧来旋去，片刻，传出啪的响声，箱盖打开了。

“啊！”相川守惊叫起来。

那是什么？瞧，箱子里蹦出了红色东西，撞上了相川守的下巴。于是，下巴那里的皮肤上有微微刺痛感。

箱子那里，装有与“玩具惊人箱”同样的机关。一不小心碰上机关，便蹦出玩具人让你吓一跳。

相川守不由得放下箱子仔细观察，长长的发条一端是一块红色金属，正在颤抖。咦，它不就是恶魔标记——红蝎子吗？

相川守明白后，按着被刺痛的下巴，表情紧张起来。恶魔寄给明智小五郎的礼品包裹就是这个小箱子，刚才弹向相川守下巴部位的红蝎子针尖上，原先肯定含有能夺走人生命的剧毒药物！

“对不起，对不起，稍稍实验了一下！果然，这奇妙的注射法百发百中。一般来说，为打开秘密箱子会边琢磨边寻找开关，脸也就很自然贴近它。寻找过程中，手会自然碰上机关而打开木箱盖，里面的红蝎子便自动蹦出，针尖命中人的脸部。想出这办法的嫌疑人，简直狡猾透顶。”

“那，针尖上的毒呢……”

“哈哈哈……像这样危险的秘密箱子，我怎么会让你上当呢？放心吧，针尖上的毒早被院长清除掉了。”

“明智先生，你可真会吓唬我呀！瞧我刚才脸都变了色。”

“对不起！不过，相川君，如果认真考虑一下，这小木箱不仅仅是毒药注射器，还暴露了嫌疑人的特征。我是这样想的。

“你说最先窥视谷中那幢空房子时，看到过一只木箱是吧？你还说木箱里好像有人在唱一首奇妙的歌。

“后来，也就是这次去的三河岛马戏魔术棚里，虽说是一个纸糊青岩道具，可那里面藏着什么？从这点看，也可说是类似这样的秘密箱子。从青岩道具里飞出一把匕首，与刚才秘密箱里蹦出蝎子一样装有机关。

“怎么样？我考虑，红蝎子不可思议地反复折腾箱子，其实是一种暗示。你说呢？”

大侦探一脸认真的表情，目不转睛地望着相川守。

“原来您是这么想。经您这么一说，似乎也是呀！我总觉得是恐惧。可要说是一种什么暗示，我还是闹不明白。”

“是的，我也并不是很清楚。对于被藏在箱子里的东西，我进行过反复思考，觉得那是犯罪的根本原因。

“如果我的想象是对的，这几起事件都经过精心策划，是我迄今为止碰到过的唯一一起连续杀人案。哼，像这么狠毒心肠的罪犯，这世上真有吗？令我难以置信。

“也许红蝎子精神失常？简直是十恶不赦的大恶魔！”

大侦探越说越气愤，越说越激动，忍不住嗓音高亢起来。

恐 惧

被红蝎子团伙视作第三猎物的樱井品子，是大富豪、大政治家樱井荣之及的独生女儿。她与惨遭杀害的相川珠子原是同一所大学里的同学，俩人非常要好，亲如姐妹。

樱井品子不仅美丽，还是小提琴高手，在音乐界被誉为天才小提琴手。

好友相川珠子的死，她内心的痛苦可想而知，悲痛变成恐惧折磨着她。

红蝎子又在兴风作浪，开始袭击樱井品子。

一天，她的新家庭教师殿村京子满脸惊恐，盯着樱井品子的肩膀。

当可怕的东西从她肩膀上滑落到地面时，竟发现是恶魔标记——红蝎子标记。

樱井品子深知这一现象发生意味着什么，红蝎子的出现，是杀人恶魔要置自己于死地的预告。

她天生就胆小，纤弱的神经由于过分恐惧而疼痛起来。从那天晚上开始，她不停地做着噩梦。

灰蒙蒙的天空里好像有什么来路不明的生物往下降落，模模糊糊，晃晃悠悠的。

奇怪生物犹如黑云在空中横向漫游，从这边尽头飘向那边尽头。八条弯曲又细又长的大腿，朝着豆粒般大小的樱井品子头部移动。

生物身体上有许多关节，每一关节都像军舰那般大，像海底生物一样模模糊糊的。但生物的脸大得无法测量，丑陋的大脸旁有两只大螯，猛地朝外伸出，气势汹汹，忽地张开，忽地紧闭。

与古时候的恐龙相似，它屁股上有一条令人不寒而栗的尾巴，尾巴尖的形状犹如放大几千倍的梭镖，闪烁着寒光。

那是巨大的蝎子！像笼罩整个天空的乌云那般大！最令人憎恶的，是巨大蝎子的腹部。

它正朝着樱井品子逼近，眼看就要把她压成肉酱。

“哇！”樱井品子惊叫，刹那间睁开了眼睛。

环视四周，是自己的卧室。

床边柜上的小台灯，圆圆的光束投向天花板。

樱井品子吓出一身冷汗，提心吊胆地爬起来再也不敢睡了。接着，她眺望面朝院子的玻璃窗。

樱井品子的卧室在别墅二楼，没有梯子，歹徒是爬不到她卧室窗上的。玻璃窗的内侧，有金属插销。

“没关系，没关系，窗外没有可以让人爬上来的梯子。”

她一边安慰自己，一边尽量使快速跳动的心平静下来。

人爬不上来，可虫子……如果是蝎子，也许可以不费吹灰之力地爬上来。

樱井品子一想到这里，情不自禁地心惊胆战起来。

玻璃窗外面有一条悄悄爬行的虫。

她这么一想，反而更加心慌意乱，越发控制不住自己的情绪。

“我这是怎么啦？要是真有那可怕的东西就糟啦！”

樱井品子企图打消自己荒唐的幻想。

咦，那是什么？是树枝？树枝怎么会伸到窗跟前？

黑暗笼罩的窗下角，好像有一个十分刺眼的东西。

肯定是树枝！应该不会是什么怪物。

可是，那真是树枝吗？是不是被夜风吹得摇来晃去？风力有那么大吗？好像是生物……

那生物一点一点地大了起来，从窗下角朝上伸展，像是沿着窗玻璃外侧朝上爬行。

形如赭色棍棒，棍棒端部向两边分叉，棍棒内侧长着锯齿般的牙齿。

樱井品子被这幕可怕的情景吓得全身发软，连动弹的力气也没了，仿佛全身被五花大绑，只有心脏在不停地跳动。

“一定是自己神经过敏！或者说是幻觉所致。”

果真有这样的幻觉？瞧！生物不是在沿着窗玻璃外侧朝上爬吗？那“棍棒”擦着玻璃，发出吱吱吱轻微的响声。

片刻，生物的整个模样变得清晰起来。

朝两边分叉的棍棒，其实是令人吃惊的两只大螯。赭色的螯，时而张开，时而关闭，好像在撕咬什么东西。

红蝎子！

啊，不是梦！是现实！

令人难以置信的怪物，像人那般大的大蝎子爬到了黑暗笼罩的窗上。

如果是梦，肯定会惊醒。

但眼前出现的，是客观存在的事实。大螯下面那张凶恶的脸，无疑在窥视自己。

全身的毛像无数银光闪烁的针，又长又细的腿令人眼花缭乱，丑陋弯曲的尾巴上有数不清的关节……

樱井品子猛然间觉得自己好像掉到了大海里，正朝着海底下沉。

由于极度惊恐，樱井品子失去了意识。

发 现

第二天早晨，明亮的光线和周围的响声让樱井品子恢复了意识。她没遇上什么不测，还是像昨晚那样躺在床上。

令人生畏的蝎子昨晚爬过的窗户上，射入明媚的阳光。樱井品子下床后悄悄打开窗户朝外眺望，院子里的树木仍然像往日那样枝繁叶茂，根本就没什么值得怀疑的迹象。

那，果然是梦！要不是梦，这世上怎么会有那么大的蝎子呢？

“哎，多亏是梦，太好了！”

樱井品子感到全身疲惫，脑袋昏沉沉的，可她还是强打起精神，像平时一样去餐厅用餐。

“品子，你是不是哪里不舒服？瞧你的脸色难看极了。”母亲吃惊地问道。

确实，樱井品子脸色苍白，病怏怏的样子。

“没有，没有不舒服，可能是晚上没有睡好的缘故。”樱井品子答道。

她觉得在阳光这么明亮的大清早说出昨晚目睹怪物的事情，会让人觉得自己神经有问题，一说出去，肯定会被人当作笑柄，也就没说。

“品子一定是因为红蝎子标记的缘故，整天忧心忡忡，像患了什么病似的。其实，你也不必多担心，我把你上次遇到的情况跟警方说了，警视厅那位警长说他会好好保护你的。家里嘛，有几个身强力壮的寄宿生不停地巡逻。门口嘛，有巡逻警官站岗放哨，你待在家里根本用不着害怕。”

父亲樱井荣之及挺着便便大腹，笑呵呵地开导女儿樱井品子，满脸无忧无虑的表情。

父亲的这番话，更让樱井品子觉得不能说出昨晚的事情。

警视厅中村警长和樱井荣之及是多年至交，一听说蝎子标记事件再度发生，并且是出现在好友女儿的身上，立即亲自赶来现场搜查，还派警官保卫别墅。

如果是普通犯罪，像这样的防范措施足以让大家安心和放心。可是，对于擅长魔术作案的“红蝎子”，会不会因为这样的戒备而金盆洗手放弃猎物呢?

那天下午，相川守拜访了樱井品子。

“怎么啦？瞧你一副无精打采的样子，是不是遇上什么情况了？”

相川守看到樱井品子的精神状态大吃一惊。正因为自己的姐姐惨遭恶魔杀害，非常清楚红蝎子的恐怖和残忍，也非常明白樱井品子此刻的心境。

终于，樱井品子憋不住了，把昨晚遇到的情况一五一十地说了。

“我觉得自己是做梦，可不是朦朦胧胧，而是清清楚楚……”

“那一定是梦！因为你一直把那件事放在心上，所以做了那样的怪梦。”

相川守说完又安慰了樱井品子几句，可自己却是满腹疑虑。

红蝎子是无恶不作的恶魔，根本不能用正常的思维去分析。越是难以置信的事情，越是有可能。作为樱井品子，越是要小心谨慎。

相川守离开时，一再叮嘱樱井品子要注意，随即悄悄来到院子里，走到樱井品子卧室的窗下观察。

作为“侦探先生”的他，预测地面上可能有什么脚印。可找了半晌，没发现明显的尤其是恶魔的脚印。

不过，他在被视为有问题的窗下发现了两个用棍棒捣的洞，间距五十厘米左右，洞口非常清晰。

一定是竖梯子时形成的两个洞。

“红蝎子”大概使用了梯子！

也许，巨大妖虫像人那样沿着梯子爬到卧室窗户上朝里窥视。

相川守见过院子角落的仓库里放有梯子。也许是那把梯子？他便走进仓库调查，果然，梯子脚上沾有生土。

樱井品子显然不是做梦，可以断定红蝎子怪物已经开始行动。

相川守识破了恶魔的诡计，似乎看清楚了恶魔的真面目。

杀人恶魔让樱井品子天天处在提心吊胆的恐惧之中，而他们则幸灾乐祸。然而，胆大妄为的恶魔不可能就此罢休。今天晚上，恶魔说不定又会爬到樱井品子卧室的窗户上，让她再次受惊。

抓恶魔，这倒是好机会。不能错过这样的良机！

但是，这不能让家人知道，也最好别让警察知道。

一旦兴师动众，反而打草惊蛇，使得红蝎子接下来的行动更加隐蔽，更加诡秘。

眼下，能视作自己人的只有明智小五郎，必须尽快把这一发现告诉他！

并且，今天晚上是大好时机，可以生擒活捉这个杀人如麻的红蝎子。

他走出樱井别墅大门，径直朝明智小五郎居住的医院走去。可大侦探不在医院里，他在病床上进行了巧妙的伪装，制造了重病号躺在床上的假象。

病房的窗帘拉得严严实实，门也上了锁，就连医院里的工作人员也不能随便进入。可事实上，病房里空无一人。

这秘密，除了院长外没有第二个人知道。明智小五郎巧妙地骗过红蝎子的眼睛，趁机进行化装侦查。

相川守感到失望，没有明智小五郎的帮助，凭自己单枪匹马要活捉红蝎子，没把握，心里也不踏实。

但他还是不希望警方介入，否则，有可能前功尽弃。他把这惊人的发现藏在心里，倘若靠自己的力量弄清红蝎子的真面目，那是最值得高兴的。

落　空

那天深夜，一身黑色装束的相川守，从父亲书房里悄悄取出手枪，放在自己的裤袋里，朝樱井别墅走去。

潜入后院的事情绝不能让任何人知道，要做到这一点，只有翻越围墙进入樱井别墅的后院。他像盗贼那样爬上后院围墙，隐蔽在院子里的树林中。

透过树之间的空隙，樱井品子的卧室情况一目了然。

樱井品子的卧室窗户被窗帘遮得严严实实，可窗帘上被室内灯光映照得红彤彤的。

用人们大概都已经进入梦乡，别墅里鸦雀无声。

天空繁星密布，没有一丝风，周围万籁俱寂。

长时间地蹲在黑暗里，脚下泥土里的寒气直往上冒。可能是寒冷的缘故，也有可能是害怕的缘故，全身微微地颤抖起来。他咬紧牙关，浑身一动不动地瞪大眼睛紧盯着那里，耐心地等待着。

两个小时过去了，又过去了十分钟，这时，他预料的事情竟然真的发生了。就在他刚爬过的那道墙上，忽然出现一个人影。

那家伙爬墙的动作十分笨拙，跳到地上的动作更是差劲，简直像从墙上滚到地上似的。那家伙滚到地面后一动不动地躺着，观察周围动静。

相川守眺望那家伙模糊的全身，模样比蜘蛛大上千倍，令人生畏。

相川守没有吃惊。

这里是东京的正中央，不可能栖住这样的怪物，肯定是为了哄骗孩子而制作的玩具。尽管知道那家伙不是真正的蝎子，但这种形状奇怪的东西在黑暗里蠕动，着实让人畏惧。

虽然蝎子外壳是布做的，可藏在里面的人是远比蝎子还要恐怖的恶魔。

相川守瞪大眼睛望着，巨大的蝎子怪物开始在地上爬行，脸旁的两只大螯猛地竖起，朝着院子角落的仓库里走去，可能是要先取出里面的梯子？

相川守打消了抓获怪物的念头后犹豫了一会儿，打算耐心跟踪。

恶魔身着特制的蝎子壳，行动十分不便。如果趁对方不注意时出其不意地扑上去，胜利无疑是属于自己的。万一失败，只要大声喊叫，别墅房间里睡觉的寄宿生肯定会赶来相助。

“好，先下手为强！”

相川守决心已定，猛地站起来，甩开脚步跑上去一声不吭地扑向怪物。

幸亏恶魔爬着行走，被相川守骑了个正着按在地上。

他计划的作战方案成功了，打了一个漂亮仗。巨大的蝎子被压在胯下，发出奇怪的呻吟声，不停地使劲挣扎。终于，怪物肚子朝天，翻了过来，晃动着剪刀拼命抵抗。相川守则紧紧按着怪物，渐渐地，不安起来，感到胯下的怪物不寻常。

蝎子壳里的家伙到底是什么人？根本就没什么力气。体形小得跟少年差不多，怎么也不像那个蓝眼镜家伙，难道恶魔团伙里还有少年歹徒？

红蝎子壳里挣扎的确实是一个少年，一边抽泣一边痛苦地扭动身躯，哭声令人作呕！

咦，这声音好像在哪里听见过。

……啊，是的，在谷中那幢妖怪住宅里，在春川真由美被杀害的时候，躲在箱子里唱歌的家伙就是这嗓音，嘶哑、奇怪。

相川守想到这里，不由得松开紧按的双手。啊，真是个莫名其妙的怪物，像海蜇那样，一点反应也没有。

忽然，他想起明智小五郎昨晚说的那番话。

谷中凶杀案的作案现场有木箱，木箱里有人。三河岛魔术棚的竹林边上有纸糊的青岩道具，道具里有人。这家伙还刺伤了明智小五郎。现在，这家伙身着红蝎子壳，企图惊吓樱井品子。

无疑，这家伙藏在红蝎子杀人事件最深处，是最最心狠手辣的恶魔。

一直被视为首领的蓝眼镜男子，如果不是红蝎子团伙的首领，那么，这个身材瘦小的家伙肯定是首领。

忽然间的恍然大悟，导致相川守松开了双手。怪物伺机恢复力量，使劲爬起来，打算逃走。

“畜生！你想逃？”

相川守使出吃奶的劲儿掐住怪物的喉咙，充满力量的手指越掐越紧。与此同时，蝎子壳里又传出了嘶哑的抽泣声，渐渐地越来越轻。

怪物的脖子被掐在相川守的手里，眼看就要窒息。如果再有一分钟，也许就会一命呜呼。

说时迟那时快，一个黑影不知从哪里蹿入院子树林里，随即猛地出现在相川守背后。

黑影手上握着一条白色毛巾，冷不防蒙在相川守的脸上。

相川守的嘴和鼻子被满是异味的毛巾捂住了，赶紧用手扯开。可任凭他怎样用力，毛巾像大胶布一样牢牢地粘在脸上。

此刻，他既无法喊叫又无法从黑影手里夺下毛巾。经过几番挣扎的相川守，顿觉头昏目眩，眼前的夜色似乎成了灰色，随后什么也不知道了。

在模模糊糊的意识里，相川守仿佛自己的身体在宇宙里向上漂浮，觉得被风刮着飘走了。失去意识的他被黑影抱走了，不知去了哪里。

黑影究竟是谁?

相川守急于建功，结果陷入红蝎子魔爪。

那个身材瘦小、经常躲藏在道具箱里的是谁？他果真是杀人团伙的首领吗?

获 救

第二天，丸内大厦街中央发生了一起出人意料的怪事。

初春的早上八点，大厦街上只有三三两两的行人，给人一种拂晓刚过的寂静感觉。道路一侧是八层高的S大厦，道路另一侧是六层高的Y大厦。两幢高耸的大厦，犹如悬崖峭壁。被夹在它们中间的道路，犹如深邃的谷底。道路上，铺有黑色沥青。

在这冷清而又空荡的道路上，一个工薪族模样的青年朝着S大厦走去，脚底下不时发出“咯噔咯噔”的皮鞋声。

车道上不时地驶过一辆辆出租车，司机们几乎全都睡眼惺忪。

距离公司的上班时间还有一个小时，周围依然一片寂静。

青年无意中发现离他五十米的前方，也就是S大厦的门口前面，躺着一个异样物体。心想，可能是喝醉酒躺在这里的醉鬼吧？也可能是倒在地上的病人？

奇怪！躺在地上的醉鬼，身上穿的竟是红衣服。在这条现代大厦云集的大街中央，居然躺着身着红衣的醉鬼，这醉鬼可能精神有点异常。

随着一步一步走近，醉鬼的模样越来越清楚，宛如煮过的虾变大了无数倍。这是一个不曾见过的动物。

青年直愣愣地站在原地，就像还没有从梦中醒来似的，一边揉着眼睛，一边在怀疑自己的眼睛。

躺在地上的醉鬼一动不动，究竟是死是活？脸旁有两只大螯，还有一对目光呆滞的大眼睛。尽管醉鬼的视线紧盯着站在路上发愣的青年，但没有猛扑上去的架势。

青年还是直愣愣地站在原地，继续与怪物僵持。可看着看着，似乎觉得八层楼大厦也像玩具那样在不断地缩小。他猛地明白了，怪物不是醉鬼，是一只什么妖虫。

这时候，青年慌张起来。

“是蝎子！是红蝎子！”

怪物不是真正的蝎子，比真正的蝎子大千倍。瞧，是人那么大的蝎子妖怪。

嗒，嗒，嗒，嗒……

这时，一个送报青年从后面跑来，一点也没察觉到什么。

他正要从青年身边通过。

“喂，你给我站住！”

青年朝送报青年喊道，战战兢兢地用手指着地上的怪动物让他看。

“哇！那是什么？”送报青年猛地停住脚步，发出惊叫声。

“仔细瞧，是蝎子形状的怪物。”

“什么？是蝎子？啊，真是红蝎子！”

两个人你看着我我看着你，眼睛里流露出胆怯的目光。

他们知道，最近出现了一连串恐怖事件，传说是红蝎子杀人团伙干的。

突然，他们侧过脸，见S大厦门口走出一个管理员模样的中年男子，也没注意下边人行道上的情况，打算沿台阶往下走。

“哎，大叔，那下边有怪物，你快瞧呀！”送报青年大声喊道。

中年男子瞪大眼睛望了一下，吃惊地朝大厦门里后退了两三步，随后又站着打量怪物的模样，不知如何是好。

他刚才在打扫门前路面的时候，根本就没见过这样的怪物。

难道它从天而降？

须臾，一些提前上班的职员三三两两走来，与怪物保持着远距离围成圈子眺望。不管大家怎么叫嚷，怪物一点也不动弹。人们开始大胆起来，围成的圈子开始缩小。

“什么，是假的？”

一些大胆的年轻人大步朝那里靠近，一边敲打怪物的脑袋一边喊叫。

“科学博物馆的标本室里不会有这玩意，把它抬走扔掉不就得了。”

不知是谁想当然地说道。

“哎，最好把这东西移到别处，太碍事了。”

其中一个职员模样的人说。于是，两个大楼管理员胆战心惊地来到大蝎子跟前，但还是没勇气用手碰它，而是打算用脚把它踢到道路角落里。

“好像还挺重的。”

他们使尽力气踢了一脚后，一直是脸朝下的大蝎子猛地翻了一个身，肚子朝天，露出令人恶心的腹部。

与此同时，令人难以置信的怪事发生了。

怪物的两只大螯，因滚动的反作用缘故在不停晃动，不仅如此，那两只大螯开始大幅度动起来。

少顷，两只大螯在头上画了一个大半圆弧，转眼间，大蝎子开始全身蠕动，似乎为了翻身而扭动身躯。

啊啊，大蝎子怪物好像还是活的！

突然，人群“哇”地叫嚷起来，围观的人群顿时乱作一团。一些胆小的更是脸也变了色，快步逃到对面那幢大厦里。

“是活的！是活的！”

据说，热带地方有各种各样的巨大生物，还有捕捉麻雀的大蜘蛛。但这里不是热带，是东京中央的大厦街。高峰时，这里有好几十万人通过。

像这种地方，如果出现人一般大的活蝎子，绝对不会有人相信。

“啊，明白了！那是人！人穿着蝎子外壳！”有人恍然大悟，大声喊道。

按照这种说法琢磨，确实是酷似蝎子的躯壳。

使外壳晃动的，肯定是里面的人在动。

“帝都剧场不就是上演类似这样的化装戏嘛！”其中一个年轻事务员说。

附近有一家帝都剧场，装扮成各种模样的演员从后台爬到前台表演。但扮成昆虫上舞台表演，帝都剧场还从未有过。

经过仔细检查，大蝎子躯壳的胸部已经裂开。有人用手朝那里按一下，露出一件黑色衣服。

“果然是人！还是一个青年学生。”

脱去外壳，一个有气无力的青年滚落到人行道上。

“是病人！快把他送到医院去！”

“送医院？还是交警方处置好。”有人报警。

一听说是这样的情况，警察立即驱车赶到现场。

“喂，快打起精神来！哪里不舒服？你到底从哪里来？”

警官不停地大声询问，黑衣青年终于睁开眼睛，紧张地环视周围。

“你叫什么名字？”警官问。

黑衣青年蠕动着嘴巴轻声答道：“我叫相川守……遇上了红蝎子，倒了大霉。”

“啊！那，你是相川操一先生的儿子……”

“是的，相川珠子是我的姐姐。”

围观的人们一听是这么回事，都不由得侧过脸与旁边的人交头接耳。

提到相川珠子，几乎所有的市民都知道她是被红蝎子犯罪团伙杀害的第二个受害人，尸体被放在银座大街的橱窗里。

今天，被害人相川珠子的弟弟，又被套上被称之为杀人标记的红蝎子躯壳，并且被扔在丸内的大厦街上。

这究竟是怎么回事？

“详细情况请等一下告诉我，先给你家挂个电话，通知你的家人。”

警官突然紧张起来，让大厦管理员带路去S大厦里打电话。

预 告

同一天上午十点左右，樱井品子的家里又发生了一起怪事。

当时，樱井品子和家人并不知道早上丸内大厦门口发生的情况，也不清楚前一天晚上相川守在院子里与红蝎子格斗的情况。

樱井品子虽说昨晚也做了个噩梦，但没像前天晚上那样发现窗外有人朝房间偷看。

看来，那一定是自己的幻觉所致。樱井品子这样想着，暗自庆幸没把这一情况对大家说，感到全身舒畅。

上午九时半，新来的家庭教师殿村京子上班来了。

“呀！你今天的气色真好！”

殿村京子见到樱井品子的脸色与昨天判若两人，夸奖说。

“嗯，昨晚睡了一个好觉。”

樱井品子轻松地回答。可没想到半小时后厄运便降临在她的身上。

师生之间谈笑风生了一会儿。这时，女用人通知说洗澡水热了，请樱井品子进浴室洗澡。

“老师，对不起，我洗完澡就来，失礼了。”

“没关系，请慢慢洗！我到楼下去和你妈妈聊天。”

殿村京子说。

樱井品子去了浴室，洗完澡后匆匆化完妆欲返回二楼卧室，途中要经过后面的楼梯，走完楼梯要经过那里的大客厅门前走廊。

经过大客厅门前时，她无意中侧过脸隔着格子玻璃窗朝里瞟了一眼，突然发现里面有异样的东西，不由得停住脚步。

三十多平方米的大客厅，平时很少使用。朝北面的窗都关得紧紧的，房间里几乎没有光线，昏昏沉沉的。

“咦，那样大的东西是谁拿来的？”

樱井品子感到不可思议，拉开移动门，三步并作两步朝里面走去。

刚一靠近，她仿佛触电似的一下站住了。那对水汪汪的眼眸险些蹦出眼眶，她直愣愣地盯着那里。猛然间“啊”地惊叫了一声，一下瘫软在地。

原一直以为梦幻般的东西，不料，此刻却真的出现在自己眼前。壁龛前面有人一般大的红蝎子，正恶狠狠地望着樱井品子。那趴着的模样，好像摆开了猛扑的架势。

听到惊叫声，第一个赶来的是殿村京子。

“喂……小姐受了惊吓，请大家快过来！”

听到殿村京子的喊声，家人不一会儿全都聚集在大客厅里。樱井品子的父母亲、寄宿生和女用人，都惊得直发愣。

壁龛前面是不曾见过的大怪物，恶狠狠地趴在那里。旁边躺着的，是双唇紧闭失去知觉的樱井品子。

谁知大客厅里，竟也出现了与丸内大厦街上相同的大蝎子。

没一个人敢靠近它。片刻，大家终于明白过来，那是仿制的蝎子怪物。可一开始，谁都以为是真的。

大家用手摸着进行了一番调查。原来，框架是采用超薄金属做成的，表层是采用特种布制成的，再用彩色颜料模仿真正的蝎子绘制在布上。

像这样的大蝎子躯壳，只要一按脑袋和尾巴部位，便可折叠得很小。眼下的这只大蝎子仅仅是个空壳，里面什么也没有。

歹徒事先准备了两个同样的大蝎子壳，一个给相川守套上扔在丸内大厦街上，一个则悄悄放到樱井别墅的二楼大客厅里。

“瞧，大蝎子躯壳的螯脚夹着一张小纸条。”

寄宿生发现白色信纸，把它递给樱井品子。

信纸被折得很小，摊开一看，上面写有绑架预告内容：

樱井荣之及先生台启：

今天的某个时候，我们将带走令爱樱井品子小姐。你可以进一步加强保护措施。不过，无论你怎么戒备森严，对于我们来说是不堪一击的。我的绑架预告是否算数，要不了多久你就会明白的。我向来说到做到，绝不食言。

特此预告

红蝎子　敬上

在红蝎子三个字的下端，还绘制了红蝎子标记。

消 失

樱井品子立刻被抬到卧室，经过殿村京子的悉心照料，终于恢复了元气。由于只是受过度的惊吓而休克，恢复后身体上没什么不正常。

樱井荣之及通过电话把这一情况立刻报告了警视厅，还向中村警长叙述了预告信的详细内容。

“请立即设法保护我家樱井品子。”樱井荣之及央求中村警长。

警长似乎也吃惊不小。

“这样吧，我立即派四名警察去贵府保卫，待我处理完手头上的一些紧急事务马上就去你那里。”

说完，挂断了电话。

几分钟后，门前传来刺耳的警笛声，威风凛凛的警车停在樱井别墅门口。四个身着制服的警官拉开车门跳下车，快步朝别墅里跑去。

他们听完樱井荣之及的详细介绍后，先是对大蝎子的外壳进行了一番认真研究，接着在别墅里展开了搜索。

少顷，他们发现了院子里的脚印和梯子竖在地面上的痕迹。从脚印看，好像发生过搏斗。从梯子留下的痕迹看，位置是在樱井品子的卧室窗下。

这些脚印和痕迹到底意味着什么？两者之间有什么必然联系？警官们好像找不出其中原因。

他们对家人一一讯问，从樱井荣之及夫妇到下面的用人，都先后被喊到楼下会客室回答警官提问。

“刚才先后到这里接受讯问的，是贵府所有成员吗？还有其他人吗？”

一个副警长模样的人问主人樱井荣之及。

“嗯，还有女儿的家庭教师与一个女用人没来这里，她俩在照看我的女儿，因此……”

“哦，是这样。那我们去令爱卧室对她们三个人进行讯问，另外，我们还有一些情况要问你女儿。”

副警长说完，朝另两个警官使了一下眼色。于是，他俩匆匆去二楼了。

讯问结束了，好像没问出什么新的情况。

“据女用人说，早晨打扫大客厅的时候没见过大蝎子躯壳。因此，从她打扫结束的七点到樱井小姐发现怪物的十点之间，这两个半小时里，有人把它搬到大客厅里了。

“那家伙多半是架梯子爬上二楼的。当时小姐卧室里没有人，窗也是敞开的。我们认为，歹徒是从那里潜入小姐卧室，再沿着走廊进入大客厅的。院子里小姐卧室窗户下的地面，有竖梯子的痕迹。因此，我们这个结论是不会有错的。”

副警长介绍了警方的搜查结果和结论，其他情况没有提及。

副警长在滔滔不绝介绍的时候，两个去樱井品子卧室讯问的警官回来了，抬着那个刚才出现在大客厅里的大蝎子躯壳。

“据小姐说，前天深夜有大蝎子趴在窗外偷看。她以为是做梦，没对任何人说起。没想到今天居然看见与梦里相同的大蝎子，从而触景生情，吓得昏厥过去。”

一个警官报告说。

“啊，竟有这等事！我怎么一点也不知道。”

樱井荣之及还是第一次听说女儿身边曾发生过这样的事情，吓了一跳。

“不管怎么说，歹徒的作案手法非常老练，不能掉以轻心，必须小心谨慎，严加防范……对贵府的搜查已告完毕，对现场的调查结束了。

“下一步我们打算对别墅外面进行搜查，再向邻居了解情况。我们还打算加强这里的保卫措施，作为你和你的家人也必须提高警惕，注意周围动静，尤其是令爱，绝不能让她独自一人待在卧室里。”

副警长要求樱井荣之及别大意，把保护樱井品子当作头等大事。

“接下来，我们去别墅周围进行搜查。”

副警长说完，带着部下从别墅出去。两名警官抬着空壳大蝎子走到门外，把它装到警车里。空壳蝎子和绑架预告信被作为重要证据，由警官带回警视厅。

“孩子他爸，不要紧了吧？一想起相川先生的女儿被害，我就心痛得不想活了。那些该死的恶魔在绑架预告信上说，他们许诺的一定兑现，结果肯定是这样吗？”

樱井品子的母亲说话时声音嗡嗡的，着急得快要哭了。

“不会的。你也不必这样提心吊胆，只要我们严加防范就不会出问题。从现在起，让三个寄宿生二十四小时轮流值班，守候在女儿身边。”

“好，那我从现在起每天睡在女儿旁边陪她。”

“嗯，也好……现在，我们去女儿卧室探望一下。刚才警官们展开询问，卧室里可能就剩下女儿一个。”

樱井荣之及夫妇俩说完，想去安慰一下女儿，走上二楼朝卧室走去。可是……

就在推开房门的一刹那，樱井荣之及忽然大声嚷了起来：“啊……”

惊诧得整个身体向后仰。

女用人失去知觉倒在地上，殿村京子也倒在地上，手脚被绑，嘴巴被毛巾蒙住了。

再朝床上看，这到底是怎么回事？樱井品子仿佛一团蒸气无影无踪了！

樱井夫人无法承受突如其来的变化，瘫软在椅子上，连话也说不出了。

“喂，快来人哪！快，快！”

樱井荣之及跑到走廊上大声叫嚷。

紧接着传来噔噔噔的脚步声，几个寄宿生沿着楼梯跑来了。

“刚才那些警官理应还在附近，快去把他们喊来，就说小姐不见了。”

寄宿生赶紧跑了出去，樱井荣之及也随即跑下楼去书房打电话。

他一拿起听筒立即按电话号码。可不管怎么按，就是没有对方接电话的声音。奇怪！电话机好像出故障了。

樱井荣之及扔下听筒跑出玄关，正巧遇上去喊警官的寄宿生。

“哎，他们还在吧？”

“不在了！我转了一个大圈都没看到他们人影，也没看到警车，肯定回警视厅了。”

“哦，是这样。真伤脑筋！你，你赶快到邻居家报警，告诉他们这里发生了重大情况。快去，快！”

寄宿生拔腿朝邻居家的别墅跑去。

焦急的樱井荣之及感到情况十万火急，等不得了。

“我也去邻居家。”说完，跟在寄宿生后面追上去。

魔 术

“喂，请转中村警长！我是樱井，你只要报出我的名字他就知道了。”

一进邻居家，樱井荣之及忙不迭拨通电话，朝警视厅的总机小姐嚷个不停。

“喂，你是中村君吗？我是樱井，我家出大事了。就在你派来的那些警官在现场调查后离开没多久，我女儿就不见了。原先是让她躺在自己卧室床上的，可现在床上是空空的。”

这时，对方的回答却使樱井荣之及感到非常意外。

“喂，喂，你真是樱井先生吗？你说的话，我怎么越听越糊涂，是不是有什么地方搞错了？你说我派人去了你那里？”

“怎么？你忘了，大约一小时前我不是给你打过电话吗？你说先派四名警官上我这里，你自己处理完手上的紧急公务就过来。”

“请等一下！这太奇怪了！你说给我打过电话，可我怎么一点也想不起来。请再等一会儿，我问一下同事……喂，喂，我问过大家了，都说没去过你那里。那些人肯定是警察吗？”

“是的呀！两个身着制服，两个身着便衣，其中还有一个副警长呢，他给了我一张名片，叫斋藤。”

“什么？斋藤？是斋藤吗？樱井先生，这下糟了！我这里根本就没有叫斋藤的副警长！那四个人一定是歹徒假冒的。你别着急，我马上去你府上，到你那里听你慢慢细说。”

“咔嚓！”

传来对方挂断电话的声音。

樱井荣之及顿时目光呆滞，不知所措。

这，到底是怎么回事？

刚才那个电话，自己确实是打给警视厅的，而且电话那头听声音也像是中村警长。那个红蝎子即便有天大本事，也不可能潜入警视厅总机房担任接线员。

不潜入警视厅总机室又如何将打进中村警长办公室的电话转接走呢？而且电话里的声音分明就是中村警长。太不可思议了。

樱井品子究竟是什么时候被绑架的？

四个假警官是在家人众目睽睽之下离开樱井别墅的，既没有鬼鬼祟祟，也没有不告而别。

看来，除他们四个人外还有其他同伙从后院潜入，利用那把梯子爬到樱井品子的卧室，先袭击殿村京子和女用人，再将樱井品子从窗口强行带走。

但是，能有那样的作案时间吗？从警官在樱井品子卧室里讯问结束后离开，到樱井荣之及夫妇上楼探望女儿，充其量也只有十分钟的间隔。

在这十分钟时间里，既要架梯，又要爬梯，还要越窗闯入卧室，尤其要突然把女用人打昏在地，再把殿村京子绑起来蒙住嘴，还要不给樱井品子自由，强行将她拉出窗外，沿着梯子下到后院逃走。

就是逃走，还要翻越围墙。

要完成后面绑架樱井品子的一连串动作，前提是还必须带上她逃走。

纵然有两三个歹徒齐心协力，但要在短短十分钟时间里完成这一系列动作，几乎是不太可能的。

尤其是后院围墙外还有行人，为遮人耳目，他们还得等待没有行人的时机。这一切也需要时间！也就是说，仅十分钟的时间，歹徒不可能将樱井品子带出别墅。

但是，樱井品子的失踪是不争的事实。难道歹徒是魔术师？

一直听说红蝎子恶魔是魔术师，可像这样的大魔术师还不曾听说过。

樱井荣之及失望极了，步履蹒跚地回到自己家。

倒在地上的殿村京子和女用人，是不能扔下不管的。他吩咐寄宿生，将两个女子抬到楼下房间，让他们喊医生来。

女用人的伤势较重，意识也很模糊。

殿村京子没受什么伤，但由于极度紧张，好像有点发烧，还说着胡话。

不一会儿，中村警长带着两个警官赶来了。

樱井荣之及先生立即把他们请到楼下客厅，一阵寒暄后，把从早晨发生的情况一直到樱井品子的失踪详详细细地说了一遍。

中村警长听完叙述后没说什么，忽然对樱井荣之及说："先调查一下你家电话。"

说完，他立即站起身。

经过一番调查，电话果然不通。

"这里可能有阴谋。喂，你们沿着这电话线路到外面去查一下！"

他命令两个警察，自己也迅速地走到院子里四处观察。片刻后，从院子角落传来中村警长的喊叫声。

"樱井先生，快过来一下！就是这！这里有一个临时电话局。"

中村警长打开院子角落的小仓库门，用手指着里面说。

一看，果然是这么回事。电话线从小屋天花板连接着地面。

"这怎么啦？这就叫临时电话局？"

樱井先生觉得中村警长大惊小怪，反问道。

"这样吧，你沿着这条电话线朝回看。电话线大概是从主屋拉到这里的吧？按理说，电话线应该从那里的柱子上接到这里。事实上，到昨天为止，这根电话线还连接着你的主屋。瞧，电话线上还有割断的痕迹。

"也就是说，歹徒昨天夜里割断了电话线，不让它与柱子上的电话线连接，而是连接到他们在小仓库里临时架的电话机。

"为了保证控制你的电话，还专门派一个同伙守候在电话机旁，等待你打电话给警视厅。

“现在你该明白了吧？你听到警视厅总机小姐的声音和与我相像的声音，都是在这里接电话的歹徒模仿的。这家伙既模仿总机小姐的声音，又模仿我的声音，一人扮演了两个角色。

“当他达到目的后立即拆下电话机割断电话线，带着电话机从后门逃走了。尽管是歹徒，但是你不得不承认他们干得漂亮、利索。他们设计了一个既简单又巧妙的圈套。”

“嗯，唉……”

樱井荣之及不由得发出痛苦的呻吟声。

“他接到我的电话后发信号，那四个假警官便来到我家作案。可是，中村君，还有一个最重要的地方我怎么都弄不明白……”

“嗯，你不明白小姐是怎么被绑架的？”

中村警长显得十分镇静。

他从烟盒里取出一支烟叼在嘴上，点燃后深深吸了一口，而后一边吐着烟雾一边在院子里来回地踱方步。

樱井荣之及则紧随他的身后。

“是的，我不明白。我总觉得根本不可能。”

“我们的思维方法，必须与设计电话圈套的歹徒相同。不然的话，是很难明白的。我一开始也作了种种假设，可一采取与他们相同的思维方法，终于明白了。”

“什么？你明白了？那，请你解释一下！”

“其实，同样是极其简单不过的方法，那样的魔术手法也极易获得成功。你只要回忆出他们的一个举止就行了。你好像对我说过，假警官是抬着蝎子躯壳离开你们家的。试想，他们为什么要抬着它出去呢？

“那个空壳大蝎子上有许多关节，关节与关节之间有很大空隙，一按紧就可叠得很小。这也是你告诉我的，确实是那么回事吧？歹徒把它拿到这里时也是原来形状，主要是引人注目。

“他们走的时候，故意把可以叠得很小的躯壳恢复原来形状，而且抬着离开你家。是这样吧？他们这样做到底为了什么？”

“听你这么一说，我明白了！明白了！当时，我怎么丝毫没察觉呢？”

樱井荣之及恍然大悟，拉大嗓门嚷了起来。

“你说那两个家伙去卧室询问你女儿，虽说房间里有三个人，可都是弱女子。两个男子把女用人打昏在地后，就可以轻松地把殿村京子绑起来。

“随后，再把可怜的樱井品子绑起来，用毛巾蒙上嘴巴后塞入那个蝎子壳里。他们抬着不轻的大蝎子，却假装毫不费力的样子走出你家大门，而后装上警车。”

“畜生！太狡猾了！真是些不可思议的恶魔！”

樱井荣之及低头望着地上，悔恨莫及。

从外表看，空壳大蝎子似乎在戏弄人，从实质看，靠它达到了他们绑架樱井品子的目的。

先是用大蝎子外壳吓倒了樱井品子，再是把“侦探先生”相川守装在空壳大蝎子里扔在丸内大厦街上。这次又把樱井品子塞入大蝎子壳里，两名假警官堂而皇之地将它抬出樱井别墅。红蝎子团伙使出一招招诡计，终于兑现了绑架预告。

就这样，别墅内所有的防范措施都成了泡影，可怜的樱井品子落入红蝎子的魔掌。

这些恶魔虽然将樱井品子绑架到手了，但不会就此满足。接下来，他们可能还要使用其鬼蜮伎俩炮制更骇人听闻的阴谋。

白天装病人晚上却不在麻布外科医院的明智小五郎，现在究竟在干些什么呢？

开　会

发生重大事件的樱井别墅，这天下午显得格外沉闷，鸦雀无声。

现在这时候，无论是吼还是哭都无济于事。眼下最重要的是，每一个人都冷静下来，群策群力，研究营救方案。

樱井荣之及把家人和一些亲朋好友都召集到一楼欧式客厅，商量办法。

大家围坐在煤气炉周围，樱井荣之及夫妇俩、寄宿生、恢复了元气的殿村京子以及经常出入樱井家的亲朋好友等等，就如何救出樱井品子的方案进行讨论。

有人建议用重金赎回樱井品子。

有人提出用重金悬赏抓获歹徒……

正当大家你一言我一语讨论的时候，数天前遭到同一杀人团伙毒手的相川珠子的父亲相川操一，带着儿子相川守出现了。

相川守那天晚上被沾有麻醉剂的毛巾蒙住嘴巴失去了知觉，然后被塞入大蝎子壳里扔在丸内大厦街上，被送回自己家经过医生治疗，终于恢复了健康。事有凑巧，这时他接到樱井荣之及的电话，说樱井品子遭到了绑架。

“爸爸，我身体已经恢复，我和你一起去探望樱井先生。”

相川守从床上跳下，对父亲说。

相川操一与樱井荣之及是一对好朋友。于是，立即驾车带儿子来到樱井别墅。

相川操一父子刚坐下不久，警视厅的中村警长也到了。

“中村君，我盼你很长时间了，有线索吗？”

樱井荣之及用期待的目光望着中村警长，大声询问。

“恶魔的轿车被我们发现了。”

中村警长表情十分镇静，坐到椅子上答道。

“那，我女儿已经死了？”

“不是那么回事，恶魔驾驶过的空车刚被我们发现。”

“空车在哪里？”

“在涩谷对面S街道的一条冷清的道路上。如果仅仅是那辆轿车，也不可能这么快就知道。红蝎子团伙又在耍弄恶作剧，那辆空车的后排座位上有一只红蝎子，竖起两只剪刀般的螯。”

“是不是把我女儿藏起来带走的那只红蝎子躯壳？”

“是的。当时，立即引来了附近那些淘气的孩子们。由于车里是不曾见过的大动物，他们围成一圈叽叽喳喳，热闹极了。后来，有人报警，接到电话后，我们科里一些警官立刻奔赴现场调查，果然是那个大蝎子外壳。”

“那，大蝎子壳里面……”

“什么都没有，也没有发现任何线索。我们还出动全科的所有警官，在东京几乎每条大街小巷进行了搜查，最终还是没有结果。我今天来除了告诉你这一情况外，同时还希望与各位见面并打算一一讯问当时情况。”

“你现在这样做好像太迟了吧？请告诉我，樱井品子还活着吗？”

樱井荣之及说这话时，脸上露出失望的神情。

中村警长感到尴尬，没有吱声。

突然，坐在房间角落的相川守说话了。

“樱井先生，我觉得还有希望，因为明智小五郎先生还在。我刚才出门时用电话核实过了，他昨天悄悄溜出养伤的那家医院，至今没有回来。也许正在奇袭红蝎子的老窝呢。”

中村警长摇摇头说：“不会吧！尽管明智君是颇有名望的大侦探，可单枪匹马是无法战胜狡猾对手的。整个东京有几千名警官设卡盘查，瞪大眼睛搜索，就是抓不住红蝎子。”

相川操一频频点头，表示赞同。

“我儿子相川守像崇拜英雄那样敬重明智小五郎，张嘴闭嘴满口都是明智先生。可结果呢，就像大家知道的那样，我的独生女相川珠子……就是因为我太信赖明智小五郎，以致女儿落入红蝎子魔掌惨遭杀害。

“我一开始就信赖明智小五郎，相信有他的保护，女儿肯定平安无事。可今天回过头来看，后悔莫及，悔不该当初……

“原以为大侦探会想方设法，出其不意地抓获红蝎子，保住我女儿。不料他自己也遭到红蝎子暗算，身负重伤，还搭上我女儿的生命。”

“可是，爸爸，他说了，这一回如果再失败，他就没脸活在这世上了。明智小五郎说这话时，表情是严肃认真的。他那胸有成竹的模样似乎已经稳操胜券，因此，我觉得樱井品子不会有危险。”

“他说的话不可信。当初，我委托他保护珠子的时候，他也这样说过。可结果呢，珠子还是遭到了不幸。”

“我恨那个家伙。”

这时，殿村京子也站到了相川操一这边，一味地怪罪明智小五郎。

“别相信侦探什么的，还是拜托警方好。那家伙到处活动，反而迫使对手加快杀害樱井小姐的速度。”

大家听了这番话都觉得言之有理。

是呀，侦探什么的，一旦发生问题，也就靠不住了。

就在这时，朝樱井别墅门前驶来一辆轿车，车停后从里面走出两个穿着打扮奇特的人物。

一个身着皮夹克，看上去像个建筑工程队队长；另一个是小青年，看上去像个木匠。他俩从车上卸下一口大箱子，抬着来到玄关门口。

他俩用手按了一下门铃。

女用人开门探出脸来，发现是两个陌生人，不由得害怕起来：“你俩从哪里来？对不起，我们家里忙乱得很……”

建筑工程队队长十分镇静，递上名片说：

“别紧张，你可能不清楚，你对主人樱井先生说，就说名片上的这个人来访。相川操一先生也在这里吧！还有，相川君也应该在这里。你跟大家传达，就说我来了。”

队长模样的人表情威严，毫无商量的口气。

女用人勉强接过名片，朝里走去。

少顷，相川守三步并作两步来到玄关。

“啊，是明智先生！请进！您大概已经知道了吧？樱井小姐被绑架了。为此，樱井先生把亲朋好友和家人召集在一起开会，正在商量对策呢！”

建筑工程队队长模样的男子，原来是明智小五郎，还带着木工打扮的小林芳雄，他是大侦探的助手。

智 斗

“嗯，我已经听说了，所以匆匆赶来这里。还听说，大家正在开会献计献策。你先把我带到会场上去好吗？”

相川守听明智小五郎这么一说，心里有点失望。

明智小五郎不仅没去奇袭红蝎子的大本营，相反直到现在才知道樱井品子遭绑架的事情，眼下还是匆匆忙忙赶来的。也许真像大家说的那样，明智小五郎徒有虚名。真没想到他这次侦查行动是这么让人失望。

“请，樱井先生也说了，吩咐我一定要请您去会场。”

相川守尽管心里感到别扭，可还是非常信赖明智小五郎，希望他能带来营救樱井品子的锦囊妙计，使大家从心底里佩服他。

相川守走在头里带路，明智小五郎对身边的助手小林芳雄说：

“你到寄宿生卧室里去，我不喊你，你别出来！别忘了我刚才对你说的，千万不能失手！”

说完，让小林芳雄把铁箱子搬到玄关旁边的寄宿生卧室里。

两个人一进入客厅，这里又发生了新的怪事。

樱井荣之及冷不防对相川守说：“相川君，你刚才坐过的椅子上有这样的便条，是不是你弄掉的？”

那是一张铅笔便条，字迹潦草。

各位到会的朋友：

今天下午三点，你们眼前将发生一起惨剧。

樱井品子小姐身上红色的血将在你们眼前流淌。

红蝎子　敬上

署名下面，是一个红蝎子杀人团伙的标记——红蝎子尸体。

不用说，相川守根本不知道有这张便条。

“奇怪，我一开始坐的时候，椅子上面什么也没有呀。”

“这是红蝎子耍的魔术。在空空的椅子上偷偷地放一张纸，让大家吃惊。嘿嘿嘿……这种手法也太不大气了。”

建筑队长打扮的明智小五郎环视了大家一眼，直截了当地说。

“不过，这倒不是什么笑话！根据迄今发生的一系列事件来看，红蝎子的预告肯定会实施而且兑现。不管这张纸是怎么飘到椅子上的，那上面写的内容必须相信。现在，我们必须防止惨剧再度发生。明智先生，你带来什么好办法？”

相川操一用极不客气的口气朝明智小五郎发问。

“要说办法，我还没有详细了解樱井小姐遭绑架的情况。请谁介绍一下情况好吗？好办法就在那里。”

明智小五郎一语惊四座，满屋的人目瞪口呆。

现在的情况分明是十分紧急，可明智小五郎慢慢吞吞，一点也不着急。

“如果按纸条上说的下午三点，那只剩下一个半小时了……”

“有一个半小时，我觉得好像太长了一点，也就是说，现在还没到慌张的时候。请哪一位说？说说当时的情况。”

明智小五郎还是那副优哉游哉的神情，说话不紧不慢。

“好吧，相川君，你把明智先生带到对面房间里，你跟他说吧！我们现在不是介绍当时情况的时候。”

樱井荣之及坐立不安起来，不希望让明智小五郎继续留在客厅里。

“嗯，这正是我所希望的。好，相川君，我们到那边去。”

明智小五郎并没有不高兴的表情，好像樱井荣之及为他解围似的，催促相川守从客厅里出去。

相川守带明智小五郎到别的房间里，从昨晚自己的冒险遭遇一直说到樱井品子被绑架，说得十分详细。

明智小五郎听完后闭上双眼，五分钟时间里没晃动身体也没吭声。

相川守等得不耐烦了，打算悄悄溜到别的房间里。突然，明智小五郎睁开眼睛，又不慌不忙地说了句话："我想看一下樱井小姐遭绑架的房间，不要让别人看见，悄悄带我去！"

相川守直到现在仍不明白明智小五郎葫芦里究竟卖的是什么药，但又不能不按照他吩咐的去做。

"没问题，女用人们有的在客厅里参加会议，有的在为大家递茶倒水，用不着担心被人看见。好，我现在为你带路。"

俩人一上楼梯来到樱井品子的卧室，大侦探忽然对相川守说了句令他莫名其妙的话："让我一个人在这里调查，你先下去。"

明智小五郎独自一人留在这里，他究竟想干什么?

樱井品子已经遭到绑架，再过一个多小时，她将被红蝎子杀害。在这危急时刻，明智小五郎却待在这里调查，到底能发现什么呢?

这一切只能看作他是在瞎忙活。大侦探究竟在想些什么，没有人知道。

相川守从一开始就在担心客厅里那种尴尬气氛，也就按明智小五郎说的回到了会议室。

此时的会议室里，尽管看似热烈，却没提出好的方案。渐渐地，说话的人少了，气氛开始冷淡下来。

不知不觉的，已经两点了，距离三点只剩下一个小时。大家的目光里充满了焦虑，都在为樱井品子的生命担忧。

也不知什么时候，中村警长的影子不见了。一问才知道他已经急匆匆地返回了警视厅。红蝎子留下的那张纸条，被他带走了。

时间在不停地流逝，再过一会儿，红蝎子就要实施杀人行动。恶魔们行凶时不会露出真相，而隐藏在看不见的角落里作案。此时此刻，大家只能想象樱井品子惨遭杀害鲜血流淌的那一幕。

樱井荣之及夫妇拿不出拯救女儿的办法，众人也想不出好的计策，只能等待爱女在三点到来时离开这个世界。大家和樱井荣之及夫妇一样，想到最终将是这样的结果，心情都十分沉重。

片刻，终于有人忍不住了，于是，客厅里响起了抽泣的声音。樱井夫人由于过度伤心，两手掩面号啕大哭。殿村京子虽没哭出声音，但在不停地用手绢拭眼泪。

“相川先生，到了这种地步，警察也不管用了！一个活生生的人眼看就要遭到杀害，这已经是明摆着的，可居然没有人阻止这种杀人行为……”

樱井荣之及的声音里，充满了激动、愤怒和悲哀。

相川操一也不知道说些什么好，片刻后，他将饱尝好朋友女儿惨遭杀害的悲痛。

打了好几个电话给警视厅，得到的回答跟平时没什么两样，也没有令人振奋的消息。

“相川君，明智大侦探在哪里？他在干什么？”

樱井荣之及已经彻底绝望，对谁说话都是粗门大嗓的。

“我也不清楚。”相川守不走漏一丝风声。

就在这时候门开了，明智小五郎忽然走了进来。

瞧，裤子膝盖部位沾满了泥土，右手指甲上还有伤，不停地朝外渗血。

“那是樱井小姐饲养的猫吧？被它的爪子狠狠地抓了一下。我想抓住它，可它朝我猛扑。不过，最终还是被我抓住了！哈哈哈……”

瞧，奇怪！已经是最后危急时刻，大家都沉浸在悲痛之中，可明智小五郎却与猫玩起了捉迷藏游戏。

“明智先生，请坐下！我向您提一个问题，不是关于猫的情况，而是有关营救我女儿的方案！”

樱井荣之及极力克制内心的愤怒，用嘲讽的口吻说：

“听说您许诺过，要是抓不住红蝎子，您就失去了存在的意义和价值，没脸活在这世上。是吧？这话我是从相川君那里听来的。你那信誓旦旦的誓言能兑现吗？请回答我！”

殿村京子似乎也忍耐不住了，怒视明智小五郎，移动着脚步朝他走来。

明智小五郎朝大家看了看，不作任何回答，而是稳稳地坐在椅子上。突然，脸上露出奇怪表情，一边晃动身体，一边从屁股下面抽出一张纸来。

“哈哈哈……这上面写的什么？肯定又是那个红蝎子干的好事。可是，这手法也太蹩脚了！咦，好像不是那回事。瞧，上面写有这样的内容。”

众人又被突然出现的神秘纸片惊呆了。

十几张脸聚集到桌子前面，争先恐后地念起了被明智小五郎扔在桌上的纸条：

各位：

下午两点三十分，令大家憎恨的罪犯将被捉拿归案。樱井品子小姐平安无事，现已被救出。

明智小五郎　敬上

这张纸条上的最后署名，竟然是明智小五郎本人。

“这里不是开玩笑的场合！明智先生，开玩笑你也应该看看地方，眼下这时候再不想想办法，我家品子的生命就完了。”

“啊，对不起，对不起，我也不知怎么的，染上了红蝎子的坏习惯，使用这样的雕虫小技。可是，这上面写的内容不会错，一定是这样的结果。”

明智小五郎认真地说。

“你又不是算命先生，怎么会预测到那样的结果。请问，你是想在这个时间里抓红蝎子让大家看吗？”

“是的，结果肯定会这样。”

这个明智小五郎又在说大话！大家都用不信任的眼光看着他，仿佛他说的是天方夜谭。

“明智先生，如果说两点三十分，刚巧是现在这个时候，你肯定能抓获红蝎子吗？”

殿村京子看了一下手表说，语气里充满了讽刺的口吻。

“是的，立即将红蝎子捉拿归案。”大侦探斩钉截铁。

“哎，你是说立即？哈哈哈……请问，那个红蝎子现在在哪里？”

“告诉你，这个受到全日本国民憎恨的怪物就在客厅里！”

明智小五郎说这话时，把声音提得高高的，一字一句，铿锵有力，那双锐利的眼里闪现出胜利在望的目光。

明智小五郎不会是开玩笑吧？

那个令人恐惧的红蝎子真的在客厅里吗？

大家你看看我，我看看你，刹那间都成了哑巴。

顿时，客厅里一片寂静。

母 女

“明智先生，你刚才那番话不会是说笑吧？这可是人命关天的问题，我想你肯定掌握了确凿证据才说的，是吧？”少顷，相川操一开口说话了。

“你说我掌握了证据，那是当然的啰！为了找这些证据，我从昨晚开始到现在还没有合过眼呢。即便没有这些证据，我的推理也不会有错。

“对手不是普通歹徒，为此，我是非常慎重非常仔细寻找证据的。现在，我已经掌握了歹徒无法抵赖的证据。”

“相川君，麻烦你一下，请你把寄宿生卧室里的小林君喊来，并且帮他把那口箱子搬到这里来。”

相川守听明智小五郎这么一说，眼睛忽然亮了起来，精神也振奋了，大步朝寄宿生卧室跑去。

少顷，他和小林芳雄一起把那口黑铁皮箱搬到了客厅。

“来，把箱子放到这里！”

按照明智小五郎说的，铁皮箱被放在地板上。

箱子里到底装的什么？看他们抬的样子，好像有一定重量。

“红蝎子策划的一连串杀人事件给社会带来多大危害，我今天就是不说大家心里也十分清楚。我要想说的是，各位朋友只看到了表面现象，而事件背后藏有更令人难以想象的恐怖和心狠手辣的恶魔。”

明智小五郎此刻成了客厅会场的中心人物。

那些刚才还是满腹抱怨和责怪他的人，似乎肚子里的怨气已经烟消云散，用赞美和佩服的眼光望着他，全神贯注地听他讲述侦查经过。

“像这样的歹徒，作案手法一开始就非常古怪、离谱和充满恐怖。在谷中那幢无人居住的住宅里，当年轻女子春川真由美惨遭杀害的时候，壁龛的地板上放有一口大箱子，从箱子里面传出嘶哑的声音。这是相川君目睹的和听到的，我想大家早已听说了。

“可事隔不久，同样的情况又发生了第二起。也就是相川珠子遭到绑架，被带到三河岛马戏魔术棚的那一次。

“当时，我和相川君化装成正副驾驶员，打算营救相川珠子小姐。就在我们营救计划就要完成时，马戏魔术棚里的一个青岩道具不知什么时候爬了起来。

“它不光会爬，还突然伸出握有匕首的手朝我的腰部刺来，以致我受伤倒地。如果当时没有那个神秘的青岩道具，我们就可成功救出相川珠子。

“不用说，那个纸糊的青岩道具里藏着有生命的东西。但青岩道具的高度仅一米左右，里面的空间狭窄。

“那么小的青岩道具里居然藏着人，大大出乎我的意料。经过调查，青岩道具里确实有人。

“我又反复思索，觉得藏在里面的家伙肯定是一连串杀人事件的首犯，并且身材瘦小。试想，只有一米高的青岩道具里和普通的箱子里，他都可以轻松地藏在里面。这家伙的本性十分残忍。就连干侦探的我，一想到这里，也禁不住打哆嗦，犹如寒冬里被浇了一盆凉水心里发冷。

“刚才我又听说，昨天夜里，相川君埋伏在别墅后院并与歹徒扭打起来。歹徒身上套着大蝎子躯壳，相川君骑在上面时有一种异样感觉，也就是说，躲在大蝎子壳里的家伙身材瘦小，而且没什么力气。

“他提供的这一情况更增加了我的信心，该歹徒与躲在道具里刺伤我的怪物是同一个人。这家伙在任何场合总是藏在箱子里、道具里或者大蝎子壳里，行动十分灵活。可见，这是一个难知其真面目而手段残忍的人。

“歹徒每次作案都不改变这个习惯，一定是藏在某个隐蔽物里！

“不用说，是为了掩盖真相。说到那些掩盖自己真实面目的罪犯，通常是用化装或者戴假面具，根本没必要把自己藏在那么难受而且行动不自由的箱子或者其他伪装物里。

“可唯独这个歹徒，为什么总是执着地把自己的整个身体隐藏起来呢？

“无疑，歹徒觉得自己的模样光遮住脸还是有可能被人察觉。也就是说，他的身材与普通人不一样。大家只要见到他的真实模样就能立刻明白，他与众不同，是畸形人。

“说到身材瘦小的畸形人，无外乎是那些侏儒之类的人。矮矮的个头，即便成年人，身材仍像儿童。按理说，这类身材畸形的人应该得到全社会同情。通常，马戏团里也有侏儒，他们一边表演一边被观众欣赏。

“诸位朋友，你们听到这里是否想起了什么？这一连串杀人事件与杂技团有着特殊关系。

“相川珠子被再次绑架的地点，是三河岛的迷宫竹丛里。谷中杀人事件发生后，相川君与‘蓝眼镜’不期而遇的地方，也是马戏团那里，马戏团的帐篷前面。可见，‘蓝眼镜’肯定是从马戏团帐篷里出来的！

“还有，根据相川君提供的情况，帐篷门口左侧的广告牌上，画有侏儒姑娘跳舞的图案。听到这一情况，使我突然想起躲在青岩道具里刺伤我的人，肯定是侏儒姑娘。

“这，我是躺在麻布医院病床上想到的，那时我的伤势已基本痊愈。为了侦查，不得不装成重病号继续留在医院里，一到晚上便悄悄溜出医院病房外出侦查。为寻找相川君说的那个马戏团帐篷，我费了九牛二虎之力。

“我掌握了红蝎子的作案手法和惯用伎俩，但我必须核实清楚侏儒姑娘究竟是否是红蝎子。为收集她的犯罪证据，我又辛苦了一场。

“结果，事实与我的推理相吻合，而且，今天早晨我终于找到证据。掌握了确凿证据，我便立即将这个侏儒恶魔捉拿归案。现在，我让大家见识见识她。

“我抓住了侏儒恶魔，活捉了刺伤我的凶手。这家伙是制造多起红蝎子杀人事件的元凶，可她并不是团伙的首领。

“一连串杀人事件的主要策划者和指挥者，是隐藏在他们背后的首领。抓侏儒红蝎子的真正目的，是为了生擒活捉操纵红蝎子犯罪团伙的主犯。”

明智小五郎的演说到这里暂告一个段落。

大家听到这里，虽说明白了红蝎子多起杀人事件的一部分真相，可还有许多不明白的地方。红蝎子首领究竟为什么要策划如此残忍的杀人事件？目的是什么？像这样超常的犯罪事件，是怎样实施的？

要弄清这些问题，必须先弄清红蝎子犯罪团伙的首领，也就是系列杀人事件的主要策划者究竟是谁。明智小五郎刚才直截了当地阐明了，红蝎子首领就在樱井荣之及家的客厅里，也应邀出席了这次会议。

这家伙到底是谁？究竟是否在客厅里？此刻坐在哪个座位上？令人憎恨的红蝎子首领的嘴脸长得什么模样？

大家都不由得侧过脸望着坐在自己旁边的人，可一张张全是熟悉的脸。明智小五郎说的红蝎子首领就在这里的说法可信吗？难道真有这回事？

就在人们半信半疑陷入沉思的时候，明智小五郎从裤袋里取出钥匙走到箱子跟前开锁。随着咔嚓咔嚓的金属摩擦声响，箱盖被打开了。一个脑袋出现在大家的视线里。接着，整个身体也出现在大家眼前。

身高连一米还不到的侏儒姑娘，正站在铁箱里。她脑袋下的身体部分，跟五六岁的儿童差不多。唯独肩膀上面的脸，是大人模样。

发型是日本式的，身着红点花纹的和服，双手被反绑在后，脚也被绳索绑着，两只大眼睛向外凸出，鼻子扁平，嘴巴上蒙着一条毛巾。

明智小五郎迅速给她解开绳索和毛巾。

毛巾解开后，脸上出现了一张大嘴巴。嘴巴一张开，奇妙的令人难以形容的嘶哑声在房间里回荡。

这个表情悲哀的侏儒一边哭泣，一边环视整个房间里的人。片刻，她好像发现了什么，大声狂叫着跳出铁箱，朝房间的一个角落跑去，脚底下传出咚咚咚的响声。

侏儒姑娘究竟发现了什么？不是发现其他什么，而是在这里遇上了同伙！

她跑过去紧紧抱住对方。被抱的人是谁？咦，怎么啦？是不是发生了误会……被她抱住的不是别人，而是樱井荣之及雇用的家庭教师殿村京子。侏儒姑娘像见到久别重逢的亲人，由于个头矮，只能使劲抱住对方的膝盖。

“喂，这孩子要干什么呀？我可从来没见过你哟！”

殿村京子慌了神，叫嚷着猛站起身来。

“妈妈，快逃呀！快，快逃！”

侏儒姑娘那凄凉而又嘶哑的哭叫声，对于相川守来说是那么耳熟，那么记忆犹新。侏儒姑娘一边哭着喊着，一边拽着殿村京子的手。

“哼，真讨厌！这家伙神经不正常！快松手！”

殿村京子使劲挣脱被侏儒姑娘紧紧攥住的手。

看到这一情景，明智小五郎从椅子上霍地站起来，用手指着殿村京子的脸大声喝道：“你就是红蝎子首领……殿村京子，你不配家庭教师的光荣称号，也别再装模作样，收起你假惺惺的惯用伎俩。无论侏儒姑娘的智商多么低下，可她绝对不会弄错自己的亲生母亲。这个可怜的孩子，难道你不是她的亲生母亲？”

殿村京子歪着脸笑了：“哈哈哈……您在说什么呀？您说我是红蝎子杀人团伙的首领？哈哈哈……不管你怎么说，我看不会有人相信。相川珠子小姐也好，樱井品子小姐也好，她们的家长都是我的衣食父母，她们本人都是我的好学生。难道不是这样吗？请问，您为什么要胡编乱诌陷害我……”

“住嘴！正因为你是她俩的家庭教师，才是最好的证据。在表面上，你把自己伪装得俨然是一个慈祥的老师，可暗地里却时刻不忘把她俩当作你的猎物。为此，你费尽心机使出了所有手段。

“预告春川真由美小姐将被杀害的是谁？不就是你吗？你说你用什么‘读唇术’获取了两个可疑男子的对话，以此激发诱惑怀有好奇心的相川君独自一人去犯罪现场，窥视那可怕的场面。

“难道不是这样吗？其实，两个在黑马车餐馆对话的家伙是你的爪牙。

“谷中事件发生后的第五天，相川珠子小姐在浴室里发现窗外有‘蓝眼镜’

朝里窥视。显然，那家伙不是你本人。因为，你当时在相川别墅里。相川珠子小姐叫喊时，是你第一个冲进浴室。

“那么，窗外那张脸是谁呢？无疑，是你这个侏儒女儿化装的。她是弱智者，不知道什么该做什么不该做，全都根据你这个做母亲的吩咐实施犯罪行为。

“不可思议的是，窗外的围墙非常高，嫌疑人是怎么进到后院的？嫌疑人是你女儿，可以不费吹灰之力潜入后院。因为，围墙下半部有一个儿童可以钻进钻出的空隙。当时，浴室窗户关得紧紧的，不可能有人进去。可浴室里却发现了蝎子尸体，使相川别墅哗然。也许仅说明这些，还不能把你与红蝎子等同起来。

“你第一个抢先闯入浴室，第一个来到相川珠子小姐身边，完全有时间把事先准备好的蝎子尸体放在小姐身上。这，我没说错吧？

“怎么样？相川操一先生、相川君，我想你们一定能回忆起当时的情景，一定认为我说的与事实完全一致。其实，红蝎子的这些魔术只不过是哄骗三岁孩童的把戏而已。

“后来在我的事务所书房里，那个冒充我的歹徒把我和相川君关在地下室。请问，那个歹徒怎么会事先知道相川君要来我的事务所？

“没有其他可以假设，是殿村京子告诉了她的爪牙。尽管我当时不在事务所，可相川君打电话到我事务所时是小林君接的。从那时起到相川君夜里十点来我事务所之间，有足够的时间。

“殿村京子利用那段时间与爪牙们共商诡计，指示其某个爪牙冒充我混入事务所进行伏击。那天晚上，在相川别墅珠子小姐的床下，据说不知从哪里飘来一张纸，上面模模糊糊地画有一只红蝎子，还发现相川先生看的晚报上有红铅笔画的红蝎子标记。

“后来，又在女用人房间的墙壁上发现贴有同样的红蝎子标记。这些，其实都是殿村京子所为，是她趁房间里没有人时偷偷干的。像这样的低级闹剧，愚蠢到了极点，根本不值得一提。

“发现相川珠子床下那张纸的，不就是殿村京子吗？哈哈哈……这些笨拙手法，根本谈不上有什么智慧。仔细回想一下，每逢发现这些标记的时候，殿村京

子都在现场，还假惺惺地装作她是相川小姐最忠实的护花天使。

“那个冒充我的假侦探在绑架相川珠子小姐到三河岛之前，向相川先生提出的转移理由是，把相川珠子小姐留在家里太危险，最好送她去亲戚家住一段时间。当时作为家庭教师的殿村京子，一个劲地为假侦探敲边鼓，以致相川先生最终下了决心。奇怪的是，殿村京子作为老师为什么不护送相川珠子小姐？

“她的超常行为难道不可疑吗？其实，殿村京子当时必须化装成蓝眼镜家伙抢先赶到三河岛。因此，也就不能护送相川珠子小姐了。

“那时，我在三河岛马戏魔术棚里已经认定‘蓝眼镜’就是首领。你当时说话的声音，我至今还记忆犹新。歹徒脸上的蓝色太阳镜和小胡子，不就是你化装的道具吗？那模样一看就是个女的，还装出嘶哑嗓音效仿男子。

“现在，我得说一下樱井品子小姐被绑架事件。你和她两人单独在一起的时候，趁她不注意时把蝎子尸体粘在她的肩膀上。你的这种手法，简直跟哄骗小孩没什么两样，哈哈哈……

“再说今天早晨发生的情况。樱井品子被绑架的时候，为什么挨打的是女用人？而殿村京子的身上根本没有伤，只有捆绑她的绳索和嘴上被蒙的毛巾，为什么？

“这一点好像谁都没有察觉到，其实这里有阴谋。当时，殿村京子必须伪造被红蝎子捆绑和挨打的假象。可她的爪牙又怎敢殴打首领呢？

“只能用绳索简单捆绑，让作为杀人团伙首领的她伪装成被害人。这阴谋还算有点效果，既不暴露自己，也不遭人怀疑。

“殿村京子，你从昨天夜里到今天早晨，还干了许多罪恶勾当。当相川君骑在潜入院子里的大蝎子怪物身上时，你用沾有麻醉剂的毛巾从身后用力蒙住相川君的嘴和鼻子。

“接着，你又割断与电话局相连接的电话线，把它拉到仓库里设临时电话局。今天早晨使樱井品子小姐受惊的那只空壳大蝎子，也是你事先把它折叠成很小的尺寸藏在身上，趁没人注意时放在二楼大客厅里的。

“刚才，你又像魔术师那样把纸放在相川君的座位上。这些都是你一贯的雕虫小技，手法笨拙，实在不值得一提。为了助兴，我也模仿了你的卑劣魔术，在自己的座位上也放了一张纸。哈哈哈……

“怎么样？我已经解说得非常详细了，你难道还有不明白的地方吗？”

明智小五郎开始加强语气，说完，朝殿村京子那里走去。

殿村京子脸色苍白，呼吸急促，肩膀不停地起伏着。

眼下已到了日暮途穷的境地，可她并不打算坦白。只见她一声不吭，目光紧盯着明智小五郎。

“怎么，你还想搜肠刮肚地为自己作辩护吗？实话告诉你，你那些爪牙早就竹筒倒豆子似的坦白了全部罪行。红蝎子杀人团伙的成员，现在就剩下你一个了，难道你还想顽抗到底？难道还梦想有人来营救你出去？你已经是瓮中之鳖，快投降吧！”

殿村京子仍然沉默不语。片刻后，她从椅子上站起，恶狠狠地朝明智小五郎瞪了一眼。

突然，她失声狂笑，令人生畏的狂笑声在客厅里回响了好一会儿。

她不停地笑，没完没了地笑，似乎明智小五郎说的一切十分可笑。

兑 现

啊，殿村京子是不是疯了？大家的视线一齐投向她。

殿村京子装作心情振奋的样子扫视了大家一眼，向大家扬了扬戴有手表的左腕，毫不客气地说道：“明智先生，你是否能看一下自己的手表？刚才，只是听你信口雌黄地说我是红蝎子，我想问你，樱井小姐现在的情况怎么样啦？瞧！马上就要到三点了。您难道觉得红蝎子的杀人预告是假的？哈哈哈……”

事到如今，这家伙居然还是傲气十足，目空一切。

尽管已经处于捉襟见肘的境地，可她毫不胆怯，反而主动进攻责难明智小五郎。简直胆大妄为！

但是，如果殿村京子是红蝎子首领，那么她将如何实施杀害樱井品子的计划呢？何况，她那些爪牙已经无一漏网地被抓了起来。

或许，她握有连明智小五郎都没有察觉到的杀手锏？

“是的，现在正好是三点，时间已到，你打算如何？”明智小五郎冷静地问道。

“一到三点，樱井小姐将被处死，而且是在大家的眼前实施。”

一听这话，樱井荣之及苍白的脸上露出了笑容：“你说是在大家眼前？哈哈哈……你在放什么厥词？这里根本就没有我女儿的影子。”

樱井荣之及虽嘴上那样说，可心里还是不踏实。殿村京子是罪犯，而且还是红蝎子团伙首领，这完全出乎自己的意料。红蝎子既然预告要杀害品子，肯定会兑现。尽管女儿没有出现在这里，但也有可能发生意外遭到杀害。

“哈哈哈……您是想目睹你女儿被杀的场面吗？那可是惨不忍睹的场面。好吧，满足你的要求让你看！明智先生，各位在座的女士先生，请跟我来！不，我绝对无意从这里逃走。说心里话，我也很想经历那种场面……当然，就在这别墅里！”

殿村京子用眼角瞟了众人瞠目结舌的表情一眼，从容不迫地走出一楼的欧式客厅来到走廊上。明智小五郎大步上前一把抓住殿村京子的左腕，防止她逃跑。其他人跟在他俩身后，拥到走廊上。

殿村京子走上楼梯，来到二楼大客厅。

今天早上，这大客厅里出现过人造大蝎子躯壳。

“诸位女士先生，红蝎子决不会忘掉自己的诺言。瞧！那个，那个，就是那个红蝎子！”

殿村京子用被明智小五郎攥住的手，指着大客厅天花板中央，脸上挂满愉快的表情，朝大家环视一眼。

高级白木制作的天花板中央，有一个直径五十厘米左右的圆孔，鲜红的血正在从那里往外渗出。像雨水那样，滴滴嗒嗒地掉落在榻榻米上……是血！榻榻米上有一摊血，正在逐步扩大。滴嗒，滴嗒……天花板的夹层里好像有人已经遇害，鲜红的血在朝下流淌。

大家被眼前的情景惊呆了，哑然失色，没有一个人说话。恐怖，残忍，吓得善良的人们别说大气不敢出，就连说话的力气也不知跑到哪里去了。

“哈哈哈……红蝎子又兑现了杀人的诺言。”

殿村京子似乎发狂了，用刺耳的尖嗓音在嚎叫。

“诸位女士先生，你们觉得这血来自谁的体内？我想不再需要说明了吧！大家觉得怎么样？时间一秒不差，说什么时候动手就什么时候动手。是这样吧？明智先生确实是大侦探，可这一点他没有预测到，也没能化解。果然，还是红蝎子赢了。哈哈哈……”

这样的杀人手法不可思议。

凶手居心叵测，制造把樱井品子塞入大蝎子躯壳绑架到别处的假象，事实上，凶手实施了“套中套”诡计。当时，抬走的大蝎子躯壳里是空的。

用绳索绑住樱井品子，用毛巾蒙上她的嘴巴，再把她塞在天花板夹层里的，无疑是那两个假警官。但眼下杀害樱井品子、让死者鲜血朝榻榻米流淌的人，到底是谁？凶手又是从什么地方潜入大客厅的呢？

“哈哈哈……诸位女士先生，你们也许以为天花板夹层里有人，而且是他杀了樱井小姐。明智先生，瞧你那眼神，是不是想抓住那个凶手？哈哈哈……那是瞎子点灯白费蜡！其实，天花板夹层里根本就没人。”

殿村京子简直是信口雌黄，胡说八道。倘若夹层里没有人，一个活生生的人怎么会被杀，而且血流不止。这，又如何解释呢？无论红蝎子耍什么样的魔术，也不可能耍出这样的杀人魔术。

“大家一定以为是人杀人吧？虽说被杀死的确实是樱井小姐，可杀他的不是人！哈哈哈……是一把切大块肉的菜刀，也就是魔术师使用的宽刃刀，就是那玩意！细绳拴住这把锋利的菜刀，刀口不偏不倚地朝着无法动弹的樱井小姐的脖子。细绳端部连接在装有特别机关的闹钟上，一旦钟摆敲响三下，细绳便被咔嚓割断，锋利的菜刀便嗖地切入樱井小姐的脖子。像这样精心设计的机关，不可能与预定时间有一秒钟误差。哈哈哈……”

恶贯满盈的杀人恶魔说这番话时大言不惭，还声嘶力竭地狂笑。

明智小五郎依然镇定自若。

“喂，殿村京子，你刚才好像说樱井品子已经被杀？啊哈哈哈……你是不是疯了？难道你真相信那种机关？”

明智小五郎的这一说一笑，令殿村京子和在场的人们不约而同地转过脸望着明智小五郎。

“好，我这就让你看事实。”

明智小五郎走到与隔壁房间连接的隔扇跟前，猛地将它移开。

“怎么样？殿村京子，我并没有输给红蝎子吧？”

破 灭

这时，完全出乎人们意料的事情发生了！

被移开隔扇的隔壁房间里，那个理应在天花板夹层被杀害的樱井品子正笑容可掬地站在那里。

看到这一情景，刚才还一脸傲气的殿村京子立刻慌了神，身体晃晃悠悠地瘫软在地上，目瞪口呆。

在场的人们都不由得欢呼雀跃起来，亲朋好友为樱井品子重新回到父母身边而感到由衷地高兴。父亲樱井荣之及不顾一切地跑过去握住女儿的手。樱井品子感慨万千，百感交集，哇地哭出了声。

啊，太幸运了！被红蝎子杀人团伙视作第三猎物的樱井品子幸免于难！她没有受伤，好端端地活着。

此时此刻，红蝎子化身的殿村京子像做梦似的，一边环视四周一边喃喃自语："我无法相信，我无法明白，这到底是怎么啦？"

"是呀，是无法相信！"

明智小五郎用蔑视的眼神瞟了红蝎子一眼，用讽刺的口吻回敬了一句，接着往下说：

"哈哈哈……魔术师反被魔术愚弄，没想到魔术师识破不了他人的魔术秘密。你确实一点也没有察觉到吧！

“刚才，我说我被樱井小姐饲养的猫挠了一下，因为我的手腕上渗着血。其实，那是魔术秘密。

“我是抓住了那只猫，并用绳索将它绑了起来。虽说可怜，但也是出于无奈。猫拼命挣扎，把我的手抓破了。

“后来，你猜我把猫弄到哪里去了？哈哈哈……殿村京子，你终于明白了？就像你明白的那样，我从天花板上救出樱井品子，让猫替主人殉职。

“因此，从天花板往下滴的血不是人血而是猫血。猫被那把宽刃刀割掉了脑袋，虽说可怜，可它换回了人的生命。为抓住红蝎子，只能请它为樱井品子做出牺牲了。”

原来，明智小五郎在对面房间与相川守交谈结束后，悄悄去了二楼调查樱井品子的卧室。当时，他已经察觉到大客厅天花板夹层里的秘密机关，便爬到天花板夹层里救出樱井品子。明智小五郎的裤子上沾的污垢，就是救樱井品子时弄脏的。

“刚才，当我看到纸条上写着下午三点樱井小姐将被杀害的预告时，心里就想，她肯定被藏在别墅里的什么地方。要不然，纸条上写着的‘在大家面前’就失去了意义。

“我反复思考，红蝎子究竟会把小姐藏到哪里呢？假警官为了遮人耳目，无疑是在二楼实施犯罪行为的。于是，我仔细调查了整个二楼。这时，我发现了走廊角落的天花板有间隙。

“我爬上去一看，天花板夹层里的灰尘乱糟糟的。这时，我料定樱井小姐肯定被藏在里面。果然，我在那里找到了小姐，发现了那把被细绳和闹钟连接在一起的宽刃刀。”

明智小五郎解释说。

这时，殿村京子猛地站起来，她把自己弄得披头散发，歪斜的脸上一副怒气冲冲的表情，痛苦地扭动着身体。那模样，宛如从地狱里爬出来的恶魔。

“啊！后悔，后悔！”

她像受了伤的野兽咆哮般地吼道。

“樱井小姐留在这里有危险，请赶快离开下楼！还有，樱井先生，你给警方挂一个电话，就说红蝎子已经被我捉拿归案。”

樱井荣之及按明智小五郎的吩咐，一边安慰女儿，一边拉着她下楼去了。

“殿村京子，你还不死心，想逃跑吗？嘿，休想！你别指望从我手里逃走！我看你还是放老实点！”

恶魔红蝎子，眼下只有束手就擒一条路。

她无精打采地坐在那里，呆滞的目光紧盯着天花板。

少顷，她把右手伸到怀里，像捂住疼痛的胸口那样。忽然，右手敏捷地移到嘴边，将一颗小小的药丸送入嘴里。

红蝎子做这一系列动作时非常隐蔽，满脸若无其事的表情。周围的人尽管看见她把手捂住胸部再移到嘴边，但没有更多地去考虑那是什么意思。

“喂，你吞什么了？怎么回事？果然……”

明智小五郎见状吃了一惊，大声嚷道，可为时已晚。

眨眼间，剧烈的毒药开始发作，殿村京子的脸上几乎没露出什么痛苦的表情，只是脸色渐渐苍白，体温在一点点下降……

“啊，糟啦！这家伙考虑到万一落网，为自己准备了这种毒药。”明智小五郎自言自语。

一场闹得沸沸扬扬的红蝎子杀人案，终于告破。然而，它却留给众人一个不解之谜，那就是殿村京子为什么要策划和实施这样的恐怖犯罪。

谜底是过了很长一段时间后才被找到的。

在殿村京子住过的公寓房间里藏有一口箱子，箱子里有她的手记。

归纳一下她的手记，从中得知殿村京子是一个心理极度扭曲的人。

她十分憎恨这人世间所有美丽的东西，因为自己天生丑陋，孩提时代就受到极端歧视，心里一直非常压抑。结婚成家后，生下的孩子又是这世界上最不幸的弱智侏儒。

她觉得命运对她太不公平，她诅咒整个世界，发誓要杀死所有长得美丽的女子。为此，她精心策划了杀人方案。

为实施杀人方案，她作了十多年的准备，扮演两面人的角色。一方面，由于天资聪明，加上有一定的才能，能出色地胜任家庭教师一职，并得到了雇主和学生的信赖；另一方面，从女儿供职的杂技团里物色了爪牙，用金钱收买他们充当自己的杀人帮凶。

当一切准备就绪，她便以红蝎子为标记，干起了杀人勾当。如果明智小五郎不及时侦破此案，无疑，社会上还将有许多美丽女子惨死在她的魔爪下。

由于红蝎子杀人团伙被一网打尽，使大侦探明智小五郎名声大振。

被称为“侦探先生”的相川守，因饱尝了痛苦，再也不敢问津“侦探”工作了。

虽说侦探推理小说精彩有趣，若亲身经历过现实生活中的案件，即便只有一回，便会觉得枯燥没趣，甚至感到害怕和恐惧。

相川守再也不希望自己有第二次侦探经历。

不过，他还是决定常去明智侦探事务所，听明智小五郎和小林芳雄讲述精彩有趣而又充满惊险的侦探故事。

译 后 记

光阴似箭，漫长的三个翻译春秋过去了，岁月峥嵘，第一个着手翻译日以及包括周末节假日在内与原作相伴的情景仿佛就在昨天。三百万字的中文版《江户川乱步推理探案集》全六卷，终于付梓了。为侦探推理文学宝库新添了光芒四射的瑰宝，为推理爱好者们送去了美味的日本侦探推理文学大餐。

我1981年8月考入宝钢从事翻译工作，1982年初开始从事日本文学翻译，1983年2月发表日本文学译作，三十余年来致力于中日文化的交流。有幸翻译日本侦探推理文学之父——江户川乱步的开创日本侦探推理小说新纪元的作品集，由衷地感到欣慰和满足。

鲁迅说：“伟大的成绩和辛勤劳动是成正比的，有一份劳动就有一份收获。日积月累，从少到多，奇迹就可以创造出来。”江户川乱步正是这样，四十年如一日，孜孜不倦于侦探推理文学的创作，为日本侦探推理文学在日本乃至世界文坛的崛起付出了毕生的精力。

我在几乎每天爬格子的翻译过程中，为了解江户川乱步的创作思想、创作背景和准确把握作品的神韵，阅读了他的大量原版作品，以及他的随笔和评论，例如《侦探推理小说四十年》《乱步公开的隐私》《幻影城主》《奇特的立意》和《国外侦探推理小说作家和作品》等。

译者在江户川乱步故居门前留影，门柱名牌是“平井太郎”与其子“平井隆太郎”。

我还专程去了坐落在东京池袋的江户川乱步故居，并到日本国家图书馆阅读了有关江户川乱步的许多资料。沿着当年作家为构思作品在居所周围漫步的足迹行走时，仿佛感染到了伟大作家生前立志开创日本侦探推理文学与丰富世界侦探推理文学宝库的豪情和气息。通过阅读他的作品和资料，加之了解作者生前的生活轨迹，使我对作者产生了无比崇敬之情与尽全力译好该作品的激情。

江户川乱步浩瀚而又丰富的作品，不仅充满了新、奇、妙、趣、迷、绝，而且揭示了正义终将战胜邪恶的颠扑不破的真理，不愧为开创日本侦探推理文学先河的伟大文学家。

江户川乱步的处女作《二钱铜币》，刊登在日本当时专门发表外国侦探推理小说的杂志《新青年》（1922年四月号）上，没想到这期杂志被一抢而空，甚至还加印了多次，读者的来信犹如铺天盖地的雪花飞向杂志社。

当时，杂志上附有下述编者按：

我们经常这样说，《新青年》杂志上总有一天将刊登本国作者创作的侦探推理小说，并且远高于欧美侦探推理小说的创作水平。今天，我们终于盼来了这一兴奋的时刻。质高品优的小说《二钱铜币》果然不负众望，博采国外作品之长，而水平高于国外作品。

我们深信，读者们看了这篇小说后一定会大为惊喜，拍案叫绝，奔走相告。该作者是谁？是第一个登上日本侦探推理文坛的江户川乱步。

《二钱铜币》获得好评，激起了江户川乱步的创作欲望，同时也更加热爱帮助他崭露头角的《新青年》杂志。那以后，坚持为该杂志撰稿，致力于优秀侦探推理作品的创作。不久，他毅然辞去工作开始了职业作家的生涯。

1922年，可以说是日本现代文学史上的重要年，因为它翻开了日本侦探推理文学的新纪元。日本侦探推理文学这艘巨轮，就是从那年《二钱铜币》的横空出世开始扬帆启航。在他的影响下，许多日本作家开始撰写侦探推理小说，踊跃参加侦探推理小说大奖赛。这也为如今日本侦探推理小说的蓬勃发展培养了大量的人才。

《江户川乱步推理探案集》全六卷中的所有作品，是江户川乱步众多作品中的经典。历经半个世纪仍然经久不衰，在日本国内，系列作品的累计销量创下了一亿册的纪录，同时海外译本，如中文、英文、法文、俄文、韩文的销量也十分惊人。以作品改编的广播剧和电影等跟小说一样拥有广大的观众基础。

江户川乱步虽饱受磨难，历经坎坷，但他对侦探推理文学执着的一生，使我感动，使我奋发，使我感悟到什么叫人生价值，什么叫勤奋刻苦，什么叫百折不挠，什么叫锲而不舍，什么叫无创不新的真正含义。

承蒙杨晓辉先生在《新民晚报 · 文学》上先后刊登了我撰写的《日本的福尔摩斯》和《江户川乱步的起步》等文章，我还先后接受了上海东方电视台、上海电视台、日本青森电视台及日本《东粤日报》《朝日新闻》《产经新闻》《日中新闻》和上海《翻译家报》的采访，在中日文学界和翻译界引起了不小的反响。

一部巨著的诞生，凝聚着许多同人的心血。谨此，感谢卓尔不群的时代文艺出版社社长陈琛先生、总编辑郭力家先生、副总编辑邓淑杰女士、编创五部主任刘瑀婷女士等各位领导，感谢责任编辑闫松莹小姐以及其他为本书闪亮登场辛勤工作的编辑和工作人员，感谢为宣传不遗余力的中日新闻媒体的朋友，更要感谢广大读者对本套书的青睐。谢谢！

译者

2015年国庆节于上海